COMBIEN JE T'AIME

SÉRIE LES NUITS DE MIAMI, LIVRE 3

MARIE FORCE

Combien je t'aime
Série Les Nuits de Miami, Livre 3
Marie Force

Publié par HTJB, Inc.
Copyright 2022. HTJB, Inc.
Couverture par Kristina Brinton
Mise en forme ebook par E-book Formatting Fairies
ISBN: 978-1958035108

marieforce.com

La meilleure façon de garder le contact, c'est de vous abonner à ma newsletter. Rendez-vous sur marieforce.com et souscrivez dans la boîte en haut de l'écran qui demande vos nom et adresse mail. Si vous n'avez pas régulièrement de mes nouvelles, merci de vérifier que votre filtre anti-spam ne bloque pas mes messages et configurez votre boîte mail pour recevoir mes messages et ne jamais rater un nouveau livre, une opportunité de gagner des prix fabuleux ou une de mes visites dans votre région.

SÉRIE LES NUITS DE MIAMI

Livre 1 : Combien je ressens (*Carmen & Jason*)
Livre 2 : Combien tu comptes (*Maria & Austin*)
Livre 3 : Combien je t'aime (*Dee & Wyatt*)

CHAPITRE 1

DEE

*E*st-il possible de se planquer quand le monde entier sait où l'on se trouve ? Je pose la question pour une amie. Bon, ce n'est pas vrai et tout le monde le sait. Je demande cela pour moi, parce que je me trouve dans un pétrin dont je suis responsable. Il faut appeler un chat, un chat. J'ai fait l'amour, pour me venger, avec l'un des garçons d'honneur du mariage de ma cousine et depuis des mois il m'envoie des petits messages quotidiens que j'attends avec beaucoup plus d'excitation que je ne devrais en avoir pour un supposé plan cul sans lendemain.

Wyatt revient à Miami pour un entretien d'embauche et veut me revoir. À classer dans la catégorie des *choses qui n'étaient pas censées arriver* quand j'ai décidé de me faire un mec *qui ne vit pas ici*. Pendant ce temps, mon ex – et la victime du sexe pour me venger alors même qu'il l'ignore – m'envoie des textos me suppliant de lui donner une chance d'arranger les choses.

Vous avez suivi tout ça ?

Au cas où vous vous le demanderiez, je ne suis pas ce genre de nana. Je ne suis pas celle qui jongle avec les mecs et qui rigole quand elle attire trop l'attention ou qui couche avec des hommes avec lesquels elle n'est pas en couple. Je. Ne. Suis. Pas. Cette. Fille. Je vous assure que je ne juge pas celles qui le font. Je les ai enviées dans le passé, comment elles pouvaient passer d'un lit à un autre, profitant de tout le sexe sans le stress d'avoir un « petit ami ».

J'ai eu un petit ami et il fut un temps, avant qu'il ne perde la tête et n'épouse quelqu'un d'autre, je m'attendais à épouser Marcus. Je ne sais trop comment, il s'est retrouvé marié à une femme qu'on surnomme maintenant « la salope ».

Dommage qu'il n'ait pas jugé bon de rompre avec moi avant de l'épouser.

Un détail.

Je n'ai rien vu venir et ça m'a anéantie. Marcus a *épousé* quelqu'un d'autre. Ma sœur, ma cousine et moi ne savons pas si *sa femme* mérite le surnom que nous lui avons donné, mais quelle importance ? Elle s'est mariée avec *mon* Marcus, et elle ne sera jamais qu'une « salope » pour nous.

Longtemps après l'avoir appris, je m'en voulais encore. C'est moi qui ai catégoriquement refusé de retourner à Miami après que nous y soyons allés tous deux à l'université et pendant un certain temps, il a été tolérant à ce sujet. Mais six mois après son départ de New York, il a dit qu'on avait besoin de fréquenter d'autres personnes. C'est ce que nous avons fait tous les deux pendant quelques années, même si je ne suis pas sortie avec grand monde.

Il y a environ dix-huit mois, il m'a contactée pour me dire qu'il avait fait une grosse erreur en me laissant partir et m'a demandé si nous pouvions réessayer. Comme je n'avais jamais rencontré quelqu'un que j'aimais plus que lui, j'ai dit d'accord, mais j'ai gardé notre réconciliation pour nous – le cousin chez qui je vivais était la seule personne dans ma vie à savoir que nous nous étions remis ensemble.

Marcus prenait l'avion pour venir me voir un mois sur deux, s'assurait qu'on se parlait tous les jours et disait tout ce qu'il fallait pour me montrer qu'il soutenait mes rêves et qu'il m'aimait suffisamment pour me permettre de voler de mes propres ailes.

Mais lorsqu'il s'est soudainement marié avec quelqu'un d'autre, j'ai commencé à me demander s'il ne tenait pas ces propos de soutien de merde des cartes de vœux Hallmark de la librairie du coin.

Mon téléphone vibre avec un texto. Je fais l'erreur d'y jeter un coup d'œil et je découvre que Marcus me supplie – *encore une fois* – de l'appeler.

Ai-je mentionné que sa salope l'a largué et qu'il a dit aux gens que la plus grande erreur de sa vie a été de me laisser filer entre ses doigts ? On me l'a signalé deux jours avant le mariage de Carmen, il y a maintenant cinq mois.

D'où, par vengeance, le rapport sexuel avec l'un des témoins, l'ami de son mari, un médecin incroyablement sexy de Phoenix qui a bouleversé mon monde de plus d'une façon.

J'ai ressenti une véritable rage lorsque ma sœur Maria et ma cousine Carmen m'ont gentiment annoncé que Marcus était apparemment en proie à une sorte de crise de regrets à mon égard et à propos de la façon dont notre relation avait pris fin. Oh, et qu'il était toujours amoureux de moi et n'avait jamais cessé de m'aimer. Même à ce moment-là, je ne leur avais pas dit que nous nous étions récemment réconciliés et, que je sache, que nous étions toujours ensemble quand il a épousé quelqu'un d'autre.

Tu t'es marié, j'aurais crié si j'avais répondu à l'un des appels qu'il m'a passés par centaines au cours des dernières semaines ou mois. *Qu'y a-t-il de plus à dire ?* Eh oui, je sais que je devrais le bloquer. Mais je ne l'ai pas encore fait. Ne jetez pas la première pierre.

Il a des regrets. Peu importe. Combien de temps après son « mariage » a-t-il regretté de m'avoir quittée après six ans sans même avoir eu une *conversation* avec moi ? Il m'a fait savoir par le fameux bouche à oreille de Miami à New York que *mon petit ami* s'était *marié*. Avec *quelqu'un d'autre* !

Alors ouais, traitez-moi de dingue, mais je ne suis pas pressée de l'aider à se sentir mieux en l'appelant pour en discuter. Il peut aller se faire voir. Est-ce qu'il pensait à moi quand il l'a *épousée* ? Quand il a fait l'amour avec elle ? Quand il m'a informée de son « mariage » par le biais d'autres personnes ?

Et vous vous demandez pourquoi je me terre dans mon nouvel appartement. Il y a quelques mois, ma sœur, Maria, qui a emménagé avec son fiancé, Austin, m'a filé cet appartement, un garage aménagé qui appartient à ma tante et mon oncle. Maria a réussi à se faire passer la bague au doigt par un type génial qui venait avec sa superbe fille Everly dont Maria a sauvé la vie en faisant don de sa moelle osseuse.

Maria a rencontré Austin un an après la greffe, lorsqu'ils ont enfin eu le droit de se parler, et ils sont tombés éperdument amoureux, un mail et un texto après l'autre. Austin est un célèbre lanceur de baseball qui jouera pour les Miami Marlins la saison prochaine. Il a accepté un contrat moins lucratif que celui qu'il aurait pu obtenir ailleurs, pour pouvoir vivre dans la ville de Maria.

Ça, c'est un homme, quelqu'un qui s'engage pour la femme qu'il aime, et je ne pourrais pas être plus heureuse pour eux. Ils sont adorables ensemble et Everly est un amour. Maria a décroché le gros lot et je suis une vraie peau de vache parce que je suis jalouse du fait que ma sœur et ma cousine ont tout trouvé alors que je me planque, en espérant que le monde entier s'en ira et me laissera tranquille.

Bien sûr, avec ma mère qui se bat contre un cancer du sein et mon retour à Miami pour m'occuper d'elle, je ne peux pas rester cachée longtemps. Mes frères Nico et Milo sont chargés de préparer le dîner de mes parents ce soir, ce qui me permet de demeurer dans mon bunker un peu plus longtemps.

Je regarde des programmes télévisés abrutissants et j'essaie de ne pas penser à ce que je vais faire à propos des SMS incessants de Marcus, ou de Wyatt, l'homme du plan cul qui essaie de passer une deuxième nuit avec moi, ou à propos de la maladie de ma mère, ni quoi que ce soit d'autre que de savoir qui des Frères en affaires[1] va gagner le dernier défi de frère à frère.

J'ai besoin d'un vrai travail autre que celui de serveuse au restaurant familial. À presque vingt-huit ans, je vis dans un appartement qui appartient à un oncle et à une tante et je travaille pour un autre oncle et une autre tante. Ce n'est pas la situation dans laquelle je pensais me retrouver à cet âge, ça, c'est sûr. Il faut que j'aille à New York et que je prenne mes affaires de l'appartement de mon cousin Domenic. Il faut que je me fasse une putain de vie. Voilà, pour faire court.

Mon téléphone vibre à nouveau. Je le jure devant Dieu, je suis à deux doigts de bloquer Marcus. Mais ce texto n'est pas de lui.

C'est bizarre, je n'arrête pas de penser au super moment que j'ai passé au mariage de mon copain. Je ne m'attendais pas à y rencontrer la demoiselle d'honneur la plus adorable et la plus sexy de tous les temps.

Mon Dieu, c'est de Wyatt, le premier plan cul sans lendemain de ma vie. Du moins, je voulais que ce soit le coup d'un soir. Lui a d'autres idées en tête.

Je viens à Miami ce week-end pour passer du temps avec Jason et Carmen avant mon entretien à Miami-Dade lundi. Des chances que je te croise pendant que je suis en ville ?

Je m'effondre complètement en lisant et relisant ses messages. Pourquoi lui ai-je donné mon numéro, de toute façon ? Oh, c'est vrai, parce que j'ai refusé de partir en même temps que lui du mariage, alors nous avons échangé nos numéros pour que je puisse me faufiler dans son hôtel comme une vulgaire cachottière.

— Pouah, dis-je aux murs. Comment est-ce possible ? Pourquoi tout le monde ne peut pas juste se barrer et me foutre la paix ?

J'aime être seule. Être seule fait que quelqu'un avec qui je m'attendais à passer ma vie, mais qui j'ai découvert ne se voyait pas du tout avec moi, ne puisse pas me faire de mal.

Je ne veux plus jamais me mettre dans une situation où quelque chose comme ça puisse à nouveau arriver. En restant toute seule, je peux éviter ce genre de drame – et ce genre de douleur. Oui, je vois que ma sœur et ma cousine ont trouvé des gars formidables qui les rendent follement heureuses et j'en suis contente. Elles méritent toutes deux tout le bonheur du monde. Carmen a vécu un enfer après que son premier mari, Tony, un policier, a été tué par balles au travail alors qu'ils n'avaient tous deux que vingt-quatre ans. Il a fallu beaucoup de temps à Carmen pour s'en remettre et prendre le risque d'aimer à nouveau avec Jason.

Et Maria... son ex l'a trompée alors qu'ils vivaient ensemble, mettant sa vie sens dessus dessous. Puis elle a rencontré Austin, qui vivait à Baltimore lorsqu'ils se sont mis ensemble, et ils ont fait l'impossible : ils ont fait marcher une relation à distance jusqu'à la fin de sa saison de baseball. Il est venu à Miami pour l'intersaison et maintenant ils sont fiancés.

Ça a marché pour Maria et Carmen. Mais je ne me fais pas d'illusions sur le fait que ça va m'arriver à moi aussi. Le peu d'illusions que j'avais ont été brisées quand Marcus a épousé *l'autre*. Il n'est pas possible de se remettre de ce genre de trahison, surtout qu'il n'a même pas eu la décence de me faire savoir que c'était fini entre nous *avant* de l'épouser.

Au début, je me suis moquée de Domenic, le cousin qui m'a fait m'asseoir et m'a dit très délicatement qu'il avait entendu que Marcus s'était marié. Comment était-ce possible ? J'ai ri de la sottise de Dom.

— Marcus est mon *amoureux*, ai-je dit. Il *n'épouserait pas* quelqu'un d'autre.

J'ai accusé Domenic avec colère de répandre des rumeurs qui n'étaient pas vraies. Je lui ai dit que j'avais vu Marcus un mois auparavant et que tout allait bien. Il n'y avait aucune chance qu'il se soit marié.

Pourtant, il l'avait fait. Et réaliser que la « rumeur » était vraie a été le moment le plus dévastateur de ma vie jusqu'à ce que quelques jours plus tard, je fasse une fausse couche du bébé que je ne savais même pas que je portais. C'était pire que ce que Marcus avait fait, mais pas de beaucoup. Après la fausse couche, je me suis terrée dans ma chambre de l'appartement que Dom et moi partagions en ville et j'ai refusé d'en sortir, sauf pour aller aux toilettes.

Domenic a menacé d'appeler mes parents, ce qui m'a finalement poussée à sortir, à manger quelque chose, à revenir dans le monde des vivants. Cependant, l'année dernière, je n'étais plus que l'ombre de moi-même, traversant la vie comme une zombie et essayant de ne pas imaginer l'homme que j'aimais en train de vivre et coucher avec une autre femme.

Naturellement, j'ai été obligée de les épier en ligne et c'est ainsi que j'ai appris que la salope est une superbe blonde aux gros seins. Pourquoi ne pouvait-elle pas être une laideur ? Au moins, je pourrais supporter son mariage. Mais d'après tout ce que j'ai vu d'eux ensemble, il s'est marié avec une femme supérieure, et c'est ce qui fait le plus mal. Il m'a jetée pour une inconnue plus jolie que moi, sans compter que ses seins sont deux fois plus gros que les miens.

Pouah, qu'est-ce que je fais à revivre cette merde ? À quoi bon ?

Avant que je puisse répondre à mes questions, le téléphone sonne. C'est la sœur de Marcus, Bianca. Je décline l'appel. Je n'ai pas plus envie de lui parler que je n'ai envie d'adresser la parole à Marcus.

Une minute plus tard, Bianca m'envoie un texto. *S'il te plaît, prends mon appel. C'est une urgence.*

Pour l'amour de Dieu. Pourquoi les gens ne peuvent-ils pas me laisser tranquille ?

Le téléphone sonne trois fois avant que je prenne l'appel.

— Dee ? Bianca semble affolée. J'ai utilisé le téléphone de Marcus pour te joindre, mais tu ne réponds pas. Il... Il est à l'hôpital, Dee. On l'a trouvé inconscient ce matin et il est en soins intensifs.

Mon estomac se retourne. Je ne veux pas lui parler, mais je ne veux pas qu'il soit malade.

— Qu'est-ce qu'il a ?

— Ils ne savent pas. Les médecins pensent qu'il a peut-être pris quelque chose.

— Qu'est-ce que tu dis ?

— *Je ne sais pas*, Dee ! Je ne sais pas, c'est tout. Il est vraiment mal. Tu peux venir ici ?

Il fut un temps où l'idée qu'il soit malade ou dans le besoin m'aurait fait sortir en courant pour aller le retrouver au plus vite. Ce temps-là appartient au passé.

— Je suis désolée. Je ne peux pas.

— Dee ! Il pourrait *mourir* !

J'ai les larmes aux yeux, mais je me bats contre cette tempête émotionnelle, déterminée à me protéger, même si tout en moi veut encore aller vers lui.

— Je suis désolée. Je prierai pour lui, mais je ne peux pas venir là-bas. Je ne peux tout simplement pas.

Ça coupe.

Avant que j'aie le temps de comprendre que Bianca m'a raccroché au nez, on frappe à la porte.

— Ouvre, Delores. Ma sœur ne m'appelle comme cela que lorsqu'elle est sérieuse – ou qu'elle cherche la bagarre.

Je me lève du canapé et déverrouille la porte pour Maria, qui entre en trombe comme si l'endroit lui appartenait. Ce n'est pas parce qu'elle a vécu ici avant moi qu'elle a le droit de faire irruption.

— C'est quoi ce bordel, Dee ? Maman m'a appelée au travail aujourd'hui pour me demander pourquoi elle ne t'avait pas vue depuis des jours et je lui ai dit que je n'en avais aucune idée parce que tu étais censée leur apporter le repas du soir cette semaine.

— Nico s'en est chargé. On a inversé nos semaines.

Je retourne à ma place sur le canapé qui appartenait à Maria jusqu'à ce qu'elle emménage dans le manoir d'Austin et n'en ait plus besoin. J'ai aussi hérité de son lit, de sa commode, de sa télé et de sa table basse.

— Je suis passée au restaurant, mais ils ont dit que tu ne travaillais pas ce soir. Qu'est-ce qui t'arrive ?

— Rien et c'est le week-end de Sofia. Nous alternons, comme tu le sais.

— Je peux dire rien qu'à te regarder que quelque chose ne va pas. Tu fais toujours ça quand c'est la merde.

— Qu'est-ce que je fais ?

Maria s'assoit près de moi sur le canapé.

— Tu te caches.

Je fais une fixation sur l'énorme bague en diamant qu'elle porte à la main gauche. Je me sens comme une connasse d'être jalouse de ce qu'elle a avec Austin – un bel homme, une belle fillette, une belle maison et une superbe bague de fiançailles. C'est la meilleure personne que je connaisse et elle mérite toutes les bonnes choses du monde.

— Je ne me planque pas.

Mon téléphone sonne avec un nouveau message. J'ai presque peur de regarder. C'est Marcus – ou devrais-je dire, Bianca. *Je n'arrive pas à croire que tu sois si égoïste.*

Maintenant c'est *moi* qui suis égoïste ? Ce n'est pas un peu fort, ça ? J'aurais dû lui demander depuis combien de temps il était à l'hôpital pour savoir quand il m'a envoyé lui-même son dernier message. Ils vont me faire porter le chapeau pour tout ça d'une manière ou d'une autre. Je n'ai pas répondu à ses textos, alors il a fait quelque chose de stupide et de dramatique. Est-ce qu'il a fait cela pour attirer mon attention ?

J'oublie presque que Maria est là. Je lui jette un coup d'œil, souhaitant pouvoir garder tout cela pour moi. Mais ce n'est pas comme ça que les choses marchent dans ma famille et c'est l'une des raisons pour lesquelles j'avais tant envie d'aller vivre à New York en premier lieu.

— Marcus est à l'hôpital.

— Pourquoi ?

— Je ne le sais pas. Bianca a dit qu'il a pris quelque chose qu'il n'aurait pas dû et elle essaie de me culpabiliser pour que j'y aille. Il saturait mon téléphone et je l'ignorais, alors je suppose que maintenant c'est de ma faute s'il est à l'hôpital.

— Elle a vraiment dit ça ?

— Elle a dit que j'étais égoïste de ne pas y aller.

— Non, tu ne l'es pas. Tu ne lui dois rien.

— Toi et moi le savons, mais elle le voit différemment. S'il meurt, ils vont me blâmer.

— Laisse-les. Tu sais la vérité de ce qu'il t'a fait.

Maria n'en sait même pas la moitié. Personne ne le sait. Alors je sanglote. Elle s'approche et glisse ses bras autour de moi. Je suis furieuse parce que ça ne devrait pas faire aussi mal après tout ce temps.

— Je suis vraiment désolée, Dee. C'est un connard de t'avoir fait ça – et elle aussi est une connasse.

— Tu ne connais pas le fin mot de l'histoire.

J'essuie les larmes de mon visage et décide de lui dire la vérité. Peut-être que si je la dis à voix haute, je pourrai enfin trouver la paix.

— Raconte-moi, dit-elle en m'accordant toute son attention.

Je réalise que cela fait un moment que je n'ai pas eu toute l'attention de ma sœur. Entre son boulot d'infirmière au dispensaire et sa nouvelle vie avec Austin et Everly, je la vois rarement.

— Six mois avant son mariage, Marcus et moi nous étions remis ensemble – du moins je le pensais.

— *Quoi ?* Vous étiez *ensemble* quand il s'est *marié* ? Mais tu te fiches de moi ?

Je secoue la tête. J'aimerais être en train de plaisanter.

— On restait discrets et on travaillait sur nos problèmes. Je l'avais vu un mois auparavant et je pensais qu'il allait revenir le week-end suivant.

Elle me regarde, incrédule.

— C'est impensable.

— J'ai appris qu'il s'était marié un vendredi. Le lundi suivant, j'ai fait une fausse couche.

CHAPITRE 2

DEE

Maintenant, quelqu'un d'autre est au courant et je ne sais pas comment je dois me sentir après avoir partagé quelque chose qui a été une telle plaie béante pendant plus d'un an.

— Oh *mon Dieu*, Dee, dit Maria, ses yeux se remplissant de larmes. Pourquoi tu ne m'as pas appelée ? Je serais venue !

— Je ne voulais pas que quelqu'un le sache. Je ne voulais pas que lui le sache.

— Il ne savait pas que tu étais enceinte ?

Je secoue la tête.

— J'allais le lui dire la prochaine fois qu'on allait se voir, deux semaines plus tard. Mais ensuite... Tout s'est écroulé. Il s'est marié et j'ai perdu le bébé. Je les ai perdus tous les deux en quatre jours.

— Attends... C'était la semaine de l'hiver dernier où tu ne répondais à aucun texto et où tout le monde appelait Dom pour savoir ce qui n'allait pas ?

En hochant la tête et en essuyant mes larmes, je dis :

— Je lui ai dit que j'avais la grippe.

— Oui ! C'est ce qu'il a dit. Tu avais la grippe. Pourquoi tu ne me l'as pas dit ? Tu sais que je serais venue. Carmen serait venue aussi.

— Je ne pouvais pas. J'étais... C'était tellement affreux, Maria.

Tellement horrible. Et quand je suis rentrée pour le mariage de Carmen et que vous m'avez dit qu'il racontait aux gens qu'il voulait que je revienne...

— Ça a tout fait remonter à la surface.

— Ouais. Il n'a pas arrêté de m'envoyer des SMS. Je pensais à le bloquer quand Bianca m'a appelée pour me dire qu'il était à l'hôpital.

— Tu aurais dû le bloquer. Il n'a pas le droit de te faire ça. Aucun droit.

— Il a dit qu'il était désolé de ce qu'il avait fait, qu'il avait merdé et qu'il ne voulait pas me faire de mal.

— Il ne voulait pas *te faire de mal* ? Que pensait-il qu'il t'arriverait s'il *épousait* quelqu'un d'autre ?

— Surtout que je n'avais aucune idée qu'il était même malheureux. La dernière fois qu'il est venu à New York, on a passé un merveilleux moment ensemble. On est allés à Coney Island, on a vu un spectacle, et...

Un sanglot sort du plus profond de mon être.

— Tout allait *très bien*. Je lui ai demandé de me donner six mois de plus à New York avant que je ne rentre et il était d'accord. Je ne comprends pas ce qui s'est passé, Maria. Et je veux comprendre. Je le veux vraiment.

— Qu'est-ce que cela changera si tu en connais les raisons ?

— Je ne sais pas. Peut-être rien, mais je n'arrive pas à comprendre comment on est passés de ce super week-end à ce qu'il se marie avec quelqu'un d'autre en l'espace de quelques semaines. Après avoir perdu le bébé, mon médecin m'a demandé s'il y avait quelqu'un qu'elle pouvait appeler, comme le père du bébé, et je lui ai déballé toute l'histoire abominable. Ça l'a amenée à me tester pour des MST, ce qui a été l'humiliation ultime.

— Mon Dieu, Dee.

— Tout est revenu négatif, mais quand même... C'était horrible.

— Je suis désolée que tu aies enduré quelque chose comme ça toute seule.

— Il n'y avait rien que tu puisses faire.

Repenser à ces quatre jours insupportables me fait mal comme si cela venait tout juste d'arriver alors que c'était il y a plus d'un an.

— Je suis un peu en vrac depuis et quand je suis revenue à la maison pour le mariage de Car et que vous m'avez dit ce qu'il disait...

Je secoue la tête, en pensant à la conversation que nous avons eue dans la limousine le soir de l'enterrement de vie de jeune fille de Carmen.

— Je ne pouvais pas en croire mes oreilles.

— D'après ce que nous a dit Bianca, il a des remords sincères.

— Je m'en fiche ! Où étaient ces remords quand il l'a épousée ? Je n'avais pas eu de nouvelles de lui depuis un an quand vous m'avez dit ce que racontait Bianca. Qu'est-ce que je lui dois ?

— Rien, dit Maria avec fermeté. Tu ne lui dois rien du tout.

— Je tourne en rond depuis cinq mois, depuis le week-end du mariage de Car.

— Qui était le même week-end où nous avons découvert que Maman était malade.

— C'est ça.

Notre mère a été diagnostiquée avec un cancer du sein de stade trois en octobre et a subi une double mastectomie avec reconstruction en janvier. Elle est sous traitement en ce moment et nous quatre, ainsi que notre famille élargie, nous sommes mobilisés pour elle et mon Papa. Je suis revenue à Miami pour le mariage et je ne suis jamais repartie à New York.

Elle balaye mes cheveux de mon visage et dit :

— J'ai une idée.

— Quoi ?

— Viens chez moi quelques jours. Passe du temps au bord de la piscine. Joue avec Everly. Bois du vin avec moi. On te sortira de cette mauvaise passe.

— Tu n'as pas besoin de ma triste personne dans ton conte de fée.

— Oh, chut. Je t'invite. Je veux que tu viennes. Tu auras ta propre chambre et ta propre salle de bains et tu pourras te cacher quand tu voudras être seule. Je ne peux pas supporter l'idée que tu sois triste et seule ici. Viens avec moi. On s'amusera.

Je suis tentée. La maison de Maria est géniale ; c'est la maison la plus incroyable que nous ayons jamais visitée et comme je ne travaille pas avant mardi, je n'ai rien de mieux à faire.

— Tu es sûre que ça ne te dérange pas ? Je ne suis pas de très bonne compagnie en ce moment.

— Je suis sûre. Je veux que tu viennes.

— Et Austin ? Il a mieux à faire avec sa saison qui commence que de s'occuper d'une future belle-sœur grincheuse.

— Ça ne le dérangera pas non plus. Je te le promets. Il t'adore. Tu le sais bien.

Je prends ma tête dans mes mains, pour qu'elle ne voie pas à quel point sa gentillesse me bouleverse. J'ai été si seule avec mes sentiments envers Marcus, ce qu'il a fait et la perte du bébé depuis si longtemps que c'est un soulagement qu'elle connaisse toute l'histoire maintenant.

Elle glisse son bras autour de moi.

— Tout va bien se passer, Dee.

— Tu es sûre que je ne devrais pas aller à l'hôpital ?

— J'en suis certaine. Je vais appeler Bianca et lui dire de te laisser tranquille.

— Tu n'as pas à faire cela.

— Je le sais, mais je vais le faire quand même. Prépare tes affaires et allons chez moi. On commandera des plats mexicains à emporter et on boira des margaritas. Ça va être divertissant.

Mon téléphone sonne avec un autre message et avant que je puisse le vérifier, Maria le saisit, se préparant probablement à intervenir pour moi auprès de la famille de Marcus.

— Euh, qui est Wyatt ?

Je lui prends le portable des mains, mourant d'envie de savoir ce qu'il a dit cette fois.

— Juste un ami.

J'emporte le téléphone avec moi dans la chambre et je vérifie immédiatement le texto.

J'espère juste que tu vas bien. Réponds-moi pour me dire que tu es toujours là. Allô ? Dee ? Transmission demandée.

Je souris de son message bête et je réponds. *En vie et je vais bien.* Même si ce n'est pas exactement la vérité.

Sors avec moi quand je serai à Miami ce week-end. Dis oui. S'il te plaît, d'accord ? Je ne peux pas m'empêcher de penser à toi.

Je ne suis absolument pas en état de considérer son invitation, mais je me retrouve à m'accrocher à son offre comme à une bouée de sauvetage. Il ne peut pas s'empêcher de penser à moi. En vérité, je ne peux pas m'empêcher de penser à lui non plus et peut-être qu'une nuit avec un homme qui me fait me sentir bien dans ma peau est exactement ce que le docteur prescrirait – jeu de mots voulu.

Je réponds avant de pouvoir m'en dissuader. *Oui.*

Il répond tout de suite. *Demain soir ?*

D'accord.

Où dois-je venir te chercher ?

Je te retrouverai sur le parking de Giordino à 19 h 30. On avisera à partir de là.

À bientôt alors. J'ai hâte.

Moi aussi, j'ai hâte. Un mec sexy qui a le béguin pour moi, c'est exactement ce dont mon ego fragile a besoin pour se remettre de ce que Marcus m'a fait. Peut-être qu'une autre nuit torride dans le lit de Wyatt m'aiderait aussi. Il m'a fallu des jours pour me remettre de la première. J'avais des douleurs à des endroits où je n'avais jamais eu mal auparavant, ce qui m'a montré autre chose - que Marcus n'était pas très bon au lit. Il n'avait certainement jamais répondu à mes besoins comme Wyatt l'a fait. Ce dernier a découvert en moi des besoins dont je ne soupçonnais même pas l'existence et j'ai vécu dans une sorte de béatitude pendant des semaines après le mariage.

Et puis il a commencé à m'envoyer des SMS, continuant quelque chose qui était censé être une nuit sans lendemain. En préparant mon sac pour aller passer le week-end avec la famille de ma sœur, je prends ma robe noire la plus sexy et une paire de chaussures à talons qui crie « baise-moi » que j'ai achetée pour les festivités du mariage mais que j'ai fini par ne pas porter.

Ma vie est un gros bordel en ce moment, mais Wyatt est impatient de me voir demain soir. Je me sens mille fois mieux qu'avant d'avoir accepté de le voir. Non pas que je mette tous mes œufs dans son panier. C'est une passade et ce ne sera jamais rien de plus.

Dans l'autre pièce, j'entends Maria au téléphone, qui hausse le ton.

— Elle ne lui doit *rien du tout*, Bianca. Après être sorti avec elle pendant des années, il a *épousé* quelqu'un d'autre et n'a même pas eu la décence de le lui dire. Il l'a laissé l'apprendre par d'autres personnes. On est désolées qu'il soit à l'hôpital, mais tu dois arrêter de culpabiliser Dee tout de suite, ou toi et moi allons avoir un problème.

Aïe. N'emmerdez pas ma grande sœur.

Dieu merci, elle s'occupe de cela. Je ne peux pas supporter l'idée que la famille de Marcus pense que cela est de ma faute d'une manière ou d'une autre. Qu'ai-je fait à part l'aimer de tout mon cœur, cœur qu'il a écrasé sans hésitation aucune jusqu'à ce que son « mariage » tourne mal ? Ensuite, il ne pensait qu'à moi. Au diable avec ça. Qu'il aille au diable.

Moi, je vais de l'avant.

WYATT

Je suis un connard. Il n'y a pas d'autre mot pour décrire quelqu'un dans ma situation qui cherche à en obtenir plus d'une femme qui était censée être un plan cul sans lendemain. Si seulement cette nuit n'avait pas été si géniale, je serais déjà passé à autre chose.

Mais les souvenirs de la journée et de la nuit incroyables que j'ai passées avec Dee envahissent mes heures de veille et bon nombre de mes heures de sommeil aussi. Je me réveille en bandant, excité et prêt à démarrer, en réalisant que j'ai encore rêvé de ma demoiselle d'honneur sexy. Ce n'est pas pour rien que je retourne à Miami pour le week-end après avoir appris par mon ami le docteur Jason Northrup que l'hôpital où il travaille a un poste vacant de chirurgien cardiothoracique.

Avant d'aller au mariage de Jason, je ne pensais pas à changer d'emploi, mais maintenant je ne pense qu'à ça quand je ne revis pas la nuit la plus torride de ma vie.

Le vol de Phoenix à Miami atterrit dix minutes en avance et l'avion roule jusqu'à la porte d'embarquement. J'ai utilisé le Wifi de bord pour faire des projets avec Dee et, depuis qu'elle a dit oui, je vole plus haut que dix mille mètres.

Ce qui me ramène au fait que je suis un connard de vouloir une autre nuit avec elle. J'ai mes raisons pour ne pas me lier aux femmes avec qui je sors ou avec qui je couche et je suis habituellement assez discipliné pour respecter mes propres règles lorsqu'il s'agit de ces choses-là. Mais tout chez Dee est une exception à mes règles. Elle est intelligente, drôle, magnifique et sexy à souhait et le mieux dans tout cela, c'est qu'elle ne sait même pas à quel point elle est sexy. J'ai adoré la voir faire la fête avec sa sœur, ses frères et ses cousines, et avoir été le témoin direct de leurs liens étroits.

Elle est d'une innocence rafraîchissante, surtout quand elle m'a avoué que le nôtre était son premier rendez-vous d'un soir. N'est-elle pas mignonne ? J'ai eu plus de conquêtes d'un soir que je ne peux compter, mais c'est ma volonté. Ce ne serait pas correct d'entraîner quelqu'un d'autre dans ma réalité. Je le sais, et pourtant je suis ravi que Dee ait accepté de me revoir demain soir.

Je suis vraiment un connard.

Une autre pensée me vient à l'esprit et je ne suis pas sûr si je dois vérifier avec elle ou non, mais bon, toutes les excuses sont bonnes pour lui parler...

Ça t'ennuie si Jason et Carmen savent que nous sortons ensemble demain ?

Elle ne répond pas jusqu'à ce que je sois dans un Uber en route pour l'appartement de Jason à Brickell. *C'est très difficile de garder quoi que ce soit secret dans ma famille, alors je suppose que c'est bon s'ils sont au courant. Je préférerais qu'ils ne sachent PAS qu'on a déjà passé du temps ensemble, si ça ne te dérange pas.*

Pas de problème. Je comprends. Y a-t-il moyen de manger chez Giordino ? C'est l'autre chose à laquelle je n'ai pas arrêté de penser depuis le week-end du mariage.

Bien sûr, je peux arranger ça.

Encore une chose que j'attends avec impatience. Je viens d'atterrir à Miami. J'ai hâte de passer un super week-end.

Quand est ton entretien ?

Lundi matin. Que fais-tu ce soir ?

Je passe la soirée avec Maria et Austin chez eux.

Je vais voir ce que font J&C, mais on se verra peut-être plus tard. Je l'espère.

Elle répond par le signe du pouce levé.

J'espère que ça veut dire qu'elle veut me voir autant que je veux la voir. Pourquoi est-ce qu'elle me donne l'impression d'être un adolescent en proie à son premier béguin ? C'est peut-être parce que je n'ai jamais eu de coup de foudre quand j'étais un teenager malade. Je sortais à peine de chez moi ou de ma chambre d'hôpital. Je suis en train de rattraper le temps perdu avec Dee.

J'envoie un message à Jason pour lui dire que je suis en route pour chez lui. J'aurais préféré avoir réservé un hôtel maintenant que j'ai des plans avec Dee demain soir, mais Jay aurait piqué une crise si je n'étais pas resté chez lui ce week-end. Il est excité à l'idée que je passe un entretien pour un poste à l'hôpital où lui et sa femme travaillent.

Jay répond tout de suite. *J'ai hâte de te voir !*

Je l'ai rencontré à l'école de médecine de Duke et c'était la première fois que je vivais loin de chez moi. Lorsque nous n'étudiions pas, j'étais plutôt déchaîné pendant ces années-là et Jay a décidé d'être mon co-pilote, veillant à ce que je ne fasse rien de stupide ou de dangereux. Je n'oublierai jamais la liberté de ces années, le plaisir, les rires, les amis, le dur labeur. Ce furent les meilleures années de ma vie et Jay est l'un des meilleurs amis que j'aie jamais eus.

Lorsqu'il m'a demandé de participer à son mariage, j'étais ravi et honoré. Après ce qu'il a vécu à New York avec son ex dingue, j'étais tellement heureux d'apprendre qu'il avait trouvé quelqu'un de bien à Miami. Et une fois que j'ai rencontré Carmen, j'étais encore plus heureux pour lui. Elle est géniale et sa famille l'est aussi. Leur restaurant... *Putain de merde.* La meilleure bouffe que j'aie jamais goûtée de ma vie. J'ai hâte d'y dîner à nouveau demain.

J'ai presque oublié que je suis ici pour un entretien. Le travail semble secondaire par rapport aux autres « attractions » de Miami. Je sors la seule photo que j'ai de Dee, une photo spontanée du mariage, prise par le photographe officiel. Jay me l'a envoyée après le mariage, sans rien savoir de ce qui s'est passé entre Dee et moi, et je l'ai regardée des centaines de fois depuis.

Elle était si incroyablement sexy dans cette robe que j'ai bandé pour elle dès la première fois que je l'ai vue venir vers nous dans le cortège du mariage. Lorsqu'elle a pris mon bras pour descendre l'allée après que l'heureux couple a dit « je le veux », son contact envoyant une charge électrique à travers mon corps, tout ce que je voulais, c'était apprendre à la connaître. Nous avons passé le meilleur moment de tous les temps ce jour-là, à danser, parler et rire.

Mon téléphone sonne avec un message de ma mère. *J'ai vu que tu as atterri. J'espère que tu vas bien.*

Pour l'amour de Dieu ! Elle me tue. Je sais qu'elle s'inquiète et pourquoi elle s'inquiète, mais parfois elle est trop présente. Je suis un chirurgien de trente-quatre ans et ma mère me surveille toujours comme elle le faisait quand j'étais un adolescent malade. Attendez qu'elle apprenne que je pense à déménager à Miami. Elle va perdre la tête – et probablement venir avec moi. Elle vivrait avec moi si je le lui permettais. Il n'en est pas question.

Tu as pensé à tes médicaments ?

Oui, Mère. Détends-toi. Tout va bien.

J'ai envie de lui rappeler que je suis médecin – je ne sais que trop bien ce qui se passe si je ne prends pas mes médicaments. Mais je ne le lui rappelle pas. Elle a vécu l'enfer avec moi et n'a jamais quitté mon chevet dans les pires moments. Je ne lui dirai jamais autre chose que « merci », même si elle devait me conduire à boire à me couver comme une poule.

Elle me dit qu'un jour je comprendrai quand j'aurai des enfants, mais cela ne va pas arriver. Je ne vais pas mettre des enfants au monde alors que je ne serai pas là pour les élever. L'idée qu'ils me perdent de manière dramatique et traumatisante me fait frémir. Mais ce n'est pas quelque chose que j'ai dit ouvertement à mes parents. Je suis sur la corde raide en ce qui les concerne.

— Hé, Monsieur, dit le chauffeur d'Uber. On est arrivés.

Je réalise que je suis ailleurs et que je n'avais aucune idée que la voiture s'était arrêtée.

— Merci beaucoup.

Je prends mon sac sur le siège à côté de moi et sors du véhicule. Debout sur le trottoir, j'envoie un SMS à Jay. Ici. *Quel est le secret pour entrer chez toi ?*

Je descends.

J'attends devant les portes principales quand je vois Jay sortir de l'ascenseur en souriant de toutes ses dents. Il porte un short de basket-ball et un débardeur et ne ressemble en rien à un neurochirurgien de classe mondiale. Après m'avoir fait un câlin bien viril en glissant un bras dans mon dos, il prend mon sac et nous nous dirigeons vers l'ascenseur.

J'ai envie de lui dire qu'il n'a pas à porter mon sac, mais les vieilles habitudes ont la vie dure.

— Content de te voir, mon pote, dit Jay. J'étais si excité quand j'ai entendu qu'une place en cardiothoracique s'ouvrait à Miami-Dade. J'ai dit à Carmen, il faut que je fasse venir Wyatt ici, *immédiatement*.

— Merci d'avoir pensé à moi.

— Bien sûr que j'ai pensé à toi. Tu es le meilleur des meilleurs, et nous aimerions t'avoir ici avec nous.

— Eh bien, toi tu aimerais, mais Carmen pourrait ne pas être très heureuse si nous reprenions nos vieilles habitudes.

— Ha ! Elle sait que je suis complètement apprivoisé de nos jours.

Nous sortons au septième étage et il nous conduit à son appartement dont la porte est ouverte.

— Carmen, Wyatt est là !

La jolie femme de Jason sort et me prend dans ses bras.

— Ravie de te voir.

Elle a les mêmes cheveux et yeux foncés, peau mate et corps bien dessiné que Dee. Dee est plus grande que Carmen mais pas aussi grande que sa sœur, Maria.

— Moi aussi. Merci de me permettre de dormir sur votre canapé ce week-end.

— Nous sommes heureux de te recevoir quand tu veux. Je peux t'offrir un verre ?

— Je t'ai pris l'eau pétillante au citron que tu aimes, dit Jay. Je vais te la chercher.

— On a des choses plus fortes que ça, dit Carmen.

— Merci, mon chou, mais je ne bois pas.

— Oh, d'accord. Désolée.

— Pas de problème.

Je ne bois pas. Je ne fume pas. Je ne mange pas de viande rouge. Je ne prends pas de caféine ni rien qui puisse mettre en danger ma santé fragile. La bonne nouvelle, c'est que je n'ai jamais eu l'occasion de développer le goût de l'alcool avant que mes médecins ne le mettent sur la liste des substances interdites.

Jay verse l'eau minérale pour moi, un verre de vin pour Carmen et se prépare un cocktail. Nous amenons nos boissons sur leur superbe terrasse qui surplombe la baie de Biscayne. L'air printanier est chaud mais pas étouffant comme en été, du moins c'est ce que me dit Jason.

Carmen retourne à l'intérieur et en ressort avec un plateau de charcuterie que nous dégustons tous les trois pendant que nous rattrapons le temps perdu. Je m'en tiens au fromage, aux crackers et aux fruits, tandis que les autres apprécient le salami.

— Comment était la lune de miel ? demandé-je, même si je sais déjà qu'ils se sont éclatés aux îles Turquoises parce que je suis leur ami sur Facebook.

— C'était horrible.

Jason sourit à sa femme et ajoute :

— On a détesté.

— Le pire voyage de tous les temps, continue Carmen. Si mauvais qu'on prévoit déjà d'y retourner pour notre premier anniversaire de mariage.

— Il faut que tu ailles dans un des complexes avec formule tout compris, dit Jay. Tu adorerais.

— J'en suis sûr, lui dis-je, même si j'ai beaucoup d'autres choses avant cela sur ma liste de choses à faire.

Eh oui, j'ai une liste. Vous en auriez une aussi, si votre espérance de vie était aussi merdique que la mienne. Je veux traverser le pays en voiture. Je veux aller à Paris. Je veux passer un mois en Italie et y voyager du nord au sud pour voir le plus possible. Je veux passer un mois à Londres et un mois à Dublin. Je veux aller en Australie et en Nouvelle-Zélande. Je veux écrire un livre sur le fait d'être un patient cardiaque qui devient chirurgien cardiothoracique. Je suis bien conscient que je risque de ne rien faire de tout cela, mais j'ai une liste.

Le téléphone de Carmen sonne avec un texto.

— Maria demande ce qu'on fait et si on veut venir boire un verre et manger des plats à emporter.

— Je suis partant si tu l'es, Wyatt. Tu te souviens probablement depuis le mariage que Maria, la cousine de Carmen, vit avec Austin Jacobs, le lanceur qui a récemment signé avec les Marlins. Leur maison est un truc de fou.

— Plus incroyable que ça ?

Je fais un geste vers leur vue imprenable.

— Bien plus que ça, dit Jay.

Bien sûr, je veux y aller. Dee sera là. Mais j'essaie de la jouer cool.

— Ça me va. Peu importe ce que vous voulez faire, je serai content. J'ai juste besoin de prendre une douche rapide.

— Je vais te chercher des serviettes, dit Carmen.

Trente minutes plus tard, nous sommes en route dans la voiture de Carmen pour aller chez Austin et Maria. J'ai hâte de voir cette maison soi-disant de dingue, mais plus que tout, j'ai hâte de voir Dee. Je pense à lui envoyer un SMS pour lui dire que nous venons, mais je me dis qu'elle le sait déjà.

J'aimerais bien savoir ce qu'elle ressent vraiment à l'idée de me revoir, si elle est aussi excitée que moi, de loin ou de près, et je me sens à nouveau comme un parfait abruti d'être si impatient de la voir. Je me rappelle encore et encore les règles que j'ai établies pour ma vie. Il n'y a aucune raison pour que je fasse sombrer quelqu'un d'autre avec moi quand je partirai – et je partirai tôt ou tard. C'est tout simplement ma réalité.

— Oh merde, dit Carmen, en lisant quelque chose sur son téléphone pendant que Jay conduit.

— Qu'est-ce qui ne va pas ?

— Maria m'a envoyé un texto. L'ex de Dee, Marcus, est à l'hôpital. Ils pensent qu'il pourrait s'agir d'une tentative de suicide.

Je m'assois plus droit, guettant des informations sur Dee.

— C'est le gars qui a épousé quelqu'un d'autre ? demande Jay.

— Ouais, c'est le seul gars avec qui elle soit jamais sortie. Ils étaient ensemble par intermittence pendant des années.

Et il a *épousé* quelqu'un d'autre ? *C'est quoi ce bordel ?* Je veux en savoir plus. Je veux tout savoir, mais je me mords la langue pour ne pas bombarder Carmen de questions. Heureusement, Jay est curieux, lui aussi.

— Je n'ai jamais entendu toute l'histoire, seulement que vous avez appris récemment qu'il a rompu avec sa femme et veut se remettre avec Dee.

Oh, bon sang non. Pas question qu'il la reprenne. *Doucement, cowboy. Les règles, tu te souviens ?*

Les règles, je les emmerde.

— Ouais, Maria et moi avons dit à Dee le soir de mon

enterrement de vie de jeune fille qu'il racontait aux gens qu'il voulait se remettre avec elle. On a attendu de pouvoir le lui dire en personne. La nouvelle l'a prise par surprise, c'est le moins qu'on puisse dire.

Intéressant. Donc, Dee a découvert que son ex voulait la reconquérir deux jours avant le mariage de Carmen et Jason. Mon estomac se tord un peu à l'annonce de cette nouvelle, car j'ai l'impression que j'ai pu être une sorte de revanche d'un soir. Je n'aime pas la façon dont cette pensée surgit. Dee m'utilisait-elle pour se venger de lui ? Aussi décevant que cela puisse être, cela a un certain sens, vu que j'étais son tout premier plan cul.

Carmen envoie une multitude de SMS à Maria.

— Mari dit que la sœur de Marcus a essayé de faire venir Dee à l'hôpital, mais elle ne veut pas y aller.

Ça, c'est ma nana.

Holà, retiens-toi, mec. Ce n'est pas ta copine. Tu as couché avec elle, ce qui était probablement une vengeance sexuelle pour elle.

Peu importe, c'étaient les meilleurs rapports que j'aie jamais eus et j'en veux plus et plus d'elle – que ce soit par vengeance ou non.

— Ils la culpabilisent beaucoup, mais Mari lui dit qu'elle n'a aucune raison de se sentir coupable. Marcus a épousé quelqu'un d'autre il y a un peu plus d'un an et Mari me dit qu'elle et Marcus essayaient de se raccommoder à l'époque, ce que je ne savais pas. Il s'est marié quelques semaines après avoir passé un week-end normal avec Dee à New York. Il savait qu'elle prévoyait de déménager dans les six mois et ne pouvait apparemment pas l'attendre. Je me souviens de la peine de Dee après avoir appris qu'il s'était marié. C'était horrible d'être ici alors qu'elle était loin et si bouleversée.

Mon cœur se serre pour elle alors que je me demande combien de temps ils ont été ensemble.

— Depuis combien de temps étaient-ils ensemble ? demande Jay.

J'ai envie de l'embrasser pour avoir fait le boulot pour moi.

— Ils ont cassé quelques fois, mais ça a duré six ans ! Après être allés ensemble à l'université à New York, elle voulait rester, mais pas lui. Il voulait rentrer à Miami. C'était le copain de notre cousin Domenic au lycée. C'est comme ça que Dee et lui se sont rencontrés. Bref, après ça a marché pendant six mois, puis ils ont décidé de voir d'autres personnes parce que la relation à distance ne leur convenait pas. Mais d'après ce que Mari m'a dit, ils s'étaient remis ensemble depuis des mois quand il s'est marié. Mon Dieu, c'est encore pire que ce que je pensais !

— C'est horrible, dit Jay.

Je ne pourrais pas être plus d'accord. Carmen ne saura jamais à quel point je lui suis reconnaissant pour cet aperçu de Dee et à quel point il m'est utile pour essayer de comprendre cette femme qui me captive tant.

— Et quand il a épousé la salope, comme on l'appelle, il a laissé Dee l'apprendre de bouche à oreille, ce qui est vraiment n'importe quoi.

— La femme est une salope ? demande Jay.

Encore une fois, je voudrais le remercier. C'est comme si nos cerveaux avaient fusionné ou quelque chose comme ça.

— Qui sait ? On ne l'a jamais rencontrée. On l'appelle comme ça juste parce qu'elle a épousé le copain de Dee.

— Pour être juste, c'est lui qui était avec une autre, pas elle, dit Jay.

— Oh, on le sait, mais ça n'a pas d'importance. Pour nous, c'est la salope.

J'aime ces gens et leur loyauté les uns envers les autres. C'est rafraîchissant d'être entouré d'une famille dont les membres, littéralement, prendraient une balle les uns pour les autres. Pas que ma famille ne le ferait pas, mais nous ne sommes pas aussi soudés que les Giordino. Je mets cela sur le compte des années que j'ai passées à l'hôpital, alors que mon frère et ma sœur vivaient une enfance plutôt normale, aussi normale que possible lorsqu'un frère ou une sœur fait des allers-retours à l'hôpital et est souvent à deux doigts de la mort.

Un enfant gravement malade a tendance à consumer une famille, obligeant les parents à concentrer toute leur attention sur l'enfant malade au détriment des autres. Mon frère a fini par avoir des problèmes de drogue dont il s'est débarrassé depuis et ma sœur est tombée enceinte à l'adolescence, mais mes parents ne le savent pas et ne savent pas non plus qu'elle a avorté.

L'impact de ma maladie sur ma famille a été énorme. Je me

demande sans cesse si je ne serais pas plus proche de mes plus jeunes frères et sœurs si mes combats n'avaient pas dominé nos vies pendant près d'une décennie.

Nous traversons une belle partie de Miami, avec de nombreux palmiers, des fleurs colorées et un paysage luxuriant qui contraste avec la topographie austère et désertique de Phoenix. Normalement, je m'intéresserais au paysage, mais je ne pense qu'à Dee et à ce que son ex lui a fait subir, ce qu'il continue de lui faire subir.

— Pourquoi disent-ils que c'était une tentative de suicide ? demande Jay.

— Je suppose que son sang indiquait un taux élevé de quelque chose.

Cela s'appelle une analyse toxicologique et c'est probablement la première chose qu'ils ont faite quand il est arrivé aux urgences.

— Est-ce qu'il va survivre ? demande Jay.

— Il semblerait que oui. J'ai envoyé un message à mon amie Angela, qui est proche de la sœur de Marcus, Bianca, et Ange dit qu'il est réveillé et qu'il parle, mais qu'il ne donne aucune indication sur ce qui s'est passé ou pourquoi. Ange dit qu'ils pensent que c'est parce qu'il essayait de parler à Dee et qu'elle l'ignorait.

Tant mieux pour elle. Je suis démesurément fier d'elle pour s'être défendue contre ce type, même si je me rends compte une fois de plus que je n'ai absolument pas le droit de flirter avec elle, ou je ne sais comment appeler ce que je fais avec elle. Elle a eu suffisamment de chagrin d'amour. Elle n'a certainement pas besoin de plus et je suis un chagrin d'amour en devenir.

Littéralement.

Je m'affale dans mon siège, déçu de réaliser que je devrais faire ce qui est juste et m'éloigner d'elle avant que cela ne devienne compliqué. Nous avons passé un bon moment ensemble après le mariage. Cette nuit-là était, vraiment, l'une des meilleures nuits de ma vie. Il va être difficile de faire mieux que ce que j'ai ressenti avec Dee. Je dois dire merci à Jay de m'avoir arrangé l'entretien à Miami-Dade, mais je vais garder mon travail à Phoenix.

Dee sera mieux avec moi à l'autre bout du pays, assez loin pour que je n'aie aucune chance de lui briser le cœur. L'idée de faire ce pas en arrière nécessaire est déprimante à souhait. Cela fait très longtemps que rien ne m'a excité plus que l'idée de passer plus de temps avec Dee. J'ai eu une « petite amie » il y a longtemps, à l'époque où j'étais malade. Nous avions douze ans et nous nous sommes rencontrés à l'hôpital. Elle a fini par mourir de la maladie que nous partageons. Je l'ai pleurée pendant longtemps tout en continuant à me battre pour ma propre vie. Je me demande souvent pourquoi elle est morte et pourquoi j'ai eu la chance de vivre, même si je vis avec une horloge qui fait tic-tac et me fait douloureusement prendre conscience que le temps passe vite et que chaque minute compte.

Plus tard, j'étais tellement occupé par l'université et l'école de médecine ainsi que par le rattrapage de tous les plaisirs que je n'avais pas pu avoir quand j'étais enfant que j'ai en quelque sorte raté la phase « relation » du processus de maturité.

J'étais plutôt du genre « posé-décollé » ou « touch-and-go », en insistant sur le « touch », le *toucher*, avant de dégager. C'est comme ça que ç'aurait dû se passer avec Dee, mais me voilà de retour à Miami, en train de passer un entretien pour un nouveau travail. Tout ça à cause d'un coup d'un soir qui a tapé dans le mille.

En parlant de choses qui tapent dans le mille, la maison d'Austin est aussi dingue que Jay l'a dit et j'ai hâte de voir l'intérieur. Je les suis, en essayant de paraître cool alors que je ressens tout sauf cela. Ce sont manifestement des habitués, ils connaissent les lieux et savent où trouver les résidents.

— Salut, dit Austin Jacobs, en étreignant Jason comme un frère et lui tapant dans la main.

Je l'ai rencontré au mariage, mais je suis encore un peu impressionné d'être en présence d'un lanceur récompensé par le Cy Young Award de sa stature.

— Tu te souviens de mon ami Wyatt du mariage, non ? dit Jason.

— Bien sûr. Ravi de te revoir, Wyatt.

Je lui serre la main.

— De même. Félicitations pour avoir signé avec les Marlins.

— Merci. Je suis content que ce soit réglé.

J'ai lu qu'il a signé pour 80 millions sur quatre ans pour pouvoir rester à Miami avec Maria, alors qu'il aurait pu obtenir beaucoup plus avec une autre équipe. Je dois lui reconnaître le mérite d'avoir des bonnes priorités alors que la plupart des gens auraient suivi l'argent, coûte que coûte.

Une petite fille arrive en courant dans l'immense salon familial, les cheveux mouillés et les pieds nus. Elle porte une chemise de nuit rose assortie à ses joues.

— Papa ! Veux pas aller au lit !

Austin la prend dans ses bras et l'embrasse sur la joue.

— Tu ne veux jamais aller au lit. Si ça ne tenait qu'à toi, tu ne dormirais jamais.

— Pas dormir.

— *Si*, tu vas dormir.

— Wyatt, je crois que tu as rencontré ma fille, Everly, quand tu étais ici pour le mariage. Ev, voici Wyatt, l'ami de ton oncle Jason.

Quand je remue les doigts pour la saluer, Everly me fait un sourire timide avant de se blottir contre le torse de son papa.

Maria entre dans le salon avec Carmen et Dee. La chemise de Maria est mouillée, probablement parce qu'elle a donné le bain à la petite. Mon regard est immédiatement attiré par Dee et la première chose que je remarque, c'est qu'elle a l'air pâle et fatiguée. Est-ce parce que son ex la harcèle et met en scène une tentative de suicide pour essayer de la reconquérir ?

Je ne plaisante pas avec le suicide. J'en ai vu beaucoup trop dans ma carrière pour que ce soit autre chose que tragique. Mais j'ai entendu juste assez sur son ex dans la voiture pour soupçonner qu'il a mis en scène la tentative, tel un appel désespéré pour obtenir son attention. J'ai envie de lui dire de rester forte, de ne pas céder en allant le voir, mais si je fais cela, je devrai avouer que je sais tout de lui et de ce qu'il lui a fait subir.

Je préfère qu'elle me le dise elle-même.

Attends, qu'est-il arrivé à ce que je disais il y a cinq minutes dans la voiture quand j'allais prendre du recul parce qu'elle a déjà assez souffert en amour ?

Ça, c'était avant et maintenant, c'est maintenant. Dee est dans la même pièce que moi, et il me faut toute ma volonté pour ne pas aller vers elle, la prendre dans mes bras et lui dire qu'elle n'a aucune raison de se sentir coupable de ce qu'a fait son ex. Je me force à rester immobile, même lorsque ses yeux foncés rencontrent les miens et j'ai l'impression d'avoir été frappé avec des palettes de défibrillation. Eh oui, je sais ce que ça fait, et c'est exactement comme cela : un choc pour tout mon corps.

— Ravie de te revoir, Wyatt, dit Maria.

— De même. Salut, Dee.

— Salut, Wyatt.

— À boire, dit Austin. Il nous faut à boire.

— Je m'en occupe pendant que tu couches la puce, dit Maria en embrassant Everly.

La petite fille a posé sa tête sur l'épaule de son papa, où je suppose qu'elle se sent souvent à son aise. Everly semble être un enfant de trois ou quatre ans en parfaite santé, ce qui doit être un soulagement pour son papa et tous ceux qui l'aiment après l'épreuve de sa maladie. J'adore comment Maria a rencontré Austin après avoir donné la moelle osseuse qui a sauvé la vie d'Everly. C'est une histoire extraordinaire.

Après qu'Austin a emmené Everly au lit, Maria murmure quelque chose à Dee en me regardant.

Dee hausse les épaules en réponse à ce que sa sœur a dit et marmonne :

— Peut-être. Peut-être pas.

Les sœurs partagent un regard intense avant que Maria n'aille préparer les boissons. Nous les emmenons à l'extérieur, sur une immense terrasse avec une piscine clôturée et un jacuzzi entouré de palmiers, de buissons fleuris, de plantes en pot et d'un éclairage subtil. Quelle installation ils ont juste à côté de l'Intracoastal Waterway.

— C'est magnifique, dis-je à Maria quand elle nous rejoint, apportant chips, salsa et guacamole.

— J'aimerais pouvoir dire que c'est grâce à nous, mais c'était comme ça quand Austin l'a acheté.

Je suis content de voir la clôture autour de la piscine. Je n'oublierai jamais l'enfant qui s'est noyé dans une piscine de jardin pendant ma rotation aux urgences, les efforts que nous avons déployés pour le sauver et la détresse de ses parents lorsque nous n'y sommes pas parvenus. Je pense encore à cet enfant et à ses parents.

— Où es-tu, Wyatt ? demande Jay, en me faisant un sourire alors que je réalise que tous les regards sont braqués sur moi.

— Je pensais aux barrières de piscine et à quel point il est sage d'en avoir avec un enfant dans la maison.

— Ce n'était pas négociable pour nous, dit Maria.

— Je pensais aussi à un enfant que nous n'avons pas pu sauver pendant ma rotation aux urgences. On n'oublie jamais ces cas-là.

— J'en ai eu un aussi, dit Jay en fronçant les sourcils. Une petite fille de deux ans. Affreux.

— On en entend parler bien trop souvent par ici, dit Maria.

— À Phoenix, aussi.

Je remarque que Dee me regarde, ce qui me donne l'impression d'être un garçon de CM2 sur le point d'embrasser la fille qu'il aime pendant une partie de jeu de la bouteille. Ouais, sérieusement. Je suis en mode béguin avec un grand B en ce qui la concerne. Elle porte une chemise noire avec les épaules dénudées, un jean serré qui épouse ses délicieuses courbes et des sandales compensées à talons hauts qui mettent en valeur une pédicure couleur corail.

Elle porte ses cheveux bruns brillants et bouclés détachés, tombant sur ses épaules, et ses yeux bruns sont bordés de cils extravagants. Je me souviens avoir pensé, lors du mariage, que ses yeux étaient éblouissants, mais ce soir ils expriment la tristesse et le stress. Probablement à cause de ce que son ex a fait et de la culpabilité qui doit la ronger, même si ce n'est pas de sa faute.

J'aimerais tellement pouvoir le lui dire, mais je respecte sa volonté de garder nos secrets pour nous. Si je dis quelque chose, j'indiquerai que nous savons plus de choses l'un sur l'autre que nous ne le laissons croire. Nous avons été mis en couple pour le mariage, mais ce n'était pas un problème. Jusqu'à ce que cela évolue.

Nous parlons de prendre des plats à emporter mexicains et quand Carmen et Jason vont avec Maria chercher d'autres boissons et utiliser la salle de bains, je profite de ce moment seul avec Dee.

— C'est si bon de te voir.

— Toi aussi, dit-elle avec un sourire timide.

Elle n'était pas timide après le mariage. Même pas un peu. Est-ce qu'elle en est gênée maintenant ? J'espère vraiment que non.

— Tu vas bien ? Tu es bien calme.

— J'ai eu une journée difficile.

— Je suis désolé de l'entendre.

Je veux lui dire que je sais ce qui s'est passé, mais plus que ça, je veux qu'elle m'en parle elle-même alors j'ajoute :

— Je peux faire quelque chose ?

— Non, mais merci de demander.

— Tu veux qu'on se retrouve plus tard ?

— Je, euh, je ne suis pas sûre de pouvoir. Je dors ici.

Je hausse un sourcil en la regardant.

— Tu as un couvre-feu ?

— Non, dit-elle en souriant.

— Viens me chercher chez Jason. On ira faire un tour.

Elle jette un coup œil en direction de la fenêtre, où l'on distingue les autres personnes à l'intérieur, rassemblées autour de Maria.

— Vis dangereusement.

Je lui fais un sourire niais que j'espère qu'elle trouvera charmant, adorable ou peut-être les deux.

— Passe me prendre, Dee.

— Envoie-moi un message quand tu arrives chez eux.

Les mots sont à peine sortis de sa bouche que Maria revient avec Austin et son téléphone, qu'elle passe à Dee pour choisir ce qu'elle veut au restaurant.

— Leurs enchiladas sont à tomber.

— Adjugé, dis-je quand Dee a le téléphone. Tu peux ajouter des enchiladas au poulet pour moi ?

— Ouais.

Elle commande pour nous deux et rend le téléphone à sa sœur.

— Tu as pris quoi ? lui demandé-je.

— Même chose. Leurs enchiladas sont tellement bonnes.

— Tout ce que j'ai mangé à Miami est tellement bon.

Son visage devient rouge vif et *oh merde*. Je réalise qu'elle pense que ça veut dire elle aussi. Eh bien, c'est le cas. Bien sûr que c'est le cas, mais ce n'est pas exactement ce que je voulais dire quand je l'ai dit. Je commence à rire et je ne peux pas m'arrêter, quoi que je fasse.

Avant que je m'en rende compte, elle rit aussi et tout le monde nous regarde comme si on était fous. Peut-être que nous le sommes. Tout ce que je sais, c'est que j'aime être avec elle et je veux plus d'elle.

CHAPITRE 3

DEE

Je n'arrive pas à croire qu'il ait dit ça ! Il rit si fort qu'il n'arrive plus à respirer et il m'a entraîné dans son délire. Le caractère purement scandaleux de ce commentaire a brisé la tension qui m'envahissait depuis que j'ai appris que Marcus était à l'hôpital.

— Euh, qu'est-ce qu'on a loupé ? demande Carmen, son regard perspicace passant de moi à lui, puis de nouveau à moi.

— Ne le répète pas, dis-je à Wyatt.

Il essuie les larmes de son visage en me faisant un sourire coquin. Comment un seul homme peut-il être aussi incroyablement beau ? Il me rappelle Patrick Dempsey au sommet de son charme quand il jouait le docteur Mamour[1], avec ses cheveux bruns ondulés, ses yeux bleus et un sourire qui illumine son visage. Et, apparemment, un esprit mal placé. Bien que je le savais déjà en quelque sorte...

Je n'arrive pas à croire que j'ai couché avec cet homme, que je me suis envoyée en l'air avec lui – *trois fois* – et que personne ne le sache à part nous deux. Je ne suis pas du genre à cacher quelque chose comme cela à Maria et Carmen, mais pour une raison quelconque, je n'ai jamais pris le temps de le leur dire. Maintenant, il est de retour et me demande d'aller faire un tour avec lui plus tard ce soir et de le voir demain soir, et il n'y a aucune chance que je puisse leur cacher encore longtemps ce qui se passe avec lui.

Nous avons été élevées par des mères et des grands-mères qui sont expertes lorsqu'il s'agit de soutirer des informations. N'importe laquelle d'entre nous peut flairer un scoop avec la ténacité d'un chien de chasse et à en juger par la façon dont ces deux-là nous observent pendant que nous profitons de notre blague personnelle, elles sont sur la piste. Maria m'a déjà demandé si c'est le même Wyatt qui m'envoyait des messages plus tôt.

Ce n'est pas que cela me dérange qu'elles le sachent, mais pour une raison quelconque, je veux le garder pour moi encore un peu. J'essaie de ne pas faire trop attention à lui pendant que nous mangeons les délicieuses enchiladas qu'Austin a insisté pour nous offrir et que nous sirotons des margaritas. Je n'en prends qu'une car apparemment je dois conduire plus tard.

Wyatt s'en tient à l'eau minérale comme il l'a fait au mariage. Je ne sais pas pourquoi il ne boit pas. Nous n'en avons jamais parlé, mais maintenant je me pose la question.

Mon téléphone sonne avec un texto de Bianca. *Il a repris connaissance. Au cas où ça t'intéresse.*

Je suis soulagée d'entendre que Marcus est réveillé et qu'il va s'en sortir. Je lui réponds. *Je me soucie de ce qu'il aille bien, mais je ne viens pas là-bas et je ne vais pas le voir. Si vous pouvez lui faire comprendre cela, vous l'aiderez à tourner la page.*

— Tout va bien ? demande Maria.

— Marcus a repris conscience.

— C'est une bonne nouvelle.

— J'ai dit à Bianca de lui faire savoir que je ne viendrai pas et qu'il faut qu'elle le lui dise.

— Bravo. C'est la chose à faire.

Je sens que Wyatt me regarde, se demandant probablement de quoi on parle.

— Un de mes amis est à l'hôpital.

— Désolé de l'entendre.

— Nous, euh, nous avons peut-être parlé de ça en venant ici, dit Carmen. Wyatt sait ce qui se passe.

— Ah, OK, alors tu sais que c'est mon ex et qu'il a peut-être mis en scène une tentative de suicide pour attirer mon attention.

— Je suis au courant et je suis navré qu'il t'ait mise dans une situation pareille.

— Ils t'ont aussi dit qu'il avait épousé quelqu'un d'autre alors qu'il était censé être encore avec moi ?

— Ils l'ont peut-être mentionné.

Donc il connaît toute mon histoire. C'est vraiment génial.

— C'est un idiot, dit Wyatt.

La façon dont il prononce ces mots, sans parler de la façon dont il me regarde en le disant, me touche beaucoup.

— Merci.

— C'est le plus *grand* des imbéciles, dit Maria. Il avait *Dee*. Qu'est-ce qui lui a pris *d'épouser* cette salope ?

— Je suis désolé que ça te soit arrivé, Dee, dit Austin. Mais c'est tant pis pour *lui*.

J'aimais déjà mon futur beau-frère, mais maintenant je l'aime encore plus.

— Merci. C'est du passé maintenant. Je suis désolée qu'il soit dans une mauvaise passe, mais je me répète que ce n'est pas de ma faute. Il a fait ses choix.

— Il a fait le *mauvais* choix, dit Carmen. Il a eu de la chance que tu lui aies accordé de ton temps.

— Vous faites du bien à mon ego cabossé.

— Ton ego ne devrait pas être cabossé, dit Wyatt.

Il aurait pu tout aussi bien leur dire que nous avons déjà couché ensemble.

Maria et Carmen sont intriguées par les ondes qui se dégagent de lui.

— Combien de temps restes-tu ici, Wyatt ? demande Maria.

— Seulement jusqu'à lundi soir cette fois. J'ai un entretien à Miami-Dade lundi.

— Quel genre de médecin es-tu ? demande Austin.

— Je suis chirurgien cardiothoracique.

— Je ne sais même pas ce que ça veut dire, dit Austin en riant.

— Ne t'inquiète pas, dit Wyatt. Moi, je ne sais pas lancer une balle rapide.

J'adore la façon dont il minimise ses compétences en complimentant Austin. Ça lui fait gagner des points avec moi, même s'il n'en a pas besoin. Il a une feuille de score qui bat tous les records avec moi. Hihihi, bonne analogie avec le baseball.

— Je suis spécialisé dans la chirurgie cardiaque et pulmonaire ainsi que dans les autres organes thoraciques, dit Wyatt.

— Et ma tête vient d'exploser, dit Austin.

— Jason peut réparer ça, dit Wyatt en souriant.

Il est adorable, drôle, intelligent et plus sexy qu'aucun homme ne devrait l'être. Plus je passe de temps avec lui, plus il me plaît. Et il me plaisait déjà beaucoup avant ce soir.

— Alors tu pensais à déménager à Miami ? demande Maria.

— Ce n'était pas le cas, mais après avoir été ici pour le mariage, j'ai commencé à penser à un changement de décor.

Il me lance un regard, mais je fais semblant de ne pas le remarquer.

Maria et Carmen remarquent, aucun doute là-dessus.

— Puis Jay a mentionné une offre d'emploi à Miami-Dade et me voilà. Miami me plaît de plus en plus.

— Je suis très bien ici, dit Jason en souriant à Carmen. C'est le meilleur endroit où j'aie jamais vécu.

— J'adore aussi, dit Austin avec un sourire béat pour Maria. Mon lieu préféré dans le monde entier.

— Le paysage est plutôt spectaculaire, dit Wyatt.

Et on ne dupe personne. Mon visage est si chaud que je me demande comment ma peau ne se boursoufle pas.

— Dee, que dirais-tu de me faire découvrir les environs pendant que je suis ici ? demande Wyatt. Je ne suis venu à Miami que pour le mariage. Je n'ai pas vu grand chose pendant mon voyage.

— C'est une idée fantastique, dit Carmen. Dee connaît Miami de fond en comble. Elle serait le meilleur guide touristique que tu puisses avoir.

— Et ça donnerait à Dee quelque chose d'autre à faire que de rabâcher ce qui s'est passé avec l'autre, ajoute Maria. C'est une idée que j'adore.

— On peut t'emmener voir le stade un jour si ça t'intéresse, dit Austin.

— J'adorerais ça, dit Wyatt. Merci.

— Pas de problème. Fais-moi savoir quand tu veux le faire.

— Je laisserai mon guide touristique en décider, dit-il en me regardant en biais, probablement pour savoir si je lui en veux de m'avoir embauchée pour lui faire visiter les lieux.

Je ne suis pas en colère. Je suis ravie qu'il ait demandé et qu'il m'ait donné une excuse auprès de ma sœur et de ma cousine. Je ne supporte pas que tout le monde se mêle de mes affaires, la raison principale pour laquelle je suis restée à New York si longtemps. Bien avant de partir pour l'université, j'en avais assez que ma famille connaisse tous mes mouvements avant même que je les fasse.

J'ai hâte de lui montrer ma ville. Maria a raison de dire que je connais cette ville et que j'en aime tous les merveilleux coins divers et variés. Le fait que je puisse passer du temps supplémentaire avec lui est un plus. Je l'aime beaucoup, ce qui est intéressant, car je pensais ne jamais le revoir après la nuit unique que nous avons passée ensemble.

Mais maintenant il est de retour et il est venu pour moi, ce qui est une belle récompense pour une fille à l'ego cabossé. Je dois faire attention, cependant. Il n'est là que pour le week-end et qui sait s'il obtiendra le poste ou même s'il déménagera s'il l'obtient ? Ce serait trop facile de se laisser séduire par un type adorable qui a un physique de rêve et qui est aussi un dieu au lit.

— Tu veux y aller tout de suite ? On pourrait aller voir les clubs de Little Havana dont tu m'as parlé la dernière fois que je suis venu.

J'émerge de mes souvenirs de ce que c'était d'être au lit avec lui pour réaliser qu'il vient de m'inviter à sortir devant les autres et qu'il attend ma réponse.

— D'accord, ça pourrait être amusant.

Plus amusant que tout ce que j'ai fait depuis la nuit que j'ai passée avec lui il y a cinq mois. Je jette un coup œil sur Maria, qui me regarde attentivement, cherchant à comprendre ce qu'il lui manque de l'histoire. Si seulement elle savait...

— Puisque je retourne à Little Havana, je peux aussi bien rester chez moi ce soir, dis-je.

— Ce qui te convient le mieux, dit Maria, ses yeux brillants comme quand quelque chose l'excite.

Si je ne la connaissais pas mieux, je penserais que ma sœur me pousse fermement dans les bras du docteur de rêve.

— Everly ne sera pas contrariée si je ne suis pas là à son réveil ?

J'ai développé un lien tante-nièce bien plaisant avec la future belle-fille de Maria et je ne voudrais pas la décevoir.

— Je ne lui ai pas dit que tu allais dormir ici. J'avais l'intention de lui en faire la surprise demain matin.

— On le fera bientôt.

À Wyatt, je dis :

— Je vais juste prendre mes affaires.

— Prends ton temps. Je ne bougerai pas d'ici.

Ignorant les regards inquisiteurs des autres, je vais dans la chambre d'amis pour rassembler mes affaires. Je ne suis pas du tout surprise quand Maria et Carmen me rejoignent.

— Putain de merde, il est carrément *mordu* de toi, dit Carmen. Il ne t'a pas quittée des yeux de la soirée.

— N'en fais pas tout un plat. C'est juste pour s'amuser.

Je jette les quelques affaires que j'ai déballées dans le sac Vera Bradley turquoise que Carmen m'a offert à Noël et je le referme.

— J'ai dit à Jason qu'il se passait quelque chose entre vous deux au mariage, déclare Carmen.

— Il ne se passait rien. C'était aussi pour rigoler. On a passé un bon moment ensemble.

Maria me prend le visage.

— Dis-moi la vérité. C'est *tout* ce que c'était ? De l'amusement ?

— Oui, lui dis-je en levant les yeux au ciel. On s'est amusés. C'est la vérité.

— Jason était surpris que Wyatt soit intéressé par le poste de Miami-Dade, dit Carmen. Maintenant je commence à comprendre.

— Tu tires des conclusions hâtives, lui dis-je.

Carmen laisse échapper un cri de joie.

— *Ne serait-ce pas génial si tu rencontrais quelqu'un grâce à mon mariage ?*

— Les filles, s'il vous plaît. Ne faites pas ça. Je suis encore en train de digérer tout ce qui s'est passé avec Marcus.

— *Non*, tu ne l'es pas, dit Maria avec emphase. Ce qui se passe avec lui n'a rien à voir avec toi.

— Il a essayé de *se tuer* parce que je ne voulais pas prendre ses appels.

— Ce n'est pas pour ça qu'il l'a fait, dit Maria. Il l'a fait parce qu'il a merdé dans sa vie tout seul et maintenant que ça lui explose à la figure, il est désolé pour ce qu'il t'a fait. Pourquoi il n'a pas daigné s'excuser pendant tout ce temps ? Il ne t'a jamais dit un mot jusqu'à ce que cette salope le quitte. Il n'a pas le droit de revenir après coup avec des regrets. Ce qui s'est passé aujourd'hui n'a *rien* à voir avec toi.

— Elle a raison, Dee, dit Carmen. Tu ne peux pas accepter ça. Il a merdé et il le sait. C'est son problème, pas le tien.

— Quand même... C'était choquant et ça m'a secouée. Je ne suis pas prête pour autre chose qu'un week-end amusant avec un nouvel ami. S'il vous plaît, ne vous emballez pas et ne le mentionnez pas à la famille.

— On ne dira rien, promet Carmen, mais tu devrais l'amener au brunch, dimanche. Il a adoré la nourriture du restaurant.

— Je vais voir comment ça se passe.

Carmen me prend dans ses bras.

— Amuse-toi bien. Fais des folies. Laisse-toi aller.

— Je me laisse déjà aller, dis-je en riant.

— Tu sais ce qu'elle veut dire, répond Maria. Tu étais dans une relation à long terme qui s'est mal terminée. S'il y a une personne qui a besoin d'un peu de fun pour se consoler d'une déception amoureuse, c'est toi. Profite.

— Je vais prendre ça en considération. Je peux y aller maintenant, Mesdames ?

— Tu as besoin de préservatifs ? demande Maria avec le plus grand sérieux.

— Je m'en vais. Salut !

Je sors de la chambre et me dirige vers le salon, où les trois hommes sont engagés dans une conversation animée en nous attendant. Jason et Austin sont devenus de grands amis. Ils jouent au golf, vont à la pêche et passent du temps ensemble dès qu'ils en ont l'occasion. Naturellement, Carmen et Maria en sont ravies et j'avoue m'être sentie plus d'une fois comme la cinquième roue du carrosse avec eux. Elles se réunissent souvent et m'incluent toujours, ce que j'apprécie. Mais c'est la première fois que je ne me suis pas sentie de trop au sein de leur joyeuse troupe de deux couples.

Wyatt rétablit l'équilibre et quand il me sourit chaleureusement, les frémissements dans mon estomac sont le signe que l'excitation des autres a un impact sur moi.

Doucement, ma fille.

— Prête ? demande Wyatt.

— Ouais, dis-je en embrassant Austin et Maria. Merci pour le dîner.

Wyatt serre la main d'Austin et prend Maria dans ses bras.

— Merci. Les enchiladas étaient géniales.

— Tu lui as donné une heure pour rentrer, Jason ? demande Carmen, ravie de sa blague.

— Pas plus tard que minuit, jeune homme, dit Jason d'un ton sévère.

— Ne m'attends pas pour aller te coucher, Papa, dit Wyatt sortant de la maison derrière moi. Ouf, un public difficile. Est-ce qu'ils nous regardent ?

— Probablement, mais je ne les regarderai pas.

— Je vois ce que tu veux dire par ne pas pouvoir faire grand-chose sans que toute ta famille le sache.

— Il y a eu une nuit...

— Ah, oui, cette fameuse nuit.

Sa main trouve le bas de mon dos dans un geste innocent qui perturbe tout mon corps.

— Tu veux que je conduise ? demande-t-il.

— C'est toi, l'invité. Tu n'as pas à le faire.

— Ça ne me dérange pas.

Je lui donne les clés et range mon sac de voyage sur le siège arrière.

Il monte et ajuste le siège du conducteur à ses jambes beaucoup plus longues.

Je lui indique comment sortir du quartier et rejoindre l'autoroute qui nous ramènera à Little Havana.

— Qu'est-ce que tu as envie de faire ?

— Tout ce que tu veux.

— On pourrait se promener, prendre un verre ou aller en boîte.

— Tout ça me va.

Quand on est sur l'autoroute, il me regarde.

— Ce n'était pas un problème que je te demande de sortir avec moi devant tout le monde ?

— C'était très bien.

— Ta sœur et ta cousine t'ont posé des questions quand elles sont venues après toi ?

— À ton avis ?

Il sourit.

— Qu'est-ce que tu leur as dit ?

— De ne pas trop s'emballer. Circulez, rien à voir.

— Rien du tout ? demande-t-il en levant un sourcil.

— Rien qui les regarde.

Il déplace sa main du levier de vitesse à ma cuisse.

— Tu sais à quel point c'était difficile de faire semblant de te connaître à peine devant ta famille ?

La chaleur de sa main pourrait aussi bien être un fer à marquer, car elle déclenche une réaction dans tout mon corps et mes parties les plus intimes se mettent à picoter en réaction à sa présence.

— C'était dur ?

— *Tellement dur.*

Soudain, nous ne sommes plus en train de parler de faire semblant devant ma famille.

— J'ai tellement pensé à toi et à cette nuit-là depuis le mariage, dit-il. Et toi ?

— Par-ci, par-là.

— Est-ce que tu mens ?

— Peut-être un peu.

Je ne veux pas parler de Marcus, surtout pas avec Wyatt, mais je veux qu'il sache à quel point j'ai été perturbée récemment, alors j'explique :

— Ces derniers mois ont été difficiles.

— À cause de ton ex ?

— Ça et ma mère qui reçoit un traitement pour un cancer du sein. Elle a subi une double mastectomie en janvier et maintenant elle fait de la chimio.

— Je me demandais pourquoi tu étais restée à Miami après le mariage.

— Comment as-tu su que j'avais fait ça ?

— Instagram.

— Ah... donc tu m'as traquée ?

— Suivie. C'est différent de traquer.

Cela me fait plaisir de savoir qu'il a tellement pensé à moi après la nuit que nous avons passée ensemble qu'il voulait absolument me trouver en ligne et s'est demandé pourquoi je n'étais pas retournée à New York après le mariage.

— Alors tu restes ici ?

— C'est le plan. À un moment donné, il me faudra aller à New York chercher le reste de mes affaires. Mon cousin, avec qui je vivais là-bas, va sous-louer ma chambre. Je ne peux pas y retourner tant que ma mère est malade.

— Comment va ta mère ?

— Elle en bave avec la chimio. C'est dur. C'est dur de la voir souffrir.

— Je suis désolé qu'elle subisse ça et que tu le subisses aussi.

— C'est une battante.

— Elle a de la chance d'avoir sa famille qui la soutient. Tu es déçue à propos de New York ?

— Pas vraiment. J'avais prévu de revenir vivre à la maison cette année de toute façon. J'ai juste avancé un peu le calendrier. Et toi, alors ? Qu'est-ce qui se passe pour postuler un emploi ici ?

— J'ai adoré Miami quand j'y étais pour le mariage. J'ai vécu à Phoenix la plupart de ma vie et je suis prêt pour un changement. Quand Jay a parlé de cette opportunité à Miami-Dade, je me suis dit pourquoi pas ?

— Je peux te demander quelque chose et tu me diras la vérité ?

— Bien sûr.

— Tu ne postules pas à cause de moi, non ?

Souriant, il dit :

— Pas spécialement à cause de toi, mais savoir que tu vis ici rend le poste plus intéressant que si tu ne faisais pas partie de l'équation.

— Je ne suis pas vraiment dans une bonne position pour, eh bien, pour quoi que ce soit.

— Moi non plus.

Il a l'air triste pour une raison quelconque.

— Oh, et bien. OK, alors. Je sais pourquoi je suis en mauvaise posture, mais pourquoi l'es-tu ?

— Les choses sont juste bizarres en ce moment avec la

possibilité de changer de travail, de déménager à l'autre bout du pays. Je ne suis pas sûr de ce qui va se passer.

— Tu vas avoir le poste.

— Comment le sais-tu ?

— Ils seraient fous de ne pas t'engager. Tu es un spécialiste reconnu, non ?

— Je le suis, mais comment le sais-tu ?

— Tu n'es pas le seul à jouer au détective.

CHAPITRE 4

WYATT

L'entendre dire qu'elle a fait des recherches sur moi en ligne me rend plus heureux que je ne l'ai été depuis... eh bien... depuis toujours. Non seulement elle a pensé à moi après notre nuit ensemble, mais elle est allée jusqu'à me chercher. J'espère juste qu'elle n'est pas tombée sur toute mon histoire.

— Qu'est-ce que tu as découvert d'autre sur moi ?

— J'ai n'ai lu que ta biographie sur le site de l'hôpital. J'ai découvert que tu as publié de nombreux articles sur la chirurgie cardiothoracique et que tu es devenu un expert et un conférencier de renommée nationale dans le domaine de l'accompagnement des patients lors de maladies potentiellement mortelles.

Mes expériences personnelles sont très utiles dans ma carrière. J'insiste constamment sur la nécessité de traiter le patient dans son ensemble et pas seulement la partie qui fonctionne mal.

— C'est un de mes grands intérêts.

Je suis très reconnaissant qu'elle n'ait pas creusé davantage, s'arrêtant au site web de l'hôpital.

— C'est quelque chose dont on a vraiment besoin. L'oncologue de ma mère est considéré comme l'un des meilleurs, mais il n'a aucune psychologie. Il ne semble pas comprendre à quel point cette situation est terrifiante pour elle et pour nous. Il est très terre-à-terre sur les choses qui mettent sa vie en danger.

Je grimace en entendant cela. J'ai connu beaucoup trop de médecins qui étaient comme celui qu'elle décrit.

— C'est un défi de former les médecins pour qu'ils soient des experts en médecine et *aussi* qu'ils sachent gérer la grande variété de besoins de chaque patient. Sans parler des besoins de la famille.

— Il me donne toujours l'impression que je suis une connasse pour l'avoir dérangé quand je dois l'appeler pour quelque chose. En général, je laisse Maria s'occuper de lui parce qu'elle est infirmière – et c'est mieux si je ne lui parle pas. J'ai peur de lui dire ce que je pense vraiment de lui.

Je ris en imaginant Dee en train de passer un savon à l'oncologue.

— Tu devrais peut-être lui dire ce que tu penses. Il a peut-être besoin de l'entendre.

— Je ne peux pas. J'aurais trop peur que ma mère ne reçoive pas les soins dont elle a besoin et qu'elle mérite. Mais j'ai vraiment envie de le faire.

— Tu peux me dire tout ce que tu as envie de lui dire. Offre permanente. Appelle-moi quand tu aimerais pouvoir lui crier dessus. Je t'écouterai toujours.

— Tu as assez à faire avec tes patients. Tu n'as pas besoin qu'une femme de Miami te crie dessus à propos de quelqu'un qui n'est même pas ton patient.

— Si cette femme est toi, j'en ai besoin.

— Toutes ces flatteries me montent à la tête.

— J'avais tellement hâte de te revoir.

Ah, tu la joues vraiment cool, mec. Tu te souviens qu'il ne serait pas juste de la laisser, elle ou une autre femme, trop s'impliquer avec toi ? Tu te souviens de la discussion qu'on a eue avant de voir Dee ? Ouais, je me souviens, alors va te faire foutre. J'ai tenu bon jusqu'à ce qu'elle entre dans la pièce chez sa sœur, plus sexy qu'aucune femme ne devrait l'être, et aussitôt, j'ai oublié pourquoi ce n'était pas une bonne idée.

Peut-être qu'on pourrait avoir ce week-end en prime avant que je retourne à la réalité. Qui pourrait être blessé par un week-end de plus ?

Si la douleur dans ma poitrine à l'idée de ne plus la voir est une indication, je pourrais en être blessé. Et elle aussi. Ce week-end doit être le dernier. C'est comme ça. Encourager quoi que ce soit d'autre serait très injuste pour elle – et pour moi.

— Je peux te demander quelque chose ?

— Bien sûr.

— Tu as envie de sortir, ou serais-tu d'accord pour aller dans un endroit où l'on peut être seuls ?

Elle reste silencieuse assez longtemps pour que je commence à craindre de m'être mépris sur son compte.

— Allons chez moi.

MARCUS

J'ai vraiment tout gâché. Mes parents et ma sœur sont hystériques depuis que je me suis réveillé. Je me sens mal de les avoir bouleversés. Je n'arrive pas à croire que Bianca ait dit à Dee qu'ils me soupçonnent d'avoir essayé de me suicider. Je n'ai pas essayé. Pas consciemment, en tout cas. J'ai pris quelques Xanax pour me calmer les nerfs, oubliant la vodka que j'avais consommée plus tôt, et apparemment le mélange a failli me tuer.

Ce n'était pas intentionnel. Je ne veux pas mourir avant d'avoir pu me raccommoder avec Dee. Il n'y a qu'elle qui compte pour moi.

Cela fait des années que je lui cache mon alcoolisme. C'est devenu plus facile quand j'ai déménagé de New York. Mais mon ivresse est la raison pour laquelle j'ai fini marié à quelqu'un d'autre. C'est la raison pour laquelle j'ai brisé le cœur de la seule femme que j'aie jamais aimée. Je me souviens à peine de cette nuit à Vegas ou de la façon dont j'ai fini par me marier avec l'une des femmes qui traînaient avec mes potes et moi.

Je me suis réveillé le lendemain avec une blonde dans mon lit, une bague au doigt et le pire sentiment que j'aie jamais éprouvé de ma vie lorsque j'ai commencé à combler les vides de la nuit précédente.

Dee.

Elle a été ma première pensée à l'époque et elle l'est encore aujourd'hui. Elle est ma première pensée chaque jour depuis que j'ai provoqué ce désastre pour nous deux. J'ai besoin de lui parler, de lui dire que je ne la blâme pas pour tout cela. C'est cela que je crains, que Bianca fasse culpabiliser Dee alors qu'elle ne le mérite pas. Elle n'a rien fait de mal. Non, tout est de ma faute.

J'aurais dû écouter ma famille et mes amis qui me suppliaient de me faire soigner avant que quelque chose d'horrible n'arrive. Ils avaient peur que je tue quelqu'un en conduisant en état d'ébriété, ce que je n'ai jamais fait. Cela n'est donc pas arrivé, mais quelque chose d'autre a eu lieu : j'ai brisé le cœur de mon seul véritable amour et maintenant je cherche désespérément à réparer cela.

Bianca a laissé mon téléphone en charge sur la table à roulettes à côté de mon lit d'hôpital. Je l'attrape, trouve le nom de Dee dans mes contacts et compose un message.

Je n'ai pas essayé de me tuer. Peu importe ce que Bianca a dit, ce n'est pas vrai et si elle a essayé de te faire sentir coupable de quelque façon que ce soit, je suis désolé. Rien de tout ça n'est de ta faute. J'ai merdé et il y a des choses que je dois te dire, des choses que tu as le droit de savoir. On peut parler, s'il te plaît ?

Le texte apparaît comme distribué mais non lu.

Je fixe mon téléphone, essayant par télépathie de persuader Dee de lire le message, quand un autre médecin entre dans la pièce. Qu'est-ce qu'il y a encore ? J'ai déjà été piqué et sondé dans tous les sens. Que reste-t-il ?

— Bonjour, Marcus, dit la femme aux cheveux noirs. Je suis le docteur Stern, la psychiatre de garde. Vous pouvez m'appeler Justine si vous le souhaitez.

Le mot *psychiatre* me fait gémir.

— Je n'ai pas essayé de me tuer. Ce n'est pas ce qui s'est passé.

Elle s'assied à côté de mon lit.

— Que s'est-il passé ?

— J'ai mélangé du Xanax à de l'alcool par accident. Je n'ai pas pensé à ce que la combinaison pourrait faire. C'était une erreur, pas une tentative de suicide.

— Votre famille était plutôt bouleversée, d'après ce qu'on m'a dit.

— Ma sœur a cédé à la panique quand elle est venue voir comment j'allais et qu'elle n'a pas réussi à me réveiller. Je me sens mal de leur avoir fait peur.

— Pourquoi penseraient-ils que vous vouliez mettre fin à vos jours ?

— Les choses ont été compliquées ces derniers temps. Vraiment, vraiment compliquées.

— Comment ça ?

— Faut-il passer par tout ça ?

— Si vous voulez être autorisé à sortir. Je dois être sûre que vous ne vous ferez pas de mal si je signe vos documents de sortie. Alors que diriez-vous de me raconter ce qui a été si compliqué dernièrement ?

— Ma femme m'a quitté.

— Je suis désolé de l'entendre.

— Non, c'était une bonne chose.

— C'est vrai ?

Je hoche la tête.

— Nous n'étions pas destinés à être mariés. C'était une erreur.

— Vous avez épousé quelqu'un par erreur ? Comment est-ce arrivé ?

— J'étais ivre. Nous étions à Vegas. Elle était là. Une chose en entraînant une autre, je me suis réveillé marié à la mauvaise femme.

— Qui était la bonne ?

— Ma petite amie, Dee. C'est celle que j'aime, celle que j'ai toujours aimée. On était ensemble depuis des années puis on a rompu, mais on venait de se remettre ensemble quand c'est arrivé. Elle était à New York et moi à Miami, mais tout allait bien entre nous. Jusqu'à ce que je foute la merde, en tout cas, et depuis, elle ne prend pas mes appels et ne répond pas à mes textos.

— Comment a-t-elle réagi quand vous lui avez dit que vous aviez épousé quelqu'un d'autre ?

— Je ne suis pas vraiment sûr.

— Elle ne l'a pas appris de vous ?

— Non et je le regrette. Elle aurait absolument dû l'entendre de ma bouche, mais qu'est-ce que j'étais censé lui dire ? Oh, au fait, je me suis fait allumer la nuit dernière et je me suis réveillé marié à Ana, la sœur de mon pote, ce qui n'était *pas* censé arriver.

— OK, donc vous vous êtes marié par accident. Que s'est-il passé ensuite ?

— Nous sommes rentrés à Miami. Ana a emménagé et voulait que ce soit un vrai mariage.

— Et pendant ce temps, vous pensiez à Dee, qui ne prenait pas vos appels et ne répondait pas à vos SMS. C'est bien ça ?

— Je pensais à elle chaque minute de chaque jour où j'étais marié à Ana.

— Avez-vous couché avec Ana ?

Cette question me met mal à l'aise.

— Je suppose.

— Vous supposez ? L'avez-vous fait ou pas ?

— On était mariés.

— Donc pendant que vous vous languissiez de Dee après lui avoir brisé le cœur en épousant quelqu'un d'autre, vous couchiez avec votre nouvelle femme. Est-ce que j'ai bien compris ?

Je me tortille sous l'intensité de son regard. Elle a envie de me poignarder au nom des femmes du monde entier et je ne lui en veux pas.

— Vous avez raison. Je ne suis pas fier de mon comportement, mais sachez que je n'ai jamais rien fait de tel auparavant.

— Épouser quelqu'un qui n'est pas votre petite amie à long terme ?

— Oui, dis-je en serrant les dents lorsque le docteur commence à m'agacer. Je me suis rendu compte que j'ai un problème avec l'alcool.

— Que faites-vous à ce sujet ?

— Je n'ai encore rien fait.

— Qu'est-ce que vous attendez ?

— Je ne sais pas.

— Pensez-vous qu'un incident presque fatal résultant d'un mélange de Xanax et d'alcool pourrait être l'impulsion dont vous avez besoin ?

— Peut-être.

— Ce n'est pas une blague, Marcus. Si votre sœur ne s'était pas inquiétée quand elle n'a pas pu vous joindre, vous auriez pu mourir.

— Oui, je le sais.

— Et ce n'était pas votre intention ? De mettre fin à cette souffrance que vous avez endurée en faisant une overdose ?

— Ce n'était pas mon intention. Je ne veux pas mourir. Je veux juste arranger les choses avec Dee.

— Je pense qu'il va vous falloir accepter que cela n'arrivera pas.

— Comment pouvez-vous le savoir ? Elle et moi n'avons même pas parlé de ce qui s'est passé. Elle ne veut pas me parler.

Le docteur Stern se penche en avant et pose sa main sur mon bras.

— Marcus, vous avez épousé quelqu'un d'autre sans rompre avec elle d'abord. Elle ne va pas vous parler. C'est fini pour elle.

— Comment ça peut être fini pour elle alors qu'on n'en a jamais parlé ?

— C'était fini pour elle à la minute où vous vous êtes marié avec quelqu'un d'autre et que vous l'avez laissée apprendre cela par le biais d'autres personnes.

— Je ne voulais pas que tout cela arrive.

— Je comprends, mais *c'est arrivé* et maintenant vous devez trouver un moyen de vivre avec les conséquences.

— Je ne pourrai jamais vivre avec si je n'ai pas l'occasion de lui parler.

— Vous comprenez qu'en continuant à lui tendre la main, vous la blessez probablement à nouveau ?

Cela ne m'est pas venu à l'esprit, pas en ces termes, en tout cas.

— Il y a combien de temps que vous avez épousé Ana ?

— Un an.

— Dee pensait-elle qu'elle allait probablement être celle que vous épouseriez ?

— On avait parlé de le faire quand elle serait revenue vivre à Miami.

— Donc Dee a eu un an pour recoller les morceaux, pour remettre sa vie en ordre et aller de l'avant, et chaque fois qu'elle entend parler de vous, ça doit être un rappel de ce qu'elle a surmonté. Vous l'avez blessée, Marcus. Vous l'avez peut-être même dévastée, vu qu'elle s'attendait à devenir votre femme. En continuant à lui tendre la main, vous ne faites qu'aggraver cette douleur pour elle.

— Je ne veux pas la blesser. Je veux seulement avoir la chance de m'expliquer et de m'excuser.

— Alors écrivez-lui une lettre, mais arrêtez de l'appeler et de lui envoyer des SMS. Ce n'est tout simplement pas juste pour elle.

Je ne veux pas entendre ce qu'elle dit, même si je peux voir la vérité là-dedans.

— Ce dernier incident est la deuxième fois que l'alcool a provoqué un désastre dans votre vie. La première fois, vous avez eu le cœur brisé. Celui-ci a presque causé votre mort. Vous dites que ce n'était pas intentionnel...

— Ce n'était pas le cas. Je le jure devant Dieu. Je ne suis pas suicidaire. Même si cette dernière année a été mauvaise, je n'ai jamais pensé à mettre fin à mes jours. Quel bien ça ferait ? Ça n'arrangerait rien avec Dee, ce qui est mon seul but.

— Je pense qu'il est temps d'avoir un nouvel objectif, un qui se concentre sur le fait de retrouver la santé. Est-ce que vous envisageriez une cure de trente jours ou plus si nécessaire ?

— Je, euh, je dois travailler.

— Que faites-vous dans la vie ?

— Je suis directeur d'agence bancaire.

— Je peux vous aider à remplir les papiers pour prendre un congé maladie.

— Je ne suis pas sûr que ce soit une bonne idée. Le chaos de ma vie personnelle s'est répercuté sur mon travail et je suis en quelque sorte sur la corde raide.

Ce sont les mots que mon directeur régional a utilisés la dernière fois que nous nous sommes rencontrés après que j'ai été en retard dans la transmission d'informations hebdomadaires vitales pour la troisième semaine consécutive. C'est difficile de se concentrer sur quoi que ce soit quand on ne pense qu'à arranger les choses avec la personne qu'on aime.

— Vous êtes protégé par la loi fédérale dans cette situation. Si vous avez des documents attestant d'un problème médical, votre employeur est tenu de protéger votre emploi.

Je ne le savais pas.

— Serais-je obligé de leur dire quelle est ma condition ?

— Laissez-moi vous demander ceci... Vous avez dit que vous êtes sur la corde raide. Pensez-vous que vous avez caché votre dépendance à l'alcool à vos collègues ? Seraient-ils surpris d'apprendre que vous êtes en désintoxication ?

— Probablement pas. Ils pourraient même se sentir soulagés.

— Alors qu'est-ce que ça peut faire ? Si vous aviez un cancer, ils organiseraient des collectes de fonds pour vous. L'addiction est une maladie, tout comme le cancer ou le diabète.

Je recule devant ce terme.

— Je ne suis pas un *addict*.

— Non ? Avez-vous, oui ou non, épousé une femme que vous n'aimiez pas, brisant le cœur de la femme que vous aimez vraiment à cause de l'alcool ? Avez-vous, oui ou non, mélangé du Xanax et de l'alcool et failli mettre fin à votre vie prématurément ?

— J'ai fait ces choses, mais je ne suis pas accro.

— Les comportements que vous avez décrits sont les caractéristiques d'une personne en proie à l'alcoolisme, qui est une forme de dépendance. Votre médecin vous a-t-il parlé de vos résultats hépatiques ?

— Il a dit qu'ils étaient élevés.

— Ils sont très élevés. Savez-vous à quoi ressemble une insuffisance hépatique ?

— Pas vraiment, dis-je en me forçant à rester assis alors que je veux sortir de là.

— Je ne souhaiterais pas cette mort à mon pire ennemi.

Ses mots durs font naître en moi une note de peur. C'est la première chose que j'ai ressentie en dehors de l'agonie pour Dee depuis plus d'un an.

— Vous avez vingt-huit ans, Marcus, avec le foie d'un alcoolique de soixante-quinze ans. Vous allez vers une mort prématurée et agonisante si vous ne faites pas quelques changements bientôt.

Elle pose sa carte de visite sur ma table.

— Pensez à vous faire aider. Je peux travailler avec l'équipe de l'hôpital pour vous faire entrer en traitement et je serais heureuse de continuer à travailler avec vous pendant et après votre cure.

Je regarde la carte avec appréhension. Je ne suis pas obligé d'en faire quoi que ce soit.

— En attendant, je vais prier pour que vous trouviez la paix. Si je peux vous aider, n'hésitez pas à me contacter. Mon numéro de portable est sur ma carte. Appelez-moi à toute heure.

— Merci. Allez-vous me permettre de sortir ?

— Pas avant que vous ayez terminé le sevrage.

— Qu'est-ce que c'est ?

— Vous êtes sur le point de découvrir ce qui se passe lorsque le corps souffre du manque d'alcool. Ce n'est pas agréable et vous allez être assez souffrant pendant quelques jours. Les médecins voudront surveiller de près vos signes vitaux pendant cette période.

Je ne peux pas croire qu'il est possible de se sentir pire que je ne me sens déjà.

— Merci d'être passée.

— Pas de problème. Portez-vous bien.

Longtemps après son départ, je pense à ce qu'elle m'a dit et surtout à la façon dont j'ai blessé Dee chaque fois que je lui ai tendu la main. Je n'ai pas pensé à ce que ça lui ferait d'avoir de mes nouvelles après ce que je lui ai fait. J'ai été tellement concentré sur le fait d'essayer d'arranger les choses avec elle. Je n'ai eu que cela en tête depuis que les choses ont explosé avec Ana et qu'elle est partie. J'étais content qu'elle parte pour que je puisse me concentrer sur comment retrouver la vie que j'avais perdue lors de cette nuit fatidique à Las Vegas.

Le docteur Stern m'a fait réaliser qu'au cours de l'année écoulée, Dee a évolué sans moi. Peut-être même qu'elle voit quelqu'un d'autre. Je suis rempli de panique à l'idée qu'elle soit avec un autre homme, même si je comprends que je suis le seul responsable de ce désastre.

Je regarde la carte que le docteur Stern a laissée pendant un long moment, en pensant à ce qu'elle a dit sur mon foie et l'agonie d'une insuffisance hépatique. Je ne veux pas mettre trente jours de plus entre moi et Dee avant que nous puissions nous raccommoder. Je ressens un besoin urgent de m'occuper de cela avant de faire quoi que ce soit d'autre, mais je ne veux pas la blesser plus que je ne l'ai déjà fait.

C'est une bonne idée de lui écrire une lettre. Je vais y réfléchir.

Je prends la carte de visite que la psy a laissée sur la table et j'étudie la liste d'initiales après son nom. Elle a probablement vu des centaines de patients comme moi, ce qui veut dire qu'elle sait de quoi elle parle.

Avant que je puisse me dissuader de faire ce que je sais devoir faire, je compose son numéro sur mon portable.

— Docteur Stern.

— C'est Marcus.

— Rebonjour, Marcus. Que puis-je faire pour vous ?

— Ce que vous avez dit à propos de mon travail, qu'ils sont obligés de le garder pour moi. C'est sérieux ?

— Oui, tout à fait.

Mes yeux se remplissent de larmes quand je pense à Dee, à ce que je lui ai fait à elle, à nous. Si je n'avais pas été bourré à Las Vegas, je n'aurais jamais fini marié à une femme pour laquelle je ne ressens rien d'autre que de l'amitié. J'aime Dee. J'aimerai toujours Dee.

— Marcus ?

J'essuie mes larmes.

— Je pense que j'ai besoin d'aide.

CHAPITRE 5

CARMEN

près le départ de Dee et Wyatt, nous nous retrouvons dehors sur le patio à discuter de la possibilité qu'ils deviennent un couple.

— Dis-nous tout sur lui, dis-je à mon mari. Je veux tous les détails.

— C'est un type bien, répond Jason.

Si je ne le connaissais pas mieux, il aurait pu s'en tirer avec ça, mais je peux dire rien qu'à le regarder que quelque chose le perturbe.

— Tu n'es pas content qu'ils sortent ensemble ?

— Je n'ai jamais dit ça.

Sa réponse prononcée sur un ton cinglant me prend par surprise. Il ne me parle jamais comme cela, ce qui ne fait que renforcer mon soupçon qu'il n'est pas convaincu qu'ils devraient être ensemble.

— Tu crois qu'il s'est passé quelque chose entre eux au mariage ? demande Maria.

— Ils ont beaucoup dansé cette nuit-là, me souviens-je. Le photographe a pris un tas de photos d'eux ensemble.

— Je veux dire après. Dee n'a jamais dit ce qu'elle avait fait cette nuit-là. Nous sommes tous sortis, mais elle a dit qu'elle avait d'autres projets. Tu penses que ses plans étaient avec lui ?

— Putain de merde ! C'est pour ça qu'il est là ! À cause *d'elle.*

— Il est ici pour un entretien à Miami-Dade, me rappelle Jason.

— A-t-il exprimé le désir de venir vivre ici avant le mariage ?

— Non, mais...

— C'est *vraiment* à cause d'elle !

— C'est génial !

Maria applaudit avec joie et ajoute :

— Il est *exactement* ce dont elle a besoin après le cauchemar avec Marcus. Un mec super sympa, un médecin talentueux, plus torride que le soleil...

— Coucou, chérie, dit Austin sèchement. Je suis là.

Maria est prise d'un fou rire.

— Désolée, dit-elle, mais c'est vrai qu'il est super sexy.

— Il l'est, confirmé-je. Il a ce côté docteur Mamour avec ses cheveux et ses yeux.

— On va y aller, dit Jason en se levant.

Je lui lance un regard perplexe mais garde ma curiosité – et mon inquiétude – pour moi pendant que nous disons bonne nuit à Maria et Austin et les remercions. Cela dure jusqu'à ce que nous soyons dans la voiture quand je me tourne vers lui.

— Qu'est-ce qui s'est passé ?

— Qu'est-ce qui s'est passé avec quoi ?

— Tu veux partir tout à coup ? Tu n'es pas fâché que je sois d'accord avec Maria pour dire que Wyatt est sexy, non ?

— Bien sûr que non. C'était juste l'heure de partir.

— Alors tu vas tout simplement me dire pourquoi tu n'es pas content à l'idée que Wyatt et Dee soient ensemble – et n'essaie pas de me dire que ça ne te chiffonne pas. Je te connais trop bien.

— Ce n'est pas ça.

— Alors quoi ?

— Il y a des choses... à propos de lui... Des choses qu'elle devrait savoir.

— Et tu penses qu'il ne va pas lui dire ces choses ?

— Il ne le fera pas.

— Pourquoi ?

— Parce que c'est quelque chose dont il ne parle jamais à personne dans sa vie privée.

— Qu'est-ce que c'est ?

Il secoue la tête.

— S'il te plaît, ne me le demande pas. Ce n'est pas à moi de raconter cette histoire.

— Tu sais ce qu'elle représente pour nous, Jason, et ce qu'elle a enduré avec Marcus. Si tu sais quelque chose qu'elle devrait savoir, il faut que tu me le dises.

— Non, je ne le ferai pas. Mais je t'assure que je vais parler à Wyatt. Dès que j'en aurai l'occasion. Ça, je peux te le promettre.

J'ai mal à l'estomac à l'idée que notre ami puisse faire du mal à ma cousine, qui a déjà assez souffert.

— Est-ce qu'elle...

Je déglutis quand les mots restent coincés dans ma gorge et finalement demande :

— Est-ce qu'elle n'est pas en sécurité avec lui ?

— Physiquement, oui. Je n'aurais jamais laissé Dee partir avec lui si cela avait été un problème, Carmen. Dis-moi que tu le sais.

— Je le sais, mais tu es si énigmatique. Peu importe ce que c'est, tu peux m'en parler. Je ne le répéterai à personne.

— Tu lui dirais cela. Tu te sentirais obligée de le lui dire.

— Tu me fais peur, Jason. Tu sais à quel point je l'aime et ce que Marcus lui a fait subir. Je ne peux pas laisser un de nos amis lui faire du mal.

— Je sais et tout ce que je peux te dire, c'est que je ferai tout ce que je peux pour que ça n'arrive pas. Je te le dirais sur-le-champ si je pouvais. Mais je ne peux pas. Wyatt doit le lui dire, et ensuite elle pourra te le dire si elle le souhaite.

— Et tu vas t'assurer qu'il lui dira bientôt ?

— Je le ferai.

Il prend ma main mais garde les yeux sur la route. Il a appris à être très prudent en Floride du Sud.

— Il est possible que ce qui se passe entre eux ne soit qu'un flirt passager. Si c'est le cas, il ne lui dira rien parce que ça n'aura pas d'importance.

J'ai la tête qui explose alors que j'essaie de lire entre les lignes.

— Comment es-tu au courant ?

— Il me l'a dit quand on était à l'école de médecine. Il ne l'a dit qu'à moi et a insisté sur le fait que c'était très important pour lui que personne d'autre ne le sache.

— Pourquoi te l'a-t-il dit ?

— Je ne peux pas en parler à moins qu'il ne décide d'en parler à Dee. Je suis désolé de devoir garder le secret, Carmen. Je ne te cacherais jamais rien à moins d'y être obligé. Tu le sais, n'est-ce pas?

— Je crois que oui.

— C'est la vérité. Je n'essaie pas intentionnellement d'être évasif. Je vais parler à Wyatt à la première occasion. Essaie de ne pas t'inquiéter. Je ne veux pas voir Dee blessée plus que toi, surtout par mon ami.

— Il a l'air d'être un type vraiment bien.

— Il l'est.

— Donc, on ne parle pas d'une sorte de grave défaut de caractère ?

— Non.

Sa mâchoire est serrée, tout comme sa prise sur le volant. Cette situation le stresse et j'ai horreur de cela, pour nous tous.

Quand nous arrivons à la maison, il va prendre une douche et j'attrape mon téléphone pour envoyer un SMS à Maria. *Il se passe quelque chose avec Wyatt. Jason ne veut pas me le dire, il dit que c'est à Wyatt de partager ou non avec Dee, mais quoi que ce soit, ça énerve Jason. Il dit qu'il va en parler à Wyatt dès qu'il le pourra.*

Elle lui répond quelques minutes plus tard. *Oh mince. C'est quoi ce bordel ?*

Quoi que ce soit, ça le stresse. Il a dit que ce n'est pas quelque chose que Wyatt dirait à Dee de lui-même.

Pourquoi tous ces secrets ?

Aucune idée, mais je n'aime pas ça, surtout avec tout ce qui se passe avec Marcus.

Je suis d'accord. Gardons un œil sur ça et intervenons si nécessaire.

Je ne veux pas avoir à le faire.

Moi non plus. C'était déjà dur la dernière fois.

Lorsque Jason se met au lit quelques minutes plus tard, j'y suis déjà, à fixer le plafond, à penser à ma cousine et à souhaiter de tout mon cœur qu'elle puisse trouver l'amour de sa vie. C'est tout ce qu'elle a toujours voulu : tomber amoureuse et fonder une famille.

Pendant que Maria et moi poursuivions nos carrières, Dee rêvait d'être maman. À une époque, elle nous a dit qu'elle et Marcus allaient avoir six enfants. Ce rêve, et tous les autres qu'elle avait en rapport avec lui, ont pris fin quand il a épousé quelqu'un d'autre. Même quand ils étaient séparés, on a toujours su qu'elle tenait à lui.

— Tu es en colère ? demande Jason.

— Non.

— Déçue ?

— Non.

Il se tourne sur son flanc pour me faire face.

— À quoi tu penses ?

— Je pense à Dee, qui croyait qu'elle allait épouser Marcus et avoir six enfants avec lui avant qu'il n'épouse soudainement quelqu'un d'autre et lui brise le cœur.

— Je déteste que cela lui soit arrivé.

Je le regarde.

— Tu ne peux pas laisser Wyatt lui faire du mal. S'il te plaît, dis-moi que tu vas te mettre en travers de ça.

— Je te promets que je le ferai. Je ne le laisserai pas lui faire du mal.

Je me dis que je dois me contenter de ses assurances, mais mon estomac se tord à l'idée d'un nouveau chagrin d'amour pour Dee.

DEE

Je montre le chemin en montant les marches jusqu'à mon appartement au-dessus du garage. Heureusement, mon oncle et ma tante ne vivent pas ici, sinon je ne supporterai pas d'y habiter. Maria pensait la même chose quand elle vivait dans l'appartement avant moi. Notre famille s'occupe déjà assez de nos oignons sans que nous ayons à vivre à côté de « parents ». Dans notre famille, ils sont *tous* nos parents, qu'ils nous aient donné naissance ou non.

— Quel endroit mignon, dit Wyatt quand nous sommes à l'intérieur de la grande pièce qui constitue ma cuisine, mon salon et ma salle à manger.

— Ce n'est pas grand-chose, mais c'est chez moi. Pour l'instant, en tout cas.

Le mieux, c'est que le loyer et mes autres dépenses sont gérables avec ce que je gagne en travaillant cinq soirs par semaine au restaurant. Je ne pensais pas être encore serveuse à mon âge, mais rien ne s'est passé comme prévu.

Je ne peux pas penser à cela, ni laisser l'amertume envahir cette soirée avec un homme que j'apprécie et qui semble m'apprécier tout autant.

Wyatt me suit dans la cuisine.

— Tu veux prendre un verre ?

Il secoue la tête et fait un pas de plus vers moi jusqu'à ce qu'il soit juste en face de moi.

— Voilà ce que je veux, dit-il en me donnant un baiser tout simple, doux et tendre. C'est ce que j'aurais fait si on avait été seuls quand je t'ai revue.

Ses mains sont sur mes hanches alors que les miennes finissent sur son torse.

— J'aurais dit : salut toi, ajoute-t-il. Tu m'as manqué depuis la nuit où nous nous sommes rencontrés.

— C'est un peu bizarre que quelqu'un que tu connais à peine te manque.

— Je te connais.

Levant une main pour balayer mes cheveux, il embrasse l'endroit de mon cou qui me fait soupirer.

— Tu vois ? Je sais ce qui se passe quand je t'embrasse juste là. Je sais que si je fais *ceci*, dit-il en prenant mes seins et en passant ses pouces sur mes tétons, tes jambes vont se dérober sous toi.

En effet, mes jambes fléchissent, ce qui le fait sourire.

— Je te connais, Dee. Je sais que tu es magnifique, amusante, drôle et tellement dévouée à ta famille que tu as abandonné ta vie à New York pour être là pour ta maman pendant qu'elle est malade. Je sais combien tu aimes ta sœur et ta cousine, combien vous êtes proches toutes les trois et combien tu aimes ta Nonna et la grand-mère de Carmen. Abuela, c'est ça ?

— Oui.

J'ai le souffle coupé par les baisers qu'il dépose dans mon cou et le mouvement de ses pouces sur mes tétons. Je suis impressionnée qu'il se souvienne que je lui ai dit combien Nonna et Abuela sont vitales pour nous tous, les cousins, et que l'Abuela de Carmen n'est pas techniquement ma grand-mère, mais qu'il ne faut pas dire cela, ni à elle, ni à moi.

— Je sais que tu as deux frères, Nico et Milo, et que ta famille élargie se réunit chaque dimanche pour un brunch au restaurant. Je sais que tes cousins sont comme des frères et sœurs supplémentaires pour toi. Et depuis ce soir, je sais que ton cœur tendre a été gravement blessé par l'homme que tu aimais, c'est pourquoi tu ne devrais pas me laisser t'embrasser et te toucher.

Cette déclaration me frappe comme un jet d'eau glacée sur le visage. Je recule pour pouvoir le voir et lire le regret dans son expression.

— Je ne comprends pas.

— Il y a des choses... sur moi... Des choses que tu ne connais pas et tu devrais, avant qu'on ne recommence...

Il souligne son propos en pressant son érection contre mon ventre, déclenchant un feu d'artifice dans tout mon corps ultra sensibilisé.

D'un seul coup, je ne veux pas savoir pourquoi c'est une mauvaise idée, pourquoi il n'est pas bon pour moi ou quoi que ce soit qui puisse ruiner cet état de rêve dans lequel je me suis glissée après seulement quelques minutes dans ses bras. Tout comme la première fois que nous avons été ensemble de cette façon, son contact me fait quelque chose qui n'est jamais arrivé auparavant et tout ce que je veux, c'est continuer à ressentir cette sensation incroyable.

— Ça n'a pas d'importance, lui dis-je. Quoi que ce soit, à moins que tu ne déclares être marié ou avoir une MST ou quelque chose qui pourrait me nuire, je n'ai pas besoin de le savoir.

Son visage s'illumine à ces mots.

— Il y a une chose que tu dois absolument savoir et après t'avoir dit cette chose, je promets de me taire pour qu'on puisse en profiter.

— Qu'est-ce que c'est ?

Je penche ma tête pour lui permettre un meilleur accès à mon cou. Je ne savais pas à quel point j'aimais qu'on m'embrasse dans le cou avant que Wyatt ne le fasse après le mariage.

— Ça, toi et moi... Ça ne peut pas être plus que ça. Même si j'obtiens le poste ici, cela ne peut être que des relations sans engagement.

Je veux lui demander pourquoi, mais je présume que c'est quelque chose que je préfère ne pas savoir. Alors je ne demande pas.

— J'ai besoin que tu me dises que tu comprends, Dee. On ne peut pas avoir de sentiments l'un pour l'autre.

C'est trop tard pour me prévenir à propos de sentiments. J'ai réalisé ce soir, chez Austin et Maria, quand mon cœur a failli exploser rien que de le voir, que j'ai déjà des sentiments pour lui. Mais il n'a pas besoin de le savoir.

— Je comprends.

— Tu es sûre ? Je peux partir maintenant et prendre un Uber pour retourner chez Jay. Ce n'est pas dur. Enfin, c'est un peu dur, dit-il en souriant tout en frottant sa bite contre moi.

Je ris, ce qui brise la tension qui s'est accumulée au cours des dernières minutes.

— Je ne veux pas que tu partes et je comprends que ça ne peut être rien de plus que du divertissement sans engagement.

— Et tu sais que quoi qu'il arrive entre nous, ça ne changera pas, n'est-ce pas ?

La tristesse et la résignation que je lis dans ses yeux me font souffrir pour lui. Qu'est-ce qui peut pousser un homme aussi gentil, beau, sexy et brillant à fixer des limites aussi fermes ? Veut-il dire qu'il ne s'engagera avec personne ou avec moi en particulier ? Je me dis que ça n'a pas d'importance non plus, mais cela en a.

— Je comprends, mais j'ai une question.

— OK.

— Veux-tu dire que ça ne pourra jamais aller plus loin avec moi ou avec personne ?

— Avec personne. Si les choses étaient autres, tu serais celle que je voudrais pour moi.

— Quelles choses auraient besoin d'être différentes ?

— Des choses dont je ne parle pas. C'est juste comme ça, tu sais ?

Je ne sais pas, mais quelle importance ? Je ne suis pas en mesure de commencer quelque chose de nouveau avec quelqu'un. Ma mère est malade. Presque tout ce que je possède est toujours à New York. Je travaille au restaurant familial comme je le faisais quand j'étais adolescente et mon ex a peut-être, ou peut-être pas, essayé de se suicider parce que je refusais de lui parler. La dernière chose dont j'ai besoin, c'est un engagement romantique compliqué ou un drame de plus que ce que j'ai déjà.

Il recule pour me regarder.

— Je comprendrais si tout ça était rédhibitoire, Dee. Tu es une personne tellement géniale. Je ne veux pas t'induire en erreur.

— Tu as été très honnête, et j'apprécie cela plus que tu ne le penses.

Surtout après ce que Marcus a fait.

— Tu veux que je parte ?

Je secoue la tête. Ce que je veux, plus que tout, c'est retrouver ce qu'il m'a fait ressentir la nuit du mariage, comme si j'étais spéciale, sexy et parfaite. Après une année à me sentir comme une merde, c'était un cadeau inestimable.

— Je veux que tu restes.

Je le conduis dans ma chambre et me tourne vers lui pour pouvoir déboutonner sa chemise et révéler l'incroyable tatouage qui s'étend sur toute sa poitrine et que j'ai admiré la première fois que nous étions ensemble. C'est un sphinx avec le corps d'un lion et les ailes d'un aigle. L'œuvre est détaillée et colorée et j'aimerais avoir tout le temps du monde pour l'étudier. Comme la dernière fois que je l'ai vue, j'ai envie de lui demander pourquoi il a choisi cette image en particulier, ce qu'elle signifie et combien cela lui a fait mal de la faire faire.

Mais comme la dernière fois, il m'embrasse et j'oublie tout le reste.

Wyatt soulève mon haut et je romps le baiser assez longtemps pour le laisser le passer par-dessus ma tête. Son regard devient ardent lorsqu'il voit mes seins chercher à s'échapper du soutien-gorge sexy que j'ai mis au cas où nous finirions comme ça.

— Putain, chuchote-t-il. Tu es si sexy. J'ai tellement pensé à toi après notre nuit ensemble.

Vous voyez pourquoi je l'aime tant ? Wyatt ne sera pas mon avenir, mais je suis ravie qu'il soit mon présent et je compte bien profiter de chaque seconde de cette nouvelle performance.

Il continue à me déshabiller et puisqu'il a l'air d'aimer ça, je le laisse s'amuser. À chaque nouvelle partie de moi qu'il découvre, il m'apprécie davantage. Je me souviens de notre première fois ensemble, de la façon dont son attention a fait des merveilles pour mon amour-propre blessé. Quand votre petit ami s'en va épouser une blonde canon, les blessures sont profondes. Les commentaires de Wyatt et le plaisir évident qu'il tire de mon physique me font me sentir mieux dans ma peau que je ne me suis sentie depuis le désastre.

Wyatt me guide jusqu'au lit et me dispose comme il le souhaite avant de s'agenouiller et de plonger en moi, me donnant ses lèvres, sa langue et ses doigts dans un effort coordonné qui me fait crier en deux secondes à peine. Je n'avais jamais entendu certains des sons qui émanent de moi avant qu'il ne s'occupe de mon corps.

Je l'ai entendu quand il a dit que ça ne pouvait pas être plus que ce que c'est déjà, mais alors qu'il me donne l'orgasme le plus rapide de ma vie, je suis remplie de regret pour ce qui aurait pu être. Il est amusant, drôle, follement intelligent, sexy à souhait et il m'a montré un désir comme je n'en ai jamais connu auparavant, mais pour une raison quelconque, il ne veut pas s'attacher. Pourquoi le devrait-il, quand il ressemble à cela et qu'en plus il est chirurgien cardiaque, pour l'amour du ciel ?

Il peut avoir toutes les femmes. Pourquoi voudrait-il n'en avoir qu'une seule ?

— Hé.

Ses lèvres sont sur l'intérieur de ma cuisse alors que ses doigts continuent à se glisser en moi et à en sortir.

— Où es-tu passée, Dee ?

— Nulle part. Je suis ici.

— Tu m'as abandonné.

Et il me *voit*. C'est bien ma chance, hein ? Je trouve enfin la licorne et elle ne veut pas être prisonnière.

Il remonte mon corps en l'embrassant, taquine mes tétons avec sa langue et se fraie un chemin jusqu'à mes lèvres.

— Qu'est-ce qui ne va pas ?

— Rien.

— Dis-moi.

Je décide d'être honnête avec lui. Qu'est-ce que j'ai à perdre ?

— J'essaie de ne pas m'attacher, mais tu débarques et tu fais... *ça...*

Je fais un geste de la main vers le bas avant d'ajouter :

— Et c'est dur de se rappeler que je n'ai pas le droit de te garder.

Il laisse tomber sa tête sur ma poitrine.

— Je suis désolé, Dee.

— Mon Dieu, ne sois pas désolé de m'avoir donné le meilleur orgasme que j'aie jamais eu. C'est juste qu'une fille peut devenir accro à ce genre d'action.

— Ne fais pas ça.

— Oui, je t'ai entendu. Ce qui m'a amené à me demander pourquoi tu ne voudrais qu'une seule femme alors que tu peux avoir *toutes* les femmes.

Levant les yeux vers moi, il semble déconcerté.

— Ce n'est pas du tout ça.

Je hausse les épaules.

— Ça ne me regarde pas.

— Je te jure que ce n'est pas ça, Dee. Si j'étais en mesure d'être avec quelqu'un, je voudrais que ce quelqu'un soit toi. Je ne pense qu'à toi depuis des mois.

Je dois mettre fin à tout cela avant qu'il ne me détruise. Ma main sur son torse, je le pousse doucement.

— Debout.

Il se retire de moi et s'assoit sur le lit.

J'attrape la couverture qui se trouve au pied du lit et l'enroule autour de moi.

— Je ne pense pas pouvoir faire cela. Attends, ce n'est pas vrai. Je pense que je ne *devrais* pas le faire.

Wyatt regarde le sol, m'empêchant de savoir ce qu'il pense ou ressent.

— Je ne suis pas le genre de fille à avoir une aventure sans lendemain, ajouté-je doucement. Malgré la façon dont je me suis comportée après le mariage, ce n'est pas moi. Je n'ai pas de relations sexuelles sans lendemain, ou du moins je n'en ai jamais eu avant de le faire avec toi et même ça, je n'avais pas l'impression que c'était sans lendemain. C'était important et j'ai aussi beaucoup pensé à toi depuis.

J'avale l'énorme nœud qui s'est installée dans ma gorge.

— Et quand tu me dis que tu as pensé à moi et… je n'y arrive pas.

— Je comprends.

Je suis contente que l'un de nous comprenne.

— Je suis désolée.

— Je t'en prie, ne le sois pas.

Il se penche pour m'embrasser et ajoute :

— J'ai apprécié chaque seconde que j'ai passée avec toi.

— De même.

Réaliser que je ne le reverrai peut-être pas fait naître en moi un désir désespéré de quelque chose de plus.

— Je peux toujours te montrer Miami si tu le souhaites. Je ne travaille pas avant mardi.

Je peux tout de même faire cela, du moins c'est ce que je me dis.

— J'adorerais voir Miami avec toi.

Il boutonne la chemise qu'il n'a jamais enlevée et m'embrasse à nouveau.

— Je vais retourner chez Jay.

— Je passe te prendre là-bas demain matin ? Vers dix heures ?

— Ça me paraît bien.

— Dors bien.

— Toi aussi.

Je le regarde partir, en souhaitant des choses qui ne seront jamais, et j'attends que la porte se referme avant d'aller la verrouiller. J'ai les jambes en coton après l'orgasme tout à fait exceptionnel qu'il m'a offert en guise de cadeau de départ.

CHAPITRE 6

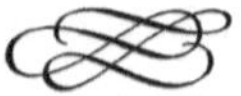

WYATT

Je me sens mal. Quitter Dee est la chose la plus difficile que j'ai eue à faire depuis longtemps, surtout que tout ce que je veux, c'est être avec elle, même si nous ne faisons que parler. J'aime parler avec elle. J'ai eu de la chance ces dix-sept dernières années. Je n'ai jamais rencontré de femme qui me donnait envie de plus, alors j'ai pu traverser la vie relativement indemne, protégeant mon cœur fragile de tout ce qui pouvait ressembler à un chagrin d'amour.

Jusqu'à maintenant.

J'ai envie de me révolter contre l'injustice pure et simple d'avoir enfin rencontré une femme qui remplit toutes mes attentes et de devoir m'éloigner d'elle pour nous épargner à tous deux un futur désastre. Je ne peux tout simplement pas la soumettre à la réalité de ma vie, et je ne peux pas non plus me le faire à moi-même.

Mais mon Dieu, je le veux et oh, comme j'ai mal de savoir que je ne peux pas.

Dans l'Uber, j'envoie un texto à Jay pour lui dire que je suis en train de rentrer chez lui.

Appelle-moi quand tu seras là et je t'ouvrirai par l'intercom.
D'accord.

Je ne voulais pas quitter Dee. J'aurais donné n'importe quoi pour passer une autre nuit avec elle, même sans qu'il se passe quoi que ce soit entre nous. Le simple fait d'être dans la même pièce qu'elle me procure un sentiment de joie que je n'ai jamais connu auparavant. C'est le plus haut des sommets – et c'est la meilleure sorte d'euphorie, le genre entièrement naturel.

J'ai vu mon frère et mes amis tomber amoureux, s'installer, renoncer à leur liberté pour avoir la chance de passer l'éternité avec une seule personne et j'admets que je ne comprenais pas pourquoi ils le faisaient. Depuis que j'ai rencontré Dee, que j'ai passé du temps avec elle, que j'ai fait l'amour avec elle et que j'ai pensé à elle de façon obsessionnelle pendant des mois, je commence à comprendre.

S'ils ressentent pour leur partenaire ce que je ressens lorsqu'elle est près de moi, je vois pourquoi ils franchissent le pas, si cela leur permet de conserver cette sensation incroyable aussi longtemps que possible.

La circulation est fluide et je suis de retour chez Jay quinze minutes après avoir quitté Dee. Je lui envoie un message pour lui faire savoir que je suis arrivé.

Il me répond en m'indiquant comment utiliser le clavier à côté de la porte et me fait entrer.

Je prends l'ascenseur jusqu'à leur étage et sors. La première chose que je remarque, c'est Jay, debout dans l'embrasure de la porte, qui me tient la porte ouverte. Il n'est vêtu que d'un short de basket, ce qui me fait penser que je l'ai sorti du lit.

— Désolé d'être pénible, lui dis-je en le passant pour entrer dans l'appartement.

— Tu ne l'es pas, mais il faut qu'on parle, répond-il en faisant un signe de tête vers la terrasse. Dehors.

— Qu'est-ce qu'il y a ?

— Tu veux de l'eau minérale ou autre chose ?

— De l'eau minérale, c'est très bien.

— Je te rejoins dehors.

Je laisse la porte coulissante ouverte pour lui et il me rejoint une minute plus tard avec l'eau minérale pour moi et une bière pour lui. Il glisse la porte, la refermant derrière lui.

— Il se passe quelque chose d'excitant ?

— C'est ce que je veux savoir. Qu'est-ce qu'il y a entre toi et Dee?

— Rien.

Au moment même où je dis ce simple mot, la douleur s'intensifie.

— Rien maintenant.

— Qu'est-ce que ça veut dire ?

— On a passé du temps ensemble après le mariage.

Je lui dis la vérité parce que c'est l'un de mes amis les plus proches et je refuse d'être la source de problèmes entre lui et sa nouvelle femme. J'ajoute :

— Mais ça s'est arrêté là.

— Tu avais l'air d'être sacrément intéressé par elle ce soir, si c'est tout ce que c'était.

— J'étais vraiment intéressé par elle. Je l'aime beaucoup, mais la triste réalité est venue me rappeler pourquoi ce n'est pas possible. J'ai été honnête avec elle.

Les yeux de Jason s'écarquillent de surprise parce qu'il sait que je ne dis à personne toute la vérité sur moi.

— Tu lui as dit...

— Non, j'ai dit que ça ne pouvait être que pour s'amuser.

— Qu'est-ce qu'elle a répondu ?

— Elle était d'accord avec ça jusqu'à ce que ça change. Les choses devenaient un peu... intenses... entre nous quand elle y a mis un terme. Après tout ce qui s'est passé avec son ex, elle ne veut pas risquer d'être à nouveau blessée.

Je bois une gorgée de mon eau minérale, en espérant qu'elle fera disparaître l'énorme nœud dans ma gorge.

— Je suppose que les relations sans lendemain ne l'intéressent pas vraiment, dis-je.

— Elle était avec son ex pendant des années.

— Bah tu vois.

Je m'approche de la rambarde et regarde la baie de Biscayne, où un fin croissant de lune argentée illumine l'eau. Après avoir vécu la majeure partie de ma vie dans le désert, la beauté luxuriante du sud de la Floride m'émerveille. Je n'étais jamais venu ici avant le mariage de Jay, mais cet endroit m'a touché de bien des façons.

— Tu es déçu ?

Je hausse les épaules parce que c'est ce qu'il attend de moi.

— Rien de grave.

Il me rejoint à la rampe.

— Tu me racontes des conneries.

— Comment ça ?

— Je te connais depuis longtemps, je t'ai vu avec beaucoup de femmes et je ne t'ai jamais vu te comporter avec l'une d'elles comme tu l'as fait avec Dee tout à l'heure.

Son observation me donne l'impression d'être un peu trop visible.

— En quoi c'était différent ?

Je demande, même si je le sais déjà. Je veux l'entendre de sa bouche.

— Tu ne l'as pas quittée des yeux. Tu étais suspendu à ses lèvres. Tu as ri comme je ne t'avais jamais vu rire avec qui que ce soit.

Chacune de ses observations me rend plus triste que je ne l'étais déjà pour ce qui ne pourra jamais se produire.

— Ce ne serait pas juste, Jay. Ni pour elle, ni pour moi.

J'appuie mes coudes sur la rampe et je m'affaisse contre le béton, le laissant me soutenir.

— Une chose que je n'ai jamais été, c'est irréaliste et l'on sait tous les deux que je vis en sursis et ce depuis un moment maintenant.

— Et si tu étais celui qui défiait les probabilités ?

— C'est déjà le cas et tu le sais. L'espérance de vie moyenne après une transplantation est de onze ans. J'en suis à dix-sept. J'aurais dû avoir des problèmes bien avant maintenant.

— Mais tu n'en as pas parce que tu prends grand soin de toi.

— Oui, je le fais, mais la réalité finira par me rattraper et puis quoi ? Une mort soudaine qui traumatisera tous ceux qui m'aiment ou une autre attente angoissante pour un donneur qui peut ou non se matérialiser, suivie de mois de récupération et des montagnes russes d'un possible rejet. Je ne peux pas supporter l'idée d'une telle situation pour moi-même. Comment entraîner quelqu'un d'autre là-dedans ?

— Je suis désolé, Wyatt. Putain, ça craint.

— Ouais, mais c'est sûr que ce n'est pas si désagréable que ça quand on pense à l'autre éventualité.

Il rit lorsque je récite le refrain qui résume parfaitement ma vie. Je suis très reconnaissant de chaque seconde que j'ai eue depuis que quelqu'un d'autre a dû mourir pour me donner la chance de vivre. Je n'oublie jamais que j'ai frôlé la mort ni combien j'ai de la chance d'être encore en bonne santé. Mais je n'oublie pas non plus que les chances de rester en bonne santé indéfiniment sont très faibles.

— De toute façon, je suis sûr que tu as mieux à faire que de traîner avec moi. Va te coucher avec ta femme.

— Elle dort à poings fermés à l'heure qu'il est. Je suis content d'avoir la chance de traîner avec toi, juste tous les deux. Ça fait longtemps qu'on n'a pas fait ça.

— Ouais, trop longtemps.

On s'amusait beaucoup à l'école de médecine. Jason est le premier ami que je me suis fait après avoir recouvré la santé et j'apprécie qu'il ne m'ait jamais traité comme un infirme, même après que je lui ai dit la vérité. Mes parents et mes médecins ont insisté pour que quelqu'un à Duke soit au courant de toute l'histoire, au cas où j'aurais des problèmes. Peu après avoir rencontré Jay et avoir sympathisé avec lui, j'ai décidé que c'était à lui que je devais faire confiance. Je n'ai jamais regretté cette décision.

— Je suis désolé que tu sois déçu.

— Ce n'est pas grave. Je survivrai. Enfin, jusqu'à ma mort, en tout cas.

— Ne dis pas ça. Je crois que tu vas être l'exception à toutes les règles. Tu l'es déjà.

Au cours des années qui ont suivi ma greffe, je n'ai fait que m'épanouir. Dès l'instant où je me suis réveillé après l'opération de douze heures, je me suis senti renaître. Je n'ai jamais failli rejeter le cœur de ma donneuse et je n'ai jamais eu peur de quoi que ce soit. Mon cas a été présenté dans de nombreuses revues médicales comme un véritable succès.

Chaque fois qu'un autre patient transplanté de longue date décède, les médias m'appellent pour m'interviewer. D'une certaine manière, je suis devenu une sorte de figure emblématique des transplantations cardiaques réussies. Mais le jour du jugement dernier viendra même pour cette figure emblématique et je suis déterminé à ne pas entraîner quelqu'un d'autre dans ma chute, même si je suis plus tenté que jamais d'enfreindre mes propres règles avec Dee.

— Assez parlé de moi, dis-je. Parlons de toi. Comment vont les choses ?

— Je n'ai jamais été aussi bien. La meilleure chose que j'aie faite a été de prendre un emploi en « Sibérie », autrement dit à Miami, où j'ai rencontré ma magnifique femme et son incroyable famille. J'adore être ici.

— Je vois ça. Le mariage vous réussit bien.

— On en profite. Carmen... C'est la meilleure personne que j'aie jamais connue.

— Je suis heureux pour vous deux.

— Nous le sommes aussi, dit-il avec un sourire malicieux. C'est drôle comme je n'étais pas intéressé par le mariage pendant si longtemps, mais après avoir rencontré Carmen, c'était tout ce que je voulais, être lié à elle pour toujours pour qu'elle ne puisse jamais m'échapper.

— Elle ne partira pas. Pour une raison quelconque, elle est folle de toi.

— Je suis un homme très chanceux.

Il s'appuie contre le mur en béton, face à l'eau.

— J'aimerais que tu puisses avoir la même chose, Wy. Même si c'est seulement pour quelques années.

Ses mots prononcés à voix basse déclenchent un désir ardent en moi de savoir ce que c'est que d'être amoureux, vraiment amoureux, pour la première fois de ma vie. Cela pourrait arriver avec Dee. Je n'ai aucun doute là-dessus. Une grande partie de moi veut se lancer et foncer, sans se soucier des conséquences. Mais comment puis-je lui faire cela ? Comment puis-je lui demander de prendre ce genre de risque ? Je ne peux pas, point final. Il vaut mieux arrêter de penser à ce qui ne pourra jamais être que de se torturer avec des « si ».

— Je devrais aller au pieu, dis-je à Jason, pressé de mettre fin à cette conversation et d'être seul après cette journée émotionnellement épuisante.

En suivant Jason à l'intérieur, je réalise que je n'aurais jamais dû revenir ici. C'était la plus grosse erreur à faire et lundi, j'appellerai Miami-Dade pour annuler mon rendez-vous avec leur chef de chirurgie et d'autres responsables. Je ne peux pas déménager ici, vivre dans la même ville que Dee et ne pas la voir ou la vouloir. Ce n'est tout simplement pas possible.

— As-tu tout ce dont tu as besoin ? demande Jay.

— Oui, oui. Merci encore de me recevoir.

— Tu viens quand tu veux. Tu le sais bien. Je te vois demain matin.

— Bonne nuit, Jay.

Longtemps après que la porte de la chambre de Jason s'est refermée, je reste éveillé, fixant le haut plafond de l'appartement. À travers les immenses fenêtres qui constituent un pan entier du mur, je vois les étoiles scintiller là-haut. Carmen m'a prévenu plus tôt que la luminosité serait forte après le lever du soleil, mais je lui ai dit que cela ne me dérangeait pas. Je peux dormir à peu près dans n'importe quelles conditions, sauf, semblerait-il, en cas de peine de cœur.

J'ai une vie extraordinaire, une carrière pour laquelle je me suis cassé le cul et une vocation à soigner les patients qui provient d'une compréhension et d'une compassion que les autres médecins ne peuvent pas avoir autant que moi.

Mes incroyables parents ont remué ciel et terre pour me sauver la vie, hypothéquant tout ce qu'ils possédaient pour payer des factures médicales importantes que l'assurance médicale ne couvrait pas. Notre communauté a collecté beaucoup d'argent pour nous, ce qui a permis de faire face aux dépenses supplémentaires qu'entraîne une maladie grave. Mes parents ont placé ce qui restait sur un compte pour moi, que mon grand-père a géré et fait fructifier. Ce n'est pas une fortune, mais c'est un joli petit pécule qui s'ajoute à ce que j'ai réussi à mettre de côté moi-même.

Mes parents m'ont sauvé la vie autant que les médecins qui m'ont opéré. J'ai la chance d'avoir l'amour et le soutien de toute ma famille élargie et d'amis comme Jason, qui sont devenus comme de la famille au fil des ans. J'ai toujours su que je ne me marierai jamais et que je ne fonderai jamais de famille et j'ai fait la paix avec cela il y a longtemps. Ou du moins je le pensais. Dee m'a fait désirer des choses que je n'ai jamais voulues auparavant.

Mais je ne peux pas faire cela. Je ne le ferai pas – ni à elle, ni à moi.

Je me tourne sur mon flanc et fixe la vaste obscurité de la baie, attendant que le sommeil me gagne.

Mon esprit s'emballe et je repense à la façon dont les médias me contactent chaque fois qu'un patient ayant subi une greffe de cœur meurt. Ces interviews sont en ligne si Dee devait faire une recherche approfondie sur moi.

Mon Dieu, j'espère qu'elle ne le fera pas.

DEE

Le Dr Wyatt Blake, chirurgien cardiothoracique agréé au centre de santé Valley of the Sun à Phoenix (Arizona), expert reconnu au niveau national en matière de dissection et de remplacement de l'aorte et expert international de la relation médecin-patient en raison de son expérience personnelle en tant que patient.

Je creuse davantage dans les articles de journaux et les reportages médiatiques liés à son nom. Il me faut une quarantaine de minutes avant de tomber sur une citation de lui en tant que patient ayant survécu à une transplantation cardiaque.

Je sursaute en lisant cela.

Oh mon Dieu.

Il a eu une greffe du cœur quand il avait... je fais des calculs rapides dans ma tête... dix-sept ans. Pourquoi n'a-t-il pas de cicatrice ? À peine ai-je cette pensée que je me souviens du tatouage énorme et complexe sur sa poitrine qui cache la cicatrice.

Je passe l'heure suivante au fond d'un gouffre de sites Web sur les transplantations cardiaques, à lire des statistiques sur l'espérance de vie après une greffe et à réaliser rapidement que Wyatt a défié les probabilités, ayant vécu des années de plus que la plupart des patients transplantés.

Je suis à la fois ravie et terrifiée. Wyatt a défié la logique des probabilités. Mais combien de temps cela peut-il durer ?

Parmi ceux qui survivent la première année, seule la moitié survit jusqu'à la treizième année. Les chiffres diminuent ensuite. Les transplantations répétées ont une espérance de vie encore plus courte et la plupart meurent de problèmes de rejet ainsi que d'une défaillance du greffon et d'une maladie appelée vasculopathie chronique du greffon.

Je lis l'histoire d'un homme nommé John McCafferty, qui a reçu une greffe au Royaume-Uni à trente-neuf ans et a vécu jusqu'à soixante-dix ans. Et puis je lis à quel point les histoires comme celle de McCafferty sont rares et je commence à mieux comprendre pourquoi Wyatt ne noue pas de relations.

Soudain, j'ai besoin de lui parler. Avant même que je puisse prendre une seconde pour remettre en question la sagesse de continuer sur cette voie avec lui, je lui envoie un texto. *Tu es réveillé ?*

Je suis ravie de voir les bulles qui indiquent qu'il est en train de taper et j'attends qu'il réponde. *Oui, mais pourquoi l'es-tu ?*

Je n'arrivais pas à dormir après ton départ. Tu peux parler ?

Bien sûr. Attends. Laisse-moi sortir, pour ne pas déranger Jason et Carmen.

En attendant qu'il me rappelle, je me passe les doigts dans les cheveux comme si j'allais le voir et que je devais me préparer. Mon cœur bat la chamade à l'idée d'entendre sa voix. Vais-je lui dire ce que j'ai découvert ? Va-t-il penser que c'est une terrible invasion de sa vie privée ?

Quand le téléphone sonne et que je manque de m'évanouir d'excitation, je réalise autre chose. Je suis déjà en train de tomber amoureuse de cet homme, ce qui pourrait être très dangereux pour mon propre cœur meurtri.

— Salut.

— Salut. Pourquoi es-tu réveillée à une heure et demie du matin?

— J'étais, euh, remontée après ton départ et... Wyatt ?

— Ouais ?

— Je t'ai encore googlé et j'ai creusé un peu plus cette fois.

Il gémit.

— J'avais peur que tu fasses ça.

— Tu es en colère ?

— Non, ma chérie. Je ne suis pas en colère. C'est ce que font les gens de nos jours quand ils veulent connaître la vérité sur quelqu'un qui reste mystérieux.

— Pourquoi tu ne me l'as pas dit ?

J'entends clairement son soupir.

— Parce que. Je n'en parle pas, sauf quand un autre survivant de longue date meurt et que les médias m'appellent pour une déclaration. Sinon, j'essaie de ne pas y penser et de faire ce que je fais. Cela a dominé absolument tout pendant la première moitié de ma vie, tu comprends ? Je suis résolu à ne pas le laisser dominer la seconde moitié, aussi.

— C'est pour ça que tu ne te mets pas en couple, hein ?

— Ouais. Ce ne serait pas juste de laisser une personne avoir des sentiments pour moi alors que je ne serai peut-être plus là pour que ça en vaille la peine pour elle.

— Et John McCafferty ?

— Quoi, à propos de John McCafferty ?

— Il a vécu environ quarante ans après la transplantation.

— C'est extrêmement rare.

— Mais ça pourrait être toi, n'est-ce pas ?

— Certes, mais c'est peu probable et c'est pourquoi j'ai décidé il y a longtemps de faire cavalier seul. Ce ne serait pas juste d'entraîner quelqu'un d'autre dans cette situation. Je suis comme une bombe à retardement à ce stade. Tout peut basculer n'importe quand.

— Et si ça n'arrivait pas ?

— Qu'est-ce que tu veux dire ?

— Si ça ne se passait pas mal et que tu vivais une vie normale ?

— Ce serait génial, mais je ne m'attends pas à ce que cela arrive.

— Mais si c'est ce qui arrive, tu aurais passé ta vie tout seul à cause de quelque chose qui *aurait pu* arriver ?

— Je ne suis pas seul, Dee. J'ai une famille merveilleuse, des amis et des collègues formidables...

— As-tu déjà été amoureux ?

— Non.

Je me demande s'il entend à quel point il a l'air triste.

— Tu ne peux pas passer à côté de ce que c'est que d'être amoureux, Wyatt. C'est l'une des plus belles choses de la vie.

Je ressens toujours cela, même après la façon dont les choses se sont terminées avec Marcus.

— Tu me donnes envie de dire merde à toutes mes règles et de tomber complètement amoureux de toi.

— C'est ce que je fais ?

— C'est ce que tu fais. Et personne d'autre que j'ai rencontré ne m'a donné envie de dire merde à mes règles, Dee.

Est-ce que je me pâme ? Je suis carrément en train de me pâmer.

— C'est vrai ?

— C'est vrai.

— Alors, que vas-tu faire par rapport à cette envie de dire « j'emmerde les règles » ?

— Rien, murmure-t-il.

— Je refuse cette réponse.

Son rire me fait sourire.

— Écoute-moi, d'accord ? dit-il.

— Je t'écoute.

— Disons que je mets mes règles de côté, que je déménage ici et que je fais le grand saut avec toi.

— Ça me semble très bien pour l'instant.

— À moi aussi. Mais disons qu'on laisse les choses devenir incontrôlables et qu'on se marie et là, je commence à avoir des problèmes. Ça peut commencer par une douleur dans la poitrine ou une infection qui refuse de disparaître. Ou peut-être que j'ai un AVC, ou un jour tu te réveilles et je ne suis plus là.

— Ce-cela pourrait arriver ?

— Tout cela pourrait arriver, parmi bien d'autres choses. Je ne veux pas te faire ça, Dee. Je ne veux faire ça à personne, alors c'est plus simple de ne pas s'embarquer là-dedans, tu vois ?

— Je comprends ce que tu dis. Je comprends. Cependant...

— Quoi, mon cœur ?

Je me pâme encore.

— Je veux que tu saches comment c'est d'être amoureux, Wyatt. Je veux que tu vives cette expérience.

— Je le voudrais plus que tout si les choses étaient différentes, mais je continue à revenir à la question de l'équité et de comment il ne serait pas juste de laisser quelqu'un tomber amoureux de moi, sachant que toutes les chances sont contre moi.

— Et si...

— Tu me rends dingue, dit-il en riant doucement.

— On devrait arrêter de parler de ça ?

— Dingue dans le bon sens du terme.

— Oh.

— Que voulais-tu me demander ?

— Et si la personne dont tu es tombé amoureux était prête à prendre des risques pour te faire vivre cette expérience le temps que ça durerait ?

Il gémit.

— Dee... Tu es adorable, douce et tellement sexy. Tu me donnes envie de toi rien qu'en entrant dans la pièce. Mais je ne pourrais jamais te faire ça.

J'essaie de ne pas pleurer.

— Et si je voulais que tu le fasses ?

— Ma chérie... Si ça devait être quelqu'un, je voudrais que ce soit toi.

— Laisse-moi être cette personne pour toi.

Son gémissement grave parcourt mon corps comme une décharge électrique.

— *Dee...*

— Wyatt. Laisse-moi l'être.

— Tu ne sais pas ce que tu dis. Tu as déjà vécu une rupture horrible et...

— Je peux te dire un secret ?

— Bien sûr.

— Il ne m'a jamais fait ressentir ce que je ressens avec toi.

— Tu ne le penses pas vraiment.

— Si, je le pense. J'ai été avec lui pendant six ans et après la première nuit passée avec toi, j'ai compris que j'avais perdu tout ce temps avec le mauvais type.

— Arrête.

— Je te dis la vérité. Je n'ai pas arrêté de penser à toi depuis cette nuit-là.

— J'ai pensé à toi aussi.

— Es-tu revenu pour moi ?

— Bien sûr que non. Je suis revenu pour le travail.

— Tu mens ?

Son rire fait palpiter mon cœur d'excitation et dans l'anticipation de le revoir dès que possible.

— Tombe amoureux de moi, Wyatt.

Je n'ai aucune idée d'où me vient le courage de dire ces choses à voix haute. Tout ce que je sais, c'est que rien ne m'a jamais semblé si juste.

— Tu ne sais pas ce que tu dis. Tu es bouleversée à propos de Marcus.

— Je ne pense pas à lui. Je pense à toi et à ce que je ressens quand tu me regardes comme tu le fais et quand tu m'embrasses et me touches. Je veux plus de cela, plus de toi, plus de nous, et ça durera ce que ça durera.

— Dee...

— Oui, Wyatt ?

— Comment peux-tu être si calme alors que j'ai l'impression de faire une crise cardiaque ?

Je me redresse.

— Ah bon ? Vraiment ?

— La meilleure sorte de crise cardiaque.

— J'aimerais que tu sois encore là avec moi.

— Moi aussi. Tu n'as pas idée à quel point j'aimerais.

— Je pourrais venir te chercher ?

— Je devrais dire non. Nous ne devrions plus jamais nous revoir.

— Laisse-moi venir te chercher. Passons chaque minute que nous pouvons ensemble.

— Je ne peux pas faire ça.

— Pourquoi ?

— Parce que je vais continuer à tomber amoureux de toi, je vais tomber complètement amoureux de toi.

— Je n'ai jamais rien voulu autant que je veux cela. Je te veux, toi. Après tout ce que tu as traversé pour avoir ce cœur, je veux que tu saches comment c'est de le donner à quelqu'un d'autre.

— Je ne veux pas te blesser.

— Tu vas me faire du mal si tu dis non. Je peux venir te chercher?

Après une longue pause, il dit :

— Oui. Viens me chercher.

— Je serai là dans une demi-heure. Et, Wyatt ?

— Oui, Dee ?

— Tu ne le regretteras pas.

— Je sais que je ne le regretterai pas. Je suis juste inquiet que toi, tu le regrettes.

— Aucune chance. On se voit bientôt.

CHAPITRE 7

DEE

J e termine l'appel et laisse échapper un cri d'excitation. Je n'arrive pas à croire ce que j'ai dit à Wyatt ou la façon téméraire dont je lui ai dit de tomber amoureux de moi. J'ai perdu la tête et en plus je m'en fous si cela signifie que je vais vivre cette folle aventure avec lui. Depuis qu'il est parti tout à l'heure, j'ai regretté de l'avoir laissé s'en aller. Pendant que je saute du lit, que je prends une douche vite fait et que je m'habille d'un legging et d'une chemise qui mettent en valeur toutes mes courbes, j'ai un moment de panique quant à ce dans quoi je m'engage.

Je suis en train de me préparer à un chagrin d'amour encore plus grand que celui que j'ai eu avec Marcus. J'ai vu Wyatt à deux reprises et je sais déjà qu'il pourrait être plus important pour moi que Marcus ne l'a jamais été. Je me sens presque coupable de reconnaître cela, mais c'est vrai. J'ai passé la nuit du mariage de Carmen avec Wyatt parce que j'avais tellement peur de ne plus jamais ressentir ce que j'ai éprouvé avec lui. C'est arrivé si vite, pendant un jour et une nuit magiques.

Depuis, j'ai essayé de me convaincre que ce n'était pas si important que ça, surtout parce qu'il ne vit pas ici, alors à quoi bon espérer le revoir ? Mais maintenant qu'il est de retour, le sentiment est encore plus fort la deuxième fois et il passe un entretien pour un emploi dans ma ville.

Le fait de découvrir ses problèmes de santé ne change rien pour moi, sauf une chose primordiale. Cela me rend plus déterminée à lui montrer l'une des meilleures choses de la vie. Je veux qu'il fasse l'expérience de ce que c'est que d'aimer et d'être aimé. Les premières années avec Marcus ont été formidables. Ce sentiment d'être amoureux pour la première fois est le meilleur sentiment qui soit. Wyatt mérite de connaître cela.

Je déteste qu'il puisse mourir jeune, mais je ne vais pas laisser la peur dominer ma vie, ni la sienne. Depuis que ma mère est tombée malade au début de l'année, j'ai une nouvelle appréciation de la vie et de la bonne santé. Wyatt est robuste et en bonne santé et il me faut croire qu'il va le rester. Je refuse d'accepter toute autre alternative. Et non, je ne me fais pas d'illusions et je ne suis pas irréaliste quant aux statistiques qu'il a présentées si brutalement.

Je comprends et *je m'en fiche*. J'aime être avec lui et comment il me fait me sentir sexy, désirée et *heureuse*. Je veux chaque minute que je peux avoir avec lui, aussi longtemps que cela durera. Je suis prête à passer à autre chose après le cauchemar avec Marcus. Au bout d'un moment on se lasse de se sentir comme une merde à tout instant.

Avant de quitter la maison, je prépare un sac avec un maillot de bain, une tunique de plage, de la crème solaire, des tongs et tout ce dont je pourrais avoir besoin pour aller où cette aventure nous mènera. Sur le chemin de chez Carmen, je conduis plus vite que je ne le devrais, en chantant au son de la radio pendant tout le trajet. Entre l'effondrement avec Marcus, la fausse couche et les horreurs de la maladie de ma mère, je ne peux honnêtement pas me rappeler la dernière fois que je me suis sentie aussi bien. Peut-être que c'était le dernier week-end que j'ai passé à New York avec Marcus, quand je me berçais de l'illusion que j'étais destinée à passer le reste de ma vie avec lui.

C'est drôle comme la vie vous met une claque dans la figure et vous ne la voyez jamais venir.

Je n'avais aucune idée que Marcus était malheureux avec moi ou avec notre arrangement, aussi difficile que cela puisse être parfois de vivre séparément. Aucun de nous n'a jamais été nécessiteux ou collant dans notre relation, donc la situation de longue distance cette fois-ci, alors que nous étions plus âgés et plus sages, n'était pas insurmontable. Nous avons fait en sorte que cela marche et nous avons passé tellement de bons moments ensemble quand il m'a rendu visite ou quand je suis rentrée à Miami. Nous reprenions toujours là où nous en étions et cela semblait se faire sans effort. Ma relation avec lui me rappelait celle de mes parents : facile, confortable, avec un sens de contentement.

Je ne savais pas qu'il y avait une grande différence entre le contentement et la vraie satisfaction. Si je ne m'étais pas laissée tenter par cette première nuit avec Wyatt, je n'aurais peut-être jamais su ce qui manquait avec Marcus. J'aurais pu le laisser me convaincre que son « mariage » était un gros malentendu. Il aurait peut-être pu me persuader de le laisser revenir dans ma vie comme si de rien n'était.

Je frémis à l'idée que j'aurais pu me contenter de moins que ce que je mérite.

La nuit avec Wyatt a été une révélation à plus d'un titre.

D'abord et avant tout, j'ai réalisé à quel point c'est incroyable d'être la source de l'attention exclusive de quelqu'un, de savoir qu'il me désirait si ardemment que j'étais prête à dévier de mon chemin habituel pour prendre une voie plus folle avec lui. Et quelle promenade ce fut ! Je ne peux pas penser à cette nuit avec lui ou je vais finir sur le bas-côté de la route.

Tout ce que je sais, c'est que j'ai hâte que cela se reproduise.

Lorsque je m'arrête finalement devant l'immeuble de Carmen, j'ai l'impression d'avoir bu quelques verres de champagne et je suis euphorique à l'idée de le revoir d'une minute à l'autre. Je lui envoie un message. *Je suis là.*

Je descends.

J'ai du mal à ne pas tressauter sur mon siège avec excitation. J'attrape mon sac à main et je trouve un bonbon à la menthe pour m'assurer que mon haleine est fraîche et agréable, car je vais l'embrasser à l'instant même où il montera dans cette voiture. J'espère qu'il est prêt pour Dee parce qu'elle est prête pour lui.

Quand il passe la porte, j'ouvre ma fenêtre et je jette le reste du bonbon à la menthe dehors. Je suis tellement excitée que j'oublie de déverrouiller la porte pour lui et je tripote le bouton pendant qu'il se tient dehors, attendant que je le laisse monter.

Puis il est dans la voiture et m'embrasse exactement au même moment que je l'embrasse. Ce baiser surpasse tous les autres baisers avec lui. On s'accroche l'un à l'autre, nos langues rivalisant dans une bataille féroce que je suis heureuse de perdre. Perdre contre lui, c'est la meilleure des victoires. Quand il s'éloigne, je gémis.

— Doucement, ma chérie.

Sa main sur mon visage, il caresse ma joue et dit :

— On devrait en parler un peu plus.

— Pas de discussion. Tu m'as expliqué à quoi m'attendre. Je comprends et j'accepte ce dans quoi je m'engage. Nous devons nous occuper de vivre et ne pas nous inquiéter de ce qui pourrait ou non arriver. Mon Abuela dit que le futur, c'est maintenant. C'est le présent, la seule garantie que nous ayons. Et je ne sais pas toi, mais je ne veux plus perdre de temps.

— Tu es incroyable, murmure-t-il avant de m'embrasser à nouveau, plus tendrement cette fois.

Je ne sais pas combien de temps nous restons là, à nous embrasser comme des adolescents qui n'ont pas peur de se faire prendre, avant que son estomac ne grogne bruyamment.

Je m'éloigne en riant.

— Désolé, dit-il avec un sourire penaud.

— Tu as faim ?

— Toujours. Il n'y a jamais un moment où je ne pourrais pas manger, même si je viens juste de manger.

— C'est extrêmement injuste que tu puisses manger autant et avoir ton apparence.

— Je passe beaucoup de temps à la salle de sport.

— C'est du temps très bien employé. Tu veux trouver un restaurant ouvert toute la nuit ou quelque chose comme ça ?

Son estomac qui gronde répond à sa place, ce qui nous fait rire.

— Très bien, alors.

Je remets ma ceinture de sécurité et quitte le trottoir, en essayant de penser à où nous pourrions aller.

— Nous risquons de ne pas avoir d'autre choix que Denny's. Je ne vois pas d'autre endroit qui soit ouvert toute la nuit.

— Ça me va.

— Il y en a un sur Biscayne Boulevard, je crois.

— Tu veux que je vérifie sur mon téléphone ?

— Non, je sais y aller.

Il attrape ma main et la tient pendant le court trajet jusqu'au restaurant.

Rien que ce petit geste fait battre mon cœur à cent à l'heure. Je n'arrive pas à croire l'effet qu'il a sur moi et c'est comme ça depuis la première seconde où Jason me l'a présenté au dîner de répétition. Ma première pensée a été, *holà*. Et puis il a souri. Oh punaise, ce sourire... Comme nous étions placés ensemble dans la fête du mariage, j'ai eu la chance de m'asseoir à côté de lui au dîner.

— À quoi tu penses? demande-t-il.

— À la nuit où on s'est rencontrés.

— C'était une nuit incroyable. J'étais un peu inquiet à l'idée de passer tout un week-end avec des gens que je ne connaissais pas puisque je m'étais dit que Jay serait avec Carmen et s'occuperait du mariage. Mais tu m'as tout de suite mis à l'aise et tu as rendu ça très amusant.

— J'étais très mal dans ma peau ce week-end-là. Je venais d'apprendre que Marcus avait dit aux gens qu'il voulait que je revienne.

Je me souviens à peine de la nuit de l'enterrement de vie de jeune fille de Carmen après avoir entendu cette nouvelle.

— Ç'a dû être dur à entendre.

— C'était irréel. Pendant plus d'un an, je n'ai pas eu un mot de lui. Pas un seul mot après qu'il a épousé *l'autre*.

— Tu la connaissais ? Avant ?

— Je la connaissais de vue. C'est la sœur d'un de ses amis. Elle et un groupe de ses amis se sont incrustés dans leur voyage à Las Vegas pour l'enterrement de vie de garçon d'un des mecs et Marcus s'est réveillé marié à elle.

— Sérieusement ? C'est comme ça que ça s'est passé ?

— Ouais.

— Et comment tu l'as appris ?

Il ajoute rapidement :

— On n'est pas obligés de parler de ça si tu ne veux pas.

— C'est bon. C'était il y a longtemps.

C'est vrai, mais la douleur est encore fraîche à bien des égards.

— Mon cousin Domenic m'a dit qu'il avait entendu par un ami à Miami que Marcus s'était marié.

— Ç'a dû être tellement choquant.

— Ça oui, surtout que pour moi, c'était toujours mon petit ami. Il était venu à New York pour un week-end un mois auparavant et on avait passé un bon moment.

— Je suis désolé que ça te soit arrivé, Dee.

Je hausse les épaules comme si ce n'était pas l'une des expériences les plus douloureuses de ma vie d'apprendre - par le bouche à oreille - que mon petit ami avait épousé une autre et m'avait laissé l'apprendre de quelqu'un d'autre. Sans parler de ce qui s'est passé après cela.

— Tu ne lui as jamais reparlé ?

— Non. Qu'est-ce qu'il y a à dire ? J'espère que toi et ta femme serez très heureux ensemble ?

Wyatt pousse un grand soupir.

— Quelle chose horrible à faire à quelqu'un que l'on aime.

— Bien sûr, maintenant je dois me demander s'il m'a jamais vraiment aimée. Il m'a envoyé des SMS dernièrement, s'excusant, me disant qu'il y a des choses qu'il faut que je sache sur ce qui s'est passé, que ce n'était pas moi, que c'était lui, etc.

— Pourquoi tu ne l'as pas bloqué, ma chérie ? demande-t-il avec douceur.

— Je sais que j'aurais dû, mais je ne l'ai jamais fait. Je m'attendais à ne plus jamais avoir de ses nouvelles. D'une certaine façon, c'est valorisant d'entendre qu'il a des regrets. Et mon côté méchant et mauvais était heureux d'apprendre que le mariage n'avait pas marché.

— Tu n'as pas de côté méchant ou mauvais.

— Si les pensées que j'avais à propos d'elle et d'eux ensemble en sont une indication, alors si, j'en ai un.

— N'importe qui penserait ça après ce qu'il t'a fait subir.

Et il ne sait pas la moitié de ce que j'ai enduré.

— Un de ses amis m'a appelée deux semaines plus tard. Il m'a dit que c'était arrivé pendant une nuit d'ivresse à Vegas, que ça ne voulait rien dire et qu'il était sûr que Marcus me le dirait lui-même très bientôt.

— Mais il ne l'a jamais fait.

— Non. C'était comme si lui et moi n'avions jamais existé. C'était juste... fini.

D'un seul coup, je me reprends et je me rends compte que je ne fais rien pour convaincre Wyatt qu'il a besoin de connaître l'amour. Cette pensée me fait rire.

— Qu'est-ce qu'il y a de si drôle ?

— Je viens de me rendre compte que je ne suis pas vraiment en train de te persuader que c'est génial d'être amoureux.

Comme on est arrêtés à un feu rouge, je peux admirer le sourire qui s'étend sur son beau visage.

— Marcus est un idiot de t'avoir laissé filer.

Il amène ma main à ses lèvres et en embrasse le dos, ajoutant :

— Et moi, je suis extrêmement heureux qu'il se soit saoulé et ait épousé cette salope.

Je commence à rire et j'ai peur de ne jamais m'arrêter. Entendre Wyatt l'appeler comme cela... J'étais déjà sur le point d'aimer cet homme, mais là, ça scelle l'affaire pour moi.

— C'est probablement une personne extrêmement gentille, dis-je quand j'arrête enfin de rire. On ne la connaît pas du tout. Elle ne mérite peut-être pas ce surnom.

— Elle a épousé le petit ami d'une autre et est restée mariée avec lui après qu'il a dessaoulé et qu'il lui a probablement dit qu'il avait fait une erreur. C'est la définition d'une salope, à mon avis.

— Sans déconner, hein ? Je veux dire, elle *devait* savoir à propos de moi. On a été en couple pratiquement tout le temps, pendant des années. C'était loin d'être un secret. Et qu'a-t-il dit le lendemain quand il s'est réveillé et qu'il s'est retrouvé marié ? Est-ce qu'il a flippé ? A-t-il eu peur que je le découvre ? A-t-il même *pensé* à moi ?

Je m'arrête parce qu'il n'y a pas de meilleur moyen de gâcher une nouvelle chose que de s'attarder sur une vieille chose qu'il vaut mieux laisser dans le passé.

— Désolée. Je ne voulais pas m'étendre sur le sujet. J'étais en passe de m'en remettre complètement quand je suis rentrée pour le mariage de Car et Jason et que j'ai appris ses regrets. J'allais beaucoup mieux, alors je ne veux pas que tu penses que je suis toujours en mal d'amour pour lui. Je ne le suis pas.

— Je ne pense pas ça. Je pense que tu l'aimais, qu'il t'a

profondément déçue et que juste au moment où tu te remettais sur pied, il se retrouve à l'hôpital, peut-être parce que tu ne voulais pas prendre ses appels. Je comprends que ça fasse remonter tout ça à la surface.

— C'est ça.

Sa compréhension me touche et j'apprécie qu'il ne se comporte pas comme un imbécile qui se sent menacé, comme le feraient certains gars en entendant parler d'une rupture douloureuse avec un autre homme.

— En tout cas, merci de m'avoir écoutée.

— Pas de quoi.

Il me jette un regard, que je peux voir du coin de l'œil. Je suis tellement à l'écoute que j'ai l'impression que chaque respiration qu'il prend résonne en moi.

— Je peux te demander quelque chose, Dee ?

— Bien sûr.

— La nuit après le mariage, c'était sous le coup de la déception amoureuse ?

— Non !

— Même pas en quelque sorte ?

— La partie relation d'un soir peut-être, mais pas le reste. C'était à propos de toi et du fait que je t'aimais bien après avoir passé du temps avec toi au dîner de répétition et au mariage. On s'est amusés et tu étais si...

— Quoi ?

— Attentionné.

— J'étais épris de toi l'instant même où je t'ai rencontrée.

Mon rire ressemble à un ricanement de petite fille.

— C'est extrêmement flatteur, surtout après s'être sentie si rejetée.

— Quiconque t'a eue et t'a laissée partir est le plus grand des idiots et tu sais, c'est plutôt satisfaisant qu'il s'en morde les doigts. Il le mérite.

— C'est très sexy quand tu prends ma défense comme ça.

— C'est vrai ?

— Mm-mm.

— Eh bien, je suis vraiment de ton côté.

On se gare sur le parking de Denny's. Avant qu'il ne lâche ma main, Wyatt m'embrasse à nouveau. Quand nous sortons de la voiture, il glisse son bras autour de moi pour entrer à mes côtés. J'aime la façon dont il offre de l'affection si naturellement.

Je me penche contre lui comme un chiot collant. Est-ce que je viens de me comparer à un chiot ? Puisque l'analogie convient...

L'hôtesse nous montre une banquette.

Wyatt s'assoit en face de moi et la perte de sa chaleur corporelle me donne froid. Ou alors c'est juste que la climatisation est en mode congélation.

— On se croirait dans un entrepôt de viande ici, dit-il en parcourant le menu.

— Je suis glacée.

— Viens ici. Je vais te tenir chaud.

Il n'a pas besoin de me le dire deux fois. J'apporte mon menu avec moi, me rends à ses côtés et me blottis contre lui.

— Je dois être honnête avec toi, dit-il.

— Je pensais que tu m'avais déjà dit ton plus grand et plus sombre secret.

— Celui-ci concerne les couples qui s'assoient du même côté d'un box.

— Quoi à propos d'eux ?

—J'ai toujours pensé que c'était tellement idiot, comme s'ils ne pouvaient pas passer un repas sans être l'un sur l'autre.

— Et maintenant ?

— Je comprends.

Il embrasse le sommet de ma tête en ajoutant :

— Le temps qu'il faudrait pour manger serait trop long sans te toucher.

— Jusqu'à présent, tu fais un excellent travail pour ce qui est des relations de couple.

— C'est vrai ?

— Oui, oui. Première étape, faire en sorte que la femme se sente spéciale, l'écouter quand elle parle de son ex, dire toutes les bonnes choses tout en faisant en sorte qu'elle se sente sexy et désirée. Tu es sûr que tu n'as jamais fait ça avant ?

Il me rend folle avec des baisers dans le cou qui me font me pencher encore plus vers lui.

— Absolument certain. Je n'ai jamais rencontré quelqu'un qui me donne envie de mettre ma vie sens dessus dessous pour être avec elle tout le temps.

— C'est comme ça que tu te sens par rapport à moi ?

— Oui, bordel. Je suis prêt à donner mon préavis à mon travail à Phoenix et je n'ai même pas encore eu l'entretien ici.

Je me tourne vers lui.

— Ne fais pas ça.

J'aime tellement son sourire, la façon dont celui-ci fait pétiller ses yeux bleu foncé et laisse des sillons profonds dans ses joues.

— Tu as le plus beau des visages.

Je passe mon pouce sur une de ses rides.

— Toi aussi.

Il m'embrasse sur les joues, le nez et la bouche.

La première fois que je t'ai vue, j'ai dit à Jay : « Mais qui est cette beauté ? »

Il m'a dit que tu étais la cousine de Carmen et j'ai dit : « Présente-la-moi. Tout de suite. »

— Je t'ai aussi remarqué immédiatement, c'est sûr. Je redoutais de devoir afficher un visage joyeux pendant trois jours et puis tu étais là pour me faire sourire. Tu ne sauras jamais combien ça a compté pour moi à ce moment-là.

— Tu m'as fait sourire, aussi. Je ne m'étais pas amusé comme ça depuis très longtemps et quand j'ai pris l'avion pour rentrer chez moi lundi, ça m'a semblé bizarre de partir sans toi.

J'ai du mal à me rappeler que nous sommes en public.

La serveuse apparaît à notre table, me forçant à sortir de mon envoûtement.

— Qu'est-ce que je vous sers ?

— Je vais prendre un café et un muffin anglais, s'il vous plaît, lui dis-je.

— Et moi une omelette végétarienne avec des toasts, s'il vous plaît.

— Un café pour vous, chéri ? demande-t-elle avec un sourire flirteur qui me donne envie de lui arracher les yeux.

Wyatt lui tend son menu.

— Juste de l'eau glacée avec du citron. Merci.

— Ça vient tout de suite.

— Ne me dis pas que tu ne bois pas de café.

— Je m'abstiendrai de dire que la caféine n'est pas bonne pour mon cœur, alors j'évite.

— J'ai une question.

— Tu peux me demander tout ce que tu veux.

Il lie ses doigts aux miens, ajoutant :

— C'est un tel soulagement que tu saches la vérité. Je voulais te le dire dès le premier soir et je ne le dis jamais à personne. Mais pour une raison quelconque, je voulais que tu le saches.

— Pourquoi ne le dis-tu pas aux gens ?

— J'ai pris cette habitude la première fois que j'ai quitté la maison et que je suis allé en Caroline du Nord pour l'école de médecine. C'était comme un nouveau départ, loin de tous ceux qui m'avaient connu comme l'enfant malade. J'ai adoré le fait que personne ne le sache, alors c'est devenu ma routine lorsque je rencontrais de nouvelles personnes. En plus, je ne veux pas être défini par ça, tu sais ?

— Je peux le comprendre. Mais ce n'était pas la question que je voulais poser à l'origine.

— Tu as le droit d'en poser autant que tu veux.

— Quand j'ai lu des articles sur la vie après une transplantation cardiaque, une des choses dont ils parlaient était le besoin d'éviter les gens malades et les microbes.

— C'est vrai.

— Mais tu travailles dans un hôpital.

— C'est une excellente question. La plupart des patients que je vois ne sont pas atteints du genre de choses qui me mettraient en danger. Ils ont des problèmes cardiaques ou pulmonaires qui ne sont pas contagieux. Et je suis très prudent. Si je pense qu'il y a la moindre chance d'être exposé à quelque chose, je porte un masque et je garde mes distances.

— C'est assez effrayant qu'un microbe quelconque puisse mettre ta vie en danger.

— C'est pourquoi je n'ai pas choisi la pédiatrie, dit-il en souriant. Je n'y pense pas trop. Je fais juste tout ce que je peux pour éviter les microbes et les foules.

— C'est admirable de voir à quel point tu te bats pour rester en bonne santé.

— Je sais ce que c'est que d'être malade – vraiment, *vraiment* malade – et je ne veux plus jamais être dans cette situation si je peux l'éviter. J'espère que lorsque le cœur de ma donneuse s'arrêtera, ce sera soudain. Je ne veux plus jamais passer d'interminables mois à l'hôpital.

L'idée qu'il puisse mourir subitement me fait souffrir pour lui et pour moi.

Il semble s'en rendre compte.

— Je comprendrais si tu changeais d'avis...

— Ce n'est pas le cas.

— Tu devrais, Dee. L'idée de te voir t'embarquer pour une peine de cœur presque garantie à cause de moi est insupportable.

— Je ne veux pas que tu t'inquiètes pour ça. Tu m'as dit ce que je risquais et je le comprends. J'ai choisi de passer du temps avec toi et de ressentir des *choses* pour toi. C'est ce que je veux. *Tu* es ce que je veux.

— Je me sens tellement privilégié, putain.

Il me fixe pendant le plus long moment comme s'il essayait de mémoriser chaque détail de mon visage.

— Alors, tu ressens des *choses*, hein ?

— Oui. Beaucoup de *choses*.

— Moi aussi. Toutes les *choses*.

Il est sur le point de m'embrasser quand la serveuse revient avec mon café et son eau.

— À suivre, murmure-t-il.

Impatiente d'être à plus tard, je frissonne devant la promesse contenue dans ses mots.

CHAPITRE 8

WYATT

Elle m'a tellement excité que je peux à peine manger – et tous ceux qui me connaissent vous diront que c'est une chose rare. Maintenant que je me suis permis de faire ce saut avec elle, je ne veux qu'elle, autant que je pourrai. Je n'arrive pas à croire que c'est en train d'arriver ou que j'ai dit merde à mes règles à la minute où elle m'a dit qu'elle se fichait de celles-ci.

J'ai encore des réserves sérieuses, mais je ne peux pas prendre la peine d'y penser alors qu'elle est assise tout près de moi, la chaleur de son corps pressé contre le mien me rendant fou d'elle.

Et pas seulement physiquement. Bien sûr, c'est une composante importante, mais c'est tellement plus que cela. Dee me fait désirer cette connexion intense que je n'ai jamais partagée avec personne auparavant. Oui, j'ai eu beaucoup de rendez-vous, j'ai eu quelques femmes qui auraient pu être considérées comme des « petites amies » selon les critères habituels, mais je n'ai jamais fait le grand saut avec quiconque, sachant que ce n'était tout simplement pas possible pour moi. Je ne voulais pas être la vedette d'un de ces téléfilms où le héros meurt et laisse l'héroïne dévastée, devant recoller les morceaux à la suite de sa mort tragique et prématurée.

Non, merci. Pourquoi ferais-je cela à quelqu'un que j'aime ?

Mais Dee... Waouh, eh bien, tout est possible quand il s'agit d'elle. Je veux profiter de chaque seconde que nous pouvons partager. Je veux déménager dans sa ville et passer ce qu'il me reste de vie avec elle. Et qui sait ? Peut-être que j'aurai de la chance et que je vivrai longtemps et en bonne santé. Oui, les statistiques sont contre moi pour l'instant, mais qui sait ce qui changera à mesure que la recherche médicale avance à une vitesse vertigineuse ?

Avec elle, chaude, douce et parfumée à côté de moi sur la banquette en skaï, je ne pense pas à la mort. Non. Je suis incroyablement concentré sur *la vie*.

Après avoir payé l'addition, nous retournons à la voiture, enlacés. Pendant qu'elle était aux toilettes, j'ai pris les médicaments du matin que j'avais apportés au cas où je serais de sortie toute la nuit. Elle n'a pas besoin de me voir prendre les pilules qui me maintiennent en vie.

— Qu'est-ce que tu as envie de faire ? demande-t-elle.

Si je pouvais faire ce que je voulais, je proposerais qu'on retourne chez elle et qu'on reprenne là où nous nous sommes arrêtés tout à l'heure.

— À toi de me le dire. C'est ta ville.

— Tu as besoin de dormir et après on ira faire du tourisme.

— Je suis tellement excité, je ne pense pas que je dormirai de toute façon.

Ressentir tout cela, c'est tellement exaltant que dormir est la dernière chose à laquelle je pense. Mais si nous allons chez elle, nous passerons le reste du week-end dans son lit et je ne veux pas qu'elle pense que c'est la seule chose qui m'intéresse. Même si c'est ce que je veux. Très fort.

— Mm, eh bien, allons faire un tour à la plage, alors.

— Bonne idée.

On se retrouve sur un parking de Miami Beach dont Dee m'assure qu'il offrira une vue spectaculaire sur le lever du soleil dans quelques heures.

— C'est un endroit sûr ?

— Probablement pas, mais je ne pense pas que quelqu'un nous embête ici.

Je vérifie que les portes sont bien fermées, juste au cas où.

Nous écoutons de la musique, chantons ensemble – elle tellement mal que c'en est mignon – et nous parlons.

Je prends sa main entre les deux miennes parce que j'ai besoin de la toucher.

— Tu sais tout sur ma famille, mais qu'en est-il de la tienne ? demande-t-elle. Tu as des frères et sœurs ?

— Un de chaque, tous deux plus jeunes. Ma maladie a fait subir un enfer à toute ma famille pendant que nous grandissions.

— Comment s'appellent-ils ?

— Audrey et Liam. Elle est directrice d'un magasin à Phoenix et lui, pompier à Scottsdale.

— Sont-ils mariés ?

— Liam l'est, avec son premier enfant en route.

— C'est excitant.

— Oui, ça l'est. J'ai hâte d'être oncle.

Je caresse le dos de sa main, fascinée par la douceur soyeuse de sa peau.

— J'ai failli être tonton il y a longtemps. Ma sœur est tombée enceinte au lycée, mais elle a avorté. Mes parents ne le savent pas. Et mon frère a eu des problèmes de drogue pendant un moment, mais il est clean depuis plus de dix ans. Tout tournait autour de moi à l'époque et ils en ont payé le prix, eux aussi.

— Quel âge avais-tu quand tu as commencé à avoir des problèmes ?

— Huit ans. Au début, les médecins pensaient que j'avais la grippe, mais la situation s'est rapidement aggravée. Je suis passé d'un enfant parfaitement normal le vendredi à un enfant en danger de mort le mardi suivant. Rien n'a plus jamais été pareil pour aucun de nous après ça.

— Oh là là, c'est effrayant quand même de penser que quelque chose comme ça puisse arriver.

— C'était un cauchemar. Mes parents ne s'en sont jamais remis. Quand je suis arrivé ici, ma mère m'a envoyé un SMS pour s'assurer que j'avais apporté mes médicaments. J'ai *trente-quatre ans* et je suis *médecin*.

Le sourire de Dee rend encore plus beau son magnifique visage.

— C'est gentil.

— C'est pénible ! Elle va péter les plombs quand je vais lui annoncer que je déménage à Miami. Si j'ai le poste, bien sûr. Elle va m'appeler tous les jours pour me rappeler de prendre mes médicaments. Je ne serais pas surpris s'ils déménageaient pour venir vivre près de moi.

— Oh, c'est adorable.

— Non, ça ne l'est pas. C'est étouffant.

— Ils t'aiment.

— C'est vrai, dis-je en soupirant. Si je suis en vie aujourd'hui, c'est grâce à tout ce que mes parents ont fait pour moi. Ils ont absolument tout sacrifié. Alors je ne peux pas vraiment dire à ma mère de foutre le camp et de me laisser vivre ma vie.

— Tu ne ferais jamais ça de toute façon.

— Non, je ne le ferais pas, mais parfois j'en ai envie.

— Ils doivent être tellement fiers de ce que tu as accompli.

— Ils le sont, même si au début, mon père ne comprenait pas pourquoi je voulais travailler dans le domaine cardiaque après ce que j'avais vécu, mais c'est la seule spécialité que j'aie jamais envisagée. C'est ce que je connais. Pendant que j'étais à l'hôpital, attaché à des machines et espérant une transplantation, j'ai commencé à étudier tout ce que je pouvais trouver sur mon état. Je voulais savoir ce qui m'arrivait, tu comprends ?

— C'est logique.

— Mon immersion profonde a entraîné une sorte d'obsession qui m'a poussé à terminer l'université en trois ans pour pouvoir faire des études de médecine quelque part loin de chez moi. Trois ans après la greffe, il me fallait me tirer de là, loin de l'inquiétude de mes pauvres parents, qui étaient si traumatisés par tout cela. J'avais besoin d'être avec des gens qui ne connaissaient pas mon histoire. C'est à ce moment-là que j'ai commencé à ne rien dire aux gens. Si personne ne savait, ils ne me traiteraient pas comme un spécimen rare. J'en avais tellement marre de tout ça à l'époque. Je voulais juste être normal.

— Alors personne ne savait pour la transplantation ?

— Mes parents et les médecins ont insisté pour qu'une personne en Caroline du Nord soit informée au cas où j'aurais un problème. Après avoir passé quelques semaines là-bas et avoir appris à connaître Jason, j'ai décidé de le lui dire, mais personne d'autre n'était au courant. C'était un tel soulagement après des années où tout le monde me surveillait.

— Tu as dû adorer ça.

— Oui, vraiment. L'école de médecine a été la première vraie liberté à laquelle j'ai goûté. À part les études constantes, c'était formidable. Je me suis fait des amis géniaux, je me suis amusé.

— Couché avec toutes les filles.

Je postillonne en riant.

— Je n'ai pas dit ça !

— Je suis sûre qu'elles étaient comme des mouches après le miel quand le bel étudiant en médecine est arrivé en ville.

— Tu es jalouse ?

— De chacune d'entre elles.

— Il n'y a pas de quoi l'être. Je n'ai jamais ressenti *tout ceci* pour aucune d'entre elles.

— Pas une seule ?

— Non. Pas jusqu'à ce que je participe au mariage de mon copain et que je rencontre la cousine de la mariée, la demoiselle d'honneur la plus sexy qui soit.

Je me penche pour l'embrasser dans le cou.

— J'ai failli m'étouffer quand Jay m'a dit que tu étais la demoiselle d'honneur qui allait m'accompagner.

— Quand Carmen a annoncé : Voilà Wyatt, l'ami de Jason de l'école de médecine, je me suis dit : Oh, je t'en prie, dis m'en plus. Et PS, s'il te plaît n'avale pas ta langue. Ce serait vraiment dommage.

Elle me fait rire. Elle me donne envie. Elle me fait *éprouver des sentiments*.

— Quand t'es-tu fait tatouer ?

— Avant l'école de médecine.

— Tes médecins ont flippé ?

— Je leur ai d'abord demandé leur avis. Ils ont dit que ce n'était pas une bonne idée à cause du risque d'infection. Mais j'étais décidé à cacher la cicatrice, alors ils m'ont mis sous antibiotiques préventifs avant, ce qui ne serait probablement plus le cas maintenant que les médecins ne distribuent plus les antibiotiques comme des bonbons. Ç'a bien marché, mais c'est la chose la plus risquée que j'ai faite depuis la transplantation.

— Et ça t'a permis de garder ton secret.

— Exactement.

— Sais-tu d'où vient ton cœur ?

— Une jeune femme de dix-neuf ans nommée Emma, qui a été

tuée dans un accident. J'ai encore des nouvelles de sa mère chaque année le jour de son anniversaire.

— C'est incroyable. Je suis sûre que c'est d'un grand réconfort pour elle de savoir que le cœur de sa fille vit encore.

— Ça l'est. Elle l'a écouté avec un stéthoscope une fois, il y a environ dix ans. Elle a pleuré à chaudes larmes.

— Waouh. C'est vraiment cool.

— Oui, en effet. Tu sais ce qui est cool, aussi ?

— Quoi ?

— Que je puisse parler librement de cela avec toi et que tu ne me traites pas autrement pour autant.

— Si jamais je le fais, tu me le diras ?

— D'accord.

Elle s'est tournée dans son siège, ce qui me permet de fixer plus facilement son magnifique visage. Des cils épais, de ceux que les autres femmes paient pour avoir, bordent ses yeux sombres. Sa peau est d'un brun doré, ses lèvres pleines et pulpeuses et son sourire éblouissant. Être avec elle est la meilleure chose que j'aie jamais vécue et l'idée de partir d'ici lundi sans elle, même temporairement, m'est insupportable. Cela me donne une idée.

— Si j'ai le poste, tu veux venir à Phoenix avec moi pour déménager mes affaires et ramener ma voiture à Miami ?

— J'adorerais pouvoir le faire, mais je ne pourrai peut-être pas. J'aide à prendre soin de ma mère. Mes frères sont de service ce week-end, mais d'habitude j'y suis tous les jours.

— Ah, d'accord. Eh bien, c'était juste une idée.

— Si je suis prévenue un peu à l'avance, je pourrais peut-être m'arranger.

— J'en serais ravi.

Je glisse une mèche de cheveux bruns soyeux derrière son oreille. Ses cheveux étaient raides la première fois que nous nous sommes rencontrés, mais l'humidité les a fait boucler ce soir et j'adore ses boucles.

— Je n'arrive pas à croire qu'on fasse des projets et qu'on se lance dans tout ça, dis-je.

— C'est chouette.

— Oui, ça l'est, mais qu'en est-il...

— De quoi ?

— De Marcus. Il veut que tu reviennes. Peut-être que tu devrais au moins lui parler.

Une partie de moi veut encore la dissuader de s'engager avec moi, mais cette partie se réduit à chaque instant que je passe avec elle.

— Je ne retournerai jamais avec lui. Je me fiche de ce qu'il dit ou fait. C'est terminé. Ç'a été fini à l'instant où il a épousé quelqu'un d'autre.

Ses sourcils se froncent avec un déplaisir qui me fait regretter d'avoir mentionné son nom.

— Je suis vraiment navré qu'il t'ait fait du mal.

— Je le suis aussi. Il m'a envoyé un message tout à l'heure pour me dire qu'il n'a pas essayé de mettre fin à ses jours et qu'il est désolé que sa sœur m'ait fait sentir coupable. Rien de tout cela n'est de ma faute. Blablabla. C'est trop peu, trop tard pour moi.

Ses yeux se remplissent de larmes et elle baisse la tête, ses cheveux formant un rideau qui me cache son visage.

— Juste avant d'apprendre qu'il s'était marié... j'ai découvert que j'étais enceinte.

— Oh mon Dieu, Dee. Oh, mon Dieu.

Je l'attrape et la serre aussi fort que je peux avec la console centrale entre nous.

— Je ne peux pas imaginer ce que ça a dû être pour toi.

— C'était horrible et je ne pouvais pas le partager avec lui, lui dire, ni rien.

— Il ne l'a jamais su ?

— Non, murmure-t-elle. J'ai fait une fausse couche à quatre semaines, juste après avoir appris que Marcus s'était marié. Je me dis que c'était pour le mieux, mais à l'époque...

— C'était l'enfer.

— Ouais.

— Je suis tellement, tellement désolé, ma chérie. Je le déteste pour t'avoir brisé le cœur de cette façon.

Et cela me rend encore plus inquiet de faire la même chose, bien que pour des raisons différentes.

— Personne ne le sait. Je ne l'ai dit à Maria que tout à l'heure – ou je suppose que c'était hier maintenant.

— Pourquoi ne pas lui avoir dit quand c'est arrivé ?

— Je ne supportais pas d'en parler. J'étais tellement humiliée par ce qu'il avait fait et puis quand c'est arrivé, je me suis en quelque sorte effondrée. J'étais dans un sale état pendant longtemps. Mon cousin Dom, mon colocataire à New York, a menacé de dire à mes parents que je ne mangeais pas et ne travaillais pas, se servant de ça pour me faire dégager de ma chambre. C'était terrible.

Entendre cela, l'imaginer anéantie par un chagrin d'amour, me fait réfléchir. Je ne voudrais jamais être la cause d'une chose pareille.

— Dee, ma chérie, je veux que tu réfléchisses encore un peu à tout ça avec moi. Si jamais je te faisais ce qu'il t'a fait, même si les circonstances sont différentes... Je ne peux pas supporter l'idée que tu souffres comme ça à cause de moi.

— Ce serait différent avec toi. Ce ne serait pas parce que tu m'aurais trahie comme il l'a fait, ni parce que tu m'aurais méprisée, ni parce que tu aurais manqué de respect à l'amour que je te porte. Si je te perdais, ce serait à cause de quelque chose que tu n'aurais pas pu éviter. Du moins, j'espère que c'est la seule façon pour moi de te perdre.

— C'est le cas.

Je suis tellement sûr de cela, d'elle, de ce que je ressens pour elle, que je n'hésite pas à offrir cette assurance.

— Si j'avais la chance d'être aimé par toi, je ne te laisserais jamais partir pour une raison autre que celle que je ne peux pas éviter. Et même dans ce cas, je t'aimerais toujours.

— Tu vois ? C'est totalement différent.

— Un cœur brisé est un cœur brisé, cependant. Je ne veux pas que cela t'arrive.

— Quand quelqu'un qu'on a aimé pendant des années fait ce qu'il m'a fait, c'est un genre de chagrin d'amour qui vient de la trahison et de la déception. Perdre quelqu'un qu'on aime d'une mort qu'on n'a pas pu empêcher serait brutal, mais il y aurait de l'amour pour accompagner le chagrin. Je ne sais pas si cela a du sens, mais ce ne serait pas le même genre de douleur. Du moins, je ne le pense pas. Et puis, je ne veux pas parler de ta mort. Je veux parler de toi vivant une vie longue en bonne santé et continuant à défier les probabilités pour des décennies à venir. Ce n'est pas parce que c'est rarement arrivé que ça ne peut pas t'arriver.

Je ne peux m'empêcher de sourire devant sa conviction.

— Mon cœur se sent très bien depuis que tu m'as envoyé un message tout à l'heure. Il se sent mieux qu'il ne l'a jamais été.

— C'est vrai ? demande-t-elle avec un petit sourire sexy qui fait battre plus vite l'organe en question.

— Mm-hmmm.

Je me penche pour l'embrasser et l'instant où mes lèvres rencontrent les siennes, toutes mes inquiétudes disparaissent sous un tsunami de désir pour cette femme incroyable qui est déterminée à me faire tomber amoureux d'elle. Et tomber amoureux d'elle est la chose la plus facile que j'aie jamais faite.

CHAPITRE 9

JASON

*J*e me réveille avec un texto de Wyatt qui dit qu'il est sorti avec Dee. *Je lui ai tout dit, donc ne t'inquiète pas. Tout va bien.*

Ses mots ne sont guère réconfortants. Dee est au courant de son état de santé et est venue le chercher au milieu de la nuit, ce qui signifie qu'ils sont encore plus impliqués qu'ils ne l'étaient avant que lui et moi ne parlions hier soir. Alors que je prépare du café, je me sens troublé et profondément préoccupé par ce développement.

J'étais soulagé après avoir entendu qu'il avait décidé de prendre du recul par rapport à Dee et découvrir qu'ils sont de nouveau ensemble ce matin n'est pas une bonne nouvelle. J'aime Wyatt comme un frère. Je l'aime depuis des années et Dee est formidable. Elle a été une si bonne amie pour moi depuis que Carmen m'a intégré à leur famille. La possibilité qu'elle sorte avec mon ami proche serait fantastique s'il n'y avait pas le nuage d'incertitude qui plane sur la vie de Wyatt. Je déteste cette incertitude pour lui, mais il aime dire que c'est mieux que l'autre éventualité. C'est sûr, sauf quand la cousine adorée de ma femme est prise dans la tempête.

Le temps que Carmen me rejoigne sur la terrasse avec son café, j'imagine toutes sortes de scénarios hideux, chacun d'entre eux menant à ce que ma femme me reproche le fait que sa cousine ait le cœur brisé – une fois de plus.

— Qu'est-ce qui ne va pas ? Et ne dis pas que ce n'est rien. Tu as tourné et viré toute la nuit.

Puisque Wyatt a parlé à Dee de la transplantation, je me dis que je peux en parler à Carmen. Je dois le lui dire parce que ça me tue de le lui cacher.

— Wyatt est parti avec Dee au milieu de la nuit.

— Attends, je pensais qu'il était avec elle avant.

— Il l'était, mais il est revenu ici après que tu t'es endormie parce qu'ils avaient décidé de prendre du recul. Apparemment, ce n'est plus d'actualité.

— Pourquoi ont-ils décidé de prendre du recul ?

— Il lui a dit qu'il n'entretenait pas de relations de couple et elle a décidé que c'était trop risqué pour elle de passer du temps avec quelqu'un qui avait fixé cette limite.

Carmen boit le café cubain dont Abuela dit qu'il lui fera pousser des poils sur la poitrine.

— Alors qu'est-ce qui a changé ?

— Il a été honnête avec elle sur les raisons pour lesquelles il ne s'implique pas.

— Et quelles sont ses raisons ?

— Si je te le dis, tu dois jurer que ça restera entre nous. C'est important pour Wyatt que ce ne soit pas quelque chose que tout le monde sache.

— OK.

— Promets-le-moi, Carmen.

— Je te le promets.

— Personne – pas même Maria ou tes grands-mères.

— Je sais ce que veut dire « personne », Jason.

Elle a déjà l'air énervée et c'est la dernière chose dont j'ai besoin.

— Quand Wyatt avait dix-sept ans, il a eu une transplantation cardiaque.

— Oh. Waouh. Mais il se porte bien, non ?

— Il se porte très bien depuis dix-sept ans.

— Pourquoi est-ce que j'ai l'impression que tu vas dire « mais » ?

Je pose ma tasse de café sur la table et me penche en avant, mes coudes sur mes genoux.

— Parce qu'il a dépassé l'espérance de vie pour les greffés du cœur de six ans.

Son petit gémissement en dit long.

— Jason...

— Je sais.

— C'est pour ça que tu t'inquiètes qu'il passe du temps avec Dee.

— Ouais.

— Est-ce qu'elle le sait ?

— Je suppose qu'il lui a dit à un moment donné après que je sois allé me coucher et maintenant ils sont quelque part ensemble. C'est juste qu'après ce qu'elle a vécu avec Marcus...

— Est-ce qu'il... Est-ce qu'il va mourir ?

— Il n'y a aucune raison de penser qu'il est en danger imminent. Il prend très bien soin de lui.

— Voilà pourquoi il ne boit pas.

— Exact et il est très, très prudent dans tous les aspects de sa vie. Protéger sa santé est vital pour lui. Il n'a jamais eu la moindre frayeur pendant toutes ces années.

— Il est donc possible qu'il puisse continuer à battre les probabilités, alors, non ?

— Tout est possible, mais les chances sont plutôt lourdement empilées contre lui.

Ses yeux se remplissent de larmes qui me déchirent le cœur. Je déteste la voir bouleversée.

— Dee est au courant et elle est quand même avec lui ?

— Je suppose que oui.

— Il faut que je parle à Dee.

— Ce serait peut-être une bonne idée.

Carmen attrape son téléphone et envoie un message à sa cousine.

— Je lui ai dit de m'appeler.

Elle fixe le téléphone comme si elle essaie de le faire sonner. Il sonne avec un texte qu'elle me lit.

— *Je ne peux pas maintenant. Wyatt et moi allons à la pêche. On se parle plus tard ?* Pouah, ce n'est pas bien. Plus elle passe de temps avec lui, plus il sera difficile pour elle de prendre du recul.

— On ne dirait pas qu'elle prend du recul. On dirait que c'est le contraire.

— Je ne veux pas qu'elle soit blessée.

— Je suis désolé pour tout ça.

— Ce n'est pas de ta faute. Wyatt est un gars super et je déteste entendre cela à propos de lui. Je suis désolée pour lui, pour toi et pour tous ceux qui l'aiment qu'il ait un si gros souci. Mais Dee...

— Je sais, baby. Je comprends.

— C'est la plus fragile d'entre nous. Elle aime tellement fort et quand elle se brise...

Le profond soupir de Carmen en dit long.

— Je suis inquiète pour elle.

— Moi aussi.

DEE

L'idée d'aller pêcher surgit lorsque Wyatt partage un souvenir d'enfance de pêche avec son grand-père, lorsqu'il passait les vacances d'été avec sa famille élargie à Cape Cod, avant qu'il ne tombe malade et que tout change.

— C'étaient les plus beaux jours de ma vie, dit-il.

Dès que le soleil se lève, nous nous dirigeons vers Knaus Berry Farm pour acheter leurs fameux petits pains à la cannelle – Wyatt a encore faim – avant de continuer vers la marina de Black Point. J'ai aussi beaucoup pêché avec mon papa et mon oncle Vincent, alors je sais où aller pour louer un bateau et l'équipement dont nous avons besoin.

— C'est génial, dit Wyatt en voyant la marina.

Elle est hors des sentiers battus et il faut être originaire du coin pour savoir qu'elle existe. J'aime montrer à Wyatt des endroits que les touristes trouvent rarement. Les gars plus âgés qui travaillent dans le magasin de la marina me reconnaissent quand je leur donne mon nom.

— Mon restaurant préféré au monde, dit l'un d'eux. Comment vont ton oncle Vincent et ta tante Viv ?

— Ils vont très bien. En pleine forme.

— Tes grands-mères pensent toujours qu'elles commandent tout le monde ?

Je ne le corrige pas. Abuela est ma grand-mère dans tous les sens du terme.

— Elles ne font pas que le penser.

En riant, il dit :

— J'aime comment rien ne change jamais là-bas. Ton permis de pêche est toujours bon ?

— Bien sûr. Papa le renouvelle chaque année pour mon anniversaire.

— Excellent. Voici un permis d'un jour pour ton ami, mon chou.

Il me tend les clés de l'un des bateaux à console centrale qu'ils louent.

— Il est équipé de tout ce dont tu as besoin et voici un bon de réduction de 50 % au restaurant. Allez prendre quelque chose pour le déjeuner avant de partir.

— Merci beaucoup, Monsieur Gordan.

— Tout le plaisir est pour moi. Passe le bonjour à ta famille. Il faut que j'emmène ma femme dîner un soir bientôt.

— Faites-nous savoir quand et nous vous trouverons une bonne table.

— Je n'y manquerai pas. Amusez-vous bien aujourd'hui et soyez prudents.

— On le sera.

Ils nous donnent deux gilets de sauvetage et nous descendons le quai principal jusqu'à la cale avec le numéro qui nous a été attribué.

— C'est parti, dis-je.

— C'est trop génial.

Wyatt a acheté un maillot de bain et un débardeur dans le magasin de la marina et s'est changé dans les toilettes pour hommes.

— Je n'arrive pas à croire que tu fasses ça au point d'avoir un permis.

— C'est l'une de mes façons préférées de passer la journée.

— Moi aussi, dit-il en me souriant.

Ce sourire me fait frémir à l'intérieur. Il est si beau tout le temps, mais quand il sourit... *Miam*. Je prépare de la crème solaire dont nous nous enduisons tous les deux avant de sortir. Nous nous arrêtons au restaurant pour prendre des sandwichs – du mérou pour moi et un aux crevettes pour lui – ainsi que des bouteilles d'eau et quelques autres snacks avant de nous diriger vers le large. C'est une journée magnifique avec très peu de vent ou de vagues, le genre de journée parfaite pour pêcher.

Se tenant derrière moi, Wyatt glisse ses bras autour de moi et pose son menton sur mon épaule.

— Tu es un capitaine très sexy.

Ses mots me donnent des frissons dans le dos. Une partie de moi regrette de ne pas l'avoir ramené dans mon lit quand j'en avais l'occasion tout à l'heure, mais je suis contente que nous fassions d'autres choses et que nous apprenions à mieux nous connaître avant de sauter encore dans le lit. La nuit que nous avons passée à parler dans la voiture est le meilleur moment que j'aie jamais passé avec quelqu'un. J'ai adoré écouter ses histoires et ses rires et partager la douleur de ses souvenirs de quand il était malade. Je veux entendre tout ce qu'il a à dire.

Notre connexion est comme un câble sous tension qui vibre de la conscience de l'autre et de désir.

— Je suis si heureuse de pouvoir faire cela. J'adorais venir avec mon père et mon oncle. Cela fait un moment que je ne suis pas venue avec eux parce que j'étais loin.

— Est-ce que Maria et Carmen aimaient venir aussi ?

— Oh non. Elles ont toutes les deux le mal de mer et Carmen ne supporte pas de les voir nettoyer le poisson. Une fois, elle a vomi sur les chaussures d'Oncle V quand il nettoyait les poissons dans leur allée.

— Oh, c'est trop mignon.

— Il n'a pas trouvé ça mignon, lui !

En parlant d'Oncle V, je lui envoie un texto rapide pour lui demander s'il peut m'avoir une table pour deux vers 20 h.

Il me répond tout de suite. *Pour toi, gamine, tout ce que tu veux. Réserve-moi une minute après le brunch demain, OK ? Je veux te parler d'une idée que j'ai.*

Pour toi, tout ce que tu veux.

Il renvoie l'émoji qui rit. *Je t'aime, à ce soir.*

Je t'aime aussi.

Wyatt regarde par-dessus mon épaule.

— Ta famille est adorable.

— Ils sont plutôt géniaux.

— Vous vous disputez parfois ?

— Oh mon Dieu, je me disputais avec mes frères comme du poisson pourri avant. Surtout avec Nico. Il a toujours été si imbu de sa personne. Il nous rendait tous dingues, mais il est gentil. Lui et Milo ont vraiment soutenu mes parents depuis que ma mère est malade. C'est bon de savoir qu'ils en sont capables.

— Tu ne te querellais pas avec Maria ?

— Presque jamais. On s'est toujours bien entendues et toutes les trois, avec Carmen, étions ensemble tout le temps.

— Elle est fille unique ?

— Oui, oui. Sa mère a fait neuf fausses couches avant de l'avoir.

— Aïe. C'est horrible.

— Ça a dû être assez affreux. Mon oncle et ma tante avaient renoncé à avoir un enfant quand elle est arrivée. Elle était l'enfant la plus protégée de tous les temps. Quand elle avait besoin de se défouler, elle venait chez nous.

— Vous vous êtes tellement amusées.

— On s'amuse encore.

— Alors, quel genre de poisson on trouve ici ?

— Tout, du mérou à l'espadon en passant par l'empereur éventail. Le tarpon est le poisson le plus courant par ici, mais il n'est pas présent jusqu'à mai, alors il serait rare d'en trouver un à cette époque de l'année.

Nous nous dirigeons vers l'épave Bodenhamer, l'un des meilleurs emplacements de la région. Nous pourrions voir quelques vivaneaux et sérioles là-bas, aussi.

— C'est très sexy que tu saches tout ça.

J'agite mes sourcils.

— Attends de me voir appâter un hameçon.

— Bonne à en *crever*.

Il me fait rire aussi facilement que je respire et j'adore être avec lui. Je me fiche de ce que nous faisons ou ne faisons pas. C'est si facile avec lui. Je réalise que c'est comme cela que ça devrait être et, parce que nous pourrions être à court de temps, je veux partager cela avec lui.

— Je peux te dire quelque chose ?

— Tout ce que tu veux.

— Je n'ai jamais ressenti une connexion plus facile avec quelqu'un autre que ma famille qu'avec toi.

Il me ramène plus près de lui, m'enlaçant, et embrasse le sommet de ma tête.

— Je le ressens aussi. Pourquoi penses-tu que je suis revenu ici ?

— Tu avais un entretien d'embauche.

— Sans Dee Giordino, il n'y aurait pas d'entretien d'embauche.

— Ah, je le savais ! Tu es bien revenu à cause de moi.

— Bien sûr que oui. Tu étais présente dans cette chambre d'hôtel après le mariage. Tu sais exactement pourquoi je suis revenu – pour plus de cela et plus de ce qu'on fait là – les discussions, le rire, la pêche.

Je le pousse doucement avec ma hanche.

— Tu ne savais pas qu'on irait à la pêche.

— Je savais que j'allais bien m'amuser avec toi. Et il s'avère que j'avais raison.

— Mais tu n'avais pas prévu de me parler de ta condition.

— Non, je ne comptais pas le faire. J'espère que tu comprends... C'est juste tellement ancré en moi après tout ce temps que ne rien dire aux gens est mon comportement habituel.

— Je comprends cela. Je ne voudrais pas non plus être définie par quelque chose comme ça, surtout avec tout ce que tu as accompli depuis.

— C'est bien plus important pour moi. Quand la vie m'a donné des citrons, j'ai essayé de faire de la limonade et c'est sur cela que je préfère me concentrer.

— Je ne te connais que depuis peu, mais je suis tellement fière de la façon dont tu as géré ce qui devait être un si grand défi.

— Oh, merci. Je n'ai pas toujours été admirable. J'étais un patient affreux. Je rendais tout le monde fou avec mon impatience. J'avais tellement hâte de sortir de cet hôpital.

— C'est plutôt drôle quand on considère ce que tu fais comme métier.

— Je sais, mais il y a une grande différence entre être là parce que je le veux et ne pas pouvoir partir à cause des machines qui me maintenaient en vie.

— Ça a dû être terrible.

— C'était ce qu'il y a de pire.

Il me serre affectueusement dans ses bras.

— Merci de me laisser te parler de tout ça. Cacher une si grande partie de qui je suis peut être épuisant parfois.

— Je veux toujours que tu sentes que tu peux me parler de tout. Et tu dois me promettre que si jamais tu ne te sens pas bien, tu me le diras. Tu ne peux pas me le cacher.

— Je ne te le cacherai pas.

Je lève les yeux vers lui.

— Tu me le promets ?

— Je te le promets.

Nous scellons la promesse par un baiser qui se transforme rapidement en deux baisers, puis trois.

Je me sépare de lui en riant et je jette un coup œil derrière nous pour voir le sillage en zigzag du bateau.

— Regarde ce que tu m'as fait faire.

— Euh, Madame, êtes-vous en état d'ébriété ?

— Oui, Monsieur l'agent, je suis enivré d'amour pour un docteur sexy qui est très distrayant.

Sa main glisse le long de mon dos pour venir attraper mes fesses et j'ai du mal à tenir debout. J'ai tellement envie de lui.

— Dans ce cas, nous ferions mieux de vous emmener et de vous faire un examen complet.

J'avale ma salive.

— C'est nécessaire, Monsieur l'agent ?

— Tout à fait nécessaire.

Puis nous nous remettons à nous embrasser et je me fiche que le bateau tourne en rond. J'ai la présence d'esprit de mettre la manette des gaz en position « ralenti » avant d'enrouler mes bras autour de son cou et d'ouvrir ma bouche pour accueillir sa langue. Mon Dieu, cet homme embrasse comme un rêve et j'ai envie de me gaver de lui. Je ne sais pas combien de temps nous restons là à nous embrasser à pleine bouche, mais j'ai l'impression que cela dure une heure. Ou peut-être que c'est juste dix minutes. Qui sait ? Qui s'en soucie ?

— On est supposé pêcher, lui rappelé-je quand on reprend notre souffle. Les poissons ne vont pas s'attraper tout seuls.

— Ah, oui. Les poissons. J'avais oublié.

J'aime la façon dont il me fait me sentir si désirée. C'est une telle révélation pour moi. Être avec Wyatt m'a montré que j'aime ce genre d'affection et la connexion émotionnelle qui l'accompagne.

Nous passons l'après-midi à l'un des endroits préférés de mon papa, constitué d'un récif créé autour du navire « Liberty[1] » O.L. Bodenhamer qui a coulé. Je sais exactement où c'est parce que j'y suis allée si souvent. Nous sommes les seuls ici et les poissons coopèrent. Wyatt attrape rapidement un mérou, puis un vivaneau. Nous les mettons dans la glacière en polystyrène pleine de glace que la marina a fournie.

Il est tellement excité de pêcher que sa joie devient la mienne. En un rien de temps, s'il est heureux, je le suis aussi. Je suis sortie de ma zone de confort au cours de ces quelques heures remarquables passées avec lui. J'ai été avec Marcus pendant six mois avant de lui dire que je l'aimais. Être aussi rapidement à fond avec Wyatt est un énorme changement pour moi, mais rien ne m'a jamais semblé aussi bon ou aussi juste.

Je reçois un autre texto de Carmen. *Jason m'a dit pour Wyatt. J'ai besoin de te parler. Appelle-moi.*

Je sais ce qu'elle va dire : *Tu as perdu ta jolie petite tête ?* Peut-être, mais je ne vais pas la laisser, ni elle, ni ma sœur, ni personne, me dissuader d'aimer Wyatt aussi longtemps que possible. Je me fiche de ce qui se passera dans le futur et je ne veux surtout pas entendre toutes les raisons pour lesquelles c'est une mauvaise idée.

Pendant que j'ignore mon téléphone, je pêche l'espadon à la traîne, impressionnant Wyatt avec ma technique. L'appât glisse sur la surface de l'eau. Je décroche le gros lot avec un poisson d'une dizaine de kilos qui se bat contre moi jusqu'au bout. Mes bras sont morts quand Wyatt m'aide à l'attraper.

— Tu es une vraie dure à cuire, déclare-t-il quand mon poisson est sur la glace avec les autres.

— Je suis épuisée.

Je secoue mes bras.

— Je suis contente d'être en congé ce week-end.

— Je suis content que tu sois de repos, aussi. Comment ça se fait, d'ailleurs ? Le week-end est un moment crucial au restaurant, non ?

— Oui, oui, mais j'alterne les week-ends avec Sofia. C'est une mère célibataire et son ex a son fils un week-end sur deux, donc on se relaie. Son fils avait une tumeur au cerveau et Jason l'a opéré. Il l'a découverte pendant qu'il était bénévole au dispensaire où Maria travaille. Il a sauvé la vie de Mateo.

— Ça ne m'étonne pas de Jay. En parlant de dur à cuire. La neurochirurgie est le nec plus ultra de la médecine.

— La cardiologie est assez impressionnante, aussi.

Il hausse les épaules.

— Ce n'est pas la neuro. Jason est l'un des docteurs les plus brillants que j'aie jamais rencontré. Il était une rock star dès le début de l'école de médecine. Nous autres, nous peinions à le suivre.

— C'est fascinant. Il a l'air si normal.

— Il l'est, mais il est aussi sacrément brillant. J'aimerais travailler avec lui au dispensaire si j'ai le poste ici, mais je ne pourrais pas m'occuper des patients. Trop d'exposition aux germes. Peut-être qu'il y a une commission d'administration dont je pourrais faire partie ou quelque chose comme ça.

— Je suis sûr qu'ils trouveront un moyen de te faire participer.

— On peut se baigner pour se rafraîchir ?

— Bien sûr.

Je jette l'échelle et exécute ce que j'estime être un plongeon parfait. Quand je refais surface, il me sourit.

— C'était sexy.

— Quoi, donc ?

— Toi, plongeant du bateau comme ça, l'air de rien.

— Je l'ai fait toute ma vie.

— C'est la première fois que je vois ça, moi.

— Tu vas me rejoindre ?

— Je veux bien.

Il plonge et me poursuit, me faisant hurler de rire pendant que j'essaie de lui échapper. Il me prend par la taille et tout à coup, nous nous embrassons comme des fous dans l'eau.

Je ne reprends mes esprits que pour m'assurer que nous ne nous éloignons pas trop du bateau.

Après la baignade, il continue de lancer sa ligne pendant que je m'étire sur une banquette alors que la nuit blanche commence à me peser. Entre le soleil, le calme de l'océan et la vue de Wyatt torse nu en train de pêcher, je suis plus satisfaite que je ne l'ai été depuis très longtemps. Cette dernière année a été complètement pourrie et c'est tellement bon de me sentir bien à nouveau. Je veux m'accrocher à ce sentiment de toutes mes forces et je ne laisserai pas Carmen, Maria ou qui que ce soit m'en dissuader.

Je reviens à la réalité quand Wyatt m'embrasse pour me faire sortir de mes rêveries.

— On doit être presque arrivés à Cuba, dit-il en me souriant et je l'attrape comme si nous étions ensemble depuis toujours et que nous faisions cela tout le temps.

Wyatt répond avec enthousiasme et se retrouve sur moi, mes bras et mes jambes s'enroulant autour de lui. Je me cambre devant l'érection imposante qui s'appuie sur ma chair la plus sensible, lui faisant comprendre ce que je veux.

— Dee...

— Maintenant, Wyatt. *S'il te plaît.*

Il se dépêche d'enlever son maillot de bain et le slip de mon bikini. Et puis il s'arrête et dit :

— Je n'ai pas de préservatif.

Je lui tends les bras.

— Je prends la pilule. Je n'ai pas été avec quelqu'un d'autre que toi depuis plus d'un an.

— Je suis clean. Je me fais tester régulièrement.

Je lui souris et passe mes doigts dans ses épais cheveux noirs.

— Alors je pense qu'on peut y aller.

Il est magnifique. Sa peau est bronzée par l'après-midi passé sur l'eau et ses yeux flamboient de désir lorsqu'il s'enfonce en moi.

— C'est une première, murmure-t-il contre mes lèvres.

— Qu'est-ce qui est une première ?

— Deux choses : le sexe sur un bateau et le sexe sans préservatif.

— Qu'est-ce que tu en penses pour l'instant ?

Il lève les yeux au ciel.

— C'est sublime.

Cinq mois se sont écoulés depuis le mariage de Car et Jason, mais je retrouve immédiatement le plaisir que nous avons découvert ensemble lors de cette nuit inoubliable. Je suis repartie de cette chambre d'hôtel changée par lui.

— Tu m'as appris à avoir des attentes plus grandes, lui chuchoté-je alors qu'il me remplit.

— J'ai fait ça ?

— Oh, oui. Je n'avais aucune idée de ce que j'avais loupé jusque-là.

— Moi non plus.

— Vraiment ?

— Oui, absolument. Ça n'a jamais été comme cette fois-là – ou comme maintenant – pour moi.

Il écarte ma tunique de plage et libère mes seins du haut de mon bikini.

— Bonjour, mes beautés. J'ai pensé à vous, mes belles dames, si souvent depuis notre dernière visite.

Il me fait rire pendant les rapports sexuels et ça aussi, c'est une première.

Pendant qu'il me fait l'amour, je me sens libre, sexy et heureuse, vraiment *heureuse* pour la première fois depuis une éternité. Comme la dernière fois que j'étais avec lui, j'éprouve la plus grande des euphories lorsqu'il me touche et me satisfait si parfaitement.

— J'aime ça, chuchoté-je à son oreille.

— J'aime ça aussi. J'aime absolument tout en ce qui te concerne, dans les moindres détails.

— De même.

Je pose mes mains sur son visage.

— Merci d'avoir enfreint tes règles pour moi.

— J'ai l'impression qu'au final ce sera la meilleure chose que j'aie jamais faite.

CHAPITRE 10

WYATT

*L*a journée sur l'eau avec Dee est la plus amusante que j'ai passée depuis des années. La pêche a été bonne, mais être avec elle a rendu ma journée spectaculaire – et ce n'est pas encore fini. Je porte notre glacière de poisson jusqu'à la voiture pendant qu'elle rapporte les clés du bateau. Nous allons déposer le poisson au restaurant avant de retourner chez elle pour prendre une douche avant le dîner. Je vérifie mon téléphone pour la première fois depuis des heures et je lis un texto de Jay.

Je l'ai dit à Carmen. Il n'a pas besoin de préciser ce qu'il lui a dit. Je sais ce qu'il veut dire. *Elle est énervée que Dee entame une relation – et risque d'être blessée.*

Je regrette que la femme de mon ami soit contrariée par quelque chose qui a à voir avec moi, mais Dee a toutes les informations dont elle a besoin pour décider si elle veut passer du temps avec moi. Je tape ma réponse. *Dee sait tout et elle fait ses propres choix sans aucune pression de ma part. Je le jure.*

Il répond tout de suite. *Tu ne fais pas dans le sérieux d'habitude.*

Je sais.

Alors, c'est différent ?

Tout est différent cette fois.

Avant que Jason puisse répondre, je fourre le téléphone dans la poche arrière de mon short de bain et je tends la main pour libérer Dee des sacs qu'elle porte.

— Tu veux que je conduise ?

— Je ne dirai pas non. Je suis fatiguée.

— Moi aussi. Et si on prenait un plat à emporter au restaurant au lieu de ressortir plus tard ?

— C'est une idée brillante. J'aurais peur de m'endormir dans la soupe.

— On ne peut pas tolérer cela.

— Je vais envoyer un message à Oncle V. Tu as envie de quoi ?

— Laisse-moi regarder le menu.

J'ai l'eau à la bouche en lisant les options.

— Je vais prendre le poulet cubain avec le bol de quinoa aux haricots noirs.

— J'en ai mangé le week-end dernier. C'est très, très bon.

Elle envoie un message à son oncle.

— Je lui ai dit qu'on lui apporterait aussi du poisson frais.

— Qu'est-ce que tu as commandé ?

— Des pâtes Primavera et une salade maison.

— Ajoute une autre salade maison si ce n'est pas trop tard.

Elle envoie un autre message.

— C'est fait. Il a dit que ce sera prêt quand on arrivera.

— Ai-je mentionné que j'aime beaucoup ta famille ?

— Ils peuvent se rendre utiles, sauf quand ils fourrent leur nez dans mes affaires.

Je l'observe.

— Est-ce qu'ils se mêlent de tes affaires en ce moment ?

Elle hausse les épaules et regarde par la fenêtre du côté passager.

J'attrape sa main.

— Qu'est-ce qu'il y a, Dee ?

— Ce n'est rien.

Je serre sa main.

— Nous sommes honnêtes l'un envers l'autre, pas vrai ?

— Carmen veut que je l'appelle. Jason l'a mise au courant et maintenant elle veut en parler, sauf que si je le fais, elle va essayer de me dissuader de tout ça et de toi, et je ne veux pas en entendre parler.

— Peut-être que tu devrais écouter ce qu'elle a à dire.

— Toi, t'essaies de m'en dissuader maintenant ? demande-t-elle en me souriant.

— Quelqu'un devrait.

— T'as raté le coche, là, dit-elle. On ne peut pas faire marche arrière.

— Aujourd'hui était parfait.

— Vraiment ?

— Le meilleur des jours.

— On va continuer à battre le record du meilleur jour. On va le faire tellement de fois que tous les jours parfaits vont continuer en boucle.

Elle me fait croire que cela va se produire – et si quelqu'un peut y arriver, c'est bien elle. Si c'est ça être dans une vraie relation, ressentir toutes ces choses pour quelqu'un, je suis *complètement* partant. Je suis à fond dedans, même si je suis bien conscient qu'aucune des autres raisons pour lesquelles c'est une mauvaise idée pour elle n'a changé. Si je me laisse trop aller à penser à ces choses, cette journée va perdre de son éclat et je ne veux pas que cela arrive.

Nous arrivons au restaurant et je porte la glacière à l'intérieur. Dee me tient les portes et me conduit dans la cuisine, qui est animée par l'activité frénétique du samedi soir. Son oncle Vincent est en plein dedans. Je le reconnais après le week-end du mariage et il se focalise immédiatement sur le fait que Dee est avec un *homme*.

Il arrête ce qu'il fait pour nous parler.

— On a eu deux mérous, un vivaneau et un espadon, lui dit-elle.

Il l'embrasse sur la joue.

— On dirait que tu as pris le soleil, aussi.

— C'était magnifique là-bas. Tu te souviens de Wyatt du mariage, non ? L'ami de Jason.

— Bien sûr.

Il me serre la main.

— Ravi de vous revoir, Wyatt.

— De même, Monsieur.

— Appelez-moi Vincent – ou V.

— Merci.

— J'ai préparé ta commande, mon chou. Tu veux une bouteille de blanc pour aller avec ?

— D'accord, dit Dee. Qu'est-ce que tu recommandes ?

Pendant qu'ils parlent de vin, je regarde ce qui se passe dans la cuisine. L'équipe tourne comme une machine bien huilée qui me fait penser à une salle d'opération.

— Tu peux rester un peu après le brunch demain ? demande Vincent à Dee.

— Ouais, c'est prévu. Tu es très mystérieux.

— Pas de quoi s'inquiéter. Juste une idée que je voulais te soumettre.

— J'ai hâte d'en savoir plus.

— Wyatt, j'espère que vous pourrez vous joindre à nous pour le brunch demain.

— Il serait ravi de venir, dit Dee pour moi. Il raffole de la cuisine ici.

— J'y ai pensé pendant des mois après le mariage, lui dis-je.

— Ça fait plaisir de l'entendre. Profitez de votre dîner. J'ai ajouté un dessert pour vous aussi.

Dee lui tend sa carte de crédit et il la refuse d'un geste de la main.

— C'est un échange équitable – poisson contre plats cuisinés.

— Tu es le meilleur, Oncle V.

Elle se met sur la pointe des pieds pour embrasser sa joue et ajoute :

— Je t'aime.

— Je t'aime aussi, ma puce. Passe une bonne soirée.

Nous sommes sur le point de nous échapper quand nous rencontrons l'Abuela et la Nonna de Dee dans le parking. Je ne peux pas entendre ce qu'elles disent, mais elles se disputent à propos de quelque chose.

— Mesdames, dit Dee. Qu'est-ce qui se passe ?

— Ta grand-mère est un vrai danger au volant.

Abuela est petite avec des cheveux blancs parfaitement coiffés et se tient à côté de Nonna, qui fait trente centimètres de plus qu'elle avec des cheveux poivre et sel.

— Elle a failli me tuer.

Nonna lève les yeux au ciel.

— Ce n'était même pas près. Si j'avais voulu te tuer, j'aurais freiné et je les aurais laissés te percuter de plein fouet pour te rayer de ma vie.

Dee pince les lèvres comme si elle essayait de ne pas rire.

— Ce n'est pas drôle, dit Abuela avec indignation.

— Pas drôle du tout, répond Dee. Où est-ce que vous étiez ?

— Nous avons apporté le dîner à tes parents avant la ruée, dit Nonna. J'aurais dû laisser *celle-là* ici.

— Oh, la ferme, rétorque Abuela.

— Comment vont-ils ? demande Dee.

— Ta mère a quelques problèmes avec son port à cath[1], mais Maria était là plus tôt pour le vérifier. Elle le surveille.

Et puis, comme si la dispute n'avait jamais eu lieu, Abuela semble se rendre compte que Dee est là avec un *homme* et soudain l'embrouille prend fin et toute son attention se porte sur moi. Gloups.

— Je vous connais.

Abuela pointe du doigt mon torse.

— D'où est-ce que je vous connais ?

— C'est Wyatt, l'ami de Jason du mariage, dit Dee.

— Ah, oui. Je me souviens maintenant. Vous êtes un beau tombeur.

— Euh, bah, merci.

— Ne l'embarrasse pas, Abuela, dit Dee en enroulant ses mains autour de mon bras.

Les deux femmes se concentrent sur ses mains sur mon bras. Je peux presque sentir la chaleur de leurs regards de rayons laser alors qu'elles flairent une histoire.

Nous sommes interrompus, heureusement, quand un homme plus âgé s'approche de nous.

— Bonjour, Monsieur Muñoz, dit Dee. Comment allez-vous ?

— Je vais très bien et j'attends avec impatience mon dîner préféré de la semaine.

Il nous parle à tous, mais son attention se porte sur Abuela.

— Voulez-vous vous joindre à moi, Marlene ?

— Non, je ne me joindrai pas à vous. Comme vous le savez, je travaille le samedi soir. Et vous le savez parce que je vous dis la même chose chaque samedi soir quand vous me demandez de me joindre à vous.

Il sourit comme si elle ne venait pas de lui couper l'herbe sous le pied.

— On ne peut pas reprocher à un homme de vouloir partager son dîner avec une belle femme. Je vous verrai à l'intérieur. Dee, au plaisir de vous voir le week-end prochain.

— À bientôt, Monsieur Muñoz. Sofia s'occupera bien de vous ce soir.

— Passez une bonne soirée.

Une fois qu'il est parti, Dee bondit.

— C'est quoi cette histoire, Abuela ?

— Ce n'est rien du tout. C'est un dragueur éhonté et un vieux fou qui ne peut pas accepter qu'on lui dise non.

— Il *t'aime bien*, Abuela.

— Balivernes.

Elle agite la main avec dédain.

— Qui a le temps pour ses bêtises ? Je vais au travail.

Elle se dirige vers la porte arrière et la laisse claquer derrière elle.

— La Dame proteste trop[2], je pense, dit Nonna.

— Shakespeare, dis-je avant de me demander si je devrais.

— Monsieur Muñoz est amoureux d'elle et elle le sait, m'explique Nonna. Il vient chaque semaine juste pour la voir. Il s'assoit à la table C32, de son côté de la salle, et commande une entrée différente chaque semaine pour avoir quelque chose à discuter avec elle. Il est charmant, mais elle ne lui accorde aucune attention.

— Comment n'ai-je jamais remarqué ça ? demande Dee.

— Tu travailles habituellement de mon côté du restaurant.

— C'est vrai. Depuis combien de temps vient-il ?

— Environ quatre ans. Il a commencé un an après la mort de sa femme. Et il lui demande chaque semaine de manger avec lui. Vincent lui dit qu'elle devrait lui donner une chance, mais elle ne le fait jamais.

— Oh, c'est trop triste.

— Je suis d'accord, mais j'ai appris à éviter ce sujet avec elle. Elle sort de ses gonds quand on en parle. Je pense que ça veut dire qu'elle l'aime bien aussi, mais qu'elle a peur de tenter sa chance.

— Il faut qu'on la pousse un peu, dit Dee.

— Ne me mêle pas à ça, répond Nonna. J'ai peur qu'elle mette à exécution sa menace de me poignarder dans mon sommeil un de ces jours.

Dee rit et serre sa grand-mère dans ses bras.

— Vous êtes toutes les deux hilarantes. Vous êtes prêtes à prendre une balle l'une pour l'autre et pourtant vous ne faites que vous bagarrer.

— C'est une vraie emmerdeuse, mais je l'aime.

— Et elle t'aime aussi. Je te vois demain ?

— Oui. J'espère que vous passerez une très bonne soirée, toi et ton beau jeune homme.

Elle remue les sourcils pour insister.

— Chut, dit Dee, ses joues s'enflammant d'une couleur qui m'excite instantanément, ce qui n'est pas une bonne idée avec sa grand-mère aux yeux de lynx qui observe.

Je m'active à ranger les sacs qui contiennent notre dîner sur le siège arrière de la voiture de Dee. Quand je me retourne, sa grand-mère est en train de la serrer dans ses bras et de lui murmurer quelque chose à l'oreille, ce qui ajoute à l'embarras de Dee.

— Va travailler, Nonna.

— Je t'aime, ma puce. Je te vois au brunch.

— Je t'aime aussi.

Je lui tiens la porte du passager.

— Pour info, une Dee embarrassée est une Dee sexy. En fait, toutes les Dee sont des Dee sexy.

Elle cache son visage dans ses mains et dit :

— Arrête.

— Jamais.

Je me penche, écarte ses mains et embrasse la couleur pêche de sa joue.

— Tu es adorable, Dee.

— Elle est incorrigible.

— Qu'est-ce qu'elle a dit ?

— Je ne peux pas le répéter. C'est scandaleux.

En riant, je ferme sa porte et fais le tour jusqu'au côté conducteur. Après avoir attaché ma ceinture, je me retourne pour la trouver en train de me fixer.

— Qu'est-ce qu'elle a dit ?

— Qu'elle espère que je te ramène chez moi pour te mettre au lit avant que quelqu'un d'autre ne le fasse.

Je hurle de rire.

— Ma *grand-mère*, punaise !

— Je l'adore.

— Elle est folle. Elles sont toutes folles.

— Non, elles sont drôles.

Elle sort son téléphone de son sac.

— Je n'arrive pas à croire que je n'ai même pas pris des nouvelles de mes parents aujourd'hui. Ça te dérange si je leur passe un petit coup de fil ?

— Bien sûr que non. Fais ce que tu as à faire.

Dee passe l'appel sur le Bluetooth de la voiture.

— Salut, ma chérie, dit son papa. Comment vas-tu ?

— Je vais bien. J'ai entendu que Maman a eu des problèmes avec son port à cath. Est-ce qu'elle va bien ?

— Elle a l'air en forme, mais elle a une rougeur autour qui, selon Maria, pourrait être le début d'une infection. Elle la surveille.

— J'ai entendu dire que vous avez eu une livraison spéciale du restaurant.

— En effet ! C'était une bonne surprise.

— Je pensais que Nico devait apporter le dîner ce soir.

— C'était le cas, mais Nonna l'a appelé pour lui dire qu'ils le préparaient. Tout le monde est tellement gentil avec nous.

Son père a l'air un peu ému, ce qui est si touchant.

— Qu'est-ce que tu as fait de beau aujourd'hui ? demande-t-il.

— J'ai emmené un ami pêcher à Black Point. Tout le monde te passe le bonjour.

— Ah, c'est gentil. Ça me manque de les voir. Il faut qu'on y retourne bientôt.

— On le fera. Vous venez au brunch ?

— C'est ce qu'on a prévu. On verra comment ta mère se sent demain matin. Elle est sous la douche, sinon je te laisserais lui dire bonjour.

— Dis-lui que j'ai appelé et que je l'aime.

— Je n'y manquerai pas, ma puce. Merci de prendre de ses nouvelles.

Quand Dee termine l'appel, elle en passe un autre à sa sœur.

— Hé, comment ça se passe avec Maman et le cathéter ?

— C'est un peu rouge autour et ça la gêne un peu. Je l'ai traitée avec une pommade antibiotique et j'ai laissé un message pour son médecin.

— Devrions-nous être inquiets ?

— Pas pour le moment.

— OK, tant mieux. Je remercie Dieu de t'avoir, ma sœur. Que ferions-nous sans toi ?

— Oh, tu es adorable. Où étais-tu toute la journée ?

— J'ai, euh, emmené Wyatt à la pêche.

— Vous avez dû vous amuser.

— Oui, oui. Je dois y aller. Il attend que je lui explique comment aller chez moi.

— Je ne voudrais surtout pas t'en empêcher. Amuse-toi bien. Je te vois demain ?

— Oui, bien sûr.

Une fois qu'elle a raccroché, je dis :

— Je suis désolé, mais je dois passer chez Jay pour prendre mes affaires. J'ai besoin de mes médicaments.

— Ce n'est pas un problème.

Elle m'indique où aller et je réalise qu'on fait marche arrière.

— Pardon, j'aurais dû le dire avant le restaurant. C'est parce que je ne connais pas la région.

— Pas de souci.

Elle bâille et appuie sa tête contre le siège, murmurant :

— J'aurai de la chance si je tiens jusqu'à huit heures ce soir.

— Je vais m'assurer que tu feras une bonne nuit de sommeil.

— Et je vais m'assurer que tu en feras autant.

On se tient la main sur le chemin de Brickell. L'odeur de la nourriture me met l'eau à la bouche.

— Je ne sais pas ce que font Carmen et Jason, mais si tu veux, on peut manger sur leur terrasse. La vue est incroyable.

— Je vais envoyer un message à Carmen pour voir si ça les dérange.

Elle tape sur son téléphone.

— Elle dit qu'ils ont déjà mangé, alors qu'on n'hésite pas à utiliser leur terrasse et leur table.

— Super. Je suis affamé.

— Je commence à me rendre compte que c'est fréquent chez toi.

— Il n'y a jamais eu de moment où je n'ai pas pu manger. Les gens avec qui je travaille à Phoenix m'appellent le ver solitaire. Ils aiment m'apporter de la nourriture et s'énervent parce que je ne prends jamais un gramme.

— C'est agaçant.

— Je n'y peux rien si mon métabolisme est spectaculaire.

Je la regarde.

— Tu veux entendre un truc dément ?

— Euh, bien sûr.

— Le fait d'être affamé tout le temps a commencé après que j'ai reçu mon nouveau cœur. J'ai découvert plus tard qu'Emma, la fille dont il provient, avait toujours faim elle aussi. Elle était connue pour ça – et elle non plus ne prenait jamais de poids.

— Waouh.

— N'est-ce pas ? Cela arrive dans certains cas. J'ai entendu parler d'autres personnes qui ont raconté des choses similaires, comme une femme qui n'avait jamais aimé le café jusqu'à ce qu'elle ait le cœur d'un buveur de café.

— Waouh. C'est vraiment cool. Ça a dû te faire drôle d'entendre qu'Emma avait toujours faim.

— Oui, en effet ! Au début, on a cru que c'était parce que j'étais de nouveau en bonne santé et que je retrouvais l'appétit en même temps que le reste de ma vigueur. Mais quand je suis entré en contact avec sa mère et qu'elle m'a dit ça...

— C'est vraiment incroyable. Emma est vivante en toi.

— C'est ce qu'il semblerait. Il y a d'autres choses bizarres à part ça. Comme le fait que je détestais le beurre de cacahuètes et que maintenant j'adore ça. Elle aussi aimait ça.

— Je suis complètement sidérée par tout ça.

— Moi aussi. Il m'a fallu longtemps pour me faire à l'idée que quelqu'un d'autre devait mourir pour que je puisse vivre. Je me suis senti très coupable – et j'ai suivi beaucoup de thérapie – à ce sujet.

— La thérapie t'a aidé ?

— Oui. La psychologue m'a aidé à accepter qu'Emma allait mourir que j'aie son cœur ou non et que sa mort n'était pas de ma faute.

— C'est lourd à gérer pour un jeune de dix sept ans.

— Ouais, j'étais perturbé par ça pendant un moment. Ça m'a fait du bien de rencontrer sa famille et d'en savoir plus sur elle.

— Que lui est-il arrivé ?

— Elle a eu un accident de ski. Elle s'est écrasée contre un arbre et a été sérieusement blessée à la tête.

— C'est tellement triste.

— Oui, mais elle a sauvé la vie de cinq personnes avec ses organes. Sa famille en a tiré un grand réconfort. Ils ont dit qu'elle aurait été heureuse de cela.

— Je me surprends à être triste pour quelqu'un que je n'ai jamais connu.

— C'est ce que j'ai ressenti pendant longtemps après la transplantation. Tout ce que je savais au début, c'est que ça venait d'une jeune femme de dix-neuf ans, alors au début j'avais ces visions d'elle essayant de s'habituer à vivre dans un garçon de dix-sept ans.

— Ça ferait un bon film.

— Ma sœur a toujours dit la même chose.

Je me gare devant l'immeuble de Jay et je prends la nourriture en sortant de la voiture. Ils nous laissent entrer dans l'immeuble. Dans l'ascenseur, je regarde Dee. Son visage est radieux après cette journée au soleil, mais ses yeux sont fatigués. Nous avons tous les deux besoin de nous coucher de bonne heure.

— Ne laisse pas Carmen te convaincre de renoncer à ce qu'on a.

Après avoir passé la journée complètement excitante avec elle, je suis terrifié à l'idée qu'elle change d'avis. J'ai eu un aperçu de comment ce serait d'être amoureux et je suis déjà accro.

Elle me regarde droit dans les yeux.

— Aucune chance que cela arrive.

Carmen attend dans l'entrée de leur appartement quand on sort de l'ascenseur. Je ne la connais pas très bien, mais même moi je peux voir qu'elle a l'air inquiète et stressée. C'est probablement de ma faute. J'espère que Dee le pensait quand elle a dit que personne ne pourrait la dissuader d'être avec moi. J'ai le sentiment que si quelqu'un le peut, c'est probablement Carmen ou Maria.

Dee embrasse Carmen sur la joue et dit :

— Arrête ça. Tout va bien. Arrête de faire ce truc avec tes sourcils.

— Qu'est-ce qui ne va pas avec mes sourcils ?

— Ils sont tout plissouillés.

— Ce n'est pas un mot, ça.

— Et pourtant, tu sais ce que je veux dire.

— Où est Jay ? lui demandé-je.

— Sorti faire un tour. Il devrait bientôt être de retour.

— Viens, Wyatt. On va manger.

Dee prend des couverts et un verre à vin dans la cuisine de Carmen et me conduit à la terrasse.

— Viens avec nous, Car, mais pas de froncement de sourcils.

J'aime comment elle est à l'aise chez sa cousine et le fait qu'elles se parlent si librement. Je n'ai jamais atteint cette proximité naturelle avec mes frères et sœurs – ni avec qui que ce soit. Probablement parce que j'ai été absent pendant une grande partie de notre enfance et quand j'étais à la maison, je monopolisais toute l'attention de nos parents. Je ne sais pas si l'un d'entre eux m'en veut pour le chaos que ma maladie a causé pour nous tous, mais comment ne le pourraient-ils pas ? Je m'en voudrais probablement à leur place.

Carmen se verse un verre de vin à partir d'une bouteille qu'elle avait déjà commencée et vient s'asseoir avec nous.

— Soyons francs, lui dis-je entre deux bouchées du meilleur poulet que j'aie jamais mangé.

Les yeux de Dee s'écarquillent et elle me regarde comme si j'étais fou. Peut-être que je le suis, mais je ne peux pas supporter que la femme de mon ami pense que je vais faire du mal à sa précieuse cousine. Elle doit savoir que c'est la dernière chose que je souhaite alors je dis :

— Je comprends que tu sois inquiète que Dee s'engage avec moi à la lumière de ce que tu sais maintenant sur moi.

Carmen ne s'attendait pas à ce que je déballe tout, mais je me suis dit que j'avais tout à gagner et rien à perdre en affrontant l'éléphant dans la pièce[3]. Dee ne s'y attendait pas non plus, mais ce n'est pas grave. Je veux qu'elle se détende, qu'elle profite de ce qui se passe entre nous et qu'elle ne soit pas contrariée par les inquiétudes de sa famille.

— Je, euh ... dit Carmen avant de prendre une gorgée de son vin.

Je ne veux pas que Dee soit blessée à nouveau. La première fois était plus que suffisante.

— Je vais très bien.

Dee fait tourner les pâtes sur sa fourchette comme une pro et ajoute :

— Circulez, rien à voir.

Les sourcils de Carmen passent de froncés à levés.

— Ah non ?

— Comme Jason te l'a dit, j'ai subi une transplantation cardiaque il y a dix-sept ans. J'ai dépassé de six ans l'espérance de vie moyenne, mais il faut savoir que je suis en parfaite santé. Je fais des bilans de santé réguliers et je prends méticuleusement soin de moi. Cela dit, j'ai essayé de dire à Dee que je suis un mauvais choix, mais elle refuse de raison garder.

Je jette un coup d'œil dans sa direction et je la trouve en train de sourire comme une sotte. Mon Dieu, je l'aime déjà. Comment pourrais-je ne pas l'aimer ?

— Je veux que Wyatt sache ce que c'est que d'être amoureux, explique Dee. Je veux passer le reste de sa vie avec lui et il n'y a rien que personne ne pourrait dire pour m'en dissuader, alors ne perdons pas notre temps à parler de toutes les façons dont cela pourrait mal tourner et concentrons-nous sur les nombreuses façons dont c'est tellement, *tellement* bien.

— Mais vous ne vous êtes rencontrés qu'au mariage... Comment peux-tu savoir que c'est ce que tu veux ?

— On a couché ensemble après le mariage, répond Dee comme si de rien n'était. C'était la meilleure nuit de ma vie.

Carmen s'étouffe en buvant son vin.

Je lui tape dans le dos jusqu'à ce qu'elle reprenne son souffle.

— C'est quoi ce bordel, Delores ? Pourquoi tu ne nous l'as pas dit ?

— Dit quoi ? demande Jason en nous rejoignant sur le patio, en sueur après son jogging.

— Ils ont couché ensemble après le mariage ! répond Carmen à son mari.

— Et c'était la meilleure nuit de ma vie, affirme Dee.

Je me penche pour l'embrasser.

— Et de la mienne.

Jason semble aussi abasourdi par cette nouvelle que l'est Carmen.

— Waouh, comment as-tu fait pour garder un tel secret dans cette famille ?

Dee hausse les épaules et continue de faire tourner ses pâtes comme si rien de spécial ne se passait.

— Je ne l'ai tout simplement dit à personne.

— Alors vous échangez depuis tout ce temps ?

— Nous sommes restés en contact, dit Dee.

Je vois que sa nonchalance rend Carmen folle. Elle pose ses yeux de lynx sur moi.

— C'est pour ça que tu as un entretien pour un poste à Miami-Dade. Tu es revenu pour Dee.

— Je voulais la revoir, mais je ne suis pas venu ici en pensant que tout ça allait arriver.

— Il m'a dit qu'il ne pouvait pas s'attacher et quand j'ai compris pourquoi, je lui ai dit que c'étaient des conneries et nous voilà. En couple.

— Dee...

Le mot unique de Carmen ruisselle d'une inquiétude agonisante.

Je ne la blâme pas. Je ne lui en veux vraiment pas. N'avais-je pas les mêmes inquiétudes il y a vingt-quatre heures, avant que Dee ne m'éblouisse par son courage et sa détermination ? J'ai l'impression que c'était il y a une éternité, après la journée que nous avons passée au cours de laquelle tout a changé.

— Je sais ce que tu vas dire, Car, et je comprends parfaitement dans quoi je m'engage. Je sais que Wyatt ne vivra peut-être pas vieux et j'ai choisi de m'attacher à lui quand même.

Elle fait une pause avant d'ajouter :

— Attends. Ce n'est pas tout à fait vrai.

— Ce n'est pas vrai ? lui demandé-je, surpris.

— J'ai choisi de *t'aimer*, pas seulement de m'attacher à toi.

Carmen pousse un cri.

— Mais tu... tu l'as vu deux fois.

— Au bout de combien de temps as-tu su que Jason allait changer ta vie ? demande Dee à sa cousine.

— Je... euh...

— Tu m'as dit que tu savais le jour où tu l'as rencontré qu'il était différent des autres. J'ai su à votre dîner de répétition que Wyatt était spécial et que je voulais passer plus de temps avec lui. Nous étions ensemble toute la journée à votre mariage. Il ne m'a jamais quittée sauf pour aller me chercher un autre verre. Nous avons passé le meilleur moment que j'aie jamais connu avec un homme. Et quand il m'a demandé de le rejoindre dans sa chambre d'hôtel, je n'ai pas hésité. Est-ce que je me doutais alors que ce serait plus qu'une nuit ? Non, mais ensuite il m'a envoyé un texto, je lui en ai envoyé un, puis il est revenu et nous voilà.

— Hier, tu versais des larmes à propos de Marcus, dit Carmen.

Oh, le coup bas.

— Je pleurais parce que je pensais qu'il avait essayé de se suicider à cause de moi, pas parce que je l'aime encore. L'amour que je ressentais pour lui est mort le jour où il a épousé sa salope.

— Alors, quel est le plan ? demande Jason, en buvant d'une bouteille d'eau.

— On espère que j'aurai le poste à Miami-Dade.

Je tends la main pour prendre celle de Dee et elle joint ses doigts aux miens.

— Et si je l'ai, je vais déménager ici et vivre heureux avec Dee.

— Comme ça ? demande Jason.

— Comme ça, dit Dee, sans jamais me quitter du regard.

— Et si tu n'as pas le boulot ? demande Carmen.

— Alors on trouvera un plan B, dit Dee. De toute façon, nous allons être ensemble à partir de maintenant et c'est tout.

Je vois bien que Carmen a beaucoup de choses à répondre à cela, mais elle ne sait pas par où commencer.

Avant qu'elle puisse formuler une pensée, Dee dit :

— Imagine que ce soit Jason qui ait vécu ce qu'a vécu Wyatt. Est-ce que tu l'aimerais moins simplement parce que sa vie pourrait être plus courte que la nôtre ?

— Non, mais...

— Pas de mais, Carmen. Cette relation va continuer et je te demande ton soutien.

— Tu l'as. C'est juste que...

— Je sais, dit doucement Dee. Mais je te promets que quoi qu'il arrive, tout ira bien pour moi.

Elle tend les bras vers Carmen et l'enlace.

— Sois heureuse pour moi.

— Je le suis. Bien sûr que je le suis.

Elles se blottissent l'une contre l'autre pendant un long moment et toutes deux ont les larmes aux yeux quand elles se séparent.

— On peut y aller ? me demande Dee. Je suis tellement fatiguée que je vais m'écrouler.

— Laisse-moi juste prendre mes affaires.

Je porte nos barquettes à l'intérieur, les rince et les mets à la poubelle. Je suis content que Giordino utilise du papier plutôt que du plastique pour les plats à emporter. Cette pensée me donne une seconde pour me ressaisir avant d'affronter Jason, qui m'a suivi à l'intérieur.

— Qu'est-il arrivé à tes règles ?

— Dee est arrivée. Je vais faire en sorte que cela en vaille la peine pour elle, Jay. Je te le promets. Et après, elle pourra s'appuyer sur vous tous. Vous l'aiderez à traverser cela, pas vrai ?

Il passe ses doigts dans ses cheveux en sueur.

— Bon sang, Wyatt, on est en train de parler de s'occuper de Dee après ta mort ?

— Ouais, je suppose que c'est ce qu'on fait. J'ai besoin de savoir que vous serez là pour elle.

— Bien sûr que je le serai, mais ça fait beaucoup à digérer. Je viens juste de découvrir ce qui s'est passé après le mariage. Je ne savais pas que c'était plus qu'une demoiselle d'honneur qui passait du temps avec un témoin.

— C'était bien plus que ça depuis l'instant où on s'est rencontrés.

— C'est ce que tu as dit.

— Je sais que ça fait beaucoup à accepter, mais je vais prendre soin d'elle de toutes les manières possibles. Nous allons vivre à fond ce qu'il me reste de vie.

— On dirait que tu as pris ta décision.

— Tu n'approuves pas ?

— Il ne s'agit pas de savoir si j'approuve. C'est juste que tu avais des règles avec lesquelles tu as vécu pendant dix-sept ans et maintenant tu décides de dire au diable les règles et tu le fais avec la cousine de ma femme.

— Je suis désolé si ça te pose des problèmes, Jay. Je le suis vraiment, mais je l'aime déjà. Et je veux ça. Je la veux. Je veux une chance d'avoir ce que tu as avec Carmen pour le temps que ça durera. Tu peux le comprendre, non ?

— Je comprends.

— Bon, alors, je crois que je vais prendre mes affaires et vous laisser tranquille. On se voit demain au brunch ?

— On sera là.

Je décide de finir sur une bonne note. Dans le salon, j'attrape mon sac à dos et fais rouler ma valise jusqu'à la porte alors que Dee et Carmen arrivent du patio avec des verres à vin et ce qui reste de la bouteille de vin de Dee.

— Merci de nous avoir laissé utiliser votre terrasse, dis-je à Carmen.

— Quand tu veux.

Elle me surprend en me prenant dans ses bras.

— Prends bien soin de ma cousine. Je l'aime beaucoup.

— Moi aussi. Et je le ferai. Je promets de la rendre heureuse chaque jour que je passerai avec elle.

Quand Carmen me relâche, je vois des larmes dans ses yeux.

Dee l'enlace et lui dit :

— On se voit demain.

Nous marchons vers l'ascenseur et attendons qu'il arrive.

— Ça va ? lui demandé-je.

Elle acquiesce, mais son menton tremble. Je ne sais pas si c'est l'émotion, l'épuisement ou les deux qui la mettent au bord de l'effondrement.

Je passe mon bras autour d'elle.

— Accroche-toi à moi. On va y arriver.

Dans l'ascenseur, elle m'enlace et s'accroche à moi pendant le trajet jusqu'au rez-de-chaussée.

Dehors, je range ma valise et mon sac à dos dans le coffre et je monte du côté du conducteur.

— A-t-elle dit quelque chose qui t'a contrariée ?

— Non, juste qu'elle m'aime et qu'elle ne veut pas que quelque chose me blesse comme Marcus l'a fait.

— Je ne te ferai jamais mal comme ça.

— Non, tu ne le feras pas.

Après une pause, elle me regarde, son expression pleine d'inquiétude.

— Elle est probablement déjà au téléphone avec ma sœur. Toute la famille sera au courant demain. Je suis désolée. Je sais que tu n'aimes pas que les gens soient au courant.

— Ce n'est pas grave. Ce n'est pas quelque chose qu'on peut garder secret dans une famille comme la tienne. Je me fiche qu'ils le sachent.

— Ils vont en faire un vrai scandale, au début, mais ça va passer. À force. Je m'en excuse d'avance.

— Ils t'aiment. Ils sont inquiets. Je comprends.

Je sens mon téléphone vibrer non-stop dans ma poche, ce qui ne peut signifier qu'une chose. Ma mère est en train de flipper parce qu'elle n'a pas eu de mes nouvelles aujourd'hui. Je le sors de ma poche et le donne à Dee.

— Tu peux vérifier mes textos ?

Autant qu'elle découvre tout de suite que quand je lui dis que ma mère me couve comme une poule, je ne rigole pas.

— Ta mère est inquiète de ne pas avoir eu de tes nouvelles aujourd'hui. Devrais-je répondre pour toi ?

— Oui, dis-lui que j'étais à la pêche toute la journée et que je n'avais pas de réseau. Tout va bien.

Elle tape le message pour moi.

— Elle veut savoir si tu prends tes médicaments.

Je serre les dents pour ne pas crier.

— Dis-lui bien sûr que je les prends, parce que je veux rester en vie.

— Tu veux que je dise ça ?

— C'est bon. Je le lui dis presque tous les jours quand elle me rappelle, à moi qui suis *médecin*, de prendre mes médicaments comme elle le faisait quand j'étais encore adolescent.

Elle envoie le message.

— Ta mère te dit d'arrêter de faire le malin.

— Et elle me le dit pratiquement tous les jours. Bienvenue dans mon monde.

— Elle a l'air adorable.

— C'est la meilleure et je l'aime, mais parfois j'aimerais qu'elle m'aime juste *un tout petit peu* moins.

— Que va-t-elle dire si tu obtiens le poste ici et que tu déménages ?

— Mes parents vont péter les plombs, dis-je avec un grand soupir. Mais ça ne m'empêchera pas de déménager, alors ne t'inquiète pas pour ça.

— Il faudra qu'on leur assure que je prendrai exceptionnellement bien soin de toi.

— Tu ne peux pas me couver comme une poule, mon cœur. Ça me rendrait fou.

— Qui a parlé de te couver ?

CHAPITRE 11

DEE

*É**videmment* que je vais le couver comme une poule. Comment ne le pourrais-je pas ? Je veux savoir à tout moment qu'il va bien, qu'il est en bonne santé, qu'il prend ses médicaments, qu'il…

Oh mon Dieu, il va détester cela et je dois vite retrouver le contrôle. Je prends une grande inspiration et la relâche lorsqu'il me vient à l'esprit que l'anxiété concernant sa santé sera mon compagnon permanent, comme c'est le cas depuis le diagnostic de ma mère.

— Tu n'as pas à faire ça, dit-il.

— Qu'est-ce que je fais ?

— Tu réalises que t'inquiéter pour moi va devenir un travail à plein temps. Je n'ai pas besoin que tu fasses cela. Je te promets que je m'en occupe tous les jours. Je ne veux pas que tu t'inquiètes.

— C'est plus facile à dire qu'à faire, mais je ferai de mon mieux pour que tu n'aies pas l'impression de coucher avec ta mère.

Ces mots sont à peine sortis de ma bouche que nous sommes pris d'un fou rire.

— Ce n'est pas ce que je voulais dire.

— Sans blague ?

— C'est parce que je suis épuisée. Ça ne tourne pas rond là-dedans.

— Tu es adorable quand tu es épuisée et même quand tu ne l'es pas. Tu es adorable tout le temps.

— Je suis ravie que tu le penses.

— Je le pense. Je pense aussi que tu es sexy, belle, drôle, intelligente et ai-je déjà dit sexy ?

— Il me semble, mais une fille ne peut jamais être trop sexy.

Ai-je vraiment dit cela aussi ?

— Il vaut mieux que je me taise jusqu'à ce que j'aie dormi.

— Oh s'il te plaît, continue de parler. J'ai hâte d'entendre la suite.

Je le guide à travers le quartier jusqu'à mon appartement au-dessus du garage.

— Si j'ai le boulot, on va avoir besoin d'un endroit plus grand.

— Je vais avoir besoin de dormir avant d'entretenir cette conversation. Probablement de caféine, aussi.

— C'est compris. On va remettre ça à demain, alors.

À l'intérieur, je me dirige directement vers la douche.

— Tu veux te joindre à moi ? lui demandé-je.

— Absolument.

Quand nous sommes face à face dans la douche, je prends le temps d'étudier le tatouage qui recouvre sa poitrine. Maintenant que je sais qu'elle est là, je vois la cicatrice estompée qui court verticalement entre ses pectoraux. Je la trace du bout du doigt.

— C'était douloureux ?

— Plutôt brutal au début, mais j'ai vite guéri.

J'embrasse la fine cicatrice de haut en bas.

— J'aurais aimé être là pour t'aider à te remettre sur pied.

— Tu aurais porté un déguisement d'infirmière sexy ?

— Non, parce que tout le monde sait qu'il n'est pas bon de jouer avec la pression sanguine du patient après une opération majeure.

Son rire grave me fait sourire.

— Tout le monde sait ça, hein ?

— Oui, oui. C'est vrai, n'est-ce pas ?

— Ouais. Et t'avoir dans les parages aurait sérieusement mis à l'épreuve mon système cardiovasculaire fragile.

Il prend ma main et l'enroule autour de son érection épaisse, ajoutant :

— Exemple concret.

— Cela me semble être un problème cardiovasculaire critique.

— C'est très critique.

Il m'enlace et m'embrasse jusqu'à ce que je m'accroche à lui, toutes pensées d'épuisement et de sommeil oubliées dans une vague de désir si intense qu'elle requiert toute mon attention.

Il me soulève et appuie mon dos contre le carrelage frais.

— Est-ce que ça te va ?

— Tout à fait.

Tout l'air quitte mon corps dans un long souffle lorsqu'il glisse en moi d'une seule poussée profonde. Mon Dieu, rien n'a jamais été comme c'est avec lui. Quand je pense que j'étais à deux doigts de ne jamais savoir que *ceci* existait... Il sait exactement où me toucher pour me faire hurler d'une jouissance qui me traverse presque sans prévenir. C'est trop et pas assez à la fois. Nous sommes encore tout essoufflés et je me demande déjà quand nous pourrons recommencer.

Après notre douche, Wyatt m'essuie, en accordant une attention particulière à mes seins.

— Je deviens obsédé, murmure-t-il en embrassant chacun d'eux. Je ne peux pas me passer de toi.

Au moins une fois dans sa vie, une femme devrait avoir un homme qui la regarde de la façon dont il me regarde à cet instant. En une seconde, il me prouve qu'il vaut tous les risques pour vivre tout ce que je peux avec lui. Je pose mes mains sur son torse et dépose un baiser sur son sternum. Quand je lève le regard vers lui, ses yeux sont rouges et brillants de larmes qu'il ne verse pas.

— Tu es belle, forte, douce et sexy. Et si j'ai voulu venir à Miami pour passer l'entretien d'embauche, c'était uniquement pour avoir la chance de te revoir.

Il m'embrasse et je m'accroche à lui alors que notre connexion, qui grésillait auparavant, se transforme en un véritable incendie à la lumière de sa confession.

Mes bras autour de son cou, je m'accroche à lui lorsque sa langue se mêle à la mienne. Nous nous embrassons pendant ce qui semble être des heures avant qu'il ne glisse un bras autour de ma taille et me soulève du sol. J'ai envie de lui dire de ne pas faire cela, de ne pas se fatiguer et de ne pas prendre de risques, mais je suis déjà sûre qu'il n'a pas envie de l'entendre.

Wyatt me dépose sur le lit et se couche sur moi, sans gêner un instant le meilleur baiser de tous les temps. Il interrompt le baiser juste le temps d'enlever nos deux serviettes avant de reconquérir mes lèvres dans un autre duel de langues pour la postérité. Personne ne m'a jamais embrassée de cette façon, comme si ma vie et la sienne en dépendaient. Nous nous serrons si fort que c'est un miracle que nous puissions respirer l'un ou l'autre. Il y a un désespoir, un besoin dans ce baiser qui n'était pas là avant qu'il me dise la vérité.

Dans les affres d'un désir qui change la vie, je me rends compte que peu de temps après avoir appris qu'il pouvait mourir jeune, j'éprouve *plus* de sentiments que jamais de ma vie. Je veux lui donner tout ce que je peux pour le temps qu'il lui reste, même si je suis bien consciente que cette route peut me mener à la ruine. Je n'arrive pas à trouver en moi la force de me soucier de ce qui pourrait m'arriver.

Tout ce que je veux, c'est lui donner tout ce que j'ai, aussi longtemps que je le pourrai.

CHAPITRE 12

DEE

Le lendemain au brunch je suis nerveuse. Mon oncle veut me parler. Il dit que ce n'est rien d'important, mais c'est bizarre qu'il demande à passer une minute seul avec moi. Je suis également anxieuse parce que mes parents ne sont pas venus au brunch. Maman a 39° de fièvre et Maria craint que le port à cath ne soit infecté. Elle attend un appel du médecin, mais mes parents l'ont encouragée, ainsi qu'Austin et Everly, à venir au brunch.

Par-dessus tout cela, les gens parlent de moi, de Wyatt et de sa transplantation cardiaque. Je le sais car tout le monde se comporte bizarrement, ce que je ne supporte pas.

On est du côté de Nonna aujourd'hui et Wyatt s'extasie sur les aubergines. Je suis sûre qu'elles sont délicieuses, mais je ne sens le goût de presque rien à force d'être si nerveuse à propos de tout.

— Pourquoi es-tu si tendue ? demande-t-il.

— À cause de tout, quoi.

— Tu veux que je passe voir ta mère après le brunch ?

— Tu veux bien ?

— Mais bien sûr. Je serais heureux de le faire.

— Ce serait génial. Merci.

Je me sens déjà mieux de savoir qu'un médecin va examiner ma mère aujourd'hui, plutôt qu'écouter un médecin de plus faire des suppositions éclairées au téléphone.

— J'ai juste le truc avec mon oncle, mais ça ne devrait pas être long.

— Je suis là pour toi, ma chérie. Tout ce que tu as besoin de faire me convient.

Dès notre deuxième journée ensemble, j'ai l'impression d'être en couple depuis bien plus longtemps. C'est peut-être parce qu'on a sauté toutes les conneries préliminaires pour passer directement à un engagement total en quelques heures qui ont changé notre vie. Je dois dire qu'il y a quelque chose de positif à couper les conneries et à aller droit au cœur du problème – sans vouloir faire de jeu de mots. Après avoir dormi dans ses bras la nuit dernière, je sais où je veux être toutes les nuits, aussi longtemps que possible.

Sous la table, je serre sa main.

— Je suis si heureuse que tu sois ici avec moi.

— Je suis ravi d'être ici. J'aime ta famille.

— Moi aussi, même quand ils nous regardent, mon nouveau petit ami et moi, et qu'ils veulent que je me lève et que je fasse un discours sur tous les détails qu'ils meurent d'envie de connaître.

— C'est ce qu'ils veulent ? Eh bien, c'est facile.

Il lâche ma main, se lève et tapote son couteau contre un verre à vin rempli d'eau. Quand le silence se fait dans la pièce, il dit :

— Bonjour à tous. Je m'appelle Wyatt et vous vous souvenez probablement de moi du mariage de Jason et Carmen, où j'ai rencontré l'étonnante et magnifique demoiselle d'honneur Dee Giordino. Elle et moi sommes restés en contact étroit depuis le mariage et quand j'ai eu l'opportunité de postuler un emploi ici à Miami, j'ai sauté sur l'occasion. J'ai un entretien demain. Croisez les doigts pour que j'obtienne le poste car Dee et moi avons décidé de nous jeter à l'eau et d'être ensemble à partir de maintenant.

Ma famille l'écoute, incrédule, stupéfaite d'apprendre qu'ils ont un scoop sur nous sans avoir à se démener pour avoir les détails. Cela n'arrive jamais. Mes frères et sœurs, mes cousins et moi avons transformé en jeu de combat l'envie de la famille d'apprendre ce qui se passe dans nos vies.

— Je sais que vous êtes nombreux à connaître ma situation médicale, mais pour ceux qui ne sont pas au courant, l'essentiel est que j'ai subi une transplantation cardiaque il y a dix-sept ans, à l'âge de dix-sept ans. À l'époque, j'avais passé neuf ans à me battre contre une cardiomyopathie, qui est apparue soudainement quand j'avais huit ans. Après la transplantation, j'ai véritablement renoué avec la vie et ma santé est excellente depuis lors. J'espère qu'il en sera ainsi pendant de nombreuses années encore, mais le fait est que j'ai déjà dépassé de six ans l'espérance de vie moyenne d'un patient ayant subi une greffe du cœur. Je n'ai jamais eu le moindre problème qui aurait mis ma vie en danger, ni le moindre signe de rejet.

Il baisse les yeux vers moi, me regardant de tout cœur.

— Je sais aussi à quel point vous aimez tous Dee et je comprends certainement pourquoi. Je l'aime aussi. Elle m'a convaincu d'abandonner toutes mes règles sur le fait de ne pas me mettre en couple avec quelqu'un et de me lancer à fond avec elle. Si vous vous inquiétez de ce qu'elle pourrait vivre avec moi, je vous promets que je ferai tout mon possible pour qu'elle soit aussi heureuse que nous le sommes tous les deux aujourd'hui et ce, aussi longtemps que je le pourrai. Si la pire chose possible arrive, j'espère pouvoir compter sur vous tous pour être là pour elle quand je ne pourrai plus l'être. Et, ah, c'est tout ce que je voulais dire.

À travers mes larmes, je vois Maria, Carmen, mes tantes Vivian et Francesca, ainsi que Abuela et Nonna qui sèchent leurs larmes.

Nonna applaudit Wyatt et les autres suivent.

— Bienvenue dans notre famille, Wyatt. Du coup on va se tutoyer. Tu as raison – nous aimons beaucoup notre Dee et il est évident pour nous que vous partagez tous les deux quelque chose de spécial. S'il y a une chose que j'ai apprise dans ma vie, c'est qu'aujourd'hui est tout ce que nous avons. J'espère que Dee et toi serez très heureux ensemble et tu as notre parole que, si le temps vient, nous prendrons très grand soin d'elle si tu n'en es pas capable.

— Merci, Nonna, dis-je doucement. À Wyatt, j'ajoute : Je ne peux pas croire que tu aies fait ça. Tu es incroyable.

— Ils avaient besoin de savoir ce que je ressens et que je vais te rendre heureuse.

— Cela est tout pour eux.

Je remarque que mon frère Nico me regarde avec un air étrange sur son visage.

— Qu'est-ce qu'il y a, Nico ?

— Tout le monde est si heureux pour toi, dit-il. Je veux être heureux, mais bon sang, Dee.

Son regard se tourne vers Wyatt, qui parle à Nonna et Abuela.

— Ce gars est une bombe à retardement.

Heureusement, les sièges entre nous sont vides pour le moment, alors nous pouvons avoir cette dispute dans une intimité relative.

— Non, il ne l'est pas. Il est en meilleure santé que toi.

— Pour l'instant, peut-être. Écoute, je sais que ce n'est pas ce que tu veux entendre, mais je pense que t'es folle de prendre un tel risque.

— Merci de ton avis.

— Dee, allez. Qu'est-ce que tu me dirais si c'était moi qui te disais que je me mettais avec quelqu'un qui a une date d'expiration imminente ?

— Je te dirais d'être reconnaissant d'avoir trouvé quelqu'un à aimer et qui t'aime et d'être reconnaissant pour chaque seconde que tu as avec cette personne. Regarde ce qui est arrivé à Carmen quand Tony est parti travailler un jour, alors que c'était un jeune de vingt-quatre ans en parfaite santé et qu'il n'est jamais rentré à la maison. Tu crois qu'elle regrette le temps qu'elle a passé avec lui à cause de la façon dont ça s'est terminé ?

— Elle ne le regrette pas, mais quand même... C'est différent de se lancer là-dedans, en sachant que ça ne va probablement pas durer.

— Laisse-moi te dire quelque chose, Nico. J'ai passé des *années* avec le mauvais homme, et tu sais comment je le sais ? Parce que j'ai trouvé le bon. Je vais prendre tout le temps que je peux avec lui et être reconnaissante pour chaque seconde. J'apprécie ton inquiétude, mais franchement, je ne veux pas en entendre parler.

Maria s'approche de nous.

— Euh, pourquoi vous vous disputez ?

— Nico n'approuve pas que je sois avec Wyatt.

— Je n'ai jamais dit ça. J'ai dit que je suis inquiet que tu t'embarques dans quelque chose comme ça.

Il adoucit le ton.

— Aucun d'entre nous ne veut te voir souffrir à nouveau, Dee.

— Et j'apprécie cela. J'apprécie vraiment. Je sais dans quoi je m'engage et je le sens très bien. Je veux juste que vous soyez heureux pour moi. Tu peux faire ça ?

— Je vais essayer.

Il jette un coup d'œil à Wyatt, qui rit de ce que lui dit l'oncle V.

— Il a l'air d'être un mec plutôt sympa.

— C'est un type génial. S'il ne l'était pas, il n'aurait pas autant d'importance pour moi.

— Tu as dit ce que tu avais à dire, lance Maria à notre frère. Laisse tomber maintenant.

Nico lève les mains.

— Ne me détestez pas parce que je me soucie de vous.

— Personne ne te déteste, dis-je. Mais je ne veux pas parler de tristesse et de malheur aujourd'hui. Je suis heureuse. Oh, Wyatt a proposé de jeter un coup d'œil au cathéter de Maman après.

— Ce serait génial, dit Maria. Un autre avis serait appréciable.

— Oncle V veut me parler avant que je parte et ensuite on ira là-bas.

— Qu'est-ce qui se passe avec Oncle V ? demande Maria.

— Aucune idée.

Nous regardons Nico aller parler à Sofia, qui sourit comme je ne l'ai jamais vue sourire quand il lui dit quelque chose.

— Qu'est-ce qu'il se passe là ?

— Je n'en ai aucune idée, mais il n'a pas intérêt à s'amuser avec elle.

Nous sommes tous devenus protecteurs envers Sofia et son fils. C'est Nonna qui a eu l'idée de la recruter pour travailler au restaurant et depuis, Abuela et elle ont pris la jeune mère célibataire sous leurs formidables ailes.

— Surveillons cela, dis-je à Maria.

Nous aimons notre frère, mais à cause des cœurs brisés qu'il a laissés dans son sillage, nous n'avons pas toujours confiance en lui pour faire ce qu'il faut en matière de femmes. Il n'y a aucune chance que nous laissions Sofia finir sur sa liste ignoble.

Quand je vois Oncle V se diriger vers le bar, je décide de le suivre, en espérant que nous pourrons parler de ce qui le préoccupe et que je pourrai ensuite poursuivre ma journée avec Wyatt.

— Je reviens dans quelques minutes, dis-je à Wyatt.

— Prends ton temps.

Alors que le reste de la famille commence à partir, je m'assois au bar.

Oncle V me verse de l'eau glacée et la garnit avec du citron.

— Merci d'être restée.

— De rien. Qu'est-ce qu'il y a ?

— J'ai réfléchi. Enfin, Viv et moi avons réfléchi, je devrais dire.

— À quoi ?

— À la retraite.

— Sérieusement ?

Si on m'avait demandé de parier sur ce qu'il allait me dire, cela n'aurait pas fait partie des cent premières réponses.

— Depuis que ta mère est malade, on a eu un déclic. On s'est rendu compte qu'on travaillait trop et qu'on ne s'amusait pas assez. On a des choses à faire, des endroits à voir... Carmen n'est pas intéressée par l'entreprise. On le sait depuis un certain temps et c'est très bien comme ça. Elle doit suivre sa voie, mais on a décidé d'engager quelqu'un pour être notre gérant afin de pouvoir prendre du temps libre et laisser le commerce à quelqu'un de confiance. De cette façon, on pourra profiter de notre temps.

— Ça me semble être une excellente idée.

Je ne peux pas imaginer pourquoi il me dit cela. Veut-il mon avis sur qui embaucher ?

— Quand on a commencé à parler sérieusement de qui on pourrait engager, on revenait toujours à toi.

— *Moi* ?

Je dois le regarder comme si je pensais qu'il était fou.

— Pourquoi moi ?

— Tu as un diplôme de commerce et tu as travaillé pendant des années comme chef de bureau...

— Ce n'est pas la même chose que de diriger un restaurant de cette envergure.

— C'est une expérience de gestion. C'est une expérience de supervision. On peut t'apprendre le reste de ce que tu dois savoir. On prévoit d'embaucher quelqu'un maintenant et de commencer à nous retirer dans six mois environ. Si tu veux le poste, il est à toi.

Il m'annonce un salaire à six chiffres qui me laisse bouche bée, puis il ajoute trois semaines de congés payés, un plan d'épargne retraite et une assurance maladie.

— Je ne plaisante pas, Dee. On a besoin de quelqu'un en qui on peut avoir confiance et on te l'offre.

Ma tante Vivian le rejoint derrière le bar.

— À en juger par le regard choqué de Dee, je présume que tu lui as fait part de notre idée.

Vincent glisse son bras autour de sa femme.

— Oui, et elle est en effet sous le choc.

Je suis aussi au bord des larmes. Qu'ils aient pensé à moi pour quelque chose comme cela est au-delà de toute espérance.

— Oh, vous deux alors... Je ne sais pas quoi dire. Je suis tellement honorée que vous me pensiez capable de faire ça.

— On n'est pas les seuls, ma chérie, dit Viv. Nonna et Abuela pensent aussi que c'est une idée brillante. Tu travailles ici par intermittence depuis que tu as quinze ans. Tu connais les clients, la routine, le menu, la culture de l'endroit. Tu es parfaite.

Je suis sans voix.

— Quand tu as dit que tu voulais me parler, je n'ai pas imaginé ça.

Alors que j'essuie une larme qui m'échappe, je ne trouve pas les mots pour dire à mon oncle et à ma tante ce que cela représente pour moi.

— Si tu as besoin de temps pour y réfléchir, nous comprendrons tout à fait, dit l'oncle Vincent.

— Non, je n'ai pas besoin de temps pour y réfléchir, dis-je en riant. Je serais très honorée d'être votre gérante, de faire tourner votre affaire pour que vous puissiez prendre le temps de vous amuser.

Je me lève du tabouret et fais le tour du bar pour les embrasser tous les deux.

— Vous n'avez pas idée à quel point j'avais besoin de ça. Merci. Je vous promets que vous ne regretterez jamais de me l'avoir proposé.

— Nous savons que nous ne le regretterons pas, ma chérie, dit Vincent en s'éloignant de moi. Tu es la seule personne que nous ayons considérée. Nous sommes soulagés que tu aies dit oui parce que nous n'avions pas de plan B.

— Qu'est-ce qu'elle a dit ? demande Nonna alors qu'elle arrive dans le bar avec Abuela, Carmen, Jason, Maria, Austin, Everly et Wyatt.

— Elle a dit oui ! s'exclame Vincent en levant le poing.

Les membres de la famille, tous excités, m'embrassent et me félicitent.

— Qu'est-ce que j'ai raté ? demande Wyatt lorsqu'il réussit enfin à se frayer un chemin à travers le groupe et à m'atteindre.

— Mon oncle et ma tante m'ont offert une fabuleuse opportunité : être la gérante du restaurant.

— Waouh !

Son visage s'illumine de plaisir.

— C'est fabuleux. Félicitations, ma chérie, dit-il en me serrant très fort dans ses bras. Je suis si heureux pour toi.

— Je te remercie. Je serai heureuse pour moi quand le choc sera passé.

Carmen me serre dans ses bras.

— Tu vas être géniale. Quand Maman et Papa m'ont dit à quoi ils pensaient, je n'aurais pas pu être plus excitée pour eux ou pour toi.

— Merci beaucoup de me faire confiance avec cela.

Je suis bien consciente que cet endroit est son héritage, même si nous avons tous l'impression qu'il nous appartient.

Cela fait un moment qu'elle demande à ses parents de travailler moins et de se divertir plus.

Vincent sert des flûtes de champagne pour tout le monde.

— Vous savez ce que cela signifie, mesdames, dit-il à Nonna et Abuela. Nous avons conclu un marché.

— Quel marché ? demande Carmen.

— Quand on a dit à Abuela et Nonna qu'on voulait proposer à Dee de devenir gérante, on leur a fait promettre que si Dee acceptait à notre offre, elles prendraient aussi plus de temps libre pour faire les choses qu'elles étaient trop occupées pour faire.

— Je n'ai aucune idée de ce que je vais faire de moi si je ne travaille pas, dit Abuela en fronçant les sourcils.

— Il est grand temps que tu trouves, tu ne crois pas ? lui demande Carmen.

Abuela hausse les épaules, l'air triste. Nous allons nous

rassembler autour d'elle et essayer de l'aider à découvrir des choses qu'elle peut faire en dehors du travail.

— Il est peut-être temps de dire oui à ce pauvre M. Muñoz à la C32, suggéré-je.

— Tais-toi, grogne Abuela alors que nous sommes tous en train de nous esclaffer. La dernière chose dont j'ai besoin est de devoir m'occuper d'un vieil homme.

— Peut-être qu'il s'occuperait de toi, dit Carmen.

Abuela écarte le sujet avec une grimace féroce.

— Des âneries.

— Et toi, Nonna ? demande Maria.

— Je m'inscris à des cours de pilotage d'avion.

Vincent fixe du regard sa mère.

— Qu'est-ce que tu viens de dire ?

— Tu m'as bien entendue. J'ai toujours voulu apprendre à voler et si je vais avoir plus de temps libre, c'est ce que je veux faire.

— Bon, attends une minute, bafouille Vincent.

Nous rions de sa réaction.

Nonna lance un regard défiant à son fils.

— Tu ne me commandes pas, mais c'est toi qui dis que nous devons vivre plus et travailler moins. Je me suis déjà renseignée et il y a une excellente école de pilotage à MIA[1]. Je vais l'appeler.

— Je regrette de te demander ça, dit Jason avec hésitation, mais est-il possible que tu aies passé l'âge d'obtenir un permis ?

Nonna lui lance son regard le plus méprisant.

— Tu veux dire que je suis vieille, jeune homme ?

Il avale sa salive.

— Pas du tout, Madame.

En riant, elle dit :

— Il n'y a pas de limite d'âge pour les pilotes privés, tant que ma vue est bonne et que j'ai toutes mes facultés, ce qui est bien le cas. Mon père était pilote et nous avions toujours prévu qu'il m'apprenne, mais il est mort avant de pouvoir le faire. Je boucle la boucle. Je le fais pour lui.

— C'est formidable, Nonna, dit Carmen. Je suis tellement heureuse pour toi. N'est-ce pas génial, Papa ?

Vincent fronce les sourcils mais fait un subtil oui de la tête.

— Je serais rassuré si tu n'allais pas là-haut toute seule, Maman.

— Ne t'inquiète pas pour moi. Tout ira *parfaitement* bien.

Elle semble si heureuse de son projet que je ne peux m'empêcher d'être contente pour elle.

— Je pourrais même essayer le parachutisme pendant que je suis à l'aéroport.

— Nonna !

Elle éclate de rire, ravie de nous avoir fait réagir.

Carmen, Maria et moi finissons sur le côté, à l'écart des autres.

— Vous avez des nouvelles de Marcus ? Je baisse la voix pour que personne ne puisse m'entendre.

— J'ai entendu dire qu'il s'était inscrit en cure de désintoxication pour trente jours, chuchote Maria.

Je suis choquée d'entendre cela.

— Quel genre de désintox ?

— L'alcool.

— Sérieusement ? Depuis quand ?

— D'après ce que m'ont dit deux autres personnes, depuis un moment maintenant. Il était complètement ivre quand il a épousé *l'autre* et n'a aucun souvenir de tout ça.

— Allez, dit Carmen. C'est la vérité ou ce qu'il veut faire croire aux gens ?

— J'ai creusé un peu plus et j'ai entendu de la part de deux de ses amis proches qu'il avait des problèmes d'alcool depuis pas mal de temps.

Je suis choquée.

— Comment ai-je fait pour ne pas le savoir ?

— Vous viviez loin l'un de l'autre depuis longtemps, me rappelle Maria.

— Pourtant, il est venu à New York et a passé des jours avec moi et je ne l'ai jamais vu boire comme ça.

— Il a probablement fait un effort pour garder le contrôle devant toi et ce n'est pas comme si ses amis allaient te faire un rapport sur ce qui se passait ici pendant que tu étais à New York.

— Le fait que je sois restée à New York quand il est rentré à la maison a tout fait foirer.

— Ne pense pas comme ça, dit Carmen avec force. Ça l'a peut-être stressé un peu plus, mais ce n'est pas de ta faute s'il est alcoolique.

C'est peut-être vrai, mais je me sens malade d'entendre tout cela. Je remarque que Nico parle à Sofia à l'un des postes de serveuse. Il sourit et elle a le visage rouge comme si elle avait trop chaud ou était gênée. Connaissant Nico, c'est probablement le dernier. Je donne un petit coup de coude à Maria et utilise mon menton pour attirer son attention sur eux.

— Qu'est-ce qu'il fabrique ?

— Je ne sais pas, mais je n'aime pas ça.

— Moi non plus, dit Carmen quand elle comprend ce que nous disons. Sofia est un amour. Je détesterais le voir jouer à ses jeux avec elle, surtout elle.

— Je vais lui parler, dit Carmen. Ce sera mieux venant de moi. Je ne suis pas sa sœur.

— Fais-nous savoir ce qu'il dit.

— Et si...

La question inachevée de Maria flotte dans l'air.

— Et si quoi ? lui demandé-je.

— Et si elle était vraiment intéressée par lui et encourageait son attention ?

— Si elle l'aime bien, elle ne le connaît pas assez pour prendre cette décision.

Je me sens immédiatement coupable d'avoir dit des mots durs sur mon frère, mais son bilan avec les femmes est affreux.

— Eh oui, je me sens mal de dire ça à voix haute.

— C'est la vérité, dit Maria sans mâcher ses mots. Je ne le caserais pas avec ma pire ennemie.

— Peut-être qu'on peut lui arranger le coup avec la salope pour l'éloigner de Sofia, dit Carmen et nous éclatons de rire toutes les trois. Nous rions si fort que nous devons nous aider les unes, les autres à tenir debout.

Lorsque nous nous calmons enfin, je trouve Wyatt en train de me regarder avec une expression très douce sur le visage, comme si cela le rendait heureux de me voir passer un bon moment.

Nous quittons le restaurant peu de temps après et nous nous rendons chez mes parents pour leur annoncer la nouvelle et, si ma mère est d'accord, pour qu'il jette un coup d'œil au cathéter de la chimio qui lui pose problème. J'ai peur qu'ils entendent son histoire même si, connaissant ma famille, ils savent probablement déjà tout de lui. Je suis sûre qu'une de mes tantes les a appelés après le brunch pour les informer de ce qui se passe.

— Mes parents sont probablement déjà au courant de tout.

Nous sommes à un feu rouge sur la Calle Ocho.

— Les nouvelles vont vite dans notre famille.

Il serre ma main.

— Je suis prêt pour eux. Ne t'inquiète pas.

J'aime la façon dont il veut toujours me toucher, même si nous sommes juste en train d'aller quelque part ensemble en voiture.

— Tu as réfléchi à la possibilité de venir à Phoenix et de rentrer avec moi ?

— J'en serais ravie. Mon oncle et moi avons convenu que je commencerai le mois prochain. Il a dit qu'ils avaient besoin d'un peu de temps pour régler certaines choses de leur côté, mais nous allons débuter la formation cette semaine.

— Ça marche puisque je dois donner un préavis de deux semaines à mon emploi actuel. Tu peux te faire remplacer au restaurant pour pouvoir venir avec moi ?

— Je ne pourrai pas partir le même jour que toi, mais je ferai en sorte de venir plus tard pour t'aider à faire tes bagages et revenir avec toi.

— Cela veut dire une éternité sans ma Dee. Comment suis-je supposé supporter ça ?

— On peut se voir en FaceTime tous les jours.

— Je suppose. Tu vois ce que tu m'as fait en trois jours ? L'idée d'être sans toi, même pour deux semaines, me plonge dans une profonde et sombre dépression.

— Arrête d'être dramatique, dis-je en riant alors qu'il fait battre mon cœur à tout rompre avec ses mots doux.

— Je ne suis pas dramatique. Je le pense vraiment. Tu vas me manquer.

— Tu vas me manquer, aussi. Avec un peu de chance, ce ne sera pas pour longtemps.

— Je me porte probablement la poisse en faisant des projets comme si j'avais déjà le poste.

— Tu l'auras. Ils seraient fous de ne pas t'embaucher.

— Ils peuvent avoir les mêmes inquiétudes que toi sur ma date d'expiration. Je ne me fais pas d'illusions sur le fait qu'ils ont déjà découvert que j'ai subi une greffe.

— Je ne m'inquiète pas du tout de ta date d'expiration. J'ai tendance à croire que tu vas vivre jusqu'à devenir un vieil homme grincheux qui me rendra folle en me poursuivant dans la maison pour essayer de faire une partie de jambes en l'air.

— Voudras-tu toujours te faire attraper pour ça quand je serai vieux et grincheux ?

— Oui, bon sang.

— Tu me donnes l'espoir que cela va arriver.

— Il faut juste y croire. Ma mère a lu beaucoup de livres sur le développement personnel depuis qu'elle est malade et la seule chose qu'elle nous dit toujours, c'est que nous devons rester positifs, qu'un état d'esprit optimiste est aussi important que le traitement médical qu'elle reçoit.

— Elle a raison. Je le vois souvent dans mon métier. Les patients qui restent positifs et continuent à se battre sont généralement ceux qui vivent le plus longtemps. Cela fait une grande différence.

Il marque une pause avant d'ajouter :

— J'apprécie le fait que tu croies très fort que tout ira bien tant que nous resterons positifs.

Je quitte la route des yeux pour lui jeter un coup d'œil.

— Mais ?

— Les statistiques sont ce qu'elles sont, peu importe combien on croit aux miracles. Il nous faut rester positifs, mais garder les pieds sur terre en même temps.

— On va y arriver, pas vrai ?

— On va certainement essayer.

— Je refuse d'être obsédée par ce qui *pourrait* se passer dans un avenir lointain.

— Cela fait de toi une femme unique, mon amour.

— Je suis plutôt unique et as-tu entendu que je vais être la gérante d'un des restaurants les plus populaires de Miami ?

— Message reçu et je ne pourrais pas être plus fier de toi.

— Je ne connais absolument pas le travail, mais Vincent et Viv m'ont dit qu'ils m'apprendraient tout ce que je dois savoir et, bien sûr, ils seront toujours disponibles si j'ai besoin d'eux. Mais c'est tellement fou qu'ils m'aient demandé.

— Non, ça ne l'est pas. Ils voient en toi des compétences dont ils ont besoin. Pas seulement une loyauté familiale, mais une femme professionnelle, pratique, qui connaît déjà leur commerce et qui peut prendre les rênes et agir rapidement.

— Waouh, à t'entendre, je dois paraître tellement incroyable.

Il embrasse le dos de ma main.

— Tu *es* incroyable et tout le monde le sait, surtout moi.

— Ce week-end a commencé mal et s'est transformé en un des meilleurs de ma vie.

— Pour moi aussi, sauf que ça n'a pas commencé de façon horrible comme le tien.

— J'ai entendu des choses sur lui aujourd'hui.

Je ne m'arrête même pas pour me demander si je devrais partager des choses sur mon ex avec lui. C'est si facile de parler à Wyatt de tout et de rien et c'est comme ça depuis le début. Nous avons parlé de tant de choses au mariage, c'est pourquoi je n'ai pas hésité à accepter son invitation à sortir après le mariage.

— Quel genre de choses ?

Je lui raconte ce que Maria a découvert.

— Comment pouvait-il être alcoolique sans que je le sache ?

— J'ai entendu parler de cas où les conjoints ne savaient pas que leur partenaire était secrètement alcoolique.

— Vraiment ? Ça peut arriver ?

— Bien sûr que c'est possible. Les gens se donnent beaucoup de mal pour cacher leur dépendance à leurs proches.

— Je déteste savoir qu'il souffrait comme ça et que je n'ai rien vu.

— Il a choisi de te le cacher, Dee. Il n'y a probablement rien que tu aurais pu faire différemment.

— J'aurais pu quitter New York pour rentrer chez moi.

— Pourquoi ne l'as-tu pas fait ?

— Maria te dirait qu'il n'y a rien de mieux qu'être ici et je suis d'accord avec ça, mais j'avais ce... je ne sais pas comment le décrire, si ce n'est comme un besoin brûlant de partir d'ici et d'être ailleurs pendant un moment avant de m'installer, de me marier et d'élever une famille ici. C'est pourquoi je n'ai postulé qu'à des universités à New York et à Boston. Marcus et moi sortions déjà ensemble à ce moment-là et il a postulé aux mêmes endroits, pour que nous puissions toujours nous voir. Tout le monde ici pensait que j'étais folle de partir si loin de chez moi, mais j'en avais besoin.

— Tu voulais une aventure.

— Oui, dis-je en soupirant, soulagée qu'il comprenne. Mon cousin Dom, qui y était depuis un an à ce moment-là, donnait l'impression que c'était tellement génial et pour lui, ça l'était parce qu'il gagnait bien sa vie en tant que représentant commercial pour une société de fournitures médicales.

— Ce n'était pas le cas pour toi ?

— Pas tant que ça après l'université. Vivre à New York est difficile. C'est incroyablement cher et surpeuplé et même les choses les plus simples, comme faire les courses, sont compliquées. Je gagnais à peine de quoi payer ma moitié du loyer, alors je n'ai pas pu aller à tous les spectacles que je pensais voir, ni aux concerts, ni aux musées. Mais bon, au moins je peux dire que je l'ai fait.

— C'est un grand accomplissement pour quelqu'un d'aussi proche de sa famille.

— J'avais tellement le mal du pays au début. C'était horrible. Tout le monde me manquait tellement.

— Je trouve intéressant que tu dises qu'ils te manquaient, mais que tu n'aies pas dit que Marcus te manquait.

— Il me manquait. Bien sûr, il me manquait.

En soupirant, j'ajoute :

— Mais pas comme eux me manquaient.

— Intéressant.

En effet. Je me souviens très bien que je me languissais de ma famille, surtout le dimanche, quand tout le monde était réuni pour le brunch. Même si Marcus m'a manqué après son retour à Miami, ce n'était pas comme quand tout le monde me manquait. Et je n'y ai jamais vraiment pensé comme cela jusqu'à maintenant. Je sais déjà que je ne serai jamais satisfaite de vivre loin de Wyatt. Maintenant que je sais qu'il existe dans ce monde, tout ce que je veux c'est passer chaque instant possible avec lui.

Très intéressant, en effet. Peut-être que Marcus nous a fait une faveur à tous les deux en faisant voler en éclats notre relation et en nous donnant une chance de trouver quelque chose de mieux que ce que nous avions ensemble.

Quand nous arrivons à la maison de mes parents, je me gare derrière la Toyota Highlander argentée de mon frère Milo.

— Milo est là, alors tu vas pouvoir le voir aussi.

— Super.

Il me suit à l'intérieur jusqu'à la cuisine. Mon père et mon frère sont à table et jouent aux dominos en buvant du café.

— Oncle Vin vous envoie des restes.

Je mets les boîtes du restaurant dans le réfrigérateur.

— Merci, ma puce, dit mon père quand je l'embrasse sur la joue.

— Wyatt, tu te souviens de mon père, Lorenzo, et de mon frère Milo du mariage.

Il leur serre la main à tous les deux.

— Heureux de vous revoir.

— Moi aussi, répond mon père qui observe Wyatt de plus près, et on se tutoie, d'accord ? J'ai entendu dire que vous deux avez fait sensation au brunch.

— Je t'avais dit qu'ils seraient déjà au courant.

Le sourire de Wyatt me fait comprendre qu'il s'en fiche.

— Tu as eu une transplantation cardiaque, dit Milo. C'est génial.

— Pas vraiment si c'est toi qui te fais ouvrir la poitrine.

— Aïe, dit Milo.

— Pas le moment le plus rigolo de ma vie.

— Ils ont dit...

Papa lève les yeux vers moi, puis vers Wyatt et ajoute :

— Que ça ne dure qu'un temps.

— C'est vrai, mais jusqu'ici tout va bien pour moi, dix-sept ans après.

— Où est Maman ? demandé-je, ne voulant pas encore décortiquer la situation de Wyatt. Nous avons déjà suffisamment parlé de cela pour aujourd'hui.

— Elle est dans le salon. Elle regarde les infos.

— Comment se sent-elle ?

— Comme ci, comme ça, dit Papa.

Il est pâle et a l'air épuisé. La maladie de ma mère fait des ravages sur lui aussi.

— Wyatt a dit qu'il peut jeter un coup d'œil à son port à cath si elle veut bien. Il est médecin.

— Allons voir ce qu'elle en pense.

Je regarde ma mère et je vois qu'elle a de la fièvre. Ses yeux sont vitreux et ses joues sont roses.

— Maman, mon ami Wyatt du mariage de Car est ici. Il est médecin et a dit qu'il serait heureux de jeter un coup œil sur le port à cath si tu le veux. Wyatt, tu as rencontré ma mère, Elena, au mariage.

Ma mère sourit de la façon dont je rentre dans le vif du sujet.

— Bonjour à toi aussi, mon cœur.

Je me penche pour embrasser sa joue et je suis alarmée par la chaleur qu'elle dégage.

— Bonjour, Maman.

— Si ton beau docteur veut y jeter un coup œil, je ne refuserai pas. Elle déboutonne son chemisier et le tire sur le côté pour qu'il puisse voir son cathéter.

— Depuis combien de temps est-il rouge et gonflé ? lui demandé-je.

— Depuis vendredi. Le docteur m'a donné des antibiotiques, mais ils n'ont pas l'air de faire effet.

Wyatt regarde attentivement le site, puis s'assoit pour lui parler.

— Je pense que vous devriez…

Elle l'interrompt :

— Il faut me tutoyer maintenant que tu es avec notre fille, Wyatt.

— Je pense que tu devrais probablement aller aux urgences, Elena. C'est infecté et tu pourrais avoir besoin d'antibiotiques par voie intraveineuse.

Elle gémit à l'idée de retourner à l'hôpital.

— Désolé d'être le porteur de mauvaises nouvelles, mais il ne faut pas que ça devienne incontrôlable. Les infections peuvent être très dangereuses.

Le profond soupir de ma mère en dit long.

— Si tu penses que c'est si grave que ça, alors je suppose qu'on va le faire.

Elle veut prendre une douche avant de partir, alors je l'aide, en clignant des yeux pour éviter de pleurer, comme je le fais toujours quand je vois les cicatrices de son opération ainsi que sa perte de poids, les bleus et les autres ravages de sa maladie. J'engage une conversation joyeuse en l'aidant à s'habiller dans des sweats amples, m'efforçant toujours de lui remonter le moral, quel que soit le dernier revers.

— Ton Wyatt est magnifique, murmure-t-elle, même s'il n'y a personne d'autre pour l'entendre.

— Je le pense aussi.

— Il faut qu'on parle.

— Je sais, mais pas maintenant, d'accord ? On va t'emmener aux urgences pour voir ce qui se passe et te ramener à la maison le plus vite possible.

Mon père insiste pour prendre sa voiture, alors Wyatt et moi les suivons jusqu'à Miami-Dade dans ma voiture. En chemin, j'appelle Jason pour lui demander s'il connaît quelqu'un au service des urgences qui pourrait faire bouger les choses, pour que ma mère n'ait pas à attendre des heures dans une salle avec des malades.

— Je vais passer un coup de fil et je te rappelle tout de suite, dit-il.

— Merci beaucoup.

— Bonne idée de demander cette faveur, dit Wyatt. Son système immunitaire est compromis par le traitement.

— Je me sens si mal qu'elle doive faire face à ça alors qu'elle a déjà eu tant de difficultés.

— Le traitement du cancer est comme ça. Bon sang, beaucoup de traitements sont comme ça. C'était le cas pour moi. Un pas en avant, trois pas en arrière jusqu'à ce qu'il n'y ait plus rien d'autre à faire que d'aller sur la liste des transplantations.

— Que penses-tu qu'il va se passer pour ma mère ?

— Ils vont la mettre sous antibiotiques à large spectre.

— Et si ça ne marche pas ?

— Ils devront peut-être retirer le cathéter et en mettre un nouveau après son rétablissement.

Mon cœur se serre. Ce serait deux opérations de plus.

— Mais le retrait du cathéter est rare. Essaie de ne pas t'en inquiéter tant qu'on n'en est pas là.

Heureusement qu'il a proposé de conduire parce que je ne vois pas à travers mes larmes.

Il pose sa main sur la mienne, m'insufflant du réconfort.

— Je déteste te traîner à l'hôpital un jour de congé, dis-je. Si tu ne veux pas venir...

— Je suis avec toi, ma chérie. Tout va bien.

— Tout va bien justement parce que tu es ici avec moi.

— Je ne voudrais être nulle part ailleurs.

— C'était tellement déchirant tout à l'heure... de l'aider dans la douche.

J'essuie les larmes qui coulent sur mes joues.

— Elle est tellement gênée d'avoir besoin d'aide.

— Je me souviens aussi de ce que ça fait. J'avais douze ou treize ans et mon père m'aidait à l'hôpital, alors que je *mourais* d'embarras. Tu sais ce qu'il a dit ? Que lui et moi avions toutes les mêmes parties du corps et que je ne devais pas être gêné qu'il me voie. Que j'avais besoin de faire comme si on était juste deux mecs dans un vestiaire qui faisaient ce que font tous les mecs.

— C'est tellement gentil. Ton père savait exactement ce que tu avais besoin d'entendre.

— C'est vrai. Après ça, ça ne me semblait plus aussi bizarre de le laisser m'aider. Mieux que ma mère, en tout cas.

Je ris à la grimace qu'il ajoute à la fin de cette phrase et je réponds :

— J'en suis sûre.

— Bref, en tant que personne qui a vécu ce que vit ta mère, on apprécie l'aide alors même qu'on aimerait ne pas en avoir besoin. Vous avoir près d'elle pendant qu'elle traverse cette épreuve fait toute la différence, même si c'est difficile.

— Je suis si reconnaissante de pouvoir être là pour les aider tous les deux à traverser cette épreuve. Mon père a tellement le cœur brisé par la maladie de ma mère qu'il ne fait que pleurer quand elle souffre. Nous passons une partie de notre temps à faire en sorte qu'il soit occupé, aussi. Nico et Milo l'emmènent jouer au golf au moins une fois par semaine et j'espère le faire sortir en bateau bientôt. Il ne veut pas être injoignable, c'est pour ça qu'on ne l'a pas fait jusque-là. Et Oncle Vin a prévu de l'emmener à certains matchs d'Austin cet été. On fait tous ce qu'on peut.

— Ils ont de la chance d'avoir autant de gens qui veillent sur eux. Que tu le croies ou non, un jour, quand ta mère sera de nouveau en pleine forme, tu verras que cette période très intense n'est qu'un mauvais petit moment à passer dans l'ordre des choses.

— J'attends ce jour avec impatience. Penses-tu qu'elle se remettra complètement ?

— Il n'y a aucun moyen de le savoir pour sûr, mais quelqu'un de très sage m'a dit un jour qu'il fallait rester positif et espérer que tout irait bien.

Je lui souris, ce qui est miraculeux quand on sait à quel point je me sentais mal il y a tout juste une minute.

— Cette personne doit être *très* sage.

— Une des plus sages que j'ai jamais rencontrées.

— Ce n'est sans doute pas vrai.

— Si, c'est vrai. Elle me fait croire que tout est possible, même les choses que je croyais complètement impossibles.

— Et tu me rends bien plus calme que je ne le serais si tu n'étais pas là pour me dire que ma mère va s'en sortir.

— Il est difficile de rester calme lorsque les difficultés surviennent, mais ma thérapeute avait l'habitude de me dire que chaque revers était un pas en avant sur le parcours global. J'ai mis du temps à le comprendre, mais avec le recul, je vois qu'elle avait raison.

— Cette perspective doit être importante pour tes patients.

— Je pense que ça aide. Le fait de savoir que je suis passé par là leur donne le sentiment que je comprends ce qu'ils traversent. Je veux écrire un livre sur le passage de patient transplanté à chirurgien cardiothoracique.

— Tu devrais vraiment. Ce serait une histoire incroyable.

— C'est sur ma liste de choses à faire avant de mourir.

Alors que nous entrons dans le parking de l'hôpital, Jason me rappelle.

— Hé, demande le docteur Simmons et il te fera entrer directement. Il a aussi contacté l'oncologue de ta mère pour lui dire que tu es en route.

— Merci beaucoup, Jason.

— Tiens-nous au courant de son état.

— Je n'y manquerai pas.

Le docteur Simmons conduit Maman directement à une chambre, examine la zone du port à cath et commande les antibiotiques en intraveineuse. On envoie Papa à la cafétéria chercher des cafés pour tout le monde pour qu'il ait autre chose à faire que s'inquiéter pour Maman. Milo l'accompagne.

— Merci de l'avoir envoyé faire une course, dit Maman quand elle, Wyatt et moi sommes seuls. Il me rend si nerveuse à force de se mettre en boule pour tout.

— C'est dur pour lui de te voir souffrir, dit Wyatt. Je me souviens comment c'était pour mes parents quand j'étais malade. Parfois, j'avais l'impression que c'était plus dur pour eux que pour moi.

Maman le regarde sous un nouveau jour.

— Alors, une transplantation cardiaque, hein ? Une façon de surpasser le cancer du sein.

Wyatt bascule sa tête en arrière pour rire.

— Ce n'est pas une compétition. Les deux craignent autant.

Elle tapote le côté du lit.

— Viens t'asseoir avec moi.

Il me jette un bref regard avant d'accepter son invitation.

Elle lui prend la main.

— Tu as l'air d'être un jeune homme charmant.

— Oh, merci. C'est gentil de le dire.

— Ma Dee est une personne extraordinaire.

— Je suis d'accord. Je pense qu'elle est incroyable.

Il se penche pour ajouter :

— Et *très* jolie.

Maman sourit comme je ne l'ai pas vue sourire depuis le début de ce cauchemar.

— Je sais que je suis partiale, mais je pense que mes filles sont les plus jolies filles du monde.

— On ne m'entendra pas dire le contraire, affirme-t-il en me faisant un clin d'œil.

Pourrait-il être plus mignon que cela ?

— Je veux que tu saches quelque chose, dit-elle en continuant à lui tenir la main. Avant d'être malade, j'aurais probablement dit à Dee de ne pas prendre cette chance avec toi. On dit que les perspectives ne sont pas très bonnes pour toi, hein ?

— C'est vrai. J'ai environ six ans de plus que le taux de survie moyen.

— Mais tu te sens bien ?

— Je me sens en pleine forme, surtout depuis que j'ai rencontré Dee.

— Être malade comme ça... Ça change la façon dont on voit les choses. Ça t'est arrivé aussi ?

— Oui. On apprend à apprécier chaque bonne journée.

— C'est ce que j'allais dire. Et je veux que tu profites de chaque jour qu'il te reste avec ma Dee.

— C'est notre plan.

Lorsqu'il me tend sa main libre, je la saisis tout en essayant de ne pas perdre à nouveau mon calme.

— Dee m'a convaincu que j'avais besoin de savoir ce que c'est que d'être amoureux.

— Qu'en penses-tu jusqu'à présent ? lui demande Maman.

Il me regarde droit dans les yeux et dit :

— C'est le meilleur sentiment que j'aie jamais éprouvé.

CHAPITRE 13

DEE

Mon père nous encourage à rentrer à la maison car il faut un certain temps avant de savoir si les antibiotiques font effet. Maria, Nico et Milo sont avec nous et nous n'arrivons pas à convaincre mon père de rentrer aussi, alors nous le laissons avec l'ordre de nous donner des nouvelles plus tard et de nous dire comment elle va.

Nous sortons sous un soleil de fin d'après-midi si lumineux que mes yeux me font mal après la lumière artificielle de l'hôpital.

Mes frères et sœurs et moi sommes comme des morts-vivants alors que nous absorbons le choc d'une nouvelle crise dans l'évolution du cancer de notre mère.

— Elle va s'en sortir, les gars, nous dit Wyatt. Les infections autour du cathéter sont beaucoup plus fréquentes que vous ne le pensez. Les antibiotiques sont efficaces la plupart du temps. Essayez de ne pas trop vous inquiéter.

Je peux voir que ses paroles font une différence pour les autres, même pour Maria qui est infirmière. Il peut être difficile pour elle de s'appuyer sur son savoir-faire professionnel lorsque ses émotions sont toutes bousculées.

— Vous voulez aller manger une pizza ou autre chose ? demande Milo.

Les autres approuvent rapidement son idée et ils optent pour Crust, qui est proche de chez eux. Je n'ai pas envie d'y aller, mais je m'en remets à Wyatt.

— Tu me connais, mon amour. Je suis toujours prêt à manger.

— Alors c'est déjà « mon amour », hein ? demande Nico.

Wyatt ne cligne pas des yeux quand il dit :

— Ouais.

— OTTA, Nico.

J'utilise l'acronyme préféré de Nonna quand nous étions enfants et que nous nous occupions constamment des affaires de l'autre. Certaines choses ne changent jamais.

— Je demande juste, dit Nico avec indignation.

— Pas de soucis, mon pote, dit Wyatt en glissant son bras autour de moi. J'aime ta sœur. Nous sommes ensemble. C'est assez simple.

Ce n'est pas facile de faire taire Nico, mais Wyatt y réussit à merveille.

Maria me lance un regard complice qui me dit qu'elle pense la même chose que moi.

Nous nous dirigeons vers nos voitures et Wyatt tient la porte du passager pour moi.

En entrant, je remarque que Nico nous observe et je me demande quel est son problème. Non pas que j'ai l'intention de le laisser me contrarier. J'ai assez de soucis comme ça sans qu'il en rajoute.

— Bien joué avec Nico, dis-je à Wyatt quand nous sommes en route pour Little Havana.

— J'espérais que tu le penserais. C'est quoi son problème, de toute façon ?

— Qui sait ? Il est toujours en train de se moquer de quelqu'un ou de quelque chose. C'est sa façon d'être. La plupart du temps, on l'ignore.

— Les frères et sœurs peuvent être agaçants comme ça.

— Ouais. Il aime asticoter. C'est pour ça que Nonna l'appelle Asti.

— C'est mignon.

— Il ne trouve pas, mais il ne le lui dira jamais. C'est la seule personne qu'il n'embête jamais parce qu'elle pourrait le démolir en quelques mots cinglants. Et il le sait.

— J'adore. Tes grands-mères sont géniales.

— J'en ai une troisième qui vit à Palm Springs, en Californie, la mère de ma mère. Nous ne sommes pas aussi proches d'elle que de Nonna et d'Abuela. Ma mère pense que sa mère est jalouse parce que nous sommes proches d'Abuela, ce qui est vraiment stupide. Abuela était présente à tous les événements sportifs, concerts et pièces de théâtre de notre enfance. Nous voyions à peine mon autre grand-mère et elle est jalouse ? Les gens sont ridicules.

— Ils peuvent l'être. Ça, c'est sûr. Mes grands-parents ont joué un rôle important dans mon enfance. Les parents de ma mère ont déménagé pour vivre près de nous à Phoenix afin de s'occuper de mon frère et de ma sœur lorsque j'étais à l'hôpital. Les parents de mon père vivaient déjà là.

— Ils ont dû être d'une grande aide pour tes parents.

— Ils l'ont été, c'est sûr. Mais ça faisait quatre personnes de plus pour me surveiller. Ce n'est pas que je ne les aime pas, mais quand je me suis libéré et que j'ai déménagé en Caroline du Nord, j'étais prêt à me défaire de toute cette *éducation*.

La façon dont il dit cela me fait rire.

— Je ne peux qu'imaginer à quel point ça devait être étouffant.

— Ça l'était. Ils étaient tous tellement reconnaissants de mon regain de santé, mais ils voulaient me rouler dans du papier bulle et me protéger de tout et n'importe quoi. J'ai dû m'asseoir avec eux six et les supplier de me laisser profiter de cette seconde vie que j'étais si chanceux d'avoir. Et puis je leur ai dit que j'avais l'intention d'aller à l'école de médecine en Caroline du Nord.

— Qu'est-ce qu'ils ont répondu ?

— Ils ont commencé à parler de déménager là-bas et j'ai menacé de disparaître sans laisser d'adresse.

— Ils allaient vraiment déménager ?

— Je pense qu'ils l'auraient peut-être fait jusqu'à ce que je leur dise que je ne leur adresserais plus jamais la parole s'ils passaient à l'acte. Sans parler de mes frères et sœurs qui n'auraient pas suivi non plus. Ils étaient au lycée à ce moment-là et leurs existences avaient été suffisamment chamboulées comme ça par moi. Heureusement, ils ont réfléchi, mais ils sont toujours beaucoup plus impliqués dans ma vie qu'ils ne l'auraient été si je n'avais pas failli mourir six fois avant mes dix-sept ans.

— Bon sang, Wyatt. Six fois ?

— Oui, c'est le nombre de fois où j'ai subi un arrêt cardiaque et c'était tellement traumatisant pour eux. J'essaie d'être conscient de ce qu'ils ont enduré, eux aussi. Ce qui est ma façon détournée de dire qu'ils vont être super énervés que je prévoie de déménager et ils pourraient s'en prendre à toi.

— Aïe.

— Je ne veux pas que tu t'inquiètes à leur sujet. Ils vont changer d'avis. Ils le font toujours.

— On n'a même pas envisagé que je puisse déménager à Phoenix.

— Tu ne peux pas faire ça en ce moment avec ta mère qui se bat contre le cancer. Sans parler de l'offre d'emploi incroyable de ton oncle et de ta tante.

— J'apprécie le fait que tu n'aies jamais hésité sur ce point.

— Je comprends où tu dois être et, comme il faut que je sois avec toi, nous vivrons ici. À condition que j'obtienne le poste, mais je chercherai ailleurs en Floride du Sud si ce n'est pas le cas. Quelque chose se présentera.

— Ça ne te paraît toujours pas bizarre qu'il y a deux jours, tu étais déterminé à garder tes distances avec moi et que maintenant on fasse des projets de vie ?

— Non, ce n'est pas bizarre du tout parce que c'est toi. Être avec toi, c'est tellement bon, peu importe ce qu'on fait et maintenant que tu m'as convaincu, j'ai besoin de savoir ce que ça fait d'être amoureux. Je veux ressentir cela chaque jour qu'il me reste à vivre.

Ses mots doux m'émeuvent jusqu'aux larmes.

— Je n'arrive pas à croire tout ce qui s'est passé en un week-end. J'en ai la tête qui tourne.

— Dans le bon sens du terme, j'espère.

— Dans le meilleur des sens.

— Nous allons devoir trouver un endroit pour vivre. J'adore l'appartement de Carmen et Jason. Que dirais-tu de quelque chose comme ça ?

— J'aime aussi beaucoup chez eux, mais je préférerais vivre dans une maison avec un jardin et peut-être une piscine.

— On peut arranger ça. Tu connais des agents immobiliers ?

— Je demanderai à Car et Mari à qui elles ont fait appel.

— Prends ce que tu veux.

— Tu dois me donner quelques paramètres de ce que tu veux.

— Je veux vivre avec toi. C'est mon paramètre.

— Je trouve incroyable que je puisse acheter une maison avec toi grâce à mon nouveau boulot. N'importe quel autre week-end, ç'aurait été ça l'info principale.

— J'achèterai la maison et la mettrai à nos deux noms.

— *Nous* allons acheter la maison.

— Laisse-moi faire ça, Dee. Je veux m'assurer que tu seras à l'abri du besoin, financièrement, tu sais, juste au cas où.

J'ai mal quand je pense aux scénarios « juste au cas où », mais je suis déterminée à suivre mon propre conseil de rester optimiste jusqu'à ce qu'il y ait une raison de ne pas l'être.

— C'est important pour moi que nous le fassions ensemble. Je veux contribuer.

— Et je veux prendre soin de toi aussi longtemps que je le peux et mettre les choses en place, pour que tu sois toujours protégée et en sécurité. Il faut que tu me laisses faire ça.

— Puisque tu as enfreint toutes tes règles pour moi, je suppose que je peux enfreindre une des miennes pour toi.

— Regarde-nous en train de faire des compromis et tout. Pour les autres, on va être le couple idéal auquel aspirer.

En riant de cela, je le dirige vers le parking de Crust. Nous sommes les derniers à arriver et les autres ont déjà une table. Wyatt s'assied entre Nico et moi à une table circulaire.

— On a commandé nos pizzas habituelles, nous dit Milo, mais on n'était pas sûr de ce que voulait Wyatt.

— Je vais juste prendre une salade, dit-il en parcourant le menu.

Il rate le sourire en coin que Nico lui adresse quand ce dernier dit :

— Tu vas juste manger de la salade ?

— Ouais, dit Wyatt. C'est un problème ?

— Laisse-le tranquille, Nico. Il doit surveiller ce qu'il mange à cause de son état de santé.

— Oh, c'est vrai. La pathologie qui pourrait le tuer à tout moment.

— Pourquoi es-tu plus con que d'habitude ? demande Maria en m'enlevant les mots de la bouche.

— Je jure devant Dieu que je ne fais pas le con, dit Nico. Mais est-ce que je suis le seul à m'inquiéter de ce que Dee s'engage aussi vite avec quelqu'un qui a... Vous savez...

Il fait rouler sa main pour qu'on remplisse les blancs.

— Une date d'expiration précoce ? dit Wyatt.

— Wyatt, ne fais pas ça.

Il n'a pas à refaire cela. La seule opinion qui compte est la mienne et il sait déjà ce que je ressens.

— C'est bon, chérie. Ton frère est inquiet. Je le comprends.

— C'est tout ce que c'est, dit Nico, adoucissant son ton. Après ce qui s'est passé avec Marcus, je ne supporterais pas de te voir à nouveau blessée.

Je suis consternée quand mes yeux se remplissent de larmes. Il n'est jamais gentil comme ça.

— Oh, bon Dieu, ne pleure *surtout* pas, dit Nico, reprenant son ton habituel.

— Je ne pleure pas.

— Menteuse.

— C'est juste tellement choquant quand tu es gentil avec moi.

Maria et Milo éclatent de rire.

— Taisez-vous, dit Nico. Vous tous.

Je me tamponne les yeux avec une serviette en papier et je jette un coup d'œil à Wyatt, qui observe les manigances de la famille Giordino d'un air amusé.

Austin arrive avec Everly et nous nous déplaçons pour leur faire de la place.

— Qu'est-ce que j'ai loupé ? demande Austin après avoir embrassé Maria et avoir habilement attaché Everly dans une chaise haute en bois. Il sort des crayons de couleur du sac à dos d'Everly et en quelques secondes l'a installée pour travailler sur un dessin sur le set de table en papier du restaurant.

Je suis toujours impressionnée par le merveilleux père qu'il fait. Il s'occupe d'Everly avec une aisance naturelle et expérimentée qui est tellement adorable.

— Nico se comportait comme un C-O-N, mais ensuite il a été gentil avec Dee et l'a fait pleurer, lui dit Maria.

Ils doivent faire attention à tout ce qu'ils disent autour d'Everly.

— En gros, c'est comme d'habitude, ajoute-t-elle.

— On dirait bien, dit Austin en souriant. Tu t'habitueras à eux, Wyatt. Au bout d'un moment.

— C'est bon à savoir.

— Et pourquoi Nico était un C cette fois ? demande Austin, s'attirant une grimace de la part de son futur beau-frère.

— Je suis inquiet pour Dee. Alors abattez-moi.

La serveuse revient avec un pichet de bière et des verres.

— Je pourrais avoir de l'eau avec du citron ? demande Wyatt.

— Deux, s'il vous plait, ajoute Austin. Je conduis avec mon bébé dans la voiture.

— Quelque chose en plus de la pizza ? demande la serveuse.

— Je vais prendre la salade de chou kale avec le saumon, s'il vous plaît, dit Wyatt.

— Et une pizza au fromage pour enfant, commande Austin.

— Ça arrive tout de suite.

— On recommence à dire du mal de Nico devant lui, dit Austin en souriant à Nico.

— Moi, j'ai une bonne idée, dit Nico : passons à autre chose.

— Même si je suis tout à fait pour, dit Wyatt, nous devrions en parler car c'est quelque chose que tu as sur le cœur.

— Je suis plus inquiet pour ton cœur que pour le mien, dit Nico, nous faisant tous rire.

Le rire aide à soulager la tension.

— Mon cœur va très bien, lui assure Wyatt. Je me fais contrôler tous les mois et je suis super vigilant entre les contrôles. Je mange sainement, je fais du sport religieusement – sauf ce week-end où j'ai été distrait de la meilleure façon possible – et je prends très bien soin de moi. Je pense que c'est pour cela que je n'ai jamais eu de problèmes avec mon nouveau cœur.

Nico, Milo et Maria sont suspendus à ses lèvres et j'apprécie leur préoccupation et leur intérêt pour sa situation.

— Ça ne veut pas dire que tu es hors de danger, non ? demande Milo timidement.

Il ne voudrait jamais que quelqu'un pense qu'il est con comme Nico peut l'être. Nico n'est pas un mauvais gars. Il démarre au quart de tour parfois et ça peut être irritant pour celui à qui il s'adresse.

— Non, ça ne veut pas dire ça. Je n'ai aucune idée de ce à quoi je dois m'attendre pour l'avenir. L'espérance de vie des transplantés est d'environ onze ans. Je l'ai largement dépassée, mais je n'ai aucune raison de m'inquiéter pour le moment.

— Pour le moment, dit Nico. C'est la partie qui m'inquiète.

Je regarde Wyatt.

— Tu permets ?

Il me fait signe de prendre la relève.

— Ce moment, ici et maintenant, est tout ce que nous avons, Nico. Il n'y a rien d'autre. Être avec Wyatt me rend plus heureuse que je ne l'aie jamais été et je sais cela déjà après seulement quelques jours, même si ça peut te sembler fou ou impulsif. Nous avons appris à nous connaître vraiment bien le week-end du mariage et nous sommes restés en contact depuis, donc ce n'est pas aussi rapide que tu le penses. Je veux continuer à ressentir ce que je ressens quand je suis avec lui. Je veux autant de ce sentiment que possible et comme nous sommes peut-être à court de temps, il n'y en a pas à perdre. Nous saisissons ce moment, le seul que nous ayons, et nous en profitons pour en tirer tout ce que nous pouvons. Si la pire des choses arrive, nous y ferons face le moment venu, mais je refuse de gaspiller le temps précieux que nous avons ensemble à redouter l'avenir. J'ai les yeux grand ouverts face à ce qui pourrait arriver. Je ne suis ni imprudente, ni idiote, ni stupide. Je prends une décision en connaissance de cause avec une pleine appréciation des risques possibles. Et j'ai décidé que Wyatt vaut tous les risques potentiels ou le futur chagrin d'amour.

Pendant un long moment après la fin de ma logorrhée, personne ne dit rien jusqu'à ce que Milo s'éclaircisse la gorge et brise le silence.

— C'est magnifique, Dee, dit-il.

— Je suis d'accord, dit Austin. Et pour ce que ça vaut, en tant que personne qui a dû faire face à une maladie potentiellement mortelle chez la personne que j'aime le plus, je dirais juste bravo pour vivre pleinement le présent. On ne sait jamais ce qui nous guette au prochain tournant, pour bouleverser toute notre vie. Vous tous le savez sans doute depuis que votre mère est tombée malade.

— C'est vrai, dit Milo en regardant Nico.

Mon petit frère est un amour. Alors que Nico est tout acerbe, Milo est tendre. Comme c'est le plus jeune de nous quatre, il a toujours joué le rôle de pacificateur. Il ne supporte pas les conflits et veut que tout le monde s'entende bien.

— Je comprends ton point de vue, dit Nico timidement, comme s'il n'était pas sûr s'il devrait dire ce qu'il pense après que tout le monde l'a traité de con tout à l'heure.

— Quoi que tu veuilles dire, vas-y, lui dis-je. Crache le morceau pour qu'on puisse passer à autre chose.

C'est inhabituel que mon grand frère et moi discutions comme cela, alors je veux en profiter tant que je le tiens.

— Quand tout est arrivé avec Marcus, dit-il en épluchant une paille et en la pliant autour de ses doigts, je voulais le tuer pour t'avoir fait ça.

Je n'en avais aucune idée.

— Je suis contente que tu ne l'aies pas fait. La couleur orange des vêtements de prison n'irait pas à ton teint.

Ses lèvres se plissent avec une ébauche de sourire.

— Je suis sérieux. Le fait qu'il se marie avec quelqu'un d'autre et qu'il ne te le dise même pas, je voulais le tuer.

Je me penche par-dessus Wyatt pour mettre ma main sur celle de Nico.

— Merci de te soucier de moi. Cela me touche beaucoup.

— Bien sûr que je me soucie de toi. Peut-être que je n'agis pas comme ça tout le temps...

— *Jamais*, dit Maria en toussant alors que nous autres éclatons de rire.

— Je me soucie, dit Nico, son visage rougissant. Je ne veux jamais voir aucun d'entre vous souffrir comme Marcus t'a fait souffrir.

— Merci, Nico, dis-je. J'apprécie.

— Pendant qu'on est en train de nous confesser, dit Maria, qu'est-ce que tu manigances avec Sofia au restaurant ?

Il recule devant la question.

— Je ne manigance rien du tout. Qu'est-ce que tu veux dire ?

— Tu sais de quoi je parle, alors ne fais pas l'idiot avec moi.

Je n'ai jamais vu Nico se tortiller comme il le fait sous la pression du regard intense de Maria.

— Honnêtement, je ne suis pas en train de préparer quelque

chose, dit Nico après une longue pause. On est amis. C'est tout ce que c'est.

— Elle compte beaucoup pour tout le monde, lui dit Maria. Abuela et Nonna te castreraient si tu faisais quoi que ce soit pour la blesser.

— Pour l'amour de Dieu, Maria. Pourquoi je lui ferais du mal ?

— Oh, je ne sais pas.

Ma sœur peut être impitoyable quand elle le veut et j'aime cela chez elle.

— Peut-être que tu cherches juste à te la faire et à passer à autre chose et si c'est le cas, trouve quelqu'un d'autre avec qui t'amuser.

— Calme-toi, tu veux ? On est juste amis. Ne transforme pas ça en quelque chose de plus que ça.

— Tant que tu ne le feras pas, tout ira bien, dit Maria.

Nico est sauvé de l'inquisition quand le repas arrive, mais je suis contente que Maria l'ait prévenu.

— Il faut porter un toast à Dee, dit Maria en souriant. La nouvelle gérante de Giordino !

— Non, *arrête !* s'exclame Milo en souriant. C'est de ça que V et V te parlaient après le brunch ?

— Comment tu sais ça alors que tu n'étais même pas là ?

Milo me lance un regard désabusé.

— On a eu le rapport détaillé de Tante Francesca.

— Je n'arrive toujours pas à croire qu'ils m'aient demandé. Ils ont dit que la maladie de Maman les avait réveillés et qu'ils voulaient s'amuser un peu avant d'être trop vieux pour profiter des fruits de leur dur labeur.

— C'est génial pour eux et pour toi, dit Nico. Félicitations.

— Merci. Je suis excitée – et nerveuse. Mais Oncle V m'a promis qu'il m'apprendrait tout ce que je dois savoir et, comme il le dit, il n'ira nulle part où je ne pourrais pas le joindre si j'ai besoin de lui.

— Tu seras géniale, dit Austin. Félicitations.

Leur enthousiasme et leurs encouragements me touchent énormément.

— Merci, tout le monde.

— Donc cette situation avec Maman, dit Milo timidement. À quel point devons-nous être inquiets ?

Il adresse la question à Maria et Wyatt.

— Ça ressemble à une simple infection, dit Maria.

— Et cela peut arriver avec les cathéters, ajoute Wyatt. Ce n'est pas rare. Il y a combien de temps qu'elle a fait des radios ?

— Un mois, lui dis-je, et elles étaient bonnes.

— C'est la chose la plus importante, dit-il. Essayez de ne pas paniquer. Il y aura des revers et quelques pas en avant, suivis de quelques pas en arrière. C'est toujours comme ça avec ce genre de maladie.

— C'était comme ça pour toi ? demande Maria.

— Bien sûr. Un mois, je me sentais bien et je pensais avoir franchi un cap et le mois suivant, j'étais de retour à l'hôpital, luttant à nouveau pour ma vie. C'étaient les montagnes russes jusqu'à ce que je reçoive la greffe.

— Et tu t'es immédiatement senti mieux ? demande Milo.

— Je me suis senti renaître. Votre mère s'accroche bien. C'est un revers, mais elle va dans la bonne direction avec des radios parfaites. C'est la chose la plus importante.

Nico insiste pour payer l'addition, probablement pour prouver qu'il n'est pas con, et nous nous disons au revoir sur le parking. Maria promet de prendre des nouvelles de mon père et de nous tenir au courant de l'état de notre mère pour qu'il ne soit pas submergé de textos.

Elle me serre très fort dans ses bras.

— J'adore Wyatt, murmure-t-elle à mon oreille.

— Moi aussi.

— Je suis si heureuse pour toi.

Cela est tout pour moi et elle le sait.

Alors que Wyatt nous ramène chez moi, je me sens satisfaite comme je ne l'ai pas été depuis longtemps. Je m'inquiète pour ma mère mais je suis réconfortée par ce que Wyatt a dit sur le fait que les revers sont courants quand on se bat contre une maladie grave.

Je le regarde, je me délecte de sa vue tant que je le peux encore. Je déteste qu'il parte demain.

— Merci d'avoir été si génial avec eux. Ça les a aidés d'entendre que les revers sont monnaie courante. Ça m'a fait du bien à moi aussi d'entendre ça.

— Je suis content d'avoir pu aider. Les revers peuvent être effrayants pour les familles. Je comprends ça.

Quand nous arrivons chez moi, il demande s'il peut emprunter mon fer à repasser. J'en trouve un qu'un ancien locataire a laissé sous l'évier de la cuisine et je l'installe pour lui. Pendant qu'il repasse sa chemise pour l'entretien de demain, je vérifie mes textos et en trouve un de mon cousin Domenic.

Hey, cousine, j'espère que les choses vont bien là-bas et que Tante Elena va bien. J'ai trouvé un nouveau colocataire permanent et je me demandais si je pouvais emballer tes affaires et les envoyer à la maison. Je me suis dit qu'avec tout ce que tu as à faire, ça t'éviterait un voyage à New York. Fais-moi savoir et je demanderai à Tori d'emballer le contenu de ton tiroir à sous-vêtements. Berk.

Je ris en lui répondant. Il sort avec Tori depuis un moment mais refuse de l'appeler sa petite amie. *Ce serait GÉNIAL. Dis-moi juste ce que je te dois pour les boîtes et le transport. Je te ferais un paiement Venmo. Ma mère va bien. Elle a eu un petit contretemps avec une infection dans son cathéter, alors elle est à l'hôpital. On nous dit qu'il n'y a pas lieu de s'inquiéter, mais c'est plus facile à dire qu'à faire. Aussi, MDR sur le tiroir à sous-vêtements. Dis merci à Tori pour moi. Comment ça se passe avec elle, au fait ?*

Ça va bien. On s'amuse. Pas sûr qu'elle soit LA femme de ma vie, mais je suppose qu'on verra. Je vais emballer tes affaires cette semaine. Désolé d'apprendre pour Tante Elena, tiens-moi au courant. J'ai entendu des choses intéressantes sur toi. Qu'est-ce qui se passe avec le docteur au mauvais cœur ?

Je regarde Wyatt, qui se concentre sur ce qu'il fait. Comment peut-il être adorable même quand il repasse ? *Son cœur va très bien, ce n'est juste pas celui avec lequel il est né. C'est L'HOMME DE MA VIE.*

Arrête ! Sérieusement ?

Très.

C'est génial, D. Je suis si heureux pour toi. J'ai hâte de le rencontrer.

Moi aussi, j'ai hâte. Quand reviens-tu à la maison ?

Peut-être le mois prochain. On verra. Quoi d'autre de neuf à Miami ?

Tu ne vas pas le croire. Oncle V et Tante V m'ont demandé d'être la responsable du restau. Ils sont prêts à travailler moins et voulaient quelqu'un de confiance pour gérer l'affaire.

C'est EXTRAORDINAIRE, D. Tu seras super à ce poste.

Je l'espère. C'est super excitant. Merci encore de faire mes valises. C'est un énorme poids en moins pour moi.

Heureux de pouvoir te rendre service. Je te ferai savoir quand ça sera en route.

Merci, Dom.

— Eh bien, c'est un énorme soulagement, dis-je à Wyatt.

— Quoi donc ?

— Mon cousin Domenic, qui était mon colocataire à New York, va emballer mes affaires et les expédier pour moi. Ça m'évite un voyage.

— C'est génial. Quel est ton lien de parenté avec lui ?

— C'est le fils de Francesca, la sœur de mon père. Elle et son mari, Domenic Senior, sont les propriétaires de cet endroit.

— Je vais avoir besoin de l'organigramme de ta famille.

— Je peux te faire un dessin.

Il vient à moi et m'enlace.

— Ça m'aiderait.

Il me regarde pendant un long moment avant de m'embrasser doucement, puis murmure :

— Aujourd'hui, c'était génial. J'ai adoré chaque minute avec toi et ton incroyable famille.

Je lui fais un sourire.

— Même quand on a dit à Nico quel con il fait ?

— C'était particulièrement divertissant. J'admire la façon dont vous vous exprimez, tous.

— On ne fait pas ça d'habitude, du coup c'était intéressant de le voir sur la défensive. D'habitude, il est en attaque, c'est-à-dire qu'il est aussi insultant et sur l'offensive que possible. Mais il a bon cœur. Il est formidable avec nos parents depuis que ma mère est malade. Il assure vraiment. Nous le faisons tous, mais je ne m'attendais pas à ce qu'il donne autant de lui-même. C'est bon de savoir qu'il en est capable.

— C'est sûr, dit-il en écartant mes cheveux pour pouvoir m'embrasser dans le cou. Et ce que tu as dit sur moi et sur nous...

J'ai du mal à rester debout car ses baisers me donnent des jambes en coton.

— Ça t'a plu, hein ?

— Mm, j'ai adoré. Je ne peux pas t'expliquer à quel point ces derniers jours ont été importants pour moi et à quel point je suis honoré qu'une belle femme comme toi se lance à fond avec moi, même en sachant ce qui peut nous attendre.

— Je n'ai jamais ressenti cela avant et c'est libérateur de savoir que nous pourrions avoir un temps limité parce que ça supprime toutes les absurdités habituelles que les gens traversent avant d'arriver au cœur des choses.

— Et quel est le cœur des choses ?

— Je t'aime. J'aime être avec toi. Je veux être avec toi autant que je le pourrai et aussi longtemps que je le pourrai.

— Ça me donne le sentiment d'être l'homme le plus chanceux qui ait jamais vécu parce que je t'aime aussi. J'aime tout de toi. J'aime comment tes cheveux sont si brillants et ont des reflets roux au soleil. J'aime comment tes magnifiques yeux bruns révèlent tout ce que tu ressens et la facilité avec laquelle tu pleures.

Je ris alors que mes yeux se remplissent de larmes à cause de ses mots doux.

— J'adore te regarder avec ta famille, la façon dont tu t'intègres si parfaitement avec eux, la façon dont tu les aimes et dont ils t'aiment. Tu me donnes envie de faire partie d'eux.

Il replace une mèche de cheveux derrière mon oreille.

— J'aime comment tu es avec Maria et Carmen. Le lien entre vous trois est si attendrissant. Et plus que tout, j'aime comment tu me rends optimiste pour l'avenir, comme je ne l'ai jamais été auparavant.

Les bras enlacés autour de son cou, je l'attire dans un baiser profond et sensuel qui surpasse, je ne sais comment, tout ce que j'ai vécu jusqu'à présent avec lui. Partager nos sentiments a fait monter l'intensité et je vois à sa réaction qu'il ressent cela autant que moi. Et puis il me fait marcher à reculons vers ma chambre, sans rien louper du meilleur baiser de tous les temps.

Je ne sais pas lequel d'entre nous est le plus impatient de mettre l'autre nu, mais la compétition est féroce et drôle quand sa chemise reste coincée sur sa tête. En riant, il l'enlève et s'attaque ensuite à mon soutien-gorge, qu'il ôte à une vitesse vertigineuse.

— Tu es très doué pour ça.

Il tient mes seins nus dans ses mains et me regarde, ses yeux magnifiques pleins de passion.

— Je me suis beaucoup entraîné pour l'événement principal.

En me posant doucement sur le lit, il suit, planant au-dessus de moi, appuyé sur un bras tandis qu'il caresse ma poitrine de sa main libre.

— Tout menait à toi, chuchote-t-il.

J'ai tellement envie de lui. Je veux tout ce que je peux avoir avec lui et je le veux maintenant. Quand je tends la main vers lui, il descend sur moi, m'embrassant à nouveau avec le même désespoir qu'avant. J'enroule mes bras et mes jambes autour de lui, le désirant plus que je ne l'aurais cru possible de désirer quelqu'un. Après tant d'années passées dans une relation, je pensais avoir compris l'amour, le sexe et le désir, mais je ne connaissais rien avant d'aimer Wyatt.

Il me remplit si complètement, si parfaitement, que je suis sur le point de jouir avant même qu'il ait commencé à bouger. Chaque partie de moi frémit de sa présence avec une intensité et avec une sorte de besoin éperdu qui est tout nouveau pour moi.

C'est ça l'amour. C'est ce que je veux et ce dont j'ai besoin et il n'y a rien que je refuserai de faire pour garder l'homme que j'aime aussi longtemps que possible.

CHAPITRE 14

MARCUS

Le regard implacable du docteur Stern m'avertit qu'elle ne compte pas tolérer mes conneries.

— Comment vous sentez-vous ?

— Beaucoup mieux.

La désintoxication a été une horreur. Je n'ai jamais été aussi malade de ma vie.

— Et vous vous intégrez bien ici ?

— Pour l'instant, tout va bien.

Le centre de désintoxication est mieux que je pensais, même si je ne savais pas du tout à quoi m'attendre.

— Et vous allez aux séances de groupe tous les jours ?

— C'est une obligation.

— Vous participez ?

— Je n'ai pas encore dit grand-chose, mais j'écoute.

— C'est un bon début. Entendez-vous des histoires qui ressemblent à la vôtre ?

— Oui, c'est sûr.

— Les gens qui font cette cure de désintoxication sont réconfortés de savoir qu'ils ne sont pas seuls. Mes patients me disent souvent que l'élément de fraternité des AA est l'un des meilleurs aspects pour eux. Ils rencontrent des gens qui les comprennent, qui comprennent leurs difficultés et combien il peut être difficile de rester sobre.

— Je vois comment cela pourrait être utile.

— À quoi avez-vous pensé depuis que vous êtes ici ? demande le docteur Stern.

— J'ai pensé à Dee. J'ai hâte de la voir et d'avoir la chance de m'excuser et de lui expliquer ce qui s'est passé.

— Que lui diriez-vous si elle était là ?

— Je lui dirais combien je suis désolé pour tout ce qui s'est passé, que je n'avais pas les idées claires quand je buvais et que je n'ai jamais cessé de l'aimer.

— Reproduisons cette conversation, d'accord ? Je vais faire semblant d'être elle.

Je ne suis pas du tout sûr de ce que je ressens par rapport à cela, mais si ça tue le temps que je dois passer avec le bon docteur, alors ainsi soit-il.

— D'accord.

— Si j'étais Dee, je dirais que ces excuses ont été longues à venir, genre plus d'un an après que vous ayez épousé une autre femme alors que nous étions en couple. Je demanderais où vous étiez pendant tout ce temps que vous étiez marié et que vous auriez dû vous sentir mal par rapport à ce que vous m'avez fait. Que répondriez-vous ?

J'avale l'énorme nœud dans ma gorge qui se forme chaque fois que je pense à la douleur que j'ai infligée à la personne que j'aime le plus au monde.

— Je lui dirais à nouveau combien je suis désolé pour tout ce qui s'est passé, que je n'ai jamais eu l'intention de la blesser ou de rester si longtemps sans essayer d'arranger les choses avec elle. Je lui dirais que j'en étais malade, de ce que j'avais fait, si malade que je pouvais à peine vivre.

— Mais vous avez réussi à vivre assez bien pour rester marié pendant presque un an à une femme que vous dites avoir épousée par erreur.

— C'était vraiment une erreur ! Tout ça n'était qu'une putain d'erreur gigantesque ! La seule personne avec qui je voulais être marié, c'était Dee.

Je suis consterné quand mes yeux se remplissent de larmes. Je les chasse du revers de la main, mortifié de m'effondrer devant le médecin. Mais elle y est probablement habituée.

— Pourquoi êtes-vous resté marié si longtemps si c'était une erreur, Marcus ? Pourquoi ne pas avoir immédiatement demandé une annulation, un divorce ou ce qu'il faut pour mettre fin à un mariage que vous n'avez jamais eu l'intention de faire ?

— J'étais tellement, *tellement* perturbé. Ana a essayé de m'aider et j'avais peur d'affronter Dee après qu'elle eut découvert ce que j'ai fait. Je sais que c'était lâche, mais je ne pouvais pas supporter de lui faire face en sachant que je l'avais blessée de cette façon.

— Alors au lieu de cela, vous avez laissé la situation s'envenimer pendant une année entière, pendant laquelle Dee a vraisemblablement recollé les morceaux de la vie qu'elle pensait avoir avec vous et a trouvé un nouvel avenir pour elle-même. C'est bien ça ?

Je ne sais pas quoi dire à cela.

— Un an, c'est long pour laisser traîner une telle chose sans un seul mot de votre part. Si je suis Dee, je me dis que s'il ne s'est même pas soucié d'essayer d'arranger les choses avec moi pendant toute l'année qui a suivi son mariage avec une autre – et qu'il est resté marié à elle – je présume que je peux, sans danger de me tromper, considérer que c'est fini avec lui et que je dois passer à autre chose.

Est-ce qu'elle essaie de m'énerver, ou est-ce que c'est juste une impression ?

— On ne peut pas présumer de cela sans danger de se tromper.

— Marcus, je veux que vous m'écoutiez. Écoutez-moi vraiment. Pouvez-vous faire cela ?

— Ce n'est pas ce que je suis en train de faire, là ?

— Je veux que vous m'entendiez quand je vous dis que Dee ne reviendra pas. Il n'y a rien que vous puissiez dire ou faire à ce stade pour réparer ce que vous avez brisé avec elle. Est-ce que vous comprenez cela ?

— Vous ne savez pas comment c'était entre nous pendant des années.

— Non, je ne le sais pas, mais en tant que femme, je peux vous dire que si l'homme avec qui j'étais depuis des années se mariait avec quelqu'un d'autre sans m'en parler ni avant ni après, je n'aurais pas grand-chose à lui dire plus d'un an plus tard. Je pense qu'on peut aussi supposer sans risque de se tromper que tous les gens qui m'aiment érigeraient un mur si épais et si haut que cet homme ne pourrait plus jamais m'approcher. Je suppose que Dee a des amis et une famille qui l'aiment.

Sa famille est fantastique et elle me manque presque autant que Dee. Je fais un rapide signe de tête pour répondre à la question du docteur. Elle a raison à propos de la famille et des amis de Dee. Carmen et Maria doivent à elles seules vouloir me poignarder en plein cœur, sans parler de ce que doivent penser de moi Abuela, Nonna, Nico, Milo ainsi que les parents, tantes, oncles et cousins de Dee.

— Ils ne vous laisseront pas vous approcher d'elle. Vous devez le savoir.

— Si je n'ai pas la possibilité de me réconcilier avec Dee, alors pourquoi je suis là ? Pourquoi je m'embête avec la désintoxication ? Qu'est-ce que ça peut faire ?

— Ne faites pas ça. Ne vous dites pas que tout cela ne sert à rien si Dee ne fait pas partie de l'équation.

— Eh bien, c'est le cas. Elle est la seule raison pour laquelle je suis ici.

— Ça ne peut pas être la raison. Vous devez faire cela pour *vous-même*, d'abord et avant tout. Vous devez vouloir aller mieux, retrouver votre santé et combattre votre dépendance. Ce doit être la raison principale ou tout cela ne servira à rien.

— Ce sera pour rien si je n'ai aucune chance de me réconcilier avec Dee quand ce sera fini.

— Marcus, vous n'avez aucune chance de vous réconcilier avec Dee.

— Comment pouvez-vous en être aussi sûre ? Vous lui avez parlé ou quoi ?

— Non, je ne lui ai pas parlé, mais je n'ai pas besoin de lui parler pour savoir avec certitude que les chances qu'elle décide soudainement de vous pardonner d'avoir épousé une autre femme et de vous reprendre comme si de rien n'était sont pratiquement nulles.

Honnêtement, je ne peux pas supporter d'entendre ces propos. Les mots du médecin éteignent la petite flamme d'espoir qui brûle en moi et qui m'a permis de tenir le coup ces derniers jours horribles.

— Imaginez que ce soit elle qui ait épousé quelqu'un à New York. Imaginez que vous ayez passé du temps avec elle quelques semaines plus tôt quand, soudain, vous apprenez, par d'autres personnes, que Dee s'est mariée. Comment pensez-vous que cela serait pour vous de l'apprendre de cette façon ?

— Ce serait nul.

— Et puis imaginez que vous n'ayez pas de nouvelles d'elle pendant un an après qu'elle a épousé cet autre type dont vous ignoriez même l'existence. Imaginez qu'elle vive avec lui et couche avec lui alors que vous n'avez toujours pas eu de nouvelles d'elle directement.

Pendant qu'elle reprend son souffle, j'essaie d'étouffer la rage que je ressens face à ce tableau qu'elle brosse dans mon esprit.

— Et puis, après une année entière sans aucun contact avec elle, vous entendez – encore une fois par des rumeurs – qu'elle a quitté ce type et que tout ce qu'elle veut, c'est une autre chance avec vous. Que pensez-vous que vous lui diriez à ce moment-là ?

Je déteste admettre que la situation me semble différente quand elle la présente de cette façon.

Le docteur Stern se penche vers moi, son expression sérieuse.

— Il y a des choses qui ne peuvent jamais être réparées, peu importe combien on puisse souhaiter le contraire. Certaines blessures ne peuvent jamais être effacées ou surmontées, peu importe ce que nous disons ou faisons pour nous racheter. Les plaies sont trop profondes pour pouvoir guérir correctement.

Ce n'est pas du tout ce que je veux entendre. Savoir que je n'ai aucune chance d'arranger les choses avec Dee me fait perdre espoir en l'avenir.

— Alors qu'est-ce que je fais maintenant si vous me dites qu'il n'y a aucune chance que je puisse un jour arranger les choses avec elle ?

— Vous devez arranger les choses avec *vous-même*. Vous ne pouvez pas le faire pour Dee ou pour quelqu'un d'autre que *vous*.

Malgré les commentaires désastreux du docteur, je refuse de croire que je n'ai aucune chance de recoller les morceaux avec Dee. Je m'accroche à cette possibilité. C'est peut-être la seule chose qui me maintienne en vie. Mais si je dis ça au docteur, elle va enclencher la procédure de panique et me déclarer suicidaire alors que je ne le suis pas. Je suis déterminé. Quand je sortirai d'ici, je trouverai Dee et je lui dirai la vérité sur ce qui s'est passé. Avec un peu de chance, je lui ferai comprendre que j'ai fait une énorme erreur parce que j'étais sous l'emprise d'une dépendance que je n'avais pas encore réalisé avoir ou acceptée complètement.

Jusqu'à ce que Dee me regarde droit dans les yeux et me dise qu'il n'y a aucune chance pour nous, je ne renoncerai pas à elle.

— Comprenez-vous ce que vous devez faire, Marcus ? Que vous devez faire passer votre guérison en premier ?

— Je comprends.

CHAPITRE 15

DEE

Wyatt et moi sommes avides l'un de l'autre, comme deux personnes qui auraient été séparées pendant des années et qui auraient finalement retrouvé le chemin l'une vers l'autre. Au moment où la lumière du jour commence à pénétrer dans la pièce, je suis endolorie, fatiguée et exaltée après la nuit la plus fantastique de ma vie. C'est encore mieux que la première nuit que nous avons passée ensemble parce que maintenant je sais qu'il m'aime et il sait que je l'aime.

L'amour fait toute la différence.

Je suis allongée sur mon flanc, face à lui, et je lui tiens la main tandis que nous nous regardons dans un état d'hébétude totale. Du moins, c'est ce qui se passe pour moi.

— Est-ce que c'est réel ? lui demandé-je, rompant un long silence.

— Si réel et si parfait que ce n'est même pas drôle.

Souriante, je lève la tête pour regarder par-dessus lui l'horloge sur ma table de nuit.

— Ton entretien est dans deux heures. Tu veux dormir une heure ?

— Je dormirai pendant le vol de retour.

Le rappel qu'il part cet après-midi est comme une piqûre

d'épingle dans mon ballon de bonne humeur. Je me sens déconfite et triste – et il n'est même pas encore parti.

— Ne fais pas ça.

— Qu'est-ce que je fais ?

— Tu penses à mon départ et au fait que les choses vont se gâter. Ça n'arrivera pas.

— Comment le sais-tu ?

— Parce qu'aucun de nous deux ne laissera cela se produire. Tu es la personne la plus importante dans ma vie et on va faire en sorte que ça marche. Je te le promets.

Sa gentillesse et sa certitude me serrent la gorge et je suis submergée par toutes ces émotions.

Il se glisse plus près de moi, passe son bras autour de moi et m'embrasse.

— Ne t'inquiète de rien.

— Quoi ? Moi, m'inquiéter ?

— Il faut que tu suives ton propre conseil de princesse guerrière dure à cuire et que tu restes optimiste. Je vais obtenir le poste à Miami-Dade, je vais emménager ici, on va vivre ensemble et on sera tellement heureux, putain, que les gens seront jaloux de notre bonheur. Et c'est comme ça que ça va se passer. Tu m'as compris ?

Je lâche sa main et pose la mienne sur son visage, sentant le chatouillement subtil de sa barbe naissante contre ma paume.

— Je te tiens, dis-je, et je ne te lâcherai pas.

— Tu n'as pas intérêt. Je ne te le pardonnerais jamais après que tu m'as convaincu de tomber amoureux de toi.

— Je ne le ferai pas. Je te le promets.

Nous restons là une demi-heure de plus, à chuchoter, à nous embrasser, à faire des projets. Je veux être dans cette bulle avec lui pour toujours et ne jamais en sortir.

— Viens m'aider dans la douche, dit-il. J'ai besoin que tu me laves le dos.

En riant, je me traîne hors du lit et me sens immédiatement gênée lorsque le drap tombe.

Wyatt est tout de suite là, enveloppant ses bras autour de moi et me serrant contre lui.

— Ne te sens jamais, *jamais* gênée en ma présence. Je pense que tu es une déesse qui a pris vie, putain.

— Tu fais en sorte que je me sente très bien dans ma peau.

— Tu devrais te sentir exceptionnellement bien dans ta peau.

En souriant, il ajoute :

— Je suis exceptionnellement bien dans ta peau.

Il me prend les mains et recule vers la salle de bains, m'entraînant avec lui tandis qu'il se régale à regarder chaque centimètre de mon corps nu.

Tout mon être s'enflamme de gêne, d'excitation et de désir, bien que je ne puisse pas m'imaginer recommencer ce que nous venons déjà de faire maintes fois.

L'eau chaude qui tombe en pluie sur mes muscles endoloris, c'est le paradis, tout comme le massage en douceur qu'il donne à mon dos et à mes épaules.

Quand je me tourne vers lui, je passe un doigt au centre de ses pectoraux, sur la légère cicatrice de son opération.

— Qui a conçu l'image ?

— Moi. C'est comme ça que je me voyais après l'opération, déployant mes ailes, prêt à tout ce qui pourrait m'arriver.

— C'est très beau. Tu as dessiné d'autres choses ?

— Des tas de choses. C'est comme ça que je suis resté sain d'esprit pendant les mois passés à l'hôpital.

— Je veux voir.

— Je te montrerai tout ça quand tu viendras à Phoenix.

Il passe ses mains savonneuses sur mes seins et mon ventre, me faisant chavirer.

— Je réfléchissais à Phoenix, ajoute-t-il. Je sais que tu as dit que tu devais travailler le week-end prochain, mais pourrais-tu prendre l'avion dimanche prochain ? Je vais donner deux semaines de préavis au travail et nous pourrions rentrer en voiture le week-end d'après. Comme ça, tu pourrais rencontrer mes parents avant notre départ.

J'ai la tête qui tourne, mais de la meilleure façon possible.

— Du moment que ma mère va bien, je devrais être en mesure de le faire.

— Si elle a besoin de toi, ne t'en fais pas. Je peux faire la route seul.

— Je suis certaine que Maria et Carmen seraient ravies de me remplacer auprès de mes parents pour que je puisse faire le voyage avec toi.

— Ce serait très gentil de leur part.

— Ça fait un moment qu'elles disent qu'elles veulent que je trouve mon Jason ou mon Austin. Elles voulaient que j'aie ce qu'elles ont. Je sais qu'elles feront tout ce qu'elles peuvent pour nous soutenir.

— Je me sens chanceux d'avoir leur soutien. Je sais à quel point ça compte pour toi.

— Oui, c'est important. À la vie, à la mort avec elles.

— Je suis content que tu les aies.

— On les a tous les deux. Si je t'aime, elles feront tout pour toi, aussi.

— C'est bon à savoir.

Je l'embrasse et le laisse sous la douche pour qu'il se rase pendant que je m'habille d'un legging et d'un T-shirt qui me laisse une épaule dénudée. Avant de me sécher les cheveux, je vérifie mon téléphone, à la recherche des dernières nouvelles de ma mère, que Maria m'a fournies.

J'ai fait le point avec les infirmières ce matin. Maman a passé une bonne nuit et les antibiotiques marchent bien. Sa fièvre est tombée et elle devrait sortir plus tard dans la journée avec une nouvelle ordonnance pour des antibiotiques plus forts. Il semblerait que la crise actuelle soit passée.

Je réponds au texto de groupe qui comprend mes frères, Vincent, Vivian, Francesca, Nonna et Abuela. *C'est un grand soulagement. Merci pour la mise à jour. Je vais m'occuper du dîner pour eux ce soir.* Prendre soin de mes parents me donnera quelque chose à faire après le départ de Wyatt.

Et tout aussi rapidement, mon cœur se serre à l'idée qu'il parte. Je sais que c'est temporaire, mais après ce week-end un peu fou, tout ce que je veux au monde – à part la guérison complète de ma mère, bien sûr – c'est être avec lui.

Je décide de laisser mes cheveux bouclés sécher naturellement parce que je suis trop fatiguée et paresseuse pour m'embêter avec le rituel du brushing. Je fais un chignon pour éviter que mes cheveux ne mouillent ma chemise.

Wyatt sort de ma chambre, vêtu d'un costume gris, d'une chemise blanche et d'une cravate bleu marine à motifs.

Je reste sans voix à le voir en costume.

— Allô Dee, ici la Terre. Ça va ?

Je lèche mes lèvres sèches.

— Tu... Tu es si beau.

Son sourire illumine ses yeux.

— Merci. Tu es plutôt *pas mal*, toi aussi.

Il s'avance vers moi avec une intention à propos de laquelle je ne peux me tromper après le temps que nous avons passé ensemble.

Je lève une main pour l'arrêter.

— Du calme, mon pote. Tu dois aller quelque part.

— Je déteste devoir partir, mais si ça me permet de déménager dans la ville natale de ma petite amie, alors je pense que ça en vaut le coup.

L'entendre m'appeler sa petite amie me donne le tournis et me rend heureuse. Tellement *heureuse*.

— Bonne nouvelle, la fièvre de ma mère est tombée et ils la renvoient chez elle aujourd'hui.

— C'est une nouvelle formidable.

Il vérifie la montre élégante à son poignet et déclare :

— Je suppose que je devrais appeler un Uber.

— Je vais t'emmener. Je peux visiter le bureau de Carmen en t'attendant. Ça fait des mois qu'elle me dit de passer la voir.

— Tu es sûre ? Je ne veux pas perturber ta journée.

— Tu vas perturber ma journée en t'en allant plus tard. Ça ne me dérange pas de te conduire. On peut s'arrêter prendre un cortadito à notre ventanita préférée.

— Euh, traduction s'il te plaît ?

— Un café cubain.

— Ah, j'opte pour un déca.

— Oh merde. Désolée. J'ai oublié que tu ne prenais pas de caféine.

— Ce n'est pas grave, baby.

Je pince ma lèvre entre mes dents.

— Il faut que tu me donnes une liste complète de ce qui t'est interdit pour que je ne te tente pas avec des choses auxquelles tu n'as pas droit.

— J'aime quand tu me tentes.

— Tu sais ce que je veux dire. Je ne veux pas cuisiner quelque chose qui serait mauvais pour toi ou t'emmener prendre un café que tu ne peux pas boire.

— Je parie qu'il y a une option décaféinée. Allons voir.

— Et tu me feras une liste de ce qu'on doit éviter ?

— Je vais m'assurer que tu disposes de toutes les informations dont tu as besoin.

Il attrape un portefeuille en cuir et nous partons, moi conduisant jusqu'à la ventanita de Juanita, qui est un « trou dans le mur » d'une station-service. En chemin, je lui décris les quatre types de café cubain – cafecito, colada, café con leche et cortadito.

— Lequel penses-tu que je devrais essayer ?

— Puisque tu n'es pas un buveur de café régulier – et honnêtement, je ne sais pas comment les gens fonctionnent sans – j'essaierais un café décaféiné con leche. C'est plus doux que le cortadito, dont Abuela dit qu'il met des poils sur la poitrine.

— Mais je ne veux pas de poils sur ta belle poitrine.

Il fait semblant d'écrire dans son dossier.

— Note à moi-même. Elle a besoin d'un café qui tue pour commencer sa journée.

— En effet, ou alors elle n'est pas responsable de sa mauvaise humeur, surtout après n'avoir presque pas dormi de la nuit.

— La meilleure nuit de tous les temps, dit-il en me jetant un coup d'œil. Encore meilleure que la première et je n'aurais pas cru cela possible.

— J'étais tellement gênée de cette nuit après coup.

— Quoi ? Pourquoi ?

— Ça ne me ressemble pas du tout de me comporter comme ça avec un homme que je viens de rencontrer. C'était comme si j'étais sortie de moi-même ou quelque chose comme ça. Je ne sais pas comment l'expliquer.

— Qui que tu aies été cette nuit-là, je t'ai beaucoup appréciée. Tellement que je l'ai constamment revécue, encore et encore, jusqu'à ce que je pense devenir fou si je ne te revoyais pas dès que possible.

— Vraiment ?

— Vraiment. Et ça n'était jamais arrivé auparavant. Je n'ai jamais été obsédé par le désir de revoir quelqu'un comme je l'ai été avec toi. Je pense que j'étais déjà sur le point de tomber amoureux de toi avant que tu ne me fasses faire le reste du chemin.

— Je ne t'ai rien fait faire du tout.

— Si, bien sûr. Tu m'as fait *croire*, et tu n'as pas idée de l'importance que cela a pour moi. Avant cela, avant toi, je pensais que j'étais un gars plutôt optimiste. Je ne m'attardais pas trop sur l'incertitude qui fait tant partie de ma vie, mais je vois aussi que je passais à côté de choses assez incroyables en mettant des limites à ce que je pouvais laisser se produire. Alors oui, tu m'as fait voir qu'il y a des choses à ne pas rater, et je te serai toujours reconnaissant de m'avoir poussé dans ce sens.

Je lui fais mon meilleur sourire coquin.

— Je me suis bien amusée aussi.

— Ne me rappelle pas ça, ou tu vas m'envoyer à mon entretien avec une érection qui ne me quittera pas.

— Je suis étonnée que ça marche encore.

Il prend ma main, la pose sur la colonne rigide de son érection et murmure :

— Ça marche très bien.

— Arrête !

Je bafouille, essayant de retirer ma main, mais il ne se laisse pas faire.

— Wyatt...

— Oui, Dee ?

— On est arrivés.

Il lève les yeux vers la station-service, les sourcils froncés par la confusion.

Je tire une nouvelle fois mon bras.

— Tu vas comprendre, mais il faut me lâcher.

Nous sortons de la voiture et rejoignons la file d'attente pour le café et les pâtisseries magiques de Juanita. La file avance lentement car Juanita fait tout elle-même et prend le temps de parler à chacun de ses clients. Nous avons largement le temps d'emmener Wyatt à l'hôpital pour son rendez-vous de neuf heures et demie, mais il ne cesse de consulter sa montre.

— Je t'y déposerai à temps. Ne t'inquiète pas.

— Quoi ? M'inquiéter, moi ?

Je l'aime. J'aime être avec lui et combien c'est facile. C'est aussi facile que de respirer. Je prends sa main entre les deux miennes.

Il serre un peu ma main.

Je lève les yeux de nos mains jointes pour voir Juanita qui nous observe, un grand sourire illuminant son joli visage.

— Hola, amiga ¿Cómo estás ? ¿Dónde encuentran tu hermana, tu prima, y tú estos chicos tan atractivos y cómo puedo conseguir uno para mi hija ? *Salut, mon amie. Comment vas-tu ? Où ta sœur, ta cousine et toi trouvez-vous ces hommes sexy et comment puis-je en obtenir un pour ma fille ?*

En riant, je regarde Wyatt et je dis :

— Lo encontré en la boda de Car. *J'ai trouvé celui-ci au mariage de Car.*

— Ah, sabía que no me hubiera ido a mis vacaciones para ir a esa boda. *Ah, je savais que j'aurais dû annuler mes vacances pour être à ce mariage.*

— Pourquoi ai-je l'impression que vous parlez de moi derrière mon dos, mesdames ? demande Wyatt avec un sourire.

Juanita évente son visage et répond :

— Nous parlons de vous, c'est vrai, mais nous le faisons devant votre très beau visage.

— Oh, euh, merci.

— Juanita, voici Wyatt. Wyatt, voici Juanita.

— Très heureux de vous rencontrer, dit-elle.

— De même.

— Je vais prendre un cortadito et Wyatt aimerait un café décaféiné con leche.

Juanita fait une grimace qui me fait savoir ce qu'elle pense du mot déca et se met à préparer nos boissons. Elle demande comment va ma mère, si Carmen est déjà enceinte et ne lui a pas dit et comment vont Maria et le joueur de baseball sexy.

— Sa petite est adorable. Elle aussi aime le café décaféiné con leche.

— Elle est tellement mignonne.

Juanita apporte nos boissons à la fenêtre.

— Un cortadito et un café décaféiné con leche pour le chico sexy.

— Est-ce qu'elle vient de dire que je suis sexy ? demande Wyatt.

Je postillonne en riant.

— Comme si tu ne le savais pas déjà.

— Me gusta éste, cariño, dit Juanita. Es bueno verte sonreír de nuevo. *Il me plaît bien celui-là, mon chou. C'est bien de te voir sourire à nouveau.*

— Gracias, a mi me gusta él también. *Merci. Il me plaît bien aussi.*

Wyatt paie les cafés et accepte le sac avec les délicieux pastelitos qui accompagnent chaque commande de café. Je ne suis pas sûre qu'il en mangera un, mais j'espère qu'il goûtera au moins à ce délice au beurre.

— Qu'est-ce qu'il y a là-dedans ? demande-t-il en tenant le sac pendant qu'on retourne à la voiture.

— Le paradis.

— Le paradis dans un sac, hein ?

— Ouais.

Dans la voiture, il boit une gorgée de son café.

— Waouh, c'est bon.

— Je te l'avais dit.

Je lui prends le sac, récupère un des pastelitos et lui propose une bouchée.

— Je me sens comme Ève dans le jardin d'Éden, offrant à Adam quelque chose de mauvais pour lui.

— Un petit bout ne fera de mal à personne.

Il prend une bouchée et lève les yeux au ciel.

— Oh, ouais, c'est inimaginable, putain. Je n'arrive pas à croire qu'elle travaille dans une station-service et qu'elle vende le meilleur café de Miami.

— Elle fait un énorme chiffre d'affaires avec ce petit trou dans le mur. Les gens viennent de toute la ville tous les jours et font la queue pour ce qu'elle prépare.

Il prend une autre gorgée de sa tasse.

— Je peux comprendre pourquoi. D'habitude, je n'ai rien contre le café, mais là, ça pourrait devenir une habitude.

— Je suis contente que tu aimes ça.

Je suis fière de lui avoir fait découvrir quelque chose qui occupe une si grande place dans ma vie.

— On ne peut pas grandir à Miami avec de la famille cubaine et ne pas avoir une relation avec le café, dis-je. C'est un pilier de notre patrimoine social.

— Je suis intrigué par les aspects culturels de Miami et, au fait, c'était super sexy de t'entendre parler couramment l'espagnol.

Il évente son visage de façon exagérée.

— Je ne savais pas que tu étais bilingue.

— C'est normal quand on grandit ici. Tout le monde parle espagnol. Tu peux vivre toute ta vie ici et ne jamais parler anglais.

— Tu as fait de l'espagnol à l'école ?

— Oui, mais je le parlais déjà couramment quand j'étais au collège. J'ai tellement d'amis proches et de cousins qui parlent espagnol que j'ai appris juste en étant en immersion.

Je le regarde.

— Si tu veux, après ton entretien, on peut aller Little Havana, découvrir.

Son vol n'est pas avant 17 h 30, nous avons donc tout l'après-midi à passer ensemble.

— Ce serait génial. J'adorerais découvrir des choses avec toi.

— Je parle de *marcher*, au cas où tu penserais à *autre chose*.

— Quand tu es là, je pense toujours à *autre chose*, mais dans ce cas, je savais ce que tu voulais dire.

Lorsque nous arrivons à Miami-Dade, Wyatt jette un regard critique sur l'endroit et dit que l'aménagement paysager est magnifique.

— Je n'en reviens pas de la différence entre ici et Phoenix. Tout y est si sec et aride et ici, c'est si luxuriant et vert.

— Nous sommes tous à fond dans l'aménagement paysager en Floride du Sud. Tout est magnifiquement planté.

— J'adore.

Je suis si heureuse qu'il aime ma ville et qu'il veuille être ici, parce que je ne pense pas que je pourrais supporter de repartir, pas après l'avoir fait une fois déjà. Maintenant que je suis à la maison, je me rends compte à quel point j'avais le mal du pays à New York, même si mon cousin était là avec moi. Ce n'était pas la même chose que d'être ici, entourée de presque tous les gens que j'aime et de pouvoir être avec eux quand j'en ai envie.

Nous nous garons dans le parking pour visiteurs et entrons ensemble, prenant l'ascenseur jusqu'aux bureaux de la direction, où

Carmen travaille en face du directeur de l'hôpital qui, avec le directeur médical, le chef de la chirurgie et le chef de la cardiologie, va rencontrer Wyatt.

— Peut-être que tu devrais y aller avant moi, pour ne pas avoir l'air d'avoir amené un rencard à un entretien.

Souriant, il dit :

— Je m'en fiche s'ils pensent que j'ai amené un rencard à un entretien.

— Il faut que tu décroches ce travail, Wyatt. Je ne peux pas déménager à Phoenix.

— Je sais que tu ne peux pas, mais ne t'inquiète pas. Si je n'ai pas celui-là, je postulerai d'autres. Je trouverai quelque chose.

— Je veux que tu trouves quelque chose qui te rende heureux.

— Je veux être avec toi. Tu me rends heureux.

Avant que je puisse répondre, nous sommes arrivés dans les locaux du directeur de l'hôpital. Je suis ravie de voir Carmen dans le hall d'accueil, en train de parler à une femme assise à un bureau. Je la reconnais du mariage, mais je ne me souviens pas de son nom.

Le visage de Carmen s'illumine lorsqu'elle nous voit.

— Mona, vous vous souvenez de ma cousine Dee du mariage, ainsi que du docteur Wyatt Blake, le bon ami de Jason.

— Ravie de vous revoir tous les deux, dit Mona.

Car prend Wyatt et moi dans ses bras.

— J'espérais te revoir avant l'entretien, Wyatt, dit Carmen, pour pouvoir te souhaiter bonne chance.

À mon égard, elle ajoute :

— C'est une agréable surprise.

— Je me suis dit que c'était le bon moment pour accepter l'invitation de visiter ton bureau. Si tu n'es pas trop occupée, bien sûr.

— J'ai le temps, dit-elle.

— Tu es superbe, au fait.

Elle porte un costume noir avec un chemisier en soie rouge et des talons très hauts.

— Tu fais de l'effet avec ce tailleur.

— Oh, merci.

Monsieur Augustino sort de son bureau. Je me souviens de lui du mariage.

Carmen nous présente et il nous serre la main à tous les deux.

— C'est un plaisir de vous revoir, dit-il. Docteur Blake, nous sommes prêts à vous recevoir dans mon bureau.

— Après vous, répond Wyatt, passant une main sur mon dos lorsqu'il suit Monsieur Augustino dans son bureau.

J'ai le trac de le regarder partir et j'espère, je prie, qu'il puisse décrocher ce travail, la première étape pour faire de nos plans une réalité.

— Entrez.

Car me sort de ma stupeur en me poussant vers son bureau et en fermant la porte.

— Regarde-toi.

Je m'assois dans l'un de ses fauteuils visiteurs.

— Hein ?

Elle s'assied à côté de moi.

— Tu es toute chose, toute éprise.

— Ah bon ?

— Oh que oui et cela fait plaisir à voir. Raconte-moi tout et ne laisse rien de côté.

— Tu ne dois pas travailler ?

Elle fait un signe de la main comme pour dire « oublie le travail ».

— Ceci est bien plus important. Parle-moi, Dee.

— Je l'aime. Je l'aime vraiment. *Vraiment.*

Carmen pousse un cri et tape dans ses mains.

— C'est la chose la plus excitante depuis que Maria s'est trouvé un joueur de baseball sexy.

— Et ton neurochirurgien sexy ?

— Mais c'était l'année dernière, ça.

Je ris de la grimace qu'elle fait.

— Alors tu te sens mieux à propos de tout ça depuis que tu y as réfléchi ?

— J'aime te voir aussi heureuse et je ne ferai jamais rien qui pourrait t'empêcher de l'être.

— Merci. Cela me touche beaucoup.

— Ça ne veut pas dire que je ne m'inquiéterai pas pour toi – et pour lui – mais je peux voir à quel point vous vous aimez et c'est tellement adorable.

— Je ne peux pas croire que ce soit en train d'arriver, Car. Je veux dire, la nuit du mariage était folle, mais je ne m'attendais pas à le revoir. Maintenant, je ne peux pas imaginer la vie sans lui.

— J'espère vraiment qu'il aura le poste. Je l'ai recommandé et Jason aussi.

— Vous avez fait ça ? C'est incroyable !

— Bien sûr qu'on l'a fait. Il est génial et Jason dit que c'est l'un des meilleurs médecins qu'il connaisse. Ils seraient fous de ne pas l'embaucher.

— J'en suis toute retournée. J'ai l'impression que tout ce que j'ai toujours voulu est à ma portée, mais j'ai tellement peur que quelque chose vienne tout gâcher.

— Ça va être génial. Je le sais. Et je ne pourrais pas être plus ravie que mes parents t'aient offert le poste de gérante. Ça fait des années que je leur demande de ralentir et de profiter de la vie. Il a fallu la maladie de ta mère pour qu'ils écoutent.

— Je suis si excitée, nerveuse et honorée qu'ils me l'aient demandé.

— Tu étais la seule qu'ils voulaient. Nous en avons parlé et nous étions tous d'accord pour que ce soit toi.

— Merci pour cette marque de confiance. J'ai hâte de commencer et d'apprendre le côté commercial des choses.

— J'ai hâte que mes parents aient un peu de temps pour eux. Ils ont travaillé si dur. Ils le méritent.

— Ils le méritent absolument.

— Alors, tu ne m'as pas encore *tout* dit.

— Il veut acheter une maison et qu'on vive ensemble.

— Je trouve ça génial que vous passiez directement aux choses importantes.

— Nous n'avons pas de temps à perdre.

— À ce propos...

Elle semble choisir ses mots avec soin.

— J'ai demandé à Jason de m'expliquer tout ça en des termes que je puisse comprendre.

— Et ?

— C'est assez effrayant. Je regrette d'avoir posé la question. Comment tu t'en sors ?

— En faisant comme si ce n'était pas un problème et en

continuant à faire des projets pour nous deux. Et avant que tu ne le demandes, je ne suis pas dans le déni. Je comprends que les chances ne sont pas en faveur de Wyatt, c'est pourquoi nous essayons de vivre le moment présent autant que possible. C'est tout ce que nous pouvons faire.

— Tu es si courageuse, Dee. Je l'ai toujours pensé, mais jamais autant que maintenant.

— Tu as toujours pensé que j'étais courageuse ? Sérieusement ?

— Bien évidemment. Tu as choisi de déménager dans la plus grande ville du pays. Je t'enviais tellement de faire ça. Je ne peux pas imaginer laisser mon filet de sécurité ici pour faire quelque chose comme ça.

— Tu aurais pu le faire.

Elle secoue la tête.

— Je n'aurais pas pu, surtout après avoir perdu Tony. J'avais besoin du soutien des miens pour continuer à avancer. Je n'aurais pas réussi ailleurs.

— C'est toi qui es courageuse. Tu as survécu à quelque chose qui aurait eu raison d'une personne moins forte.

— J'ai survécu parce que je n'avais pas le choix et ça se passerait comme cela pour toi si le pire devait arriver.

— Je l'espère.

Je refuse de laisser les pensées sur cette possibilité envahir une journée si pleine de promesse.

— Assez parlé de cela. Où allez-vous vivre ?

— Je veux une maison avec un jardin et peut-être une piscine. Où devrions-nous chercher ?

— J'ai vu une maison à vendre en allant chez Maria l'autre jour.

Elle sort son téléphone, consulte Zillow[1] et, en quelques minutes, me réserve la visite d'une maison de trois chambres et trois salles de bains pour demain après-midi.

Je ris de son travail rapide.

— Tu ne traînes pas, ma petite.

— C'est toi qui as dit qu'il n'y avait pas de temps à perdre, non ?

— C'est vrai.

— En voici une autre près de celle de Maria. Tu peux aller voir les deux demain avant le travail.

Je souffle un grand coup.

— Je n'arrive pas à croire que ce soit en train d'arriver.

— Crois-le. Tu le mérites après, tu sais...

Elle ne veut pas dire le nom de Marcus.

— As-tu entendu quelque chose sur son état de santé ? demandé-je.

— Juste qu'il est en désintoxication, mais tu le sais déjà.

— Je ne peux pas croire que je n'avais aucune idée qu'il était alcoolique. Comment ai-je pu louper ça ?

— Tu ne l'as pas loupé. Il a juste fait un excellent travail pour te le cacher.

Elle marque une pause avant d'ajouter :

— Tu t'en veux peut-être d'être restée à New York et d'avoir mis cette pression sur votre relation. Mais j'y pensais hier soir et je me suis dit que si tu n'avais pas fait ça, ç'aurait probablement explosé beaucoup plus tôt parce que tu aurais réalisé qu'il avait un problème avec l'alcool. Tu aurais été présente pour le voir.

— Une partie de moi pense que j'aurais dû être à ses côtés.

— Non, ce n'est pas vrai. Tu voulais ce temps pour toi avant de t'engager définitivement avec lui. Tu n'as aucune raison de te sentir coupable à ce sujet. Il avait également le choix de poursuivre ou non votre relation quand tu as décidé de rester. Il a choisi de revenir à tes côtés après le temps que vous avez passé séparés, ce qui rend ce qu'il a fait encore pire, à mon avis.

— C'est si difficile à comprendre. Même après tout ce temps.

— Bianca a dit à Maria qu'il est toujours déterminé à arranger les choses avec toi.

Je suis choquée par cette information.

— Que pense-t-il qu'il y ait à arranger après avoir *épousé* quelqu'un d'autre ?

— Aucune idée, mais apparemment, c'est son seul but dans la vie.

— Je ne peux vraiment pas entendre ça. Je ne suis pas disponible pour être son seul but dans la vie.

— C'est vrai. Il a eu sa chance et l'a gâchée de façon spectaculaire.

— Je ne veux pas parler de lui. Changeons de sujet.

— Comme le fait que je commence à penser que ton frère a un faible pour Sofia ?

— J'ai remarqué aussi. Maria et moi l'avons interpellé hier soir et il prétend qu'ils sont juste amis. On lui a dit qu'on le surveillait et qu'il ferait mieux de ne pas faire son numéro habituel avec elle.

— Je suis contente que vous ayez dit quelque chose. J'étais un peu inquiète à ce sujet.

— Il jure que ses intentions sont bonnes et il a compris qu'on le tuera s'il fait une connerie avec elle. Mais voilà le truc... Je pense qu'il l'aime bien.

— Tu veux dire qu'il l'aime *vraiment* bien ?

— Ouais et il n'a aucune idée de ce qu'il faut faire parce qu'il n'a jamais été qu'un tombeur. Il n'a aucune idée de ce qu'est une vraie relation. Il n'en a jamais eue.

— Sauf avec Tanya. Tu te souviens d'elle ?

— C'était, genre, en première.

— Mais elle lui plaisait et elle l'a envoyé promener. Après ça, il a commencé à se comporter comme un merdeux avec les filles et les femmes. Comme s'il ne voulait pas faire d'effort quand quelque chose comme ça pourrait se reproduire. C'était lui qui partait.

— Hm, je n'avais pas vu les choses sous cet angle, mais tu as peut-être raison.

Je jette un coup d'œil à l'horloge accroché au mur derrière son bureau.

— Combien de temps durent ces entretiens, de toute façon ? Est-ce que j'ai le temps de passer voir ma mère ?

— Elle a déjà quitté l'hôpital. Je suis allée la voir ce matin et ils étaient en train de partir.

— Oh waouh, c'est plus tôt que ce qu'elle avait prévu.

— Désolée, je pensais que tu le savais déjà.

— Pas de souci. Elle avait l'air comment ?

— Bien. Impatiente de sortir de là et de rentrer chez elle.

— C'est bien elle.

J'envoie un SMS à mes frères et sœurs et aux autres, leur faisant savoir que ma mère devrait être rentrée à la maison maintenant.

Tout le monde réagit avec soulagement à cette nouvelle.

Un nouveau message de ma mère arrive sur notre chat de groupe familial. *Je suis à la maison et je me sens beaucoup mieux. Merci pour tous les vœux de rétablissement. Après avoir appris que j'étais à l'hôpital, Mme Lopez a apporté un ragoût, alors nous avons tout ce qu'il faut pour le dîner. Vous êtes tous de repos ce soir. Tout va bien ici. Je vous aime, Maman.*

Je montre le message à Car, soulagée qu'une autre crise semble être passée.

— Elle a l'air de bien aller.

— Oui et je n'ai plus rien à faire pour le dîner de ce soir, ce qui est un peu dommage car Wyatt s'en va et j'étais contente d'avoir quelque chose pour m'occuper.

— Viens dîner avec nous.

— Non, ce n'est pas grave. Vous n'avez pas besoin de me tenir la main.

— Ça ne nous dérange pas du tout. Je vais réserver dans un endroit sympa et je vais inviter Maria, Austin et Everly aussi. On va te remonter le moral.

— Ça me paraît parfait, alors. Merci, Car.

— Je ferais tout pour toi, ma petite. Quand prévois-tu de le revoir ?

— Je dois en parler à ton père, mais s'il obtient le poste ici, j'espère prendre l'avion dimanche prochain et passer la semaine à Phoenix pour rencontrer ses parents et l'aider à faire ses bagages. Puis on rentrera ensemble le week-end suivant.

— C'est tellement excitant !

— C'est normal d'avoir l'impression d'avoir non pas des papillons mais des chauves-souris qui volent dans son estomac quand quelque chose comme ça arrive ?

— Tout à fait normal. C'est ce que j'ai ressenti la première fois que j'étais avec Jason, jusqu'à ce que je sois sûre qu'il allait travailler ici et qu'on pourrait se lancer.

— Je m'en souviens. C'était comme des montagnes russes pour toi.

— Mais ça en a valu tellement la peine en fin de compte.

Le téléphone de son bureau sonne et elle se lève pour prendre l'appel.

— Bien sûr, Mona, dites-lui de venir.

Elle pose le téléphone et va ouvrir la porte à Wyatt.

Mon cœur fait cette folle culbute à sa vue. Il va falloir que je lui demande si je devrais m'en inquiéter, mais je suis trop occupée à le fixer pour formuler cette pensée.

— Comment ça s'est passé ? demande Carmen.

— Super, dit-il. Je crois que je leur ai plu. Comme mon emploi du temps est très chargé à la maison, j'ai déjà fait plusieurs réunions et visité les installations à distance, alors aujourd'hui était une sorte de formalité. Mais on verra bien.

— Quand sauras-tu ? demande Carmen.

— Monsieur Augustino a dit qu'il m'appellerait dès qu'ils prendraient une décision.

— Je croise les doigts pour que ce soit bientôt, pour que ce ne soit pas de la torture.

— Ce serait bien.

J'apprécie que Carmen fasse l'interrogatoire à ma place.

Wyatt me sourit et me tend la main.

— Qu'est-ce que vous avez fait, vous, mesdames ?

— Juste papoté.

— Et cherché des maisons, ajoute Carmen. On a trouvé deux possibilités près de chez Maria qui pourraient convenir.

— Faites-moi voir.

Il se penche sur le dossier de ma chaise, m'enveloppant de sa chaleur et du parfum subtil de son eau de toilette.

Je lui montre les deux maisons que nous avons trouvées et il les aime toutes les deux.

— J'aime celle avec la piscine, dit-il. On pourrait faire de bonnes fêtes dans ce jardin.

Nous passons encore quelques minutes avec Carmen, puis elle nous accompagne à l'ascenseur.

— Je croise les doigts et les orteils pour toi, Wyatt. Tiens-nous au courant dès que tu as du nouveau.

— Je n'y manquerai pas. Merci encore pour la recommandation.

— J'espère que ça aidera.

Quand l'ascenseur sonne, j'embrasse ma cousine.

— Merci de m'avoir tenu compagnie.

— Je t'en prie. Appelle-moi à propos du dîner.

— D'accord.

— Vous sortez dîner ensemble ? demande Wyatt alors que nous descendons vers le rez-de-chaussée.

— Ma mère est rentrée chez elle et leur voisine s'est occupée du dîner pour ce soir. J'ai dit que j'étais triste que tu partes et que je n'aurais pas quelque chose dont m'occuper. Elle a immédiatement organisé un dîner pour que j'aie quelque chose à faire.

— Je suis content que ta mère soit à la maison et j'aime beaucoup ta famille.

— Elle est plutôt géniale.

Il passe un bras autour de moi alors que nous marchons vers le parking.

— J'ai l'impression que je vais être de retour ici très bientôt.

— J'espère vraiment que tu as raison.

CHAPITRE 16

WYATT

Alors que mon vol décolle de MIA à 18 h, je regarde l'endroit qui a pris une telle importance pour moi en si peu de temps. Dee est en bas, quelque part, se sentant probablement aussi mal que moi après que nous nous sommes dit au revoir à l'aire d'embarquement. La quitter est douloureux, même si c'est seulement pour une semaine. Moins d'une semaine. Six jours.

Nous avons passé le meilleur des moments à nous promener dans Little Havana. Nous avons vu des cigares en train d'être fabriqués, regardé des vieux hommes jouer aux dominos dans un parc et partagé un sandwich cubain. Elle a pleuré quand je lui ai acheté des fleurs et encore quand nous nous sommes dit au revoir – pour quelques temps.

Je l'aime tellement. Elle est parfaite pour moi à tous points de vue, de son optimisme sans limite à sa gentillesse, en passant par le lien qu'elle partage avec sa famille et la façon dont elle se soucie tellement des gens qu'elle aime. J'ai bien de la chance d'être parmi eux et je le sais.

Juste avant de monter dans l'avion, je reçois un SMS de ma mère m'invitant à un dîner de bienvenue demain soir. *Nous sommes si heureux que tu rentres à la maison !*

L'idée de leur faire part de mes projets me remplit d'effroi, sachant qu'ils ne seront pas heureux pour moi si cela signifie que je déménage à l'autre bout du pays. Je déteste l'idée que ma nouvelle puisse les contrarier, mais après avoir goûté au paradis avec Dee ce week-end, je suis sûr que déménager pour être avec elle est la meilleure chose à faire, même si cela contrarie mes parents.

À trente-quatre ans, je ne devrais plus avoir à tenir compte de mes parents dans mes choix de vie. Pourtant, il est impossible d'expliquer aux gens qui n'en ont pas fait l'expérience ce qu'une maladie grave dans l'enfance fait à la dynamique parent-enfant, même longtemps après que « l'enfant » soit devenu adulte.

Je suis épuisé par la nuit blanche et je fais une sieste pendant presque tout le vol de quatre heures vers Phoenix. Dès l'atterrissage, j'allume mon téléphone et j'écoute le message vocal du directeur médical de Miami-Dade, qui m'offre un poste au sein de leur équipe cardiothoracique. Je craignais que mon état de santé ne fasse pencher la balance du mauvais côté. Lors de l'entretien, ils m'ont posé des questions dessus et je leur ai dit la vérité : que je vais bien et que j'ai l'intention de continuer ainsi. Je suis soulagé que cela n'ait pas fait dérailler le processus. Il me demande de l'appeler demain matin pour discuter des détails. J'ai du mal à ne pas laisser échapper un cri d'excitation dans la cabine bondée de l'avion.

Je passe un appel à Dee.

— Salut, tu es bien arrivé ?

— Je viens d'atterrir et j'ai reçu un message de Miami-Dade avec une offre.

Elle se lâche avec le cri que j'ai dû contenir dans un avion plein d'autres passagers.

— Félicitations, Wyatt. Je suis si heureuse pour toi.

— Je suis si heureux pour nous deux. Tout prend forme, mon amour.

— J'en ai bien l'impression.

— Comment était le dîner ?

— C'était super. On a mangé thaï dans un nouveau resto sympa en ville.

— Tu m'y emmèneras un jour ? J'adore le thaï.

— Quand tu veux. Je suis tellement excitée, Wyatt.

— Moi aussi. J'ai adoré les gens que j'ai rencontrés aujourd'hui à l'hôpital et le travail semble génial. Mais ce n'est pas le plus important.

— Ne sois pas stupide. Tu viens d'avoir un nouveau boulot génial. Tu as le droit d'être enthousiaste.

— Le travail n'est rien à côté de toi. C'est toi qui es excitante. Tu me manques déjà tellement. Tu me manques depuis l'instant où tu es partie en voiture.

— J'ai pleuré durant tout le chemin du retour.

— Oh, je déteste entendre ça.

— C'étaient de bonnes larmes. Les meilleures. Je veux juste cligner des yeux et que cette semaine soit terminée pour qu'on puisse être à nouveau ensemble.

— Une semaine de plus et puis on sera ensemble pour toujours.

— J'ai hâte d'être ensemble pour toujours.

— Moi aussi.

Je lui parle sur le chemin du retour et jusque tard dans la nuit, jusqu'à ce que nous bâillions tellement que nous n'ayons d'autre choix que de nous dire bonne nuit.

Je suis au travail dès 6 h, avec des interventions chirurgicales programmées en série. Entre deux interventions, je rencontre mon chef de service et lui donne mon préavis de deux semaines. En tant qu'employé contractuel, je me suis assuré d'avoir une porte de sortie facile si j'en avais besoin, compte tenu de mon état de santé. La plupart du temps, ils s'attendent à un préavis d'au moins quatre-vingt-dix jours. Mon patron est sous le choc d'apprendre que je pars, mais je ne vacille jamais dans ma détermination à poursuivre le rêve avec Dee. Quand il se rend compte qu'il ne me fera pas changer d'avis, il me serre la main et me souhaite bonne chance dans mon nouveau poste. Mais je vois qu'il est furieux que je ne lui donne pas plus de préavis.

Le temps est une chose que je ne peux pas me permettre de perdre.

Je termine avec le dernier de mes patients juste après 17 h et laisse mes internes se charger de leur surveillance, avec l'ordre d'appeler s'ils ont besoin de moi. Un peu après 18 h, je sors du parking dans mon SUV Audi noir et me dirige vers la maison de mes parents. En chemin, j'appelle Dee, me sentant coupé d'elle après toute une journée sans lui parler.

— Salut, comment s'est passée ta journée ?

— Elle a été longue. Mais le point culminant a été de donner mon préavis. Et toi ?

— Je suis toujours au travail. Je peux t'appeler plus tard ?

— Je vais dîner chez mes parents, mais je t'envoie un message quand je pars de chez eux.

— Très bien. Tu me manques.

— Pareil, ma chérie. Tellement.

— Je te parle plus tard. Bon dîner.

— Je t'aime.

— Je t'aime aussi.

Je n'arrive pas à croire que je dise ces mots à une femme ou que je l'entende me les dire en réponse. Être amoureux de Dee est la plus grande satisfaction que j'aie ressentie depuis que j'ai eu ma deuxième chance de vivre. Avec elle, tout l'enfer que j'ai traversé pour survivre en vaut la peine. Elle est le trésor au bout d'un très long arc-en-ciel. De telles pensées auraient été inimaginables pour moi avant de la rencontrer. Mais maintenant que je sais qu'elle existe, la seule chose que je veux au monde est d'être avec elle.

J'emporte cette résolution avec moi dans la maison contemporaine de mes parents, couverte des panneaux solaires que mon papa vend. Sa réussite dans l'industrie solaire a plus que compensé l'énorme choc financier qu'ils ont subi lorsque j'étais malade.

Ma mère est si heureuse de me voir qu'elle me serre presque à m'étouffer. Je tiens mes cheveux noirs d'elle et ma taille de mon père.

— Je suis si heureuse que tu sois rentré. Tu t'es amusé ?

Le meilleur moment de toute ma vie.

— Bien amusé.

— Comment va Jason ?

— Il va très bien. Il adore être marié.

— Je suis si contente de l'entendre.

Elle a sorti des légumes et du houmous pour moi et du fromage et des crackers pour eux.

— Ça sent bon. Qu'est-ce que tu as préparé ?

— Un sauté de crevettes. J'ai pris les pois gourmands que tu aimes.

— Merci, Maman.

Elle s'occupe de moi comme une mère qui a vu son enfant traverser une maladie qui lui a été presque fatale – avec une attention implacable aux détails.

— Quoi de neuf chez vous ?

— Papa a décroché un nouveau gros client dont il est ravi et ma classe de CM2 est arrivée en lecture dans le premier centile de toutes celles de l'État lors du récent test national.

— C'est formidable sur les deux points.

— Ç'a été un bon mois.

Et je vais tuer leur enthousiasme avec ma nouvelle, ce qui atténue un peu mon excitation. Mais ensuite je pense au doux visage de Dee et à ce que j'éprouve lorsque je me perds en elle et je n'ai aucun doute que je fais la meilleure chose pour moi – ainsi que pour elle. Nous sommes faits pour être ensemble et c'est à moi de prendre les mesures nécessaires pour que cela se produise.

Mon papa rentre du travail, ouvre une bière et m'accueille en glissant un bras autour de moi pour me serrer.

— Content de te voir, dit-il comme s'il ne m'avait pas vu depuis des semaines.

Je les ai vus le dimanche de la semaine dernière quand nous avons fait un brunch avec mes frères et sœurs.

— Moi aussi. J'ai entendu dire que les affaires sont bonnes.

— Très bonnes. Mieux que jamais.

— C'est génial, Papa. Heureux de l'entendre.

— Comment va le business du cœur et des poumons ? demande Papa.

— Occupé comme toujours. J'ai fait trois interventions chirurgicales aujourd'hui et j'en ai trois autres prévues pour demain.

— Tu ne forces pas trop, non ? demande Maman. Tu as l'air fatigué.

Je le suis. J'ai eu un week-end chargé et une journée folle au travail. Le manque de sommeil du week-end en valait la peine.

— Je suis normalement fatigué, Maman. Pas de quoi s'inquiéter.

Au cours du dîner, j'apprends que la femme de mon frère souffre de diabète gestationnel et que ma sœur cherche un chien de refuge à adopter. Deux de mes grands-parents profitent d'une visite à Palm Springs avec des amis et les deux autres sont dans le nord de l'État de New York, chez la sœur de ma grand-mère. Tout le monde est heureux, en bonne santé et se porte bien, ce qui signifie que mes parents se portent bien aussi et que mes nouvelles vont les bouleverser. Je déteste cela, mais pendant que je les aide à débarrasser la table et à nettoyer la cuisine, je me force à aller de l'avant.

— Alors, vous deux, j'ai des nouvelles.

Ils arrêtent ce qu'ils font et se tournent vers moi. Leurs expressions sont craintives.

— Rien de mauvais. C'est plutôt la meilleure chose qui soit.

— Qu'est-ce que c'est ? demande Maman.

— J'ai rencontré quelqu'un d'incroyable.

— Oh, eh bien, qui est-elle ? demande Papa.

— La cousine de la femme de Jason, Dee. On a été mis ensemble au mariage et on a vraiment accroché.

Oh, comme nous nous sommes accrochés l'un à l'autre ce jour-là et cette nuit-là !

— On est restés en contact depuis et, eh bien, je suis tombé amoureux d'elle.

— C'est merveilleux, chéri, dit Maman, les yeux pétillants de joie. Je suis si heureuse pour toi.

— Merci. Je suis sacrément heureux pour moi-même, aussi. Elle est... Elle est tout. Vous allez l'adorer. Elle est douce, belle, drôle et si dévouée à sa famille. Elle est l'une des quatre enfants de la famille, mais ils ont une immense famille élargie. Sa tante et son oncle tiennent un célèbre restaurant cubano-italien à Little Havana et ils ont récemment demandé à Dee d'être leur gérante. Elle est tellement excitée par cette nouvelle opportunité.

Je sais que je suis élogieux, mais comment ne pas l'être quand on parle de Dee ?

— Alors, si elle vit à Miami et que tu vis ici, comment ça va se passer ? demande Papa, allant droit au but comme il le fait toujours.

— Je déménage là-bas. J'ai trouvé un emploi à l'hôpital général de Miami-Dade. Dee et moi allons faire notre vie ensemble.

Ma mère est tellement sidérée qu'elle me regarde bouche bée.

— Avant que vous puissiez me dire toutes les raisons pour lesquelles c'est une idée horrible, laissez-moi vous dire pourquoi je pense que c'est la meilleure idée que j'aie jamais eue. Je suis vraiment amoureux pour la première fois de ma vie et tout ce que je veux, c'est être avec elle aussi longtemps que possible. Oui, je l'ai rencontrée il y a seulement deux mois. Oui, c'est arrivé rapidement. Mais nous savons tous que le temps n'est pas de mon côté et nous voulons le faire tant que nous le pouvons.

Papa s'éclaircit la gorge.

— Donc elle sait... tout ?

— Elle sait et c'est elle qui m'a convaincu de me lancer avec elle, avec nous, pour faire l'expérience de ce que c'est que d'être amoureux et c'est...

Aucun mot ne peut exprimer suffisamment ce qu'elle représente pour moi ou ce que cela fait d'être amoureux d'elle.

— J'ai passé le meilleur week-end de ma vie avec elle et j'ai hâte d'en vivre d'autres.

— Est-ce que c'est juste ? demande Maman, en essuyant ses larmes avec un mouchoir en papier. Envers elle ?

— Probablement pas, mais elle a décidé que tout irait bien et que nous n'allons pas nous inquiéter de ce qui pourrait arriver à l'avenir. Nous allons vivre à fond maintenant.

Je ne peux même pas parler d'elle sans sourire comme un imbécile.

— Je vous le dis, vous allez l'aimer autant que moi.

Ils se jettent un regard mais ne disent rien de plus.

— Je suis désolé si cela vous contrarie, mais je suis vraiment heureux et je veux que vous soyez heureux pour moi.

— Nous sommes heureux pour toi, Wyatt, dit Maman. C'est juste beaucoup à digérer. Nous pensions que tu allais à Miami pour rendre visite à Jason, pas pour postuler un nouvel emploi et commencer une toute nouvelle vie à l'autre bout du pays.

— Je suis désolé de ne pas vous avoir parlé de l'entretien, mais je ne pensais pas qu'il était utile d'en parler avant d'avoir obtenu le poste. Et quand j'y suis allé vendredi, je n'avais aucune idée de ce à quoi m'attendre avec Dee ou si ce serait aussi génial que la première fois qu'on s'est rencontrés.

Je ne pensais pas que quelque chose pourrait surpasser ce premier jour et cette première nuit avec elle. J'avais tellement, tellement tort.

— Tu es adulte, mon fils, dit Papa. Tu peux faire ce que tu veux et si cette femme à Miami est ce que tu veux...

Sa voix se brise en même temps que mon cœur.

Je déteste les contrarier encore plus que je ne l'ai déjà fait.

— Je ne veux pas vivre loin de vous. J'espère que vous savez qu'il ne s'agit pas de cela. C'est juste que j'ai une chance d'avoir quelque chose que je pensais ne jamais pouvoir vivre, surtout parce que je refusais que ça arrive. Et maintenant que c'est chose faite...

— Je comprends, dit Papa, et ça me rend heureux de savoir que tu vas vivre cette expérience. C'est juste, tu sais, difficile pour nous. On s'inquiète pour toi.

— Je le sais et je déteste en être la cause. Mais je me sens bien, mieux que jamais. Il n'y a aucune raison de s'inquiéter de quoi que ce soit. Je vais vivre avec Dee à Miami. Nous serons entourés de sa famille et Jason sera là aussi. Ce n'est pas comme si j'allais déménager quelque part où je n'aurais aucun soutien comme quand je suis parti à Duke. Dee a même des grands-mères adorables pour l'aider à garder un œil sur moi. Et je me disais... Peut-être que vous pourriez passer une partie de l'hiver avec nous à Miami. On va avoir une maison avec plein de chambres. Et Papa, tu as parlé de prendre plus de temps libre maintenant que les affaires marchent si bien. Maman, tu devrais prendre ta retraite un de ces jours et profiter de la vie. Vous avez certainement tous les deux gagné le droit de vous détendre.

Ma mère en est à son deuxième mouchoir en papier, épongeant les larmes qui ne cessent de couler. Je vais vers elle et la serre dans mes bras.

— Je suis désolé de te bouleverser, mais je te promets que c'est une bonne chose. La meilleure chose qui soit.

— Qu'est-ce qu'on est censés faire si tu as un problème quelconque et que tu es à Miami ?

— Vous pouvez être là en quelques heures si on en arrive à ça, mais ça n'arrivera pas.

— Tu ne peux pas en être sûr, Wyatt, dit Maman.

— Non, je ne peux pas, mais j'ai décidé d'arrêter de vivre comme si j'étais en train de mourir.

— Ce n'est pas ce que tu faisais !

La détresse de Maman se transforme en colère en un instant.

— Regarde ce que tu as fait de toi-même – tu es chirurgien cardiothoracique reconnu. Comment peux-tu dire que ça équivaut à vivre comme si tu étais en train de mourir ?

— Ma carrière est incroyable. Je suis très fier de ce que j'ai accompli de ce côté-là. C'est le reste de ma vie qui laissait à désirer. J'ai eu des relations passagères avec des femmes, sans jamais me permettre de m'impliquer trop par peur que mon cœur de substitution ne lâche et qu'il soit injuste de demander à quelqu'un de tenir à moi alors que cela pourrait arriver.

Dee m'a rappelé que nous sommes tous à un pas de la mort ; il suffit de prendre une mauvaise décision. Nous pouvons descendre du trottoir au mauvais moment, accélérer à un carrefour alors que quelqu'un brûle un feu rouge ou faire bon nombre d'autres terribles choses qui arrivent. J'ai été tellement occupé à poursuivre ma carrière avec une détermination impitoyable que, quelque part en chemin, j'ai oublié de *vivre*. Dee m'a montré autre chose, une chose que je veux plus que tout ce que j'ai jamais voulu, et je vais foncer. Je veux que vous fassiez partie de cela. Mais ce que je ne veux pas, c'est ajouter à votre stress. Je veux que vous soyez juste heureux pour moi, pas que vous vous inquiétiez pour moi.

— C'est difficile pour nous de ne pas nous inquiéter, dit Papa avec douceur.

— Je sais et je comprends pourquoi. Je déteste vous infliger un tel enfer, mais c'est la récompense de ce qu'on a tous vécu. Dee est la récompense. Elle est mon anneau d'or.

— Et tu en es sûr aussi rapidement ? demande Maman.

— Je l'ai su tout de suite. Le jour où je l'ai rencontrée était différent de tous les jours que j'ai passés avec qui que ce soit et depuis, je n'ai pensé qu'à la revoir. S'il vous plaît... Soyez juste heureux pour moi. Ne nous attardons pas sur toutes les façons dont cela pourrait mal tourner. Soyons simplement heureux dans le présent, le seul moment que nous avons.

J'utilise les mots de Dee pour sceller l'affaire avec eux, du moins je l'espère.

Papa comble la distance entre nous et me serre dans ses bras comme il ne l'a pas fait depuis des années.

Mes yeux brûlent de larmes.

— Nous sommes heureux pour toi, Wy, et nous avons hâte de rencontrer ta Dee.

— Merci, Papa. Vous allez l'aimer. Je sais que vous allez l'aimer.

Quand il me lâche, je me tourne vers ma mère.

— Ça va ?

— Je suppose que ça ira. C'est juste que je ne peux pas supporter l'idée que tu vives si loin de nous.

— Tu as survécu aux quatre années que j'ai passées en Caroline du Nord, lui rappelé-je.

— C'était l'enfer, toujours à attendre un coup de fil.

— Qui n'est jamais venu. J'allais bien. Je *vais* bien. Je vais *continuer* à bien aller. Il faut juste y croire et si le jour vient où je ne vais pas bien, on fera face à ce moment-là. En attendant, je ne veux pas que tu sois contrariée.

— Je suis désolée.

Elle essuie d'autres larmes.

— Je ne veux rien enlever à ton bonheur. J'ai juste... J'ai besoin d'une minute pour me faire à l'idée.

— Prends le temps qu'il te faut. Dee vient dimanche prochain pour une semaine, avant notre départ pour Miami. J'espère que vous pourrez passer du temps avec elle pendant qu'elle sera là. Je vous promets que vous vous sentirez beaucoup mieux à propos de tout cela après l'avoir rencontrée.

Du moins, je l'espère.

CHAPITRE 17

DEE

La semaine qui suit le départ de Wyatt est interminable comme aucune autre avant elle. Chaque minute me semble être une année, sauf les heures que je passe à lui parler, généralement tard dans la nuit après mon service. Je suis tellement fatiguée que je délire presque, mais je n'échangerais pas les heures passées sur FaceTime avec lui contre du sommeil. Jusqu'à présent, j'ai visité six maisons potentielles et j'ai réduit mon choix à deux que j'adore. Je veux qu'il les voie avant de prendre une décision, mais l'idée de vivre avec lui dans l'une ou l'autre me remplit d'une joie déraisonnable.

J'ai passé du temps avec mes parents tous les jours cette semaine, mais je ne leur ai toujours pas parlé de Wyatt et de nos projets. Je ne leur ai même pas dit que je partais pour Phoenix dimanche. J'ai l'intention de les voir avant mon service plus tard pour le leur dire.

C'est finalement vendredi et je dois rencontrer mon oncle et ma tante ce matin, alors je fais un détour pour m'arrêter chez Juanita afin de prendre une dose de caféine bien nécessaire.

— ¿Dónde está tu chico sexy ?

En souriant, je dis :

— Mon homme sexy est à Phoenix, où il vit. Pour l'instant, en tout cas. Il déménage ici la semaine prochaine.

— C'est *génial*. C'est si agréable de te voir sourire à nouveau après ce que ce crétin de Marcus a fait.

— Tu es au courant, hein ?

— *Tout le monde* est au courant. Et PS, je connais la *puta* qu'il a épousée, et elle n'arrive pas à la cheville de Dee Giordino.

— Oh, merci, mais tout ça c'est du passé maintenant. Je suis amoureuse de Wyatt et on fait des projets. C'est cool.

— Tu le mérites, cariño.

Elle me tend mon cortadito, ajoutant :

— J'ai entendu parler de ton nouveau boulot, aussi. Félicitations.

— Merci.

En lui donnant un billet de dix dollars, je fais un geste vers le café.

— Ce sera essentiel pour mon succès au travail.

— Je suis là pour toi.

— Que Dieu te bénisse, amiga.

Je conduis jusqu'au restaurant dans la circulation d'heure de pointe, me sentant exaltée, fatiguée et tellement prête à revoir Wyatt. Le temps séparé l'un de l'autre a été une pure torture, ce qui ne fait que confirmer ma décision de me lancer à fond avec lui. Si je me sens comme cela après quelques jours sans lui, alors je sais que j'ai pris la bonne décision. Il me vient à l'esprit que si la pire chose possible se produisait, je ressentirais cette horrible douleur tous les jours pour le restant de ma vie.

— Non, tu ne vas pas penser à cela, dis-je à voix haute comme si cela pouvait me faire écouter mes propres conseils. Arrête ça tout de suite.

Je refuse de laisser mon esprit aller à ce possible scénario catastrophe, pas après avoir promis à Wyatt que j'irai bien quoi qu'il arrive. C'est une promesse que j'ai l'intention de tenir.

Quand j'arrive au restaurant, mon oncle et ma tante m'attendent dans le bureau avec des cocktails Mimosa pour fêter mon premier jour de formation. Ils sont trop mignons.

— Buvons à la santé de notre nouvelle responsable pour le premier jour de ce que nous espérons être une longue et heureuse carrière, dit Vincent.

— Je veux bien boire à ça, ajoute Vivian.

En souriant, je dis :

— Moi aussi.

Nous trinquons et sirotons nos verres.

— Et à vous deux, qui avez construit cette incroyable entreprise. Je suis honorée et très touchée que vous m'ayez choisie pour la guider vers l'avenir. Je promets de faire de mon mieux pour être digne de la foi que vous avez placée en moi.

— Nous ne pourrions pas être plus heureux de t'avoir, dit Viv.

Nous passons les trois heures suivantes à étudier les procédures hebdomadaires, de la commande de nourriture et d'alcool au linge de maison et autres fournitures.

— Je me suis mis à prendre des notes quotidiennes détaillées il y a environ trois mois, lorsque cette idée a commencé à prendre forme.

Vincent me tend un carnet.

— Tout y est, ce que je fais chaque jour, avec des explications sur ce que je fais et quand, des détails sur la quantité de tout ce que nous commandons habituellement, sans oublier les avertissements à propos des banquets, des mariages, etc.

— C'est beaucoup, dit Viv sans détour. Nous ne nous attendons pas à ce que tu saisisses tout, tout de suite, c'est pourquoi nous avons prévu que tu nous suives pendant les prochains mois jusqu'à ce que tu te sentes à l'aise en solo.

— Dieu merci !

Je suis déjà dépassée mais déterminée. J'y arriverai. Mais pas du jour au lendemain.

Comme je travaille ce soir, ils me renvoient chez moi avec un repas à emporter pour que je me repose avant mon service.

Je suis en train de manger un minestrone fait maison, une salade César et de relire le carnet d'Oncle V quand Wyatt appelle. Il suffit que son nom apparaisse sur mon écran pour que mon cœur s'emballe.

— Salut toi.

— Salut, ma chérie. Je voulais juste dire bonjour entre deux opérations. Comment s'est passé ta formation ?

— C'était génial mais intimidant. J'ai beaucoup à apprendre.

— Tu dirigeras cet endroit toute seule en un rien de temps. Je n'ai aucun doute là-dessus.

— Je suis contente que tu n'en doutes pas.

— Tu as déjà tellement d'expérience là-bas. Ça te sera utile pour assumer ce nouveau rôle.

— Oui, c'est vrai. Comment s'est passée ton opération ?

— Ça s'est bien passé – une angioplastie de routine. Le patient devrait se rétablir complètement. La prochaine, c'est un défibrillateur cardioverteur implantable.

— C'est très sexy quand tu balances des mots comme angioplastie et défibrillateur cardioverteur implantable.

Son rire retentissant me fait sourire.

— Il faudra que je m'en souvienne la prochaine fois que je te verrai.

— C'est dans combien de temps encore ?

— Environ quarante-huit heures.

— Ça semble une éternité.

— Je compte les minutes. Je serai probablement à l'aéroport deux heures trop tôt dimanche.

— J'ai hâte de te voir.

— J'ai hâte de t'embrasser, de te serrer dans mes bras et...

— Arrête.

— Je ne veux pas arrêter. En fait, après le travail ce soir, pourquoi je ne te dirais pas exactement ce qui va se passer quand tu arriveras à Phoenix dimanche ?

J'avale ma salive.

— Je ne suis pas sûre que le fait d'en parler rende les choses plus faciles.

— Essayons et nous verrons bien.

Il gémit lorsqu'il ajoute :

— Je dois y aller. Tu m'appelles quand tu rentres ?

— Oui, d'accord. Bonne chance avec ton opération.

— Merci. Passe une bonne soirée au restaurant. Ne parle pas aux garçons qui te trouvent sexy.

Amusée, je dis :

— J'essaierai de me retenir.

— Je t'aime.

— Je t'aime aussi.

— Mm, je suis impatient d'être à dimanche.

Ça coupe avant que je puisse répondre que j'ai hâte aussi. Mais il le sait. Je me sens comme une adolescente en proie à son premier amour. Je peux à peine faire quoi que ce soit à force de vouloir être avec lui tout le temps. Les sentiments sont si grands et envahissants que je n'arrive pas à croire que j'ai jamais pensé être réellement amoureuse de Marcus. Je l'aimais. Je l'aimais vraiment. Mais ce n'était pas du tout comme ça.

En réalisant cela, j'envoie un message à ma sœur, lui demandant de m'appeler quand elle prendra une pause au dispensaire.

Elle m'appelle cinq minutes plus tard.

— Tu m'as attrapée en train de manger un morceau entre deux patients. Qu'est-ce qu'il y a ?

— Je voulais te demander quelque chose de plutôt personnel.

— OK... Depuis quand on est timides ensemble ?

— C'est à propos de Scott.

— Euh, d'accord... Quoi à propos de lui ?

— Quand tu étais avec Austin au début, ça ne t'a pas paru bizarre d'avoir cru que tu étais amoureuse de Scott ?

— C'était complètement différent avec Austin dès le départ, mais j'ai été incontestablement amoureuse de Scott. Jusqu'à ce qu'il me trompe et que je ne le sois plus.

— Quand tu dis « complètement différent », qu'est-ce que tu entends par là ?

— Ma connexion avec Austin est plus profonde que celle que j'avais avec Scott. C'est difficile à expliquer. C'est juste *plus*.

— Oui, dis-je doucement. C'est ce que je voulais dire.

— Qu'est-ce qui a fait naître cette question, ou devrais-je dire, *qui* l'a fait naître ? Bien que je puisse probablement le deviner.

— C'est juste tellement différent avec Wyatt, ce qui fait que je me suis demandé ce que j'avais avec Marcus. Je l'aimais. Je l'aimais vraiment, mais ce n'était pas comme ça.

— C'est parce que c'était ton premier amour. Wyatt est ton amour pour toujours.

— C'est bien toi de résumer si parfaitement.

— Écoute, Dee... D'après ce que j'ai entendu, Marcus est très déterminé à arranger les choses avec toi.

— Ça n'arrivera pas. Comment faire pour qu'il le sache ?

— Je pourrais m'assurer que sa sœur entend parler de toi et Wyatt.

— Comment ferais-tu ça ?

— Je pourrais poster une photo de vous sur Facebook avec une légende qui dit quelque chose comme « trinquons au nouvel amour ».

— J'aime bien cette idée. Cela mettrait fin à tout effort de réconciliation. Je ne peux pas supporter l'idée qu'il me traque pour en parler. Qu'est-ce qu'il y a à dire ?

— Absolument rien. As-tu une bonne photo de Wyatt et toi ?

— Oui, oui.

— Envoie-la moi.

— Devrais-je lui envoyer un SMS pour lui demander si ça le dérange qu'on rende ça public sur Facebook ?

— Il emménage ici pour vivre avec toi, Dee. Ça ne le dérangera pas et je ne le taguerai pas. On va juste alerter les gens ici qui ont besoin de savoir.

— Tu es diaboliquement brillante et je t'aime.

— Je t'aime aussi. Je suis tellement, tellement contente de te voir sourire à nouveau.

— Ça fait du bien. C'est presque trop beau pour être vrai.

— Ça ne l'est pas. Il n'y a rien de plus vrai. Il est fou de toi. Nous l'avons tous constaté.

— Je suis tout aussi folle de lui. Cette semaine, depuis qu'il est parti, c'est une pure torture.

— Je me souviens de ce que c'était après avoir rencontré Austin et qu'il est retourné à Baltimore pour quelques jours. C'était brutal.

— C'est le bon mot pour le décrire, même si j'ai l'impression d'être super mélo. C'est juste que tout semble si urgent avec Wyatt.

— Je comprends cela. Tu seras avec lui bien assez tôt et tu pourras te remettre à vivre.

— J'ai hâte. Tu tiens le coup avec Austin à l'entraînement de printemps ?

— Ça va. L'équipe joue trois matchs à Fort Myers cette semaine. C'est juste qu'il me manque quand il n'est pas là pour la nuit. J'ai été gâtée de l'avoir à la maison tout l'hiver.

— Je te proposerais bien de te tenir compagnie, mais je travaille ce soir et demain soir et je prends l'avion pour Phoenix dimanche matin.

— Ne t'inquiète pas pour moi. Je vais bien. Austin rentre tard demain soir. Everly et moi essaierons de passer dîner demain pendant que tu travailles.

— Cela me ferait plaisir de vous voir toutes les deux.

— Envoie-moi la photo.

— Oui, je vais le faire. Merci encore, Mar.

— Je ferais tout pour toi. Je t'aime.

— Je t'aime aussi.

Comme toujours, ma grande sœur me fait me sentir mieux à propos de ce qui me pèse. Ç'a toujours été comme cela entre nous. Alors que d'autres sœurs que nous avons connues se battaient comme des chiffonières, ça n'a jamais été notre cas.

Je trouve ma photo préférée de Wyatt et moi, un selfie que j'ai pris sur le bateau le week-end dernier, et je l'envoie à Maria. Il est torse nu, avec sa magnifique poitrine et son tatouage en évidence, et je porte un joli haut de bikini. Quiconque verra cette photo n'aura aucun doute que nous sommes heureux et amoureux.

Ça me fait mal de penser que je vais blesser quelqu'un, surtout Marcus, même après ce qu'il m'a fait, mais il faut qu'il sache qu'il n'y a aucun espoir de se réconcilier avec moi. Maria a raison, un post sur son Facebook va mettre fin à cela assez rapidement.

Je n'ai pas de temps à perdre avec le passé. Pas quand mon présent et mon futur s'annoncent tellement parfaits.

À 15 h, je vais voir mes parents avant de commencer le travail. Je les trouve dans le salon, assis dans des fauteuils côte à côte et se tenant la main pendant qu'ils regardent la télévision. Ils sont si mignons et tout ce que je veux au monde, c'est avoir leur âge un jour et tenir la main de Wyatt en regardant la télé.

— Salut, ma puce, dit Papa. Je viens de parler à Vincent et il a dit que ta première séance de formation s'est bien passée.

— Contente d'entendre qu'il est de cet avis.

Je les embrasse tous les deux et m'assois sur le canapé.

Papa éteint le journal télévisé.

— Tu es du même avis ? demande-t-il.

— C'était bien. J'ai beaucoup à apprendre, mais j'ai le temps. C'est un défi stimulant, cependant. Comment tu te sens, Maman ?

Je leur ai déjà envoyé un texto à tous les deux aujourd'hui, mais il faut quand même que je pose la question.

— Je vais bien. Il n'y a pas lieu de s'inquiéter. J'ai un examen la semaine prochaine.

— Je suis désolée que cela ait été une telle épreuve.

— C'est comme ça. Je reste focalisée sur toutes les choses positives de ma vie, comme le bonheur rayonnant sur le visage de ma plus jeune fille parce qu'elle a retrouvé l'amour.

Je ne peux pas empêcher le sourire de s'étendre sur mon visage à la mention de Wyatt.

— C'est vraiment le cas. Il est incroyable.

— Il a l'air d'être un jeune homme exceptionnel, dit Papa.

— Il l'est. Je vais à Phoenix dimanche pour rencontrer les parents de Wyatt et je rentrerai avec lui. Je serai partie environ une semaine. Carmen a promis d'aider si nécessaire et Maria a dit qu'elle pourrait en faire un peu plus aussi, surtout qu'Austin voyage avec l'équipe.

— Ne t'inquiète pas pour nous, ma belle, dit Maman. Va passer un merveilleux moment avec ton Wyatt. Tu mérites une pause. Tu as travaillé et pris soin de nous pendant des mois. Tout ira très bien pour nous.

— Tu promets ?

— Je te le promets, dit-elle en souriant. La maladie a adouci son côté rêche, l'a rendue plus douce et plus aimante que jamais, même si elle a toujours été une mère formidable.

— Nous avons aussi réfléchi, dit Papa, et nous allons vendre l'entreprise.

Elle est avocate et il est comptable. Leur cabinet fournit des services juridiques et financiers à des centaines d'autres entreprises locales. Ils s'avouent accros au travail, c'est donc une nouvelle assez choquante.

— C'est énorme.

— Il est temps, dit-il en soupirant. Duncan et Gloria ont fait un travail remarquable depuis la maladie de ta mère. Nous sommes en train de négocier un accord pour qu'ils nous rachètent sur dix ans, ce qui nous donnera un revenu garanti pour la prochaine décennie. Après cela, nous pourrons puiser dans notre fonds de pension et la sécurité sociale entrera en jeu.

Je suis étonnée de voir à quel point ils sont avancés dans la planification alors que c'est la première fois que j'en entends parler.

— Ça semble être une bonne idée.

Tout ce changement est beaucoup à digérer.

— Vous pensez que ça va vous manquer ?

Papa sourit.

— Si tu m'avais demandé ça il y a six mois, j'aurais dit qu'il était hors de question que je ne sois pas au travail aussi longtemps. Mais maintenant...

Il regarde Maman, qui l'observe avec amour et affection.

— Maintenant, je me fiche complètement de l'entreprise, ce qui me dit que le moment est venu de m'en séparer. Avec Vincent et Vivian qui font de même, nous espérons pouvoir voyager ensemble.

— C'est merveilleux. Je suis heureuse pour vous tous. Vous avez travaillé dur toute votre vie. Il est temps de vous amuser.

— C'est vrai. Dès que ta mère a le feu vert des médecins, on fait nos valises.

J'espère juste qu'elle aura ce feu vert au plus tôt. Je les quitte pour me rendre au restaurant pour l'une des soirées les plus chargées de la semaine. Il n'est pas rare que je gagne jusqu'à 300 dollars en pourboires le vendredi et le samedi soir.

Samedi soir, je travaille du côté cubain de la maison, ce que j'ai demandé pour voir ce qui se passe avec Abuela et Monsieur Muñoz. Alors que je fais mon travail de préparation avant la ruée, Abuela vient m'aider à mettre les couverts en argent dans des serviettes en lin.

— Merci pour ton aide.

— Pas de problème.

Elle est allée chez le coiffeur, comme d'habitude le samedi, et elle est particulièrement belle dans une robe couleur champagne. Je regarde de plus près et remarque qu'elle porte un fard à paupières assorti à sa robe.

— Tu es magnifique, Abuela.

— Oh, merci, ma puce. Je fais ce que je peux avec ce qu'il me reste.

Elle me fait rire à chaque fois que je lui parle.

— Il te reste beaucoup.

Nous travaillons ensemble dans un silence satisfait pendant un certain temps avant qu'il ne me vienne à l'esprit que le silence confortable n'est pas son truc, à Abuela.

— Qu'est-ce qui t'arrive ?

Elle lève les yeux vers moi, semblant effrayée par la question.

— Quoi ? Il ne m'arrive rien.

— Il se passe quelque chose. Tu es silencieuse.

— Toutes ces discussions sur le changement me déstabilisent, dit-elle après une longue pause, pendant laquelle je ne suis pas sûre qu'elle va me dire à quoi elle pense. Vincent m'a dit de réfléchir à quelque chose que j'avais envie de faire pendant que j'utilisais le travail comme excuse pour ne pas le faire. Je n'ai aucune idée de ce que je ferais si je n'avais pas cet endroit où venir tous les jours.

— Tu devrais peut-être accepter l'offre de Monsieur Muñoz de le joindre pour dîner. Bien que le pauvre homme mourrait probablement de choc si tu disais oui.

Son visage se couvre d'une rougeur à la fois adorable et stupéfiante.

— Chut.

— Abuela.

J'attends qu'elle me regarde.

— Est-ce que tu l'aimes *bien* ?

Elle hausse les épaules.

— Il semble plutôt gentil. Il est certainement persistant.

— Ça fait combien de temps qu'il te demande de sortir avec lui, déjà ?

— Je ne sais pas. Quatre ans, peut-être ? Depuis environ un an après la mort de sa femme.

— As-tu entendu dire qu'il était sorti avec quelqu'un d'autre pendant ce temps ?

Elle réfléchit à la question un instant avant de secouer la tête.

— Je ne pense pas.

— Abuela... Il attend que tu lui dises oui. Il t'attend.

— Ne sois pas stupide. Il ne fait pas ça.

— Mais c'est ce qu'il fait. Il attend que tu dises oui et il ne cessera jamais de te le demander jusqu'à ce que tu acceptes. Qu'est-ce que tu as à perdre à dîner avec un homme gentil qui t'aime beaucoup ?

— Je ne peux pas faire ça ici. Tout le monde parlerait. Ce serait mortifiant.

Je la regarde fixement, incrédule.

— C'est pour *ça* que tu ne lui as pas dit oui avant ?

Elle accélère le rythme du dressage des couverts, mais la position de ses épaules trahit la vérité.

— Si tu lui dis oui, je m'assurerai personnellement que personne n'en dise un traître mot. Je te le promets.

— Bonne chance avec ça, dans cette famille.

— Je vais mettre en place un mur de protection autour de toi. Je te le promets, Abuela. Personne ne dira un mot.

— Mais ils sauront quand même.

— Que deux adultes consentants ont mangé un repas ensemble? Qu'est-ce que ça peut te faire s'ils savent ça ?

— Je ne supporte pas d'être le centre d'attention et de commérages. Je ne peux tout simplement pas.

— Je vais faire passer le mot que le sujet est interdit. Je vais m'en assurer, Abuela. Ou je demanderai à M. Muñoz de t'emmener ailleurs.

— Ailleurs, dit-elle en poussant un rire dédaigneux. Il n'y a nulle part ailleurs.

La malédiction de posséder et de travailler pour un restaurant familial connu pour sa cuisine exceptionnelle a fait de nous tous des snobs de la restauration.

— Dis-lui oui, Abuela. S'il te plaît, dis-lui oui.

Avant qu'elle puisse répondre, nous voyons les premiers arrivants au comptoir et elle part les accueillir.

Nous commençons à être occupés, mais je garde un œil sur elle et je guette Monsieur Muñoz, qui vient à la même heure que chaque semaine, dit quelques mots élogieux à Abuela alors qu'elle lui montre sa table – toujours la C32, d'où il peut voir le comptoir de l'hôtesse – et lui demande de le rejoindre. De l'autre côté de la pièce, je le regarde faire un geste vers la chaise en face de la sienne. L'expression pleine d'espoir sur son beau visage me touche profondément. *S'il te plaît, dis oui, Abuela.* Je ne sais pas si je le pense ou si je prononce la phrase, mais je les regarde si attentivement que je cligne à peine des yeux et que je retiens ma respiration pendant la minute qu'il faut à Abuela pour tirer une chaise et s'asseoir.

J'ai du mal à contenir la joie qui m'envahit lorsqu'elle s'installe sur sa chaise et dépose sur ses genoux la serviette de table que nous avons pliée ensemble.

Le regard stupéfait sur le visage de M. Muñoz est impayable.

Vivian s'approche de moi par derrière, me surprenant.

— Qu'est-ce qui se passe ?

J'utilise mon menton pour diriger son attention vers la C32.

— Regarde.

Elle pousse un cri à la vue de sa mère, veuve depuis longtemps, assise avec un homme.

— Tu ne peux pas lui en parler. Je lui ai promis qu'on n'en ferait pas tout un plat. OK ?

— Je, euh, OK.

— Tu vas le dire aux autres ? J'ai l'impression qu'elle voulait lui dire oui mais qu'elle ne voulait pas que tout le monde la taquine à ce sujet. Je lui ai promis qu'on ne le ferait pas.

— Je vais passer le mot.

— Tu es contente qu'elle le voie ?

— Oh, trésor, bien sûr que je le suis. Elle est seule depuis si longtemps. Après la mort de mon père, j'ai toujours espéré qu'elle trouve quelqu'un d'autre, mais elle était si obstinément déterminée à lui rester fidèle. À ton avis, qu'est-ce qui lui a fait dire oui ?

— Je pense que c'est Vincent qui lui a dit, à elle et à Nonna, qu'elles devaient trouver autre chose à faire que travailler. Et quand je lui ai promis que je ne laisserais personne l'embêter, ça a semblé l'aider à se décider.

— C'est merveilleux, Dee. Bien joué.

— Je ferais mieux d'y aller et de prendre leur commande de boissons avant qu'elle ne commence à critiquer le service.

Vivian rit.

— Bonne idée.

— Tu vas dire à tout le monde de la jouer cool ?

— Ouais. Je m'en occupe et je vais couvrir son stand d'hôtesse.

— Merci, Tante V.

Je me dirige vers la C32, où Abuela et Monsieur Muñoz sont engagés dans une conversation animée qui s'arrête lorsque je m'approche de la table.

— Bonjour, bienvenue chez Giordino. Je suis Dee et je vais m'occuper de vous ce soir. Je peux vous offrir un cocktail ?

Je connais leurs commandes de boissons par cœur, mais je joue quand même le rôle.

Monsieur Muñoz fait signe à Abuela.

— Marlene, qu'est-ce que tu prends ?

Les yeux de Monsieur Muñoz pétillent d'un pur plaisir qui rend mon cœur heureux.

— Je voudrais une vodka Collins, avec de l'Absolut et deux cerises.

— Ça vient tout de suite. Et pour vous ?

Il prend toujours du bourbon Maker's Mark avec de l'eau.

— Je prendrai la même chose, dit-il en lui souriant. Ça doit être délicieux.

Elle rougit furieusement.

Pourraient-ils être encore plus mignons ? Je vais au bar pour leur apporter leurs boissons. Quand je reviens, les bras de Monsieur Muñoz sont sur la table et il est suspendu aux lèvres d'Abuela. Après avoir posé leurs boissons sur la table, j'énonce les plats du jour et je prends leur commande. Elle commande le ropa vieja, lui le picadillo.

— Je reviens tout de suite avec la salade et le pain.

Alors que je commence à m'éloigner, Vivian installe un autre groupe à une table voisine sans même jeter un coup d'œil dans la direction de sa mère.

Parfait.

Pendant les deux heures qui suivent, ils dégustent le dîner, le dessert et une bouteille de champagne que Vincent leur envoie.

Abuela rit, sourit et bref, passe un merveilleux moment. C'est la meilleure chose que j'aie jamais vue. Ils sont encore là quand on commence à nettoyer pour la fermeture.

— Est-ce qu'on va devoir les mettre dehors ? demande Vivian.

— Peut-être.

Mais avant que nous puissions le faire, Monsieur Muñoz se lève pour aider Abuela à quitter son siège.

Je m'approche pour dire bonsoir.

Il me tend sa carte de crédit.

— Vincent m'a dit de vous dire que c'est la maison qui régale.

— C'est très gentil à lui. Remerciez-le de notre part.

— Je n'y manquerai pas.

Il remet sa carte dans son portefeuille, retire un billet de cent dollars et le presse contre la paume de ma main.

— Marlene me dit que vous allez à Phoenix pour aider votre nouveau petit ami à déménager à Miami. Utilisez ceci pour aller dîner un soir pendant votre voyage.

— Merci beaucoup, Monsieur Muñoz. Je peux appeler un taxi pour vous deux ?

— J'ai déjà commandé un Uber. Je vais raccompagner Marlene en toute sécurité chez elle.

J'embrasse Abuela et lui chuchote à l'oreille :

— Ne fais rien que moi, je ne ferais pas.

Elle bafouille et me tape sur le bras, mais lorsqu'elle s'éloigne avec sa main glissée dans le creux du coude de son ami, je ne l'ai jamais vue plus heureuse, comme si elle avait enfin fait quelque chose qu'elle désirait faire depuis longtemps.

Je suis encore toute émue par le succès du « rendez-vous » d'Abuela quand je rentre à la maison et saute dans la douche. Je fais une lessive et prépare mes affaires pour le voyage à Phoenix avant de m'installer dans mon lit pour appeler Wyatt.

Il accepte immédiatement mon appel FaceTime.

— Salut, ma belle. Comment a été ta soirée ?

— Elle a été tellement géniale. Tu ne vas pas croire ce qui s'est passé.

Je lui raconte tout sur Abuela et Monsieur Muñoz et comment elle lui a finalement dit oui.

— Elle était *si* heureuse. C'était la chose la plus adorable que j'aie jamais vue.

— Tu as bien fait de lui donner un coup de pouce.

— Je sais ce que c'est que d'avoir tout le monde qui se mêle de tes affaires et combien cela peut être inconfortable. Si tout ce qu'il fallait était une promesse que personne ne la taquine, ça valait le coup. Je suis tellement heureuse pour eux deux. C'est tout simplement l'homme le plus gentil du monde. Vincent leur a offert le dîner, mais M. Muñoz m'a donné cent dollars pour t'emmener dîner pendant notre voyage.

— Très gentil de sa part. Je vais m'assurer que tu manges de la bonne nourriture du Sud-ouest pendant que tu es ici.

— Combien d'heures encore ?

— Environ dix-sept.

— Je ne vais pas y arriver.

— Ne m'abandonne pas maintenant. On y est presque. Et la bonne nouvelle, c'est qu'on va dormir pendant la plupart de ces heures.

— Je suis tellement excitée. Comment vais-je pouvoir dormir ?

— Il faut que tu sois très bien reposée quand tu arrives ici.

Ses mots envoient un frisson de désir le long de ma colonne vertébrale qui finit dans un nœud serré de besoin entre mes jambes. Je n'ai jamais eu autant envie de quelqu'un physiquement. Pas comme ça.

— J'ai hâte, murmuré-je.

— Moi aussi, mon amour.

CHAPITRE 18

WYATT

*J*e suis à l'aéroport avec deux heures d'avance. La nouvelle s'est répandue parmi ma famille, mes amis et mes collègues que je déménage à Miami. Mon téléphone a sonné toute la semaine avec des textos auxquels je n'ai pas encore répondu. J'attends l'arrivée de Dee pour prendre un nouveau selfie de nous deux que j'enverrai à tous ceux qui veulent savoir ce qu'il y a à Miami que nous n'avons pas à Phoenix.

Dans l'ensemble, les gens semblent bien prendre la nouvelle. Même ma mère a fait preuve d'une certaine retenue cette semaine, ne prenant de mes nouvelles qu'une seule fois depuis que je les ai vus lundi, au lieu des trois ou quatre fois habituelles. Je soupçonne mon père de lui avoir conseillé de prendre les choses comme elles viennent après avoir vu à quel point j'étais décidé à vivre cette vie avec Dee.

Je ne me souviens pas de la dernière fois où j'ai été plus excité par quelque chose que par le fait de la voir. Heureusement, son vol est à l'heure. Un retard nous pousserait tous les deux à bout aujourd'hui.

L'attente me tue jusqu'à ce qu'ils annoncent enfin l'arrivée de son vol de Miami. Une autre demi-heure passe sans aucun signe d'elle – une véritable torture.

Lorsque je la vois enfin arriver vers moi, j'ai l'impression que je ne peux pas attendre une seconde de plus pour quelque chose dont je pensais ne pas avoir besoin. Elle avait raison. Il aurait été vraiment dommage de ne pas ressentir la joie pure qui m'envahit à la vue de son beau visage souriant. Elle se jette dans mes bras tendus comme si elle rentrait à la maison et dans un sens, c'est le cas pour nous deux.

Elle me serre aussi fort que je la serre.

— Je suis si heureuse de te voir.

— Moi aussi. J'étais sur le point de m'enflammer spontanément en attendant que tu arrives.

— Ne fais pas ça. J'ai besoin de toi en un seul morceau.

Je la lâche juste assez longtemps pour prendre son sac à dos et la poignée de sa valise. Je glisse à nouveau mon bras autour d'elle pour sortir de l'aéroport. Lorsque nous quittons l'aéroport climatisé, nous avançons par une journée chaude et ensoleillée dans le désert.

— Comment as-tu trouvé la vue depuis les airs ?

— C'est tellement différent de Miami.

— On dirait Miami qui a besoin d'un verre d'eau.

Elle rit de ma description.

— C'est juste un climat différent. J'ai hâte de voir plus.

— J'aurais aimé qu'on ait le temps d'aller à Sedona et au Grand Canyon. On le fera quand on reviendra en visite. Tu vas adorer Sedona. C'est le plus bel endroit.

— Je suis impatiente de tout voir.

Quand on arrive à mon SUV, je mets son sac à l'arrière et lui tiens la portière du passager.

— Elle est jolie, dit-elle de la voiture.

— Merci.

Parce que je ne peux pas attendre une seconde de plus, je me penche dans le véhicule pour l'embrasser.

Sa main vient s'enrouler autour de mon visage et sa bouche s'ouvre à ma langue. En un instant, je suis complètement perdu en elle.

— Ne bouge pas, lui dis-je quand je me retire enfin du baiser pour faire le tour de la voiture jusqu'au côté conducteur. Une fois remonté dans le véhicule, j'attrape à nouveau Dee et nous reprenons là où nous nous sommes arrêtés, tous les deux essayant de toutes nos forces de nous rapprocher.

— S'il te plaît, dis-moi que nous n'avons rien de prévu aujourd'hui.

— J'ai prévu de te garder dans mon lit pendant de très nombreuses heures.

— Allons-y.

— Oui, m'dame.

Je nous ramène à la maison aussi vite que possible, en lui faisant une visite commentée de Phoenix depuis la voiture.

— J'adore les cactus ! Il faut qu'on en ramène à Miami pour notre nouvelle maison.

— On peut arranger ça. En parlant de notre nouvelle maison, quoi de neuf ?

— L'agent immobilier qui cherche pour nous, nous a fixé des rendez-vous dans les deux maisons pour mardi en huit. Elle a dit qu'elles étaient sur le marché depuis un moment, donc on peut probablement prendre notre temps. Elle a demandé à l'agent immobilier du vendeur de nous faire savoir s'ils reçoivent d'autres offres.

— Je te l'ai dit, s'il y en a un que tu préfères à l'autre, tu peux faire une offre.

— Je veux que tu la voies d'abord.

— Tant que tu y seras avec moi, je pourrais vivre dans une tente et être heureux.

— C'est de la folie. Tu ne peux pas acheter une maison sans même la voir.

— Si, je peux. Carpe diem. N'est-ce pas notre devise ? Si l'une d'elles te plaît plus que l'autre, fais une offre.

Son rire nerveux me remplit d'un sentiment de légèreté et de souffle coupé que je commence à reconnaître comme étant de la joie. C'est la meilleure chose que j'aie jamais ressentie.

— Tu es sûr ? Tu es sûr à 1 000 % de vouloir acheter une maison sans la voir ?

— Je suis sûr à dix millions pour cent. Appuie sur la gâchette, baby.

— Gloups.

Elle sort son téléphone et trouve une annonce sur Zillow qu'elle me montre à un feu rouge.

— C'est celle que je préfère.

Le temps que le feu change, elle me fait visiter la maison que j'ai déjà vue une fois en ligne.

— La cuisine est à tomber par terre, dit-elle, avec deux fours, une cuisinière à gaz et des appareils haut de gamme. J'aime qu'il y ait deux suites parentales, comme ça si tes parents viennent te rendre visite, ils auront leur propre espace.

— Ce serait parfait, parce que je leur ai dit qu'ils devraient envisager de passer l'hiver à Miami.

— Ils devraient, carrément. Il y a aussi quatre chambres et deux salles de bains à l'étage, une salle multimédia et un bureau qu'on peut partager.

— Il n'y a personne d'autre que toi avec qui j'aimerais mieux partager un bureau. Montre-moi encore la piscine.

Elle passe à la photo d'une piscine clôturée entourée de palmiers et d'aménagements paysagers somptueux.

— Moi aussi, j'ai aimé celle-là. Cette piscine est magnifique. Envoie un message à l'agent. Dis-lui qu'on la prend.

Encore une fois, elle rit, mais sa voix plus aiguë traduit son excitation teintée de nervosité. J'aime le fait de déjà savoir ces choses sur elle.

— On est vraiment en train de faire ça ?

— On est vraiment en train de le faire et c'est la meilleure chose qui me soit jamais arrivée. Achète la maison, Dee. On y fera un foyer ensemble.

Ses yeux sont brillants d'excitation quand elle me montre le prix demandé à un autre feu rouge.

— Qu'est-ce que tu veux offrir ?

— Le plein prix, pour qu'ils acceptent.

— Personne ne propose le plein prix, Wyatt. On ne va pas faire ça.

Elle rogne cent mille du prix demandé et envoie l'offre par texto à l'agent immobilier avant de laisser tomber son téléphone sur ses genoux comme s'il était soudainement trop chaud pour qu'on le tienne.

— Tu ne vas pas vomir, non ?

En souriant, elle me regarde de ses superbes yeux remplis de bonheur.

— Je ne crois pas, mais je réserve le droit de vomir plus tard.

— Tout va bien, mon amour. J'obtiendrai un bon prix pour ma maison ici et j'ai été sage avec l'argent. Tout ira bien.

— En plus, on a mon nouveau travail.

— C'est vrai.

— Je sais que ce n'est rien comparé à ce que tu dois gagner...

Je me penche pour effacer avec un baiser les mots de ses douces lèvres.

— Ce n'est pas rien. C'est fantastique et tu vas être la meilleure gérante de tous les temps.

Elle lève les yeux au ciel.

— Si tu le dis.

— Je le dis. Il n'y a aucune chance que ton oncle et ta tante te l'aient demandé s'ils n'étaient pas aussi sûrs que moi que tu seras excellente dans ce domaine. Ils ont beaucoup à perdre en confiant leur entreprise très prospère à quelqu'un. Tu peux parier qu'ils y ont beaucoup réfléchi avant de te le demander.

— J'en suis sûre.

— Ils ont proposé ce poste à la meilleure personne. Aucun doute là-dessus.

— Comme je te l'ai déjà dit, tu es très bon pour mon ego.

— Si tu savais combien de fois j'ai pensé à toi cette semaine, ton ego serait trop gros pour rentrer dans ce véhicule.

— C'est vrai ? Alors, de combien de fois on parle ?

— Tu veux, genre, un nombre ?

— Un nombre serait bien.

Cela fait quinze minutes qu'elle est là et déjà tout va mieux. Le soleil est plus brillant, le ciel est plus bleu et mon cœur est plus léger que l'air.

— Peut-être, environ, mille ?

— Hm.

— Quoi ? C'est trop peu ?

Son rire me ravit.

— Bien sûr que non. Est-ce que tu pensais à moi quand tu faisais la chirurgie ?

— Ouais.

— C'est sans danger ?

— Pour qui ?

— Pour le patient !

Je ris à tue-tête.

— Certaines de ces opérations sont si fréquentes que je pourrais les faire dans mon sommeil, même si chacune d'entre elles est différente d'une manière ou d'une autre. Je peux sans risque laisser mon esprit vagabonder vers ma personne préférée.

— Je suis ta personne préférée ?

— Oui, bon sang et tu l'étais avant le week-end dernier. Je n'ai jamais autant pensé à quelqu'un qu'à toi depuis le jour de notre rencontre. Tout le temps que j'étais sur le vol pour Miami, je me disais qu'il fallait rester loin de toi, parce que si je te revoyais...

— Quoi ? demande-t-elle, le souffle coupé.

— J'avais peur de ne pas avoir la volonté de faire ce qui était le mieux pour toi et il s'avère que j'avais raison.

— Non, tu n'avais pas raison. Ce qui est le mieux pour moi, c'est de passer plus de temps avec toi, autant que possible et aussi longtemps que possible.

— Et tu te demandes pourquoi tu es ma personne préférée.

— Tu es aussi la mienne.

— Tu n'es pas obligée de dire ça. Tu as beaucoup de gens dans ta vie.

— Mais il n'y en a qu'une comme toi et tu es mon nouveau préféré. J'ai pensé à toi non-stop cette semaine aussi. J'ai cru que dimanche n'arriverait jamais.

J'appuie sur l'accélérateur, mourant d'envie de la ramener à la maison pour que nous puissions passer le reste de la journée au lit.

— Il y a une raison pour laquelle tu es en excès de vitesse ?

— Ouais.

— Tu vas me la dire ?

— Je préfère te montrer.

CHAPITRE 19

DEE

Je n'ai jamais rien ressenti de comparable à ce qui se passe quand je suis avec lui. Pendant la longue semaine de séparation, j'ai eu quelques moments d'inquiétude, me demandant si je faisais la meilleure chose en plongeant dans cette histoire avec lui sans le soin et l'attention habituels que je porterais à une décision aussi importante. Le sentiment d'urgence lié à sa situation m'a fait passer à côté de la *due diligence* ou diligence raisonnable que mon Papa comptable m'a enseignée.

Celle-ci consisterait à faire mes recherches, à m'assurer que la décision est judicieuse et pratique, qu'elle a du sens dans le contexte du reste de ma vie.

Papa et moi avons fait une analyse coûts-avantages avant que j'aille à l'université à New York, puis une autre lorsque j'ai décidé de rester après avoir obtenu mon diplôme. Nous avons dressé une liste de toutes mes dépenses et sommes arrivés à une fourchette de salaire dont j'avais besoin pour vivre là-bas de manière indépendante. Il dit que j'ai l'esprit comptable vu la façon dont j'analyse tout à fond.

C'est ce qui rend mon comportement avec Wyatt si inhabituel.

Je ne me soucie pas de la due diligence. Je n'ai pas passé une minute à essayer de trouver sa présence sur les médias sociaux ou à chercher au-delà des premières recherches sur Google que j'ai faites avant de connaître toute son histoire. Je me fiche de savoir avec qui il est sorti auparavant ou qui sont ses amis sur Facebook.

Je me soucie uniquement d'être avec lui.

Rien d'autre ne compte, à part mon nouveau travail et ma famille, mais même eux comptent soudainement moins que lui.

Je devrais être complètement terrifiée. Je devrais tout remettre en question. Je devrais paniquer.

Mais je ne le fais pas. Je suis trop occupée à me sentir complètement en vie pour la première fois de mon existence pour m'inquiéter de choses telles que la due diligence.

En regardant la topographie désertique par la fenêtre, je n'ai qu'une envie : lui.

J'ai le ventre plein de papillons. L'attente vertigineuse me rappelle le matin de Noël quand j'étais enfant et que l'excitation menaçait de me consumer. C'est exactement comme cela, mais en mieux. Tellement mieux.

Lorsqu'il se gare finalement dans son immeuble, je suis pratiquement en train de rebondir sur mon siège.

Alors qu'il prend mon sac, je l'attends sous le soleil brûlant qui semble tellement plus chaud qu'en Floride, même si la température est comparable. Il me prend la main et me conduit en haut des escaliers jusqu'à la porte d'entrée bleue d'une maison de ville blanche.

— Je te préviens juste que ma mère et ma sœur ont aidé à choisir les meubles et tout ce qui est un tant soit peu joli, c'est grâce à elles.

— C'est bon à savoir avant que je te complimente pour ta jolie maison.

— Je ne mérite aucun compliment.

Le mobilier est principalement de couleur neutre, mais ce sont les œuvres d'art qui attirent mon attention.

— J'aime les tableaux.

— Ils sont d'un artiste local qui se spécialise dans les paysages désertiques.

— Ils sont magnifiques.

— Je suis content que tu aimes. On en choisira quelques-uns à ramener à Miami.

— Je veux voir tes œuvres à toi, aussi.

— Je vais tout te montrer.

Il dépose ma valise près des marches et m'enlace. En me regardant fixement, il sourit et dit :

— Coucou.

— Coucou.

— Bienvenue chez moi.

J'enroule mes bras autour de son cou et me hisse sur la pointe des pieds pour l'embrasser.

— Merci de me recevoir.

— Tout le plaisir est pour moi. Je peux t'offrir quelque chose ? J'ai un peu de ce thé glacé que tu aimes.

— C'est très gentil de ta part. J'en prendrai un peu plus tard.

Je regarde l'escalier.

— Qu'est-ce qu'il y a là-haut ?

— Des chambres à coucher.

— Montre-moi.

— J'en serai ravi.

Il garde un bras autour de moi et ramasse ma valise avec sa main libre alors que nous montons les marches.

— À droite.

Nous passons devant deux autres chambres et une salle de bains sur le chemin de la suite parentale, qui comprend une salle de bains attenante.

— Joli nid, docteur.

— Je l'aimais beaucoup jusqu'à ce que je voie cette maison à Miami et maintenant je suis impatient d'y vivre avec toi.

— Je n'arrive toujours pas à croire que ce soit en train d'arriver. Tu vas déménager à Miami et on va acheter une maison ensemble. S'il vous plaît, pincez-moi, quelqu'un. Je dois être en train de rêver.

Sa main glisse le long de mon dos avant de pincer mes fesses.

— Je ne rêve pas, bien que ça ressemble à un rêve à certains égards. Comment quelque chose d'aussi incroyable pourrait être réel ? Mais c'est absolument réel et tu avais raison. Ç'aurait été tragique de rater ça, alors merci de m'avoir fait tomber amoureux de toi. C'est la meilleure chose que j'aie jamais faite.

— J'aime avoir raison.

— Hihihi, je m'en souviendrai à l'avenir.

— Tu as intérêt.

J'aime qui je suis avec lui. Je dis tout ce qui me vient à l'esprit et je ne prends même pas une seconde pour me demander si je dois le dire. Il n'y a pas de censure, pas d'inquiétude qu'il prenne quelque chose de travers. C'est tellement libérateur.

— Je peux te dire quelque chose ?

Il pose ma valise à côté de sa commode.

— Tout ce que tu veux.

— Quand j'étais avec Marcus, j'avais l'habitude de m'inquiéter de ce que j'allais lui dire et de comment il allait le prendre. Je n'ai pas à faire cela avec toi et c'est un énorme soulagement pour moi. Je me suis dit que tu aimerais le savoir.

— J'aime le savoir et je ressens la même chose. Être avec toi est aussi facile que respirer.

— Je réalise que c'est comme ça que ça devrait être.

— C'est tout ce qui compte, murmure-t-il dans la seconde qui précède son baiser.

Quand je suis dans ses bras, le monde entier s'efface jusqu'à ce qu'il n'y ait plus que lui, moi, nous et cette pièce. Le soleil de l'après-midi pénètre la pièce, jetant une chaude lueur rosée sur le grand lit. Ce moment, ici avec lui, est le meilleur de toute ma vie jusqu'à présent. Alors que nous nous déshabillons l'un l'autre lentement et avec révérence, j'ai le sentiment que nous allons surpasser ce moment plus d'une fois.

Wyatt me dépose sur le lit et s'allonge sur moi, sans rompre le baiser qui fait que tous les autres baisers que j'ai échangés, même avec lui, semblent minables en comparaison. Sa langue se mêle à la mienne. Je fais des efforts pour me rapprocher de lui. Je veux tout, tout de suite. Ce sentiment d'urgence rend le désir plus vif et plus intense qu'il ne l'a jamais été auparavant.

— Doucement, murmure-t-il en rompant le baiser pour se concentrer sur mon cou.

Ses lèvres contre ma peau sensible me donnent des frissons et augmentent le besoin jusqu'à un niveau presque insupportable.

Il enroule ses mains autour de mes seins et taquine mes tétons avec sa langue et ses doigts.

— Tellement sexy, putain, murmure-t-il contre mon téton.

J'attrape une poignée de ses cheveux, ayant besoin de me

raccrocher à quelque chose, alors qu'il semble vouloir m'embrasser partout. Comment une chose aussi élémentaire peut-elle être si différente avec lui qu'avec l'homme que j'aimais auparavant ? C'est presque déroutant qu'avec Wyatt, j'ai l'impression de comprendre enfin ce que cela signifie de faire l'amour.

Ses mains, ses lèvres et sa langue m'amènent au bord de la jouissance avant qu'il ne recule et recommence. Il fait cela plusieurs fois, me laissant tremblante et frémissante au moment où il me pénètre et il déclenche un orgasme qui me traverse comme un feu de forêt incontrôlable.

Je crois que je crie, ce qui n'est jamais arrivé, sauf avec lui.

Heureusement qu'il vit dans la maison du bout sans mur mitoyen, ma première pensée quand je redescends du plus haut des sommets pour découvrir qu'il bande toujours, qu'il bouge en moi et qu'il n'a pas du tout fini. Putain de merde, il va me tuer avec son endurance. Des problèmes de cœur ? Quels problèmes de cœur ?

J'aplatis mes mains sur son dos et les fais glisser vers le bas pour attraper son postérieur musclé, le serrant d'une pression qui le fait gémir.

— Retourne-toi, dis-je.

— Hm ?

Je pousse doucement son épaule.

Il passe la main sous moi et, avec ses mains sur mes fesses, nous retourne sans perdre notre connexion.

Je me redresse et balaye mes cheveux de mon visage.

— Impressionnant.

Ses yeux deviennent brûlants de désir alors qu'il fixe mes seins.

— Tu as apprécié ?

En hochant la tête, je fais pivoter mes hanches et lui arrache un autre gémissement profond.

— Mon Dieu, c'est tellement bon. C'est tellement bon, putain.

Ses doigts s'enfoncent dans mes hanches alors que je me déplace sur lui.

Comme il a les yeux fermés, je le prends par surprise quand je me penche en avant pour mordre doucement son téton.

Il jouit en criant alors qu'il s'enfonce en moi.

Je m'affale sur son torse et il me prend dans ses bras.

— Je t'aime vraiment, vraiment, Dee Giordino.

— Je t'aime vraiment, vraiment aussi, Wyatt Blake.

— Ça me rend plus heureux que tout ce que j'aie jamais connu.

— Moi aussi.

Nous nous mettons sur le flanc, pour nous retrouver l'un en face de l'autre. Le ventilateur du plafond dirige un courant régulier d'air frais sur nous, ce qui me fait frissonner alors que mon corps se remet de l'effort.

Wyatt tire une couverture sur nous, se blottissant contre moi avec un bras autour de ma taille et une jambe entre les miennes.

— Confortable ?

— Très. Je pourrais ne plus jamais vouloir quitter ce lit.

Il passe ses doigts dans mes cheveux.

— Ça ne me dérangerait pas.

Je suis soudain épuisée après m'être levée avant cinq heures pour prendre mon vol de sept heures. Mes yeux ne veulent pas rester ouverts, mais dormir est la dernière chose que je souhaite faire après avoir compté les minutes jusqu'à ce que je puisse le voir. J'ouvre les yeux pour découvrir qu'il m'observe.

— Désolée. J'ai trop sommeil tout d'un coup.

— Fais une sieste. On a tout le temps du monde.

J'espère vraiment que c'est le cas.

CHAPITRE 20

DEE

Le temps passé à Phoenix est rempli de joies de toutes sortes, sauf une : l'accueil glacial que me réservent les parents de Wyatt lorsque nous y allons pour dîner mercredi soir. Pendant qu'il termine son travail, je m'affaire pendant la journée à emballer les vêtements et les objets personnels qu'il veut emporter à Miami.

Nous sommes fatigués d'avoir veillé trop tard tous les soirs et nous avons hâte de commencer notre vie ensemble à Miami, mais quelques minutes après le début de la réunion avec ses parents, je me sens démoralisée. Ses parents sont polis et pourtant il est évident qu'ils n'approuvent pas les plans de Wyatt ou mon influence sur lui.

Ce n'est pas ce qu'ils disent ou font. C'est plutôt les ondes qui se dégagent de ses parents.

Ils ne posent pas de questions sur moi ou ma vie et ne cherchent pas du tout à me connaître. Ils parlent surtout avec lui et font comme si je n'étais pas là. Wyatt continue à me faire participer à la conversation, mais c'est gênant et guindé.

Alors que nous sommes tous les quatre assis à table pour dîner, tout ce que je peux faire, c'est avaler quelques bouchées malgré l'énorme nœud dans ma gorge. J'ai tellement peur que sa mère se vexe si je ne mange pas que je me force à mâcher et à avaler.

Cela n'aide pas que la climatisation soit en mode congélation, ce qui me fait frissonner. Je suis floridienne. La climatisation ne me dérange pas d'habitude, mais leur accueil glacial m'a tellement ébranlée que j'ai froid jusqu'à l'os.

Après le dîner, Wyatt m'emmène à l'étage pour me montrer sa chambre d'enfant. Je suis tellement soulagée d'être loin de ses parents que j'en ai les jambes en coton. Je n'ai pas l'habitude d'être détestée à vue avant même d'avoir pu dire un mot pour ma défense.

Quand on est dans sa chambre, il passe immédiatement ses bras autour de moi.

— Je suis vraiment désolé. Sache que ça n'a rien à voir avec toi et tout à voir avec moi.

— Ça m'a semblé plutôt personnel.

— Je sais, ma chérie, et je me sens mal. Je déteste qu'ils agissent de la sorte, mais le problème, ce n'est pas toi. Ils sont contrariés par mon déménagement. Je te l'ai dit.

— Oui, tu l'as dit, mais est-ce qu'on peut partir bientôt ?

— Bien sûr. Je suis désolé qu'ils t'aient mise mal à l'aise. Ils ne sont pas comme ça. Quand ils te connaîtront, ils t'aimeront autant que je t'aime.

Je suis sûre qu'il veut croire que c'est vrai, mais comme ils n'ont fait aucun effort pour me connaître, je ne suis pas optimiste. Pour la première fois depuis que Wyatt et moi avons élaboré notre plan fou, j'ai de sérieux doutes. Ses parents ne m'aiment pas simplement parce qu'il s'éloigne d'eux pour vivre avec moi.

Alors que Wyatt me montre les trésors de son enfance, je suis tellement bouleversée que j'ai du mal à me concentrer sur lui ou sur ce qu'il dit.

— J'adore ces Robots Rock'Em Sock'Em. J'y jouais avec tout le monde quand j'étais à l'hôpital. Un infirmier nommé Oscar m'a montré comment gagner à chaque coup et après ça, personne n'a pu me battre.

— Que va-t-il se passer avec les affaires que tu as encore ici ?

— Je pense que je vais ranger certaines choses comme les robots pour mes futurs neveux et nièces.

— Et tes enfants ?

Il remet les robots sur l'étagère où ils se trouvent et se tourne vers moi, l'air effaré.

— Quels enfants ?

Soudain, j'ai à nouveau froid, mais pour des raisons totalement différentes.

— Ceux qu'on va avoir ensemble.

— Je, euh... Je ne vais pas avoir d'enfants, Dee. Comment pourrais-je faire ça, sachant que je ne vivrai peut-être pas pour les voir grandir ?

Je vais être malade. C'est la seule pensée que j'ai en tête alors que le maigre contenu de mon estomac remonte à toute vitesse. Je cours vers la salle de bains dans le couloir, réussissant à fermer et verrouiller la porte avant de me pencher sur les toilettes et de vomir.

WYATT

Putain de merde. Cette nuit a été un foutu désastre. Voir Dee sortir en courant de la chambre et l'entendre vomir dans la salle de bains me brise le cœur. Est-ce que ça va tout gâcher ? Ça ne peut pas. Je ne laisserai pas cela se produire. Je vais à la salle de bains et frappe doucement à la porte.

— Laisse-moi entrer, ma chérie.

— Non.

— S'il te plaît.

Plusieurs minutes plus tard, le verrou clique et la porte s'ouvre. J'entre dans la senteur du désodorisant que Dee a vaporisé pour cacher l'odeur du vomi.

Son visage est d'une pâleur spectrale et ses yeux sont écarquillés et pleins de larmes qui me déchirent.

— Dee, ma chérie...

Elle s'éloigne de moi d'un pas, même si elle ne peut pas aller bien loin dans la petite salle de bains.

— Ne fais pas ça. Je t'en prie. J'aimerais rentrer chez moi, s'il te plaît.

— Chez moi ou à Miami ?

Je peux à peine respirer en attendant qu'elle réponde.

— Chez toi pour l'instant.

Pour l'instant. Est-ce que deux mots ont déjà eu plus de poids ?

Je trouve un gant de toilette dans l'armoire à linge, le mouille à l'eau froide et essuie les larmes de son visage.

— S'il te plaît, ne pleure pas. Je ne supporte pas de te voir comme ça.

— Je suis désolée.

Elle fait un effort pour se ressaisir, passant ses doigts dans ses cheveux et pinçant ses joues pour leur donner un peu de couleur.

— Tu peux leur dire que je ne me sens pas bien pour qu'on puisse partir ?

— Oui, bien sûr, et ne t'excuse pas d'être bouleversée.

En descendant, j'ai peur que tout ait changé avec Dee en l'espace d'une soirée désastreuse. Je n'ai jamais été dans une situation comme celle-ci, où le bonheur de quelqu'un d'autre compte plus pour moi que le mien. J'en veux à mes parents, mais apparemment, ils m'en veulent aussi, ce qui rend les choses plus difficiles au moment de se dire au revoir.

— Est-ce qu'on te verra avant que tu partes ? demande Papa.

— Je ne pense pas. Nous avons beaucoup de choses à faire pour être prêts pour les déménageurs.

— Alors, quand est-ce qu'on te reverra ?

— Je reviendrai vous rendre visite dans quelques mois. Et vous êtes toujours les bienvenus à Miami. Notre maison a un appartement pour les invités qui vous est réservé.

Bien que, après ce soir, comment puis-je imposer à Dee que mes parents restent dans notre maison alors qu'ils lui ont à peine adressé la parole ? J'en discuterai avec eux quand elle ne sera pas là pour ne pas la blesser davantage.

— Merci pour le dîner, Monsieur et Madame Blake, dit-elle d'un ton raide et si dénué de sa chaleur habituelle qu'il pourrait aussi bien être prononcé par une étrangère. C'était un plaisir de vous rencontrer.

— Vous aussi, dit Papa.

Maman ne dit rien.

J'ai envie de leur crier dessus. *Ne réalisez-vous pas que cette femme représente tout pour moi ?* Qu'elle est l'amour de ma vie, la même vie qu'ils n'étaient pas sûrs que j'allais avoir pendant très longtemps ? Je dirai tout cela et plus encore quand je les appellerai demain. Mais pour l'instant, je dois la sortir d'ici et m'occuper de l'autre problème qui s'est présenté à l'étage.

Je les embrasse tous les deux avant de suivre Dee vers la sortie.

— Je vous appelle.

Dee est déjà dans la voiture quand j'y monte et je la regarde, stupéfait de voir des larmes couler sur ses joues.

— Je suis vraiment désolé que cela ait été un tel désastre là-dedans.

— Tout va bien.

Je n'ai jamais eu de petite amie avant, mais une chose dont je suis sûr, c'est que si une femme en larmes dit que tout va bien, ce n'est certainement pas le cas. Je démarre le SUV et sors de l'allée, en empruntant les premières rues où j'ai conduit après la transplantation, lorsque le monde entier s'est ouvert à moi. Apprendre à conduire et obtenir mon permis était tout en haut de ma liste.

J'ai envie de le lui dire, mais je ne suis pas sûr que je devrais dire quoi que ce soit avant d'avoir abordé l'éléphant qui se trouve entre nous. Je repense à toutes les conversations que nous avons eues et non, nous n'avons jamais parlé d'enfants, ce qui, je m'en rends compte maintenant, était un oubli important de ma part. J'aurais dû lui dire que je n'avais pas l'intention d'avoir d'enfants, mais j'ai en quelque sorte supposé qu'elle le savait.

C'était une énorme erreur, que je ne suis pas sûr de pouvoir corriger à ce stade.

Elle ne me dit rien pendant les vingt minutes de trajet jusqu'à chez moi, un contraste marqué avec l'habituel bavardage continu entre nous. Nous ne sommes jamais à court de sujets de conversation et le silence est comme un fardeau sur ma poitrine.

Je ne peux pas tout faire foirer avec elle. Maintenant qu'elle m'a aimé, je serais dévasté de la perdre.

De retour chez moi, elle monte directement à l'étage pour se doucher et enfiler un pantalon de pyjama et un de mes T-shirts à manches longues. C'est la première fois qu'elle met des vêtements pour aller au lit depuis qu'elle est arrivée et cela me rend triste. J'aime dormir nu avec elle.

Je lui donne une demi-heure avant de monter la voir. Je lui

apporte un verre du thé glacé qu'elle adore et le pose sur la table de chevet de ce qui est devenu son côté du lit. Je m'assieds sur le bord du lit et attrape sa main, qui est glacée.

— On peut en parler ?

— De quelle partie ? Celle où tes parents m'ont tout de suite détestée ou celle où tu ne veux pas d'enfant et où tu as attendu jusqu'à maintenant pour me le dire ?

— Ce n'est pas que je ne veux pas d'enfant, Dee. Si tout était normal pour moi, je voudrais un tas d'enfants, surtout si tu allais être leur mère. Mais comment pourrais-je leur faire ça ou te faire ça, sans savoir ce que l'avenir me réserve ? Tu veux te réveiller en mère célibataire, quel que soit le nombre d'enfants que nous aurons, quand mon cœur lâchera soudainement ?

— Ce que j'aurais voulu, il y a environ deux semaines, c'est savoir ce que tu pensais à ce sujet. J'ai fait l'erreur de penser que quand tu disais que tu étais partant pour tout vivre avec moi, ça voulait *vraiment* dire tout

— Je suis à fond avec toi. Je t'aime. Je veux tout avec toi, mais je ne veux pas amener d'enfant dans cette réalité incertaine qui est la mienne.

À mon grand désarroi, elle se met à pleurer si fort que des sanglots secouent son corps.

Je tends les bras vers elle, mais elle lève la main pour m'arrêter.

— Dee, ma chérie...

— Arrête. S'il te plaît, arrête.

Je ne me suis jamais senti aussi impuissant.

— Je ne supporte pas que tu sois bouleversée à cause de moi.

— C'est de ma faute.

Elle utilise le mouchoir que je lui tends pour essuyer ses larmes et se moucher.

— J'ai plongé sans faire de vérifications préalables, de due diligence. J'aurais dû te parler d'enfants avant d'accepter de me lancer. J'aurais dû te dire que j'ai attendu toute ma vie d'être mère. Quand on a parlé de ma fausse couche, j'aurais dû dire combien il était important pour moi de réessayer un jour.

Le sentiment de perdre pied qui m'envahit me remplit du genre de désespoir que je n'ai pas connu depuis l'époque où je m'attendais à mourir à tout moment.

— Je ne veux pas que tu sois bouleversée à cause de moi, mais ne peux-tu pas voir, même un peu, pourquoi je me sens ainsi ? Comment aurait été ta vie si ton père était mort quand tu étais petite ?

— Ç'aurait été très différent, mais j'aurais su à quel point il m'aimait parce que ma mère me l'aurait dit tous les jours. J'aurais eu une vie parce qu'il me l'aurait donnée.

— Mais tu serais triste de l'avoir perdu, surtout si tu ne te souvenais même pas de lui.

— Oui, mais cela ne m'aurait pas empêchée de continuer à vivre une vie très satisfaisante.

Elle accepte un deuxième mouchoir de ma part et s'essuie à nouveau le visage.

— Quand tu as dit que tu voulais vivre tous les aspects de l'amour, je pensais que cela s'étendait aux enfants.

— Je suis désolé de ne pas avoir dit que ce n'était pas le cas.

— Moi aussi.

J'ai l'impression que je vais moi-même vomir.

— Qu'est-ce que cela signifie pour nous ? demandé-je, terrifié de poser cette question.

— Je ne sais pas. Nous avons été impulsifs. Nous nous sommes lancés si vite. Peut-être que nous avons fait une erreur.

— Ça, ce n'était pas une erreur.

Je n'ai jamais été aussi désespéré par quelque chose que par le désir de réparer cela avec elle.

— Je ne veux pas te perdre, Dee. Je t'aime tellement. Tu es la meilleure chose qui me soit jamais arrivée.

Son menton frémit et de nouvelles larmes coulent de ses magnifiques yeux bruns.

— Je t'aime aussi. Je t'aime vraiment, mais...

J'arrête de respirer, dans l'attente qu'elle termine cette pensée.

— Tu me demandes de sacrifier un rêve pour un autre et je ne sais pas si je peux faire cela, Wyatt. Même pour toi.

Elle prend une profonde inspiration et la relâche.

— Et tes parents sont si bouleversés par ton déménagement. Peut-être que tu ne devrais pas leur faire ça.

— Je ne vais pas vivre ce qui reste de ma vie pour eux. Je veux vivre pour moi et pour toi.

— Je veux des enfants.

Quatre petits mots n'ont jamais eu autant d'impact que ceux-là.

— Je n'ai pas d'assurance-vie, Dee. Je ne peux pas en souscrire une, ce qui veut dire que je te laisserai sans autre protection que la maison et l'argent que j'ai réussi à économiser, dont une grande partie serait consacrée à la maison. Mes économies sont décentes, mais ce n'est pas assez pour t'aider à élever une famille toute seule dans une ville chère comme Miami.

— J'ai un bon travail maintenant. Je peux me débrouiller seule s'il le faut. On ne vivrait peut-être pas dans une maison chic, mais ils auraient ce dont ils ont besoin. Je m'en assurerais et ma famille serait là pour me soutenir. Je ne serais pas seule.

Mes tripes se sont nouées, mais je sens une petite étincelle d'espoir.

— L'idée d'avoir des enfants qui ne me connaîtront peut-être jamais est tellement... C'est bouleversant pour moi. Tu ne comprends pas du tout ?

— Si, bien sûr, mais cela rejoint ce dont nous avions parlé au début de tout cela, à propos de ne pas vivre dans la crainte d'un avenir que nous ne pouvons pas contrôler de toute manière. Tu n'as aucune idée si tu mourras jeune ou si tu deviendras un vieil homme et je ne sais pas si cela sera le cas pour moi, non plus.

— Ma chérie, tu ne seras jamais un vieil homme.

Pour la première fois depuis plus d'une heure, un petit sourire se dessine sur son visage.

— Je ne sais pas si je survivrai à demain, pas plus que toi.

— S'il te plaît, ne dis pas ça. Tu vas vivre une belle et longue vie.

— Et toi aussi, peut-être. C'est justement ce que je veux dire. On ne sait pas ce qui va se passer, alors pourquoi ne pas vivre pleinement tant qu'on le peut ?

— Tes arguments sont excellents. Pourrais-je prendre un peu de temps pour y réfléchir ?

— Combien de temps ? Tu es censé déménager à Miami dans deux jours. Si on est dans une impasse sur ce sujet, peut-être...

Sa voix se brise quand elle ajoute :

— Peut-être que tu ne devrais pas déménager.

Je prends une grande inspiration et la relâche dans un long soupir.

— Voilà pourquoi j'avais des règles que je ne transgressais jamais. Je ne voulais pas que quelqu'un me regarde comme tu le fais maintenant, comme si je t'avais profondément déçue.

— Ce n'est pas de ta faute. On a tous les deux fait ça. On s'est lancés tête baissée sans même prendre une seconde pour nous assurer qu'on faisait la bonne chose.

— Rien dans ma vie ne m'a jamais semblé plus évident que ça, que toi.

Quand je tends la main vers elle cette fois, elle me laisse faire.

Lorsqu'elle m'enlace, je suis plein de soulagement de l'avoir à nouveau dans mes bras, même si je sais que nos problèmes sont loin d'être résolus.

CHAPITRE 21

DEE

Je ferme à peine l'œil cette nuit-là. Je suis une loque après les quelques dernières heures et j'ai peur que tout ait changé entre Wyatt et moi – et pas pour le mieux. Il tourne et vire aussi et a des cernes sous les yeux quand il vient m'embrasser avant de partir pour son avant-dernier jour de travail à Phoenix.

— Devrais-je... euh, continuer à emballer ?

Ce qui était sûr hier encore est maintenant complètement incertain.

— Oui, je veux dire, j'ai quitté mon travail ici. Miami-Dade m'attend la semaine prochaine. On a fait une offre sur la maison à Miami. Cette maison va être mise sur le marché ce week-end. Tout est en cours.

Tout est en cours sauf notre relation, qui a rencontré un obstacle majeur hier soir.

— On parlera ce soir, dit-il en m'embrassant à nouveau. On va trouver une solution. Je te le promets. J'aimerais ne pas être obligé d'y aller, mais j'ai deux opérations consécutives aujourd'hui.

— Je sais.

— Je t'aime, Dee. Quoi que tu penses ou ressentes, souviens-toi de cela.

— Je t'aime aussi.

— Tant qu'on a ça, le reste suivra. J'y crois, et tu devrais aussi.

Je vois qu'il ne veut vraiment pas me quitter, mais il s'arrache à moi pour aller travailler. Après avoir entendu la porte se fermer en bas, je prends mon téléphone pour appeler ma sœur. Bien qu'elle soit déjà au travail, elle prendra mon appel si elle le peut.

L'appel tombe sur la messagerie vocale et je laisse un message lui demandant de m'appeler quand elle le pourra.

J'emporte le téléphone avec moi lorsque je vais prendre ma douche, puis je descends faire du café. Je me sens mal, presque aussi mal que lorsque j'ai appris que Marcus avait épousé une inconnue. L'estomac noué, les yeux douloureux et le désespoir omniprésent me rappellent bien trop cette terrible période de ma vie.

Je ne voulais plus jamais ressentir cela et pourtant me voilà. Même si je n'ai pas passé longtemps avec Wyatt, je sais déjà qu'il est beaucoup mieux pour moi que Marcus ne l'a jamais été, mais je découvre que le chagrin d'amour fait aussi mal, peu importe qui en est la cause.

Maria me rappelle une heure plus tard, alors que je suis dans la chambre de Wyatt en train de ranger les derniers vêtements dans des cartons.

— Salut, dit-elle quand je prends l'appel. Comment ça se passe ?

— Ça allait très bien jusqu'à hier soir.

— Qu'est-ce qui est arrivé ?

— Tu as une minute ?

— J'ai trente minutes. C'est l'heure du déjeuner ici.

— Oh, tant mieux. Je pourrais avoir besoin de tout ce temps. Wyatt m'a présenté ses parents hier soir et ils étaient super froids avec moi. Il dit que ça n'a rien à voir avec moi. Ils sont énervés qu'il déménage. Mais pour moi, c'était vraiment personnel.

— Aïe, j'en suis sûre.

— J'étais si mal à l'aise tout au long du repas. J'avais l'impression qu'ils me reprochaient sa décision de déménager ou quelque chose comme ça. Je ne sais pas. C'était juste tellement nul.

— Je suis navrée que ce soit arrivé.

— Moi aussi et ce n'est même pas le pire. Wyatt m'a emmenée dans la chambre où il avait grandi et m'a montré certaines des affaires qu'il gardait pour ses futurs neveux et nièces. Quand je lui ai demandé « et tes enfants, alors ? », il m'a dit, le regard vide, qu'il ne comptait pas avoir d'enfants et pensait que je le savais.

— Oh *merde*, dit Maria en expirant longuement. Qu'est-ce que tu as répondu ?

— J'étais tellement choquée de l'entendre dire ça que je ne savais pas quoi faire. J'ai vomi dans les toilettes.

— Ah, Dee.

— Je sais. C'était horrible. Plus tard, quand on est retournés chez Wyatt, il m'a dit qu'il ne voulait pas mettre des enfants au monde, sachant qu'il ne serait peut-être pas là pour les élever. Il pense que ce n'est pas juste pour eux ou pour moi.

— Je peux en quelque sorte comprendre son point de vue. Et toi?

— Bien sûr que je peux et je m'en veux de ne pas avoir abordé le sujet avec lui plus tôt. J'ai fait l'erreur de croire que se lancer à fond avec moi était synonyme de *complètement* à fond. Il m'a aussi dit qu'il ne pouvait pas prendre d'assurance-vie à cause de son état et qu'il ne pourrait donc pas me laisser un matelas financier si le pire devait arriver.

— Ce sont des préoccupations très valables, Dee. Élever des enfants coûte cher et si tu le faisais toute seule, ce serait difficile.

— Mais je le sais.

— Non, tu ne le sais pas. Aucun de nous ne peut savoir ce que c'est. On pense savoir, mais la réalité est probablement bien plus difficile qu'il n'y paraît vu de l'extérieur. Il est en train de te protéger. Il faut que tu le voies.

— Je le vois, mais est-ce que je vais devoir choisir entre lui et avoir des enfants ? Parce que je ne sais pas comment je pourrais faire ce choix. Je me suis toujours imaginée avec des enfants.

— Je le sais bien.

— Je l'aime, Mar, chuchoté-je. Je sais que c'est arrivé vite et vous devez vous demander si je suis saine d'esprit, mais je l'aime.

— On ne se demande pas si tu es saine d'esprit. Je te promets que non. On a peur que tu sois blessée, peut-être pas maintenant, mais plus tard, si le pire devait arriver. Mais il suffit d'avoir des yeux peut voir que vous êtes fous l'un de l'autre.

Une larme coule sur ma joue et je la balaie d'un revers de la main.

— On l'est. C'est la meilleure chose qui me soit jamais arrivée et il dit que c'est aussi le cas pour lui.

— Il faut te demander si tu pourras jamais être heureuse à nouveau, en sachant qu'il est là quelque part sans toi. Je déteste l'idée que tu abandonnes ton rêve d'avoir des enfants, mais il faudra peut-être faire un choix.

— Je déteste me sentir comme si on m'avait donné un coup de poing dans l'estomac.

— Je connais ce sentiment et c'est affreux. Je suis désolée que ce qui devrait être un moment heureux pour vous ait été gâché de cette façon.

— Papa me dirait que c'est parce que je n'ai pas fait ma due diligence.

Maria rit.

— Oui, c'est ce qu'il dirait, mais tu sais les choses importantes sur Wyatt. Tu sais que c'est un type vraiment bien et qu'il est fou de toi. Cela m'a rendue heureuse de voir la façon dont il te regarde et comment tu rayonnes en sa présence. Ça m'a manqué de te voir heureuse comme ça depuis que ça a mal tourné avec Marcus.

— J'étais tellement excitée par tout ce qui se passait avec lui et maintenant...

— Maintenant, c'est devenu réel et cela arrive à tout le monde à un moment donné.

— Est-ce que ça t'est arrivé avec Austin ?

— Les dernières semaines ont été plutôt réelles, avec son retour au travail après des mois à la maison. Je m'étais habituée à l'avoir ici tout le temps et maintenant il est parti pendant des jours. Nous avons beaucoup de chance que ses parents nous aident avec Everly, mais il me manque tellement quand il n'est pas là.

— C'est bon de savoir que la réalité frappe tout le monde, même les couples parfaits comme vous deux.

— Nous ne sommes pas un couple parfait, dit-elle en riant. Nous nous disputons parce qu'Austin laisse ses affaires partout et que je bouche le siphon de la douche avec mes cheveux. Ça le rend fou que je sois une telle maniaque de la propreté. Aucun de nous deux ne veut *jamais* aller au supermarché et nous ne sommes jamais d'accord sur ce qu'il faut regarder à la télé. Il aime les films *d'horreur*. Je veux dire, *sérieusement* ? Et ne me parle pas de son amour pour le heavy metal.

Je suis vraiment stupéfaite d'entendre qu'ils puissent être en désaccord sur quoi que ce soit. Austin et Maria semblent tellement en phase tout le temps.

— Je n'en avais aucune idée.

— Rien n'est jamais parfait, Dee, mais Austin est l'être le plus proche du parfait pour moi que j'ai jamais espéré trouver dans cette vie. Et si Wyatt est ton Austin, fais attention à ne pas fixer de limites et à poser des ultimatums qui te laisseront malheureuse sans lui. Sa situation est unique et je pense qu'il est sage de planifier pour les pires scénarios. Il marque beaucoup de points avec moi pour s'être préoccupé de choses telles que le fait de ne pas avoir d'assurance-vie et l'impact financier de son décès alors que tu devras élever les enfants seule. Ce ne sont pas de petites préoccupations et tu devrais être reconnaissante qu'il se soucie suffisamment de toi pour s'en inquiéter.

— Je suis si reconnaissante de la façon dont il tient à moi et je serais malheureuse sans lui après ce qu'on a vécu jusqu'ici.

— Alors trouve un moyen de faire en sorte que ça marche, même si tu n'as pas tout ce que tu veux.

— Passer à côté des enfants est un gros problème pour moi, Mari. Je ne suis pas sûre de pouvoir faire ça.

— Alors peut-être que tu peux faire un compromis pour qu'il en ait un.

— Je ne voudrais pas que mon enfant grandisse seul.

— Il ou elle ne serait pas *seul*. Votre enfant aurait Everly et les autres enfants qu'Austin et moi espérons avoir ensemble, ainsi que les enfants de Car et ceux de Nico et Milo un jour. Ils seraient entourés de frères et sœurs de substitution, comme Carmen l'a été avec nous.

— C'est vrai.

Je pousse un profond soupir.

— Merci pour tout. Ça m'a aidée d'en parler avec toi.

— Continue de respirer et de lui parler. Je suis sûre que vous pouvez trouver un moyen de parvenir à un compromis. Je ne veux plus jamais te voir blessée comme tu l'as été après Marcus et j'ai le sentiment que si ça ne marche pas avec Wyatt, ce serait pire.

— Ça le serait. C'est le bon. Je le sais.

— Alors fais tout ce qu'il faut pour que ça marche.

— J'ai compris.

— Je suis là si je peux aider.

— Tu l'as déjà fait. Plus que tu ne le crois.

— Tiens-moi au courant, d'accord ?

— D'accord. On est censés partir demain après-midi une fois que les déménageurs seront partis.

— J'ai hâte de vous avoir tous les deux ici en ville pour de bon. Tu m'envoies un message plus tard pour me dire comment tu vas ?

— Oui, bien sûr. Je t'aime.

— Je t'aime aussi. Tiens bon.

— Je m'accroche.

Je termine l'appel avec ma sœur en me sentant mille fois mieux qu'avant de lui parler. Elle a toujours cet effet sur moi. Peu importe ce qui me tracasse, parler à Maria me soulage.

Pendant un long moment après la fin de l'appel, je reste assise sur le lit de Wyatt en pensant à chaque minute des moments que nous avons passés ensemble depuis notre rencontre à la répétition de Carmen. Je pense à la première nuit que j'ai passée avec lui et à comment j'ai découvert quelque chose de nouveau et de spécial avec lui.

Je pense à comment Wyatt m'a envoyé de nombreux textos après cette nuit, même si nous savions tous les deux que cela ne pouvait mener nulle part avec lui à Phoenix et moi à Miami. J'ai aimé qu'il reste en contact même après avoir couché avec moi. Beaucoup de gars seraient passés à autre chose après avoir « trempé leur nouille », comme dit Nonna. Mais pas Wyatt. Il m'apprécie depuis le début et le fait de coucher avec moi n'a eu pour effet que de renforcer ce sentiment.

Je suis allée complètement contre ma nature pour vivre cette aventure d'un soir avec lui et je l'ai fait parce que je savais déjà, à l'époque, que je pouvais lui faire confiance. Que ce soit un bon ami de Jason a aidé, mais c'était plus que cela. Nous avons été liés dès le début, chose que je n'ai jamais vécue avec personne d'autre. La première fois que je l'ai revu quand il est revenu à Miami, j'ai su avec certitude que cette connexion était réelle.

Rien n'a jamais été plus réel que Wyatt et je ne veux pas

retourner à la vie que je vivais avant qu'il n'en fasse partie. En pensant à cela, je télécharge l'application Instacart, crée un compte et commande dans une épicerie locale ce dont j'ai besoin pour lui préparer le dîner. Quand il rentrera à la maison ce soir, nous parlerons et nous résoudrons ce problème.

Je ne suis pas prête à envisager un scénario qui ne l'inclue pas à mes côtés, à la place qui est la sienne.

CHAPITRE 22

WYATT

Aujourd'hui est le jour le plus misérable que j'ai connu depuis des années. J'ai perdu un patient lors d'une opération de routine de pose de stents quand le gars a soudainement fait un arrêt cardiaque. Nous avons fait tout ce que nous pouvions pour le ramener à la vie, mais rien n'a marché. J'ai dû annoncer à sa femme que l'opération avait mal tourné et que son mari était décédé. J'entendrai ses gémissements déchirés jusque dans mes rêves.

Je sais qu'il n'y a pas eu de négligence de ma part, mais comme l'intervention s'est mal terminée, je ne serais pas surpris s'il y avait un procès. Heureusement qu'il y a l'assurance contre les fautes professionnelles.

Le cœur est un organe délicat et imprévisible à plus d'un titre. Le mien a souffert toute la journée du désastre qui s'est produit la nuit dernière sur plusieurs fronts. Après plus de dix heures loin d'elle, je suis prêt à donner six enfants à Dee si c'est ce qu'il faut pour qu'elle soit heureuse et avec moi, là où est sa place. J'ai eu une très longue journée pour réfléchir au reste de ma vie sans elle et ce n'est pas ce que je veux. Nous allons faire en sorte que cela marche, peu importe ce qui doit arriver qui ne faisait pas partie de mes plans.

Même des enfants.

Mon cœur fait des choses folles à l'idée d'avoir des bébés avec Dee. C'est comme si toute l'émotion en moi était trop grande pour tenir dans l'espace disponible. C'est un sentiment que je n'ai jamais éprouvé et je suis officiellement accro à la sensation d'être amoureux d'elle.

Je suis sur le point de m'échapper de mon dernier jour de travail lorsque mes collègues m'organisent une fête de départ qui ajoute une heure à cette journée interminable. Mais je fais ce qu'il faut avec les gens avec qui je travaille depuis des années, acceptant leurs meilleurs vœux pour moi, ma nouvelle petite amie et notre vie à Miami. Quelques-uns d'entre eux savent ce que j'ai enduré dans ma vie et ils sont incroyablement heureux pour moi.

J'espère seulement que ce n'est pas déjà fini et le fait de ne pas savoir où en sont les choses avec elle fait grimper mon anxiété à des niveaux dangereux.

Quand je suis enfin sur le chemin de la maison, une heure plus tard que d'habitude, je passe un appel à mon père sur Bluetooth. J'ai eu toute la journée pour réfléchir à ce que je voulais lui dire. Je l'ai choisi parce qu'il a tendance à être plus facile à gérer dans des situations comme celle-ci. Non pas que j'aie jamais été dans une situation comme celle-ci.

— Salut, dit Papa en décrochant. Je ne m'attendais pas à avoir de tes nouvelles aujourd'hui.

— Oui, alors, à propos d'hier soir.

— Qu'est-ce qu'il y a ?

— Par où dois-je commencer ? Pourquoi pas la façon dont vous avez été extrêmement impolis avec la femme que j'aime ?

— Quand avons-nous été impolis ?

— Quand vous l'avez complètement ignorée et que vous avez reporté sur elle le fait que vous étiez en colère contre moi.

— On n'a pas fait ça.

— Si, c'est ce que vous avez fait, Papa ! Vous l'avez fait se sentir comme une merde, ce qui fait que je me sens comme une merde. Je sais que vous ne voulez pas que je déménage, mais n'êtes-vous pas un tant soit peu heureux que je sois amoureux pour la première fois de ma vie ?

— On est heureux pour toi, mon fils, mais ce qu'on ne

comprend pas, c'est pourquoi tu dois déménager là-bas. Pourquoi ne peut-elle pas venir ici, où se trouvent tes médecins et où tu as le soutien de ta famille et de tes amis ?

— Il y a des médecins à Miami et elle ne peut pas venir ici car, comme je vous l'ai déjà dit, sa mère se bat contre un cancer du sein et on vient d'offrir à Dee une opportunité de carrière fantastique à la tête de l'entreprise familiale. Je ne serai certainement pas seul là-bas. J'aurai Dee, sa famille, Jason.

Mon papa n'a pas de réponse à cela.

— Je sais que ce n'est pas ce que vous voulez et je comprends pourquoi vous vous sentez comme ça. Mais toi et Maman vous êtes battus si fort pour que j'aie la chance de *vivre*. C'est ce que je fais. Il faut me laisser faire et vous devez être gentil avec Dee, ou il va y avoir des problèmes entre nous. Je ne pense pas que ce soit ce que tu veux.

— Je ne le veux pas et Maman non plus. On est bouleversés depuis que tu nous as dit que tu déménageais.

— Je suis désolé de vous contrarier, mais ça ne vous donne pas le droit de traiter Dee comme vous l'avez fait hier soir. J'étais mortifié. Vous ne lui avez jamais demandé une seule chose ou parlé directement avec elle. Tu sais à quel point c'était gênant pour nous ?

— Je... je suis désolé, mon fils.

— Je ne suis pas celui qui a besoin d'entendre vos excuses. Je vais vous envoyer le numéro de Dee. Je veux que vous lui envoyiez un message pour lui dire que vous êtes désolés pour cette soirée bizarre et que vous avez hâte de mieux la connaître et tout ce que vous pouvez imaginer pour arranger les choses. Tu m'as compris ?

— Oui, bien sûr. On va faire ça. J'espère que tu sais... Ce n'est pas à propos de Dee.

— Je le sais ! *Vous* le savez ! Mais comment crois-tu qu'elle se sentait quand mes parents la regardaient à peine parce qu'ils lui reprochaient une décision que j'ai prise tout seul ? C'est inacceptable, Papa.

— Oui, ça l'est. On va arranger ça avec elle.

— S'il te plaît et le plus tôt sera le mieux. Je suis plus heureux que je ne l'ai jamais été avec Dee. Je veux que vous soyez heureux pour moi.

— On l'est. On voit bien que tu tiens à elle.

— Je veux que vous fassiez partie de cela et que vous ne restiez pas à l'écart. Mais si vous me forcez à choisir, je la choisirai elle. Je veux cette relation avec elle plus que tout ce que j'ai jamais voulu.

— Je comprends.

— Et tu parleras à Maman ?

— Je le ferai.

— Merci. Je déteste que vous soyez contrariés par tout ça. J'espère que vous finirez par voir que ce déménagement était la meilleure chose pour moi, *qu'elle* est la meilleure chose pour moi.

— Nous voulons que tu sois heureux, mon fils. C'est difficile pour nous de mettre de côté l'inquiétude avec laquelle nous avons vécu pendant si longtemps. J'espère que tu peux comprendre ça un peu.

— J'espère ne jamais savoir exactement comment c'était pour vous et je ne doute pas que je ne serais pas ici si vous ne vous étiez pas battus pour moi à chaque pas. Mais *nous* avons gagné, Papa. *J'ai* gagné. J'ai cette chance de *vivre* vraiment et je vais la saisir.

— Je, ah...

Il renifle, ce qui me fait réaliser qu'il est en larmes. Je n'oublierai jamais la première fois que je l'ai vu s'effondrer lorsque les médecins nous ont dit à quel point ma situation était grave. J'avais insisté pour savoir tout ce qui se passait et voir mon père fort et stoïque en larmes m'a marqué à jamais.

— Je veux ça pour toi, fils. La seule chose que j'aie jamais voulu, c'est que tu aies tout. Tu nous as rendus si fiers avec ta ténacité et ton incroyable carrière.

— Cela me touche beaucoup, mais je n'ai jamais eu l'impression de vraiment tout avoir jusqu'à ce que je rencontre Dee. Maintenant, c'est comme si quelqu'un avait ouvert une porte secrète et m'avait montré combien il y avait de choses *encore* à découvrir, et je veux *tout*.

Même les choses que je pensais ne jamais vouloir, comme des enfants.

Mon papa est d'accord pour envoyer un message à Dee et j'ai l'impression qu'il comprend ce que je ressens. J'espère qu'il pourra aussi convaincre ma mère de suivre, car je veux qu'ils fassent partie de cette nouvelle vie que je suis en train de créer avec Dee.

Quand je suis à un feu rouge, j'envoie le numéro de Dee à mon père. Je conduis plus vite que je ne le devrais parce que je veux tellement rentrer à la maison pour la retrouver. J'espère juste qu'elle est toujours là.

CHAPITRE 23

MARCUS

La désintoxication, ça craint. Tout ce qu'on fait, c'est parler, parler, *parler* toute la journée de nos problèmes, de nos sentiments, de nos dépendances. J'en ai tellement marre de parler et d'écouter des gens qui ne m'intéressent pas discuter sans fin de choses qui n'ont pas d'importance.

Entre-temps, je suis très conscient que le temps m'échappe en ce qui concerne Dee. Cela fait plus d'un an que j'ai tout foutu en l'air et c'est beaucoup de temps pour que quelqu'un comme elle se construise une nouvelle vie sans moi.

Un désespoir, tel que je n'en ai pas ressenti depuis que je me suis réveillé dans cette chambre d'hôtel à Las Vegas et que j'ai appris que j'avais épousé la mauvaise femme, m'a envahi ces deux derniers jours. Il faut que je me tire d'ici. Et il faut que je le fasse maintenant.

Après une autre session de groupe, je retourne dans ma chambre et je récupère mon portefeuille sous mon matelas. Je le fourre dans ma poche et je me rends au bureau d'accueil pour demander mon quota quotidien de cinq minutes sur mon téléphone.

Je signe pour le téléphone et vais dans le hall principal pour vérifier mes messages. Il y en a un de ma sœur, un autre de ma mère et deux d'amis, qui prennent tous de mes nouvelles, me font savoir qu'ils pensent à moi et ainsi de suite. J'apprécie le soutien des gens de ma vie, mais la seule personne qui m'intéresse vraiment est celle dont je n'ai pas eu de nouvelles depuis bien trop longtemps.

J'attends l'occasion et elle se présente sous la forme d'un livreur d'UPS qui arrive avec deux grosses boîtes, ce qui distrait la réceptionniste et me donne l'opportunité de sortir par la porte principale sans que personne ne me voie partir.

Une fois sorti du parking juste à l'extérieur de l'établissement, je pars en courant vers la route principale, ne m'arrêtant que pour appeler un Uber qui m'emmènera chez ma sœur. J'ai besoin de parler à quelqu'un et Bianca est mon premier choix.

Dans l'Uber, je tremble tellement je suis tendu. Le désespoir est si intense qu'il m'est difficile de respirer, d'avaler ou de faire quoi que ce soit d'autre que regarder par la fenêtre cette ville familière. Où est-elle ? Chez ses parents ou à New York ?

D'un seul coup, je me souviens que nous avions l'habitude de pouvoir suivre nos téléphones respectifs. Et si Dee n'avait jamais désactivé cette fonction ?

Je la trouve dans mes contacts et clique sur le bouton d'information, attendant avec impatience qu'il me dise où elle se trouve.

Qu'est-ce qu'elle fout à *Scottsdale, Arizona*, bordel ?

Parce que je ne peux pas attendre les quinze minutes qu'il me faut pour aller chez Bianca, je l'appelle.

— Marcus ? Comment vas-tu ?

— Pourquoi Dee est-elle en Arizona ?

Sa longue pause fait monter en flèche le rythme de mon cœur. Il y a de fortes chances que je fasse une crise cardiaque d'une seconde à l'autre.

— Bianca ! *Qu'est-ce qu'elle y fout ?*

— Elle a rencontré quelqu'un d'autre, Marcus.

— Non, c'est faux. Il n'y a personne d'autre pour elle que moi.

— Il faut que tu m'écoutes.

Ma tête va exploser et ma bouche s'assèche.

— Je ne veux pas entendre ça et comment le sais-tu, d'ailleurs ?

— Maria a posté quelque chose sur Facebook.

Je mets l'appel sur haut-parleur et fouille dans mon téléphone jusqu'à ce que je trouve l'application Facebook. Je cherche Maria et clique sur son nom. En effet, la première publication est une photo de Dee avec un type aux cheveux noirs, les deux souriant comme des idiots.

Je suis si heureuse pour ma chère sœur, Dee, et son nouvel amour, le docteur Wyatt ! Vous êtes si mignons ensemble ! Personne ne mérite d'être heureux plus que vous. Bisous.

Je suis en train de faire une crise cardiaque. Dee a quelqu'un d'autre. Ce type est médecin et même quelqu'un qui n'aime pas les hommes peut voir que c'est un beau mec. Mais plus que tout, c'est l'expression béate sur le visage de Dee qui m'accable.

Je ne l'ai jamais vue me regarder comme elle le regarde, lui.

— Marcus.

J'ai presque oublié que j'étais au téléphone avec Bianca.

— Tu es là ?

— Je suis là.

— Tu as vu le message ?

— Oui.

— Qu'est-ce que je peux faire pour toi ?

— Je suis en train d'aller chez toi.

— Marcus ! Qu'est-ce que tu fais ? Tu ne peux pas quitter la désintoxication comme ça.

— Je viens de le faire.

— Je ne suis pas à la maison, mais Tara y est. Elle reste chez moi pendant quelques temps. Je suis à Keys pour l'enterrement de vie de jeune fille de Destiny.

Super, putain. La meilleure amie de Bianca depuis toujours a toujours eu le béguin pour moi sans que je puisse faire quoi que ce soit parce que ma sœur m'aurait castré si j'avais ne serait-ce que posé mon regard sur elle.

Tara est la dernière chose dont j'ai besoin maintenant, mais comme je ne peux pas me cacher chez moi jusqu'à ce que je décide de ce que je vais faire, je ne redirige pas le chauffeur. Je suis dans un tel sale état que je suis sûr que Tara n'éprouvera que de la pitié lorsqu'elle me verra pour la première fois depuis deux ans.

De toute façon, elle est probablement passée à autre chose, elle aussi. Tout le monde le fait.

— Tu veux que je rentre à la maison, Marcus ? demande Bianca.

— Non. Ne fais pas ça.

— Je m'inquiète pour toi.

— Ça va.

Je dis ce qu'elle a besoin d'entendre car je ne veux pas interrompre son moment de détente.

Elle promet de venir me voir plus tard et nous mettons fin à l'appel.

Je suis sûr qu'elle envoie des SMS à tous ceux qu'on connaît pour leur dire que je suis sorti de désintoxication et que je ne suis pas dans un état d'esprit raisonnable. Il fut un temps, je me serais soucié que les gens soient au courant de mes affaires. Cette époque est révolue depuis longtemps.

Je fixe la photo de Dee et de son « nouvel amour », Wyatt. Je déteste ce type au premier regard. De quel droit la regarde-t-il de cette façon ? J'ai envie d'appeler Dee pour lui dire qu'elle fait une énorme erreur avec lui, mais je ne peux pas le faire parce que j'ai encore la présence d'esprit de savoir que ce n'est pas elle qui a fait l'énorme erreur.

Et là, je sanglote à en perdre haleine, au point que le conducteur me regarde dans le rétroviseur, probablement inquiet pour sa sécurité.

Le pire quand on réalise que sa vie est un putain de désastre, c'est de savoir qu'on ne peut s'en prendre qu'à soi-même pour les décombres éparpillés tout autour de soi.

— Ça va, mon gars ? demande le conducteur.

— Ouais, désolé. J'ai eu de mauvaises nouvelles.

— Condoléances.

— Merci.

La mauvaise nouvelle est que l'amour de ma vie, celui dont j'ai brisé le cœur en épousant une femme qui ne représentait rien pour moi, a trouvé quelqu'un d'autre à aimer. J'ai la chance de ne pas avoir beaucoup d'expérience en matière de deuil dans ma vie, mais c'est le seul mot qui me vienne à l'esprit pour décrire ce sentiment horrible qui a planté ses griffes si profondément en moi que je ne pourrai peut-être jamais m'en débarrasser. On ne peut pas se débarrasser de ce genre de douleur. C'est permanent.

Je suis plus triste que jamais alors que je continue à fixer la photo de Dee et Wyatt, comme si je n'en avais pas déjà mémorisé tous les détails.

Dee a quelqu'un d'autre. Dee est *amoureuse* de quelqu'un d'autre. Elle ne reviendra jamais à moi. Il n'y a rien que je puisse faire ou dire pour arranger les choses avec elle et soudain, la désintoxication n'a plus de sens. Tout était pour elle. Entièrement pour elle.

Qu'est-ce que ça dit de la gravité de la situation, que même dans le brouillard du chagrin et du désespoir, je suis capable de reconnaître que c'est le point le plus bas de toute ma vie ? C'est pire que tout ce qui s'est passé avant. Savoir que je n'ai aucun espoir avec Dee est un coup de pied dans le ventre qui me coupe complètement le souffle.

Tant qu'elle était là quelque part, j'avais de l'espoir. Mais maintenant, sachant qu'elle est passée à autre chose et qu'elle est heureuse avec quelqu'un d'autre...

Je suis fini.

L'Uber me dépose au domicile de Bianca, mais je n'ai pas l'énergie de monter les deux étages jusqu'à chez elle. Je m'écroule sur un banc devant la maison, qui n'offre aucune protection contre le soleil brûlant qui me frappe. Je n'arrive pas à trouver en moi la force de me soucier du fait que je risque d'attraper un gros coup de soleil. Quelle importance ?

Est-ce que quelque chose a de l'importance ?

Je n'ai aucune idée du temps que je passe à rôtir sur ce banc avant que quelqu'un ne dise mon nom. Je m'extirpe des profondeurs du désespoir et lève les yeux vers Tara qui me fixe du regard, les sourcils froncés par la confusion. Elle tient un sac en papier et ses cheveux blonds clairs sont attachés en chignon.

— Qu'est-ce que tu fais ici ?

— Je, euh... je n'ai pas d'autre endroit où aller.

— Bianca sait que tu es là ?

— Ouais.

— Tu veux entrer ?

Je ne veux pas. Pas vraiment, mais qu'est-ce que je peux faire d'autre ? Rôtir au soleil jusqu'à ce que j'aie des brûlures au troisième degré à ajouter à ma litanie de problèmes ?

— Je suppose.

Elle me tend sa main libre pour m'aider à me relever.

— Viens.

Je regarde longuement sa main avant de lever la mienne pour la prendre, en espérant que je ne remplace pas une série de problèmes par une autre en laissant cette femme, entre toutes, m'aider.

CHAPITRE 24

DEE

Wyatt m'a envoyé un texto pour me dire qu'il était en retard, ce qui me donne plus de temps pour m'assurer que tout est parfait pour la soirée que j'ai prévue pour nous. Nonna m'a envoyé la recette de son fameux ragoût de fruits de mer, que j'ai fait cuire avec un tout petit peu d'huile d'olive plutôt qu'avec la tonne de beurre habituelle, par égard pour Wyatt qui évite tout apport de cholestérol.

Il me reste juste assez de temps pour que je m'inquiète : peut-être qu'il n'aime pas les fruits de mer qui sont avec le saumon ou est allergique aux crustacés. Je me demande même si j'aurais dû acheter des fruits de mer en Arizona, bon sang, qui n'est pas vraiment proche de l'océan. Je me suis mise dans un état d'anxiété totale au moment où j'entends sa clé dans la porte.

Il entre et s'arrête net à la vue de la table dressée, des bougies allumées et de moi dans une robe noire et des chaussures à talons que j'ai emportées au cas où nous irions quelque part où cela serait nécessaire.

J'ai passé du temps sur mon maquillage et mes cheveux, qui tombent en cascade de côté sur mon épaule, de longues boucles en spirale.

Il dépose son sac de travail et ses clés juste derrière la porte et s'approche de moi, glissant ses bras autour de moi et se blottissant aussi fort contre moi que je le fais contre lui.

— Je suis tellement content que tu sois encore là.

— Où d'autre pourrais-je être alors que tu as mon cœur ? Je ne peux pas partir sans cela, sans toi.

En reculant, il me regarde pendant un long moment avant de m'embrasser avec presque vingt-quatre heures de désir, de désespoir et de peur accumulés. Sa langue effleure la mienne et mes genoux faiblissent tant je le désire.

Il me serre si fort contre lui que je ne peux que m'abandonner au besoin désespéré de me sentir exactement comme cela toute ma vie.

— Dee.

Ses lèvres effleurent légèrement les miennes.

— Je t'aime. Je te veux. Je *nous* veux, mais plus que tout, je veux que tu sois heureuse. Si tu as besoin de bébés pour être heureuse, on aura des bébés. On trouvera une solution. Tant que je t'ai, j'ai ce dont j'ai besoin.

Je suis submergée par le soulagement d'être de nouveau dans ses bras et d'entendre ses mots tendres. Mais j'ai appris à me méfier des situations qui se résolvent trop vite.

— Nous devrions en parler.

Il me serre encore plus fort dans ses bras.

— Restons d'abord comme ça une minute de plus.

Nous nous tenons l'un l'autre à la douce lueur des bougies que j'ai placées sur la table.

Quand il s'éloigne enfin de moi, il dit :

— Tu es magnifique et il y a quelque chose qui sent incroyablement bon.

— J'ai préparé le dîner.

— Comment t'as fait alors qu'il n'y a presque rien à manger dans la maison ?

— Instacart.

— Ah, tu t'es donné du mal.

— Tu as faim ?

— Je suis affamé, comme toujours, mais parlons d'abord. Il y a des choses que j'ai besoin de te dire.

— Laisse-moi juste baisser le four et je suis entièrement à toi.

Avant de me relâcher, il m'embrasse à nouveau, doucement cette fois.

— Je veux que tu sois à moi pour toujours.

Je pose ma main sur son beau visage.

— Je suis toute à toi. J'ai eu une très longue journée pour penser à retourner à ma vie d'avant Wyatt et j'ai conclu qu'il n'y a pas de retour possible à avant toi. Il n'y a que l'avenir *avec* toi.

— Je ressens la même chose. Baisse le four et parlons-en.

Après m'être occupée du four, je sers un verre de chardonnay pour moi et un d'eau gazeuse pour Wyatt et les apporte pour le rejoindre sur le canapé.

Il est en train de consulter son téléphone, mais le pose quand je m'assois à côté de lui.

— Tout va bien ?

— J'ai perdu un patient aujourd'hui pendant une procédure assez routinière. Une sacrée façon de terminer mon mandat là-bas.

— Je suis vraiment désolée, Wyatt. Ça doit être horrible.

— Avoir à dire aux membres d'une famille qu'une procédure ordinaire a conduit à la mort est la pire partie de mon travail, surtout quand il n'y a pas de bonne explication. Parfois, des choses qu'on ne peut ni contrôler ni expliquer se produisent.

— Crains-tu d'être poursuivi en justice quand cela arrive ?

— Toujours, mais nous avons des formulaires de consentement très détaillés qui décrivent toutes les conséquences possibles d'une opération du cœur. Et je dis toujours, *toujours* aux patients que je ferai de mon mieux, mais que je ne peux rien promettre. C'est juste que ça craint quand ça arrive et je ne serais pas étonné s'ils me poursuivent en justice.

— Berk, c'est affreux.

— Ça arrive. C'est pourquoi nous avons une assurance pour faute professionnelle. C'est la première fois dans ma carrière que je perds un patient pendant ce qui aurait dû être une opération de routine de pose d'endoprothèse, mais j'ai été témoin de scénarios similaires deux autres fois pendant mon internat. Les deux fois, ça s'est passé de la même façon. Tout allait bien et puis soudain, rien.

— Je suis navrée que ce soit arrivé aujourd'hui, alors que tu devrais être en train de fêter la fin d'un séjour réussi ici et le début d'une nouvelle aventure.

— Merci. C'était une déception pour le dernier jour, c'est sûr. Mais mes collègues ont organisé une fête d'adieu pour moi en fin de journée où ils ont tous apporté quelque chose à manger et ils ont tous signé une carte de vœux. Ils m'ont fait un beau départ.

— Je suis sûre que tu vas leur manquer.

— Assez parlé de moi. Dis-moi ce qui te préoccupe et je te dirai ce qui me préoccupe.

Je me mordille la lèvre, essayant de trouver les mots dont j'ai besoin.

— J'ai entendu ce que tu as dit tout à l'heure sur le fait d'avoir autant de bébés que je veux, mais hier soir encore tu étais assez catégorique sur le fait de ne pas en avoir. J'ai peur que tu ailles dans le sens de ce que je veux alors que tu ressens peut-être encore la même chose.

— J'essaie d'adopter ce nouvel état d'esprit où « tout est possible », que tu m'as appris. Pendant longtemps, je me suis limité par peur de ce qui *pourrait* arriver. Tu m'as aidé à voir que ce n'est pas une façon de vivre et même si j'ai toujours les mêmes inquiétudes à l'idée de te laisser seule à élever des enfants sans le matelas financier qu'offrirait une assurance-vie, j'ai moi aussi eu une longue journée pour réfléchir au retour à la vie d'avant Dee.

Il se tourne vers moi et me prend la main.

— Je ne peux pas le faire non plus. Tu m'as condamné à ne plus pouvoir rien faire sans toi. J'ai toujours de grandes inquiétudes sur le fait de mettre au monde des enfants et peut-être de les laisser bien trop tôt, mais j'ai aussi entendu ce que tu as dit hier soir sur le fait qu'ils auraient une vie grâce à moi, même si je ne suis pas là pour en profiter avec eux. Ce n'est pas rien.

— Non, ce n'est pas rien. Et nos enfants seraient entourés d'une grande famille pleine d'amour et d'hommes comme mon papa, mes oncles, mes frères et des amis comme Jason et Austin. Ce ne serait pas la même chose que de t'avoir toi, mais ils seraient bien. Je m'en assurerais. Et cela nous laisserait, à moi et à tous ceux qui t'aiment, une partie de toi ici avec nous pour toujours.

— C'est vrai, dit-il avec un petit sourire. Je me sens mieux quand tu me rappelles que tu ne serais pas seule et eux non plus. Ils auraient aussi ma famille, et justement à ce propos, tu devrais recevoir un message de mes parents.

— Vraiment ?

Il acquiesce en se levant pour aller chercher mon téléphone là où je l'ai laissé dans la cuisine. Il l'apporte au canapé et me le tend.

En effet, il y a un texto d'un numéro de téléphone que je ne reconnais pas. Je regarde Wyatt avant de le lire.

Bonjour Dee, c'est Gary Blake, le papa de Wyatt. Je suis ici avec ma femme et nous voulons nous excuser pour la façon dont nous nous sommes comportés hier soir. Nous ne sommes pas du genre à ne pas bien accueillir les amis de nos enfants, surtout ceux qui sont aussi importants que vous l'êtes pour Wyatt. Nous sommes bouleversés qu'il déménage et inquiets pour lui pour des raisons que vous pouvez certainement comprendre. Cependant, rien de tout cela ne vous concerne et nous espérons que vous nous pardonnerez cette première impression désastreuse et que vous nous donnerez une autre chance. Nous sommes heureux que Wyatt et vous, vous soyez trouvés et qu'il puisse vivre cette expérience avec vous. Il semble très heureux et nous sommes déterminés à être heureux pour lui. En tout cas, nous sommes désolés et nous espérons vous revoir bientôt. Gary et Dawn

— Waouh, tu as dû leur passer un sacré savon.

Il sourit, ce qui fait pétiller ses yeux.

— Mon papa et moi avons eu une *conversation*.

— Merci d'avoir arrangé les choses avec eux. J'ai horreur de prendre un mauvais départ.

— Tu ne l'as pas fait. C'est eux, et mon papa avait l'air sincèrement désolé. Je ne peux pas promettre qu'il n'y aura pas d'autres heurts avec eux parce qu'ils s'inquiètent pour moi à un niveau extrêmement malsain. Mais il a promis qu'ils feraient un vrai effort pour apprendre à te connaître et faire partie de tout ça.

— Je suppose que je ne peux rien demander de plus et je comprends qu'ils soient surprotecteurs après ce que vous tous avez vécu.

— Surprotecteurs n'est pas un mot assez fort pour les décrire. Encore une fois, je te rappelle que ma mère m'a envoyé un SMS quand j'étais à Miami pour s'assurer que je prenais mes médicaments anti-rejet.

Bien qu'il soit sérieusement agacé, je ne peux m'empêcher d'en rire.

— Ce n'est pas drôle !

— C'est plutôt drôle.

Il secoue la tête.

— Même pas un peu.

Je serre mes doigts l'un contre l'autre.

— Un tout petit peu.

— Ne t'avise pas de vérifier que je prends mes médicaments.

— Je m'abstiendrai de te harceler à ce sujet tant que j'aurai le droit de te harceler pour tout le reste.

— Vas-y, baby.

— Alors, tout va bien entre nous ?

— Tout est fabuleux.

— Je veux que tu saches que j'apprécie la façon dont nous avons géré ça comme deux adultes et ne l'avons pas transformé en un cauchemar de plusieurs jours qui aurait sapé toutes les bonnes choses.

— C'est comme ça que ça se passait pour toi dans le passé ?

— Parfois. Crois-moi, c'est beaucoup mieux comme on vient de faire.

Je jette un coup d'œil à mon téléphone.

— Laisse-moi leur répondre, qu'ils sachent qu'il n'y a pas de rancune.

Merci pour votre message. J'apprécie et j'espère que vous pourrez nous rendre visite à Miami bientôt. Je promets de faire de mon mieux pour rendre Wyatt heureux et de prendre très bien soin de lui. Cela me touche beaucoup que vous m'ayez contactée. Merci encore. Dee

Je lui montre.

— C'est bien comme ça ?

— C'est adorable et plus que ce qu'ils méritent après la façon dont ils ont agi.

— Ce sont des parents effrayés, Wyatt. On ne peut pas leur en vouloir. Ça pourrait être nous un jour. On ne sait jamais ce qui peut arriver.

Une autre pensée me vient, que j'aurais dû avoir avant. C'est tellement gros que j'en ai le souffle coupé pendant une seconde.

— La maladie qui a conduit à la transplantation. Est-elle héréditaire ?

— Non, elle ne l'est pas. On a déterminé que mon problème était une anomalie congénitale rare qui a endommagé mon cœur. Mes frères et sœurs et mes parents ne l'ont pas et il n'y a pas de lien génétique non plus.

— Eh bien, c'est un soulagement.

— En effet. S'il s'agissait d'un problème héréditaire, je n'aurais eu d'enfant dans aucun cas, quoi qu'il arrive. Je ne voudrais jamais faire subir à un enfant ce que j'ai vécu, mais nos enfants auront besoin d'un dépistage. S'ils ont un défaut, nous pourrons le corriger avant qu'il ne cause des dégâts. Les dégâts étaient déjà faits quand le mien a été découvert.

— Auront-ils besoin d'une opération du cœur s'ils l'ont ?

— Oui, mais c'est une procédure assez basique qui éviterait un tas de problèmes à l'avenir.

J'avale ma salive en essayant d'imaginer mon enfant subir une opération du cœur.

— C'est de bon augure pour nos enfants que personne d'autre dans ma famille n'ait le même problème, alors nous ne devrions pas nous en inquiéter pour l'instant. Avec un peu de chance, nous n'aurons jamais à le faire.

Il lève mon menton pour pouvoir m'embrasser.

— Tout va bien ?

— Tout va bien.

— Maintenant, à propos de ce dîner que tu as fait. Il sent très bon et je suis affamé.

— Alors mangeons.

Quelques heures plus tard, allongée dans les bras de Wyatt, je le regarde dormir et je m'émerveille de voir à quel point mon existence a changé en quelques semaines. Mon aventure d'un soir est devenue mon aventure d'une vie et je ne pourrais pas être plus heureuse de savoir que nous allons être ensemble à partir de maintenant, aussi longtemps que nous le pourrons. Peut-être que ce ne sera qu'un court moment. Si c'est le cas, je serai toujours reconnaissante d'avoir connu Wyatt et d'avoir été aimée par lui.

Donner son cœur à quelqu'un d'autre n'est pas quelque chose que l'on devrait faire à la légère. C'est grave de donner à quelqu'un le pouvoir de vous faire du mal. J'ai appris cette leçon à la dure, mais je sais déjà que je n'aurai jamais à m'inquiéter de voir Wyatt vouloir quelqu'un d'autre que moi. Il a bien butiné, vu son passé de rencontres éphémères avec les femmes. Nous sommes tous deux prêts pour quelque chose de plus durable.

— Qu'est-ce que tu regardes ? dit-il d'une voix grave.

— Toi.

— Est-ce que j'ai quelque chose sur mon visage ?

— Ouais, des traits de beau gosse.

Le côté de son visage que je peux voir s'illumine d'un sourire.

— Tu as besoin de dormir. On a une longue journée devant nous demain.

— Je ne veux pas dormir. Je veux te regarder.

Ses yeux s'ouvrent et il m'attire plus près de lui, nos corps s'entremêlant comme si nous faisions cela depuis des années.

— Tu as un petit plissement entre tes sourcils. Juste... là.

Il se penche pour embrasser cet endroit et demande :

— C'est à cause de quoi ?

— Je ne suis pas sûre.

— Tu as peur, mon amour ?

— De quoi ?

— De toutes les inconnues et incertitudes ?

— Peut-être un peu, mais rien que je ne puisse gérer.

— J'espère vraiment, *vraiment* ne jamais te briser le cœur, mais si ça devait arriver, je veux que tu saches que t'aimer a rendu ma vie complète. On ne fait que commencer, mais je sais déjà que tout ce qu'il y a eu avant m'a conduit à toi.

— Je t'aime tellement, chuchoté-je. Je ne savais pas que des choses comme celle-ci pouvaient arriver et puis tu étais là au mariage de ma cousine, trop beau pour être vrai. Tu n'as pas idée de combien c'était important pour moi ce jour-là d'avoir un homme comme toi qui me prête attention, après ce que j'avais vécu. Tu m'as mis du baume au cœur.

— Tu m'as ébloui au mariage. J'avais l'impression d'être un adolescent qui avait perdu sa langue devant toi.

— Pas possible.

— Je te le jure ! J'ai dû me surpasser pour que tu continues à me parler et à danser avec moi.

— Je ne l'aurais jamais su si tu ne me l'avais pas dit. J'étais dans un état horrible ce jour-là et tu as tout réparé.

— Je suis heureux de l'entendre.

Il me caresse le dos de haut en bas, faisant des cercles apaisants.

— Dois-je remercier ton ex pour la première nuit que nous avons passée ensemble ?

— Comment ça ?

— S'il n'avait pas fait passer le mot qu'il regrettait ce qu'il avait fait et qu'il voulait que tu reviennes, penses-tu que tu aurais eu ta première aventure sans lendemain après le mariage ?

J'y réfléchis une minute avant de parler.

— Cela a peut-être eu un tout petit rôle à jouer dans le relâchement de mes inhibitions, mais je peux t'assurer que ce ne serait jamais arrivé si je n'avais pas ressenti une connexion avec toi.

Ma main sur son torse, je le regarde droit dans les yeux.

— Et si tu n'avais pas continué à m'envoyer des textos, rien de tout ceci ne serait arrivé. Chaque fois que j'avais des nouvelles de toi après notre nuit ensemble, je ressentais la même euphorie que celle que tu m'as donnée au mariage. Tes messages m'ont rendu si heureuse pendant une période difficile avec ma mère. J'ai commencé à les attendre avec impatience.

— J'étais comme un élève de collège avec un nouveau téléphone portable, à attendre que tu me répondes. Je le consultais de façon obsessionnelle, dès que j'en avais l'occasion. Un jour, une de mes infirmières en chirurgie m'a demandé si j'avais une petite amie et ça m'a choqué.

Il feint une expression choquée.

— C'est comme ça que je l'ai regardée.

— Qu'est-ce que tu as répondu ? lui demandé-je en riant.

— Je lui ai dit que je n'avais pas de petite amie, mais que pour la première fois de ma vie, je pensais que je pourrais en vouloir une. Elle a dit : « Ah, alors tu as rencontré *la bonne*, c'est ça ? ». Je n'avais aucune idée de ce que je devais répondre à cela. C'est la première fois que j'ai compris que tu étais peut-être la femme de ma vie et après ça, je n'ai plus pensé qu'à retourner à Miami aussi vite que possible. Et puis le lendemain, Jason m'a appelé pour me parler du poste à Miami-Dade. Il en a fait une blague, disant que si seulement j'étais intéressé à déménager, nous pourrions retravailler ensemble. J'ai pris ça pour un signe de l'univers et je lui ai demandé de m'envoyer les infos pour postuler, même si je me disais qu'il fallait que je reste loin de toi parce que ce ne serait pas juste. Je n'ai tout simplement pas pu me tenir à l'écart.

— C'est incroyable. J'adorais recevoir tes textos, mais je ne savais pas que tu pensais autant à moi.

— Je pensais à toi *tout le temps*. Je n'ai jamais pensé à quelqu'un plus que je n'ai pensé à toi.

— Je suis ravie que tu sois revenu à Miami.

— Moi aussi.

— Les mauvaises choses d'avant notre rencontre semblent remonter à il y a une éternité, comme si elles étaient arrivées à quelqu'un d'autre. Ça n'a même plus d'importance.

— Ça compte toujours parce que ça fait partie de ton histoire, mais je suis content d'avoir pu t'aider à tourner la page sur quelque chose qui t'a causé tant de peine.

— Tu m'as vraiment aidée. Je pensais que je m'en sortais très bien jusqu'à la soirée d'enterrement de vie de jeune fille de Carmen et soudain, c'était comme au premier jour.

— Ça a dû être un sentiment terrible.

— Ça oui ! J'étais à la maison pour un heureux événement. Ma cousine adorée, qui avait traversé tant d'épreuves après avoir perdu son premier mari, se remariait avec un mec génial. J'étais prête à célébrer et puis j'ai appris ce que Marcus avait dit.

Je souffle fort.

— Ça m'a vidé de mon sang d'entendre ça de lui.

— As-tu pensé à le voir ou à te remettre avec lui ?

— Mon Dieu, non. Jamais. Mon amour pour lui est bel et bien mort dès que j'ai appris qu'il avait épousé quelqu'un d'autre. Mais la douleur... Elle a mis beaucoup plus de temps à disparaître. Le plus dur a été de penser que j'avais surmonté cela et que j'étais passée à autre chose, pour me retrouver de nouveau dans cet univers de douleur à l'instant où ils m'ont répété ce qu'il avait dit. C'était le même week-end où nous avons appris que ma mère était malade, aussi.

— C'est beaucoup d'un coup.

— C'est sûr, mais je ne devrais pas parler de lui avec toi.

— Pourquoi ça ?

En souriant, je lui dis :

— Je sais que c'est ta première relation officielle, alors tu ne sais peut-être pas que parler de ton ex au nouveau petit ami est mal vu.

— Tu peux parler de tout avec moi, même de lui. Je ne me sens pas menacé. Du moins, je ne pense pas avoir besoin de me sentir menacé.

Il me fait un petit clin d'œil enjoué.

— C'est bien le cas ?

— Tu n'as aucune raison de te sentir menacé par qui que ce soit. Tu es dans une classe à part.

Il m'embrasse et comme pour tous les baisers avec lui, une chose mène rapidement à une autre et il est sur moi, poussant en moi, me rendant folle comme lui seul peut le faire. Dans ces moments-là, quand il est si vigoureux et vivant, je trouve facile d'oublier la menace sur sa santé qui fera partie de notre vie ensemble.

Je ne veux pas penser à cela ou à quoi que ce soit d'autre qui puisse se mettre entre nous, pas quand tout ce qui concerne cette relation est si incroyablement bon.

CHAPITRE 25

WYATT

*L*es déménageurs sont rapides et efficaces et ont chargé le camion avant midi. Dès que la transaction sur notre maison à Miami sera finalisée, ils y livreront les meubles de chez moi. Dee a emballé tout ce qu'il y avait dans ma cuisine, appelant cela notre kit de démarrage. Je ne suis pas un grand cuisinier, mais elle dit que nous pourrons acheter le reste de ce dont nous aurons besoin en temps voulu.

C'est vraiment en train d'arriver.

Je quitte Phoenix pour faire ma vie avec Dee à Miami.

Il y a quelques semaines, rien de tout cela ne m'aurait semblé faisable, mais maintenant elle m'a montré que tout est possible. Tout ce que j'ai à faire, c'est d'y croire. Peut-être que nous sommes tous les deux naïfs et irréalistes quant à ce qui m'attend probablement, ce qui *nous* attend, mais je préférerais mourir que d'avoir le courage de me soucier de cela alors que je suis à l'intérieur de cette bulle de bonheur avec elle.

Mes parents nous surprennent en nous apportant le déjeuner. Ils prennent Dee dans leurs bras, ce qui aide à réparer les dégâts de l'autre soir. Ma douce compagne est si indulgente, si pleine d'amour. Elle les traite comme de vieux amis, même après la façon dont ils se sont comportés lors de leur première rencontre.

— Vous avez quitté le travail pour nous apporter le déjeuner ? demandé-je alors que nous nous tenons autour de l'îlot de cuisine pour manger les salades qu'ils ont apportées.

— En effet, dit Papa. Nous voulions vous voir avant que vous ne partiez.

— Je suis content que vous l'ayez fait.

Maman se montre un peu émue à la vue de mon salon vide.

— Waouh, tu déménages vraiment.

— Je déménage vraiment et j'ai hâte que vous puissiez venir à Miami pour rencontrer la famille géniale de Dee et manger dans leur restaurant. C'est la meilleure nourriture que vous mangerez jamais. Et attendez de voir la maison que Dee nous a trouvée. Elle a une deuxième suite parentale qui sera entièrement à vous quand vous voudrez venir nous voir.

— Ce sera avec grand plaisir, dit Maman.

Je la connais assez pour comprendre qu'elle fait un effort pour moi et peut-être pour Dee, mais qu'elle a toujours le cœur brisé par mon départ.

— Il y a une piscine et c'est juste à côté d'un terrain de golf, Papa.

— Comme tu me connais !

On reste avec eux pendant encore une demi-heure. Ils partent en nous embrassant tous les deux et en nous promettant de venir à Miami dès que nous serons installés dans notre nouvelle maison.

— Donnez-moi souvent de vos nouvelles, sinon je vais m'inquiéter, dit Maman en me serrant dans ses bras une deuxième fois.

— Je le ferai. Je te le promets.

Dee et moi les raccompagnons et leur faisons un signe de la main lorsqu'ils s'en vont en voiture.

— C'était gentil de leur part de venir, dit-elle.

— C'est vrai. Je suis content que tu aies pu voir le père et la mère que je connais et pas la version bizarre de l'autre soir.

— Moi aussi.

On a un bref rendez-vous avec l'agent immobilier qui s'occupe de mon appartement pour que je signe le contrat de mise en vente. Et ensuite, c'est l'heure de partir.

À 14 h, nous chargeons dans mon SUV les valises, les sacs à dos et les autres affaires dont nous aurons besoin sur la route, y compris le sac entier consacré à mes médicaments. Nous faisons un dernier tour pour nous assurer que nous n'avons rien oublié. Alors que je ferme et verrouille la porte de ma maison de Phoenix pour la dernière fois, tant d'émotions me submergent.

La plus importante d'entre elles est l'excitation de ce qui m'attend et c'est en soi un sentiment très apprécié. Depuis que j'ai passé le cap de mes onze ans, je vis dans un étrange état d'hibernation, en attendant que le ciel me tombe sur la tête. Il n'y a pas beaucoup de place pour des choses comme l'espoir ou l'excitation dans cet état d'esprit-là.

Dee a tout changé pour moi. Elle m'a montré une autre voie, une meilleure voie, et alors que je descends les escaliers vers le parking, je ne me retourne pas. Je ne regarde que vers Dee qui m'attend près de la voiture. Avec le soleil qui l'éclaire, elle ressemble à un ange envoyé du ciel pour me montrer ce que cela signifie de vivre vraiment plutôt que de se contenter d'exister.

Je la surprends quand je vais vers elle plutôt que vers le côté conducteur du véhicule.

— Avant qu'on parte, je veux juste te dire merci.

— De quoi ?

— De m'avoir montré une autre façon de vivre.

— Tu préfères celle-ci ?

J'acquiesce et je l'embrasse doucement.

— C'est tellement mieux. Merci pour tout ce que tu as fait pour préparer le déménagement. Je n'aurais jamais pu le faire sans ton aide.

— On fait bonne équipe.

— Oui, c'est vrai.

— Est-ce qu'on ne devrait pas se mettre en route ?

— Absolument.

Je lui tiens la porte du passager et j'attends qu'elle soit installée pour lui voler un autre baiser.

— Rentrons chez nous.

MARCUS

Je dors mieux que depuis des semaines et je me réveille douze heures plus tard avec la lumière du soleil qui inonde la chambre de ma sœur. Comme elle n'est pas en ville, je suis allé me coucher dans sa chambre après avoir parlé à Tara pendant des heures de tout ce qui s'est passé depuis la dernière fois que nous nous sommes vus.

Contrairement au docteur Stern et aux gens de la désintoxication, Tara m'a écouté sans m'interrompre. Elle m'a laissé parler jusqu'à ce que je n'aie plus de mots, puis elle m'a demandé de quoi j'avais besoin.

— Je ne sais pas. Je ne sais vraiment pas.

— Tu devrais peut-être dormir et voir comment tu te sens demain matin.

J'étais complètement épuisé après avoir vu le post de Maria sur Dee et avoir parlé de tout cela avec Tara, alors j'ai accepté son offre d'hébergement pour la nuit et j'ai dormi comme un loir.

Je me sens un peu mieux aujourd'hui, mais j'en ai tellement marre de moi et de ma litanie de problèmes sans fin. J'ai fait un terrible gâchis de ma vie. C'est à peu près la seule chose dont je suis sûr.

Dans la salle de bains de Bianca, « j'emprunte » une brosse à dents encore dans son emballage et je prends une douche.

Portant les vêtements d'hier, je quitte la chambre pour réfléchir à ce que je vais faire ensuite.

Tara est dans la cuisine et surveille quelque chose sur la cuisinière.

— Du café ? demande-t-elle.

— Oui, merci.

Elle verse du café dans une tasse et la pose sur le comptoir avec de la crème et un sucrier. — Tu as bien dormi ?

— Vraiment bien pour une fois.

En la regardant se déplacer dans la cuisine, j'ai la même pensée qu'hier soir. La jeune fille mignonne qui me suivait partout comme un chiot est devenue une belle femme. Je ne l'ai pas vue depuis des années et le changement en elle est remarquable.

— Désolé de n'avoir parlé que de moi hier. Je ne t'ai même pas demandé ce que tu as fait depuis la dernière fois que je t'ai vue.

— J'étais en Ecuador pendant trois ans avec les Corps de la Paix.

— Oh waouh. C'est incroyable.

— C'était génial. J'enseignais l'anglais comme seconde langue à des enfants d'âge primaire. J'ai adoré chaque instant. Je suis rentrée il y a deux semaines et j'emménage dans mon nouvel appartement à la fin du mois. Bianca a été assez gentille pour me laisser dormir chez elle en attendant.

Donc pendant que je buvais jusqu'à l'oubli et que je faisais de ma vie un véritable désastre, Tara était partie sauver le monde.

— C'est vraiment cool. Je suis impressionné.

Elle sourit, ce qui fait briller ses yeux.

— Merci. C'était sympa, mais maintenant je dois trouver la suite. J'ai postulé à un tas d'endroits et j'attends juste d'avoir des nouvelles. L'attente me rend folle. J'ai toujours besoin d'avoir un projet.

Lorsqu'elle sort des assiettes du buffet, son T-shirt remonte sur son dos, révélant deux creux sexy à la base de sa colonne vertébrale. Non pas que j'aie à remarquer les creux sexy de Tara. *Bois ton café, Marcus et arrête de mater l'amie de ta sœur.*

Tara sert des œufs brouillés, du bacon de dinde et des toasts beurrés.

— Merci beaucoup pour tout, Tara. J'apprécie vraiment.

— Pas de problème.

Après avoir rempli mon café, elle me rejoint au comptoir et nous mangeons en silence jusqu'à ce qu'elle pose sa fourchette et me regarde.

— Qu'est-ce que tu vas faire ?

— Je ne sais pas. Je ne sais vraiment pas.

— Je peux te faire une suggestion ?

— Bien sûr. Après tout, tu as écouté mes conneries hier soir. Ton opinion m'intéresse.

— Tu dois retourner en désintox et finir ce que tu as commencé là-bas.

C'est la dernière chose que je veux faire, bordel.

— Tout ce dont tu as parlé hier soir revient à une seule chose : tu dois t'occuper de ton alcoolisme avant de te préoccuper d'autre chose.

Elle a raison. Je sais qu'elle a raison, mais je ne veux toujours pas y retourner, même si je sais que je dois le faire. Ils ont appelé six fois depuis mon départ, mais j'ai refusé les appels et je n'ai pas écouté leurs messages ni ceux du docteur Stern, qui a appelé trois fois.

— Je peux te déposer si tu veux.

J'ai envie de dire *non, merci*. Je veux dire à Tara que je ne retournerai pas là-bas, mais elle me regarde d'une manière qui me fait comprendre que mes conneries ne marcheront pas avec elle.

— J'ai été injuste envers toi.

Ç'a l'air de la surprendre.

— Comment ça ?

— Quand on était plus jeunes, j'ai toujours eu l'impression que je te plaisais et j'ai passé des heures hier soir à te parler de Dee et de mon chagrin qu'elle ait trouvé quelqu'un d'autre.

— Je t'aimais beaucoup.

— Oh.

— Tellement que ce n'était même pas drôle, dit-elle en riant. Mais tu étais toujours avec Dee.

— Je suis désolé si j'ai été aveugle.

— Ce n'est pas grave. Je m'en suis remise.

Pour une raison étrange, je suis triste d'entendre qu'elle s'est remise de moi, ce qui est ridicule à la lumière de tout ce qui se passe.

— Je suis désolée que tu aies dû apprendre que Dee était passée à autre chose en lisant un post sur Facebook.

— C'est plus que ce qu'elle a eu de moi quand j'ai épousé quelqu'un d'autre.

— C'est vrai. Ce n'était pas ton heure de gloire.

Elle est mignonne, drôle, intelligente et perspicace. Si les choses étaient différentes, je voudrais m'asseoir ici toute la journée et lui parler de tout et de rien.

— Je sais que tu t'en veux pour tout ce qui s'est passé et même si tu dois te sentir mal pour ce qui s'est passé avec Dee, tu n'as pas besoin de porter ça sur tes épaules pour le reste de ta vie. C'est arrivé. C'est terminé. Elle est passée à autre chose. Tu passes à autre chose. La vie continue. Tu dois apprendre à te pardonner pour les choses qui se sont passées pendant que tu étais malade.

— Je ne suis pas sûr de jamais pouvoir me pardonner pour ce que je lui ai fait.

— Il le faut, Marcus.

— Je sens que j'ai besoin de la voir pour que ça arrive.

Tara secoue la tête.

— Non, tu n'en as pas besoin. Ce n'est pas ce dont elle a besoin. Elle a tourné la page. Te voir ne serait pas bon pour elle.

J'expire profondément en réalisant enfin que je ne peux rien faire en ce qui concerne Dee, à part la laisser tranquille et lui souhaiter bonne chance. Mon téléphone sonne avec un autre appel de la cure de désintoxication. Je décide de le prendre.

— Allô.

— Marcus, c'est le docteur Stern. Nous avons essayé plein de fois de vous joindre.

— Je sais. Je suis désolé. J'avais des trucs à faire.

— Nous aimerions que vous reveniez au centre. Avez-vous un moyen de transport ?

Je regarde Tara et je dis :

— Oui, j'en ai un.

— Vous pouvez revenir aujourd'hui, alors ?

Je prends une profonde inspiration et la relâche.

— Oui, je serai là.

— J'ai hâte de vous revoir bientôt.

Après avoir mis fin à l'appel, je pose le téléphone sur le comptoir.

— Tu fais le bon choix, dit Tara. Tu ne peux pas t'inquiéter d'autre chose tant que tu n'es pas en bonne santé.

— C'est plus facile à dire qu'à faire.

Je la regarde.

— On ferait mieux d'y aller avant que je prenne une autre mauvaise décision et que je me convainque de ne pas y retourner.

— Je ne te laisserai pas faire ça.

Elle débarrasse les assiettes et les met dans l'évier.

— Je serai prête dans une minute.

Quand elle disparaît dans l'autre chambre, je me force à rester assis là et à l'attendre alors que tout en moi a envie de décamper. Pour une raison quelconque, j'ai l'impression que cela décevrait Tara et je ne veux pas la décevoir, ni elle, ni personne d'autre. J'en ai assez fait.

Tara arrive vêtue d'un legging et d'un débardeur qui colle à sa généreuse poitrine. Elle est passée d'une fille maladroite à une femme magnifique depuis la dernière fois que je l'ai vue. Et la meilleure partie est qu'elle est belle de l'intérieur, aussi.

Pendant qu'elle me conduit au centre de désintoxication dans sa Hyundai Sonata argentée, nous sommes tous les deux silencieux.

Je regarde le paysage défiler : des palmiers, des centres commerciaux, des fleurs colorées et des bassins avec des fontaines devant des complexes d'appartements. Tout cela est si familier et pourtant si étranger aussi. À quand remonte la dernière fois que j'ai pris la peine de prêter attention au paysage ? À quand remonte la dernière fois que j'ai eu le temps de penser à autre chose qu'à me saouler ou à réparer des choses avec Dee ? Ça fait un long, long moment.

Tara se gare devant la porte principale du centre de désintoxication et place le levier de vitesse en stationnement.

— Déverrouille ton téléphone et laisse-moi le voir, dit-elle.

Je fais ce qu'elle demande, même si je ne sais pas trop pourquoi.

Elle tapote l'écran et me le rend.

— J'ai enregistré mon numéro. Si tu as besoin d'une visite, d'un colis ou d'une amie à qui parler, appelle-moi ou envoie-moi un SMS.

— Merci, Tara. Tu ne sauras jamais tout le bien que tu m'as fait, juste à m'écouter.

— Je suis contente d'avoir été là quand tu avais besoin d'une amie.

Je jette un coup d'œil aux portes principales avec appréhension.

— Eh bien, c'est parti mais probablement pour rien.

— Non, Marcus.

Elle pose sa main sur mon bras et me regarde avec des yeux noisette chaleureux.

— C'est parti et c'est pour *tout*.

Elle me donne un énorme nœud dans la gorge en disant cela.

— Merci encore, réussis-je à dire avant de sortir de la voiture et de me diriger à l'intérieur sans me retourner.

Si je me retourne, je soupçonne qu'elle sera encore là, s'assurant que je suis entré avant qu'elle ne parte.

C'est la chose la plus étrange qui soit. Hier, j'ai découvert que Dee avait quelqu'un d'autre et j'ai failli en perdre la tête. J'ai fui la cure de désintoxication, j'ai atterri chez ma sœur et j'ai trouvé une vieille amie qui m'a apporté le soutien et le réconfort dont j'avais besoin. Aujourd'hui, je me demande quand ou même si je reverrai Tara.

J'espère vraiment que je la reverrai.

CHAPITRE 26

DEE

Comme nous partons tard, nous faisons six heures de route jusqu'à Albuquerque le premier jour et nous arrivons vers 21 h. Eh oui, nous savons qu'Albuquerque n'est pas sur le chemin, mais nous n'y sommes jamais allés ni l'un, ni l'autre, alors nous faisons un détour par le nord pour pouvoir le barrer de la liste de tous les endroits où nous voulons aller ensemble, que nous avons établie pendant le trajet. Nous attendons d'y être pour aller dîner dans un restaurant du coin et nous tombons par hasard sur un petit restaurant qui ne paie pas de mine tout près de notre hôtel, qui propose la meilleure cuisine que j'aie jamais goûtée en dehors de Giordino. Nous rentrons à l'hôtel et nous nous couchons, épuisés par cette longue journée.

Le matin, nous prenons quelques heures pour explorer Albuquerque. Nous nous promenons dans la vieille ville et Wyatt m'achète un magnifique bol dans une des galeries d'art que nous visitons et deux petits cactus pour notre nouvelle maison. Cependant, je ne suis pas d'accord avec sa suggestion d'aller voir le musée des serpents à sonnettes.

— Je n'arrive pas à croire que tu ne veuilles pas apprendre à connaître les serpents à sonnettes, dit-il avec une moue enjouée.

— Je ferais des cauchemars pendant des jours si on y allait, surtout qu'on est en train de traverser le pays des serpents à sonnette.

— Si tu le prends comme ça.

— Je le prends comme ça.

Comme notre objectif aujourd'hui est d'arriver à Austin, au Texas, nous ne nous attardons pas trop dans le centre historique et prenons la route peu avant dix heures pour les onze heures de route vers Austin.

Wyatt semble fatigué après avoir fait toute la conduite hier, alors j'insiste pour prendre le volant la première aujourd'hui.

Nous avons baissé les vitres et chantons sur la sélection éclectique de musique qu'il joue sur le Bluetooth. Tout y passe, de Lil Wayne à CCR ainsi qu'Eminem, Tim McGraw et Selena. Il est impressionné quand je lui chante la chanson de Selena en espagnol.

— Tes goûts musicaux vont dans tous les sens, lui dis-je.

— J'aime les chansons, pas les genres. Si une chanson me parle, je l'ajoute à ma liste de titres. Je me fiche de savoir qui la chante ou si quelqu'un de mon âge devrait l'apprécier. Mon grand-père est un grand fan du Rat Pack. Il me faisait écouter Sinatra, Dean Martin et Sammy Davis Jr. quand j'étais petit. Je connaissais toutes les paroles de leurs chansons dès l'âge de huit ans.

— C'est très mignon.

— Voici sa préférée.

Il joue « My Way » et chante avec.

Il a une très belle voix, ce que j'ai appris sur lui quand nous sommes restés debout toute la nuit à Miami à écouter de la musique. Depuis que nous avons quitté Phoenix, j'ai aussi appris qu'il veut s'arrêter à tous les pièges à touristes que nous croisons sur la route, ce qui me fait l'appeler Clark W. Griswold[1].

— Si tu ne veux pas voir la plus grande hutte en boue du monde, je ne suis pas certain que cette relation puisse marcher.

— Je vais tenter ma chance.

Nous rions, plaisantons, nous taquinons, chantons et mangeons le mélange de fruits secs et de noix bon pour la santé qu'il achète à la supérette alors que j'aurais opté pour du chocolat et des chips. Je peux déjà voir que son influence sur moi va être bonne.

Être sur la route avec lui est la chose la plus amusante que j'aie jamais faite de ma vie.

Bien plus tard cette nuit-là, nous roulons dans la ville fantôme de West Texas quand nous voyons un panneau d'arrêt de bus qui nous fait hurler de rire.

— Qui diable vient au milieu de nulle part pour prendre le bus ? demande Wyatt.

Il a pris le volant lorsque nous sommes arrivés au Texas il y a quelques heures et c'est moi qui m'occupe de la playlist.

J'ai ajouté quelques-unes de mes chansons préférées de salsa et de hip-hop pour rendre les choses intéressantes alors que nous roulons pendant des kilomètres sans voir une autre voiture.

— Je pourrais mettre le régulateur de vitesse à 140, poser mes pieds sur le tableau de bord et faire une sieste – et tout irait bien, dit-il.

— Sauf que tu ne vas pas faire ça.

— Mais je pourrais. As-tu déjà été sur une route plus désolée de toute ta vie ?

— Je ne pense pas.

Je vérifie à plusieurs reprises mon téléphone portable pour m'assurer qu'on a toujours du réseau ici. Jusqu'à présent, tout va bien, mais je ne serais pas surprise si nous perdions la connexion à un moment donné.

Nous conduisons pendant ce qui semble être une éternité avant de voir des phares venir en face.

— Regarde ça ! dit Wyatt en rebondissant sur le siège conducteur. Quelqu'un d'autre a survécu à l'apocalypse zombie !

— C'est un grand soulagement. Peut-être que nous pourrons former une nouvelle communauté avec les autres survivants.

Alors que le véhicule s'approche, les lumières vives nous aveuglent après tant d'obscurité.

— Mais qu'est-ce qu'il fait, bordel ? demande Wyatt alors que l'autre voiture se rapproche de nous.

La voiture est en partie sur notre voie, ou du moins elle en a l'air.

— Je ne sais pas si mes yeux me jouent des tours ou quoi.

Wyatt ralentit et se rapproche du bord droit de la route alors que l'autre véhicule se trouve si près de nous qu'il nous heurte presque latéralement. Wyatt n'a pas d'autre choix que de braquer le volant vers la droite, ce qui nous fait quitter la route et nous envoie dans les broussailles.

Je hurle en saisissant la poignée au-dessus de la fenêtre de la porte du passager et je m'accroche jusqu'à ce que la voiture s'arrête brutalement à une dizaine de mètres de la route. Heureusement, les airbags ne se déploient pas.

Derrière nous, nous entendons un gros boom lorsque l'autre véhicule s'écrase.

— Ça va ? demande Wyatt, son expression paniquée.

— Je crois. Et toi ?

— Ouais, la ceinture de sécurité ne m'a pas fait du bien contre mon torse, mais sinon, ça va. Je devrais aller voir l'autre conducteur.

Il met le SUV en marche arrière, remonte sur la route et se dirige vers l'endroit où l'autre véhicule a atterri.

— Essaie d'appeler le 911 et vois s'il y a du réseau par ici.

En passant l'appel, je me rends compte que mes mains tremblent. Heureusement, la communication passe et je peux signaler l'accident, même si je n'ai aucune idée de l'endroit où nous sommes.

— Nous allons utiliser le GPS pour vous localiser, Madame, dit l'opérateur. Ne quittez pas s'il vous plait.

— Mon petit ami est médecin. Il va retourner voir l'autre conducteur.

Wyatt gare notre voiture et allume les feux de détresse avant de sortir pour courir jusqu'à l'autre véhicule. Il revient quelques minutes plus tard.

— Je viens juste prendre le kit de premiers secours. Il saigne de la tête. Il dit qu'il s'est endormi et n'arrête pas de s'excuser.

Réalisant à quel point nous sommes passés près d'un accident dévastateur, je ne peux m'empêcher de trembler en transmettant les nouvelles informations à l'opérateur du 911.

Les secours arrivent quinze minutes plus tard dans un hélicoptère qui se pose directement sur la route.

Après avoir dit à l'opérateur que l'hélicoptère est arrivé, je mets fin à l'appel et je sors de la voiture pour regarder. Dans la lumière intense de l'hélicoptère, je vois Wyatt parler aux ambulanciers. Je me demande si l'autre conducteur sait qu'il a eu de la chance qu'un médecin conduise la voiture qu'il a presque percutée.

Une fois les ambulanciers au travail, Wyatt revient à notre voiture, tenant la trousse de secours.

— Il va s'en sortir ?

— Ouais, il pourrait avoir une commotion cérébrale et quelques côtes cassées, mais ça va aller.

Il jette le kit à l'intérieur de la voiture, puis me prend dans ses bras.

— C'était effrayant, dit-il.

Je m'accroche à lui alors que l'adrénaline semble quitter mon corps d'un seul coup.

— C'est sûr. Tu as fait du bon travail en évitant de le percuter.

— Je ne pouvais penser qu'à une chose : qu'est-ce que je ferais s'il t'arrivait quelque chose ?

— Je vais bien. Tu vas bien. Nous allons bien.

— Continue de me le rappeler.

Il balaye les cheveux de mon visage.

— Tu as dit que j'étais ton petit ami.

En riant, je dis :

— Eh bien, tu l'es.

— C'est une première pour moi. J'ai besoin d'une minute pour savourer.

— Je le dirai tous les jours si tu veux.

— Ce serait bien.

On reste là, blottis l'un contre l'autre jusqu'à ce que l'hélicoptère parte, nous laissant une fois de plus seuls dans le noir.

—Allez, dit-il, on y va.

Il me tient la portière et la referme une fois que je suis installée.

Dans la voiture, il me regarde.

— Tu es sûre que tu n'es pas du tout blessée ? Il se frotte le torse en me le demandant.

— Je vais bien, mais toi ? On devrait faire vérifier ta poitrine ?

— Je ne pense pas que ce soit nécessaire. C'est juste une contusion due à la ceinture de sécurité.

— Tu es sûr ?

— Sûr et certain. Je ne prends pas de risques dans ce domaine. Il n'y a pas de quoi s'inquiéter.

Il tourne la voiture vers Austin et nous partons, tous les deux sous le choc de notre accident.

— Tu sais, dis-je un peu plus tard, c'était un signe.

— Qu'est-ce que tu veux dire ?

— Nonna croit fermement que l'univers nous envoie des signes, comme celui que tu as reçu quand Jason a appelé pour le poste à Miami. Pense à ce qui vient de se passer. On est au milieu de nulle part, pas une autre voiture en vue et la seule voiture qu'on rencontre nous percute presque de plein fouet. Un de nous ou les deux auraient pu être tués. C'est la preuve que nous faisons la bonne chose.

— Je suis content que nous fassions la bonne chose – et P.S., je le savais déjà – mais je ne suis pas sûr de comprendre en quoi c'est un signe.

— Nous aurions pu mourir ici, sur cette route isolée de l'ouest du Texas, Wyatt. Nous allons tous mourir un jour. Tu mourras peut-être plus tôt que nous, mais ç'aurait pu être moi aujourd'hui si cette voiture nous avait percutés.

— Ne dis pas ça. Je ne supporte pas l'idée qu'il puisse t'arriver quelque chose.

— Je ne supporte pas non plus de penser que quelque chose puisse t'arriver, mais ça arrivera. Un jour. En attendant, nous devons nous imprégner de chaque instant de bonheur et de joie pendant le temps que nous avons sans passer une seconde de plus à nous inquiéter de savoir quand tout cela pourrait se terminer.

— Ça semble si simple quand tu le dis comme ça, mais pendant tant d'années, je ne pensais pas que c'était possible.

— C'est parce que tu planifiais le pire plutôt que de vivre le meilleur. Tu avais juste besoin de moi pour te le montrer.

Il me surprend quand il gare la voiture et allume les feux de détresse.

— Qu'est-ce que tu fais ? lui demandé-je.

S'approchant de moi, il lève mon menton pour déposer un baiser sur mes lèvres.

— Je suis tellement, tellement reconnaissant de t'avoir trouvée et que tu m'aies montré comment vivre.

Je pose ma main sur son beau visage tendre et je lui rends son baiser avec un petit coup de langue qui le fait sursauter.

— Tu l'as déjà fait dans le désert ?

— Pas dans le désert du Texas, répond-il.

Cela me fait rire même si je continue à l'embrasser.

— Même si j'adorerais baptiser le désert du Texas, j'aurais peur que quelqu'un nous rentre dedans.

— Bien vu.

Nous nous séparons à contrecœur, mais il prend ma main et ne la lâche pas.

J'espère qu'il ne la lâchera jamais.

ÉPILOGUE

DEE

Nous emménageons dans notre magnifique nouvelle maison aujourd'hui et toute la famille est venue nous aider. Wyatt a passé sa première semaine à Miami-Dade et adore ses nouveaux collègues et patients. Il pense qu'il va être très heureux là-bas, ce qui est un énorme soulagement pour moi. Je veux qu'il soit heureux dans sa nouvelle ville d'adoption. Je veux qu'il soit aussi heureux que je suis heureuse depuis que nous sommes rentrés à Miami pour y vivre.

Depuis la nuit dans le désert, quand l'univers nous a envoyé un signe, Wyatt n'a pas une seule fois mentionné des soucis à propos de l'avenir. Nous sommes trop occupés à aimer le présent pour passer un instant précieux à nous préoccuper de choses que nous ne pouvons pas contrôler.

Maria m'a dit que Marcus fait des progrès en désintoxication, ce qui est une bonne nouvelle. Malgré ce qui s'est passé entre nous, je ne lui souhaite que des bonnes choses.

Quand mes parents viennent nous aider à emménager, ma mère me tend une lettre reçue chez eux. Je sais que c'est de Marcus, mais je ne l'ai pas encore ouverte. Aujourd'hui, c'est le jour des nouveaux départs et je ne veux pas y mêler mon passé douloureux. Je la lirai plus tard.

— Où veux-tu cette boîte ? demande Milo, portant une des

nombreuses boîtes que mon cousin Domenic a envoyé de mon ancien appartement à New York.

— Dans la cuisine, s'il te plaît.

— Ça marche.

Jason et Austin aident Wyatt et Nico à déplacer le canapé de Phoenix à trois endroits différents dans le grand salon avant que je ne trouve l'emplacement parfait.

— Dieu merci, dit Nico, en me lançant un regard noir.

— Quoi ? Je voulais faire ça bien pendant qu'on a de l'aide.

Je m'inquiète de ce que Wyatt en fasse trop, mais je ne le lui dirais jamais. Il n'apprécierait pas.

Nous arrangeons les meubles de chez lui à Phoenix, rangeons les objets que nous avons achetés sur place la semaine dernière et déballons les cartons de mon appartement de New York. Nonna et Abuela s'occupent de la cuisine et je m'en remets volontiers aux expertes. Ma mère et tante V font notre lit pendant qu'Oncle V et mon père montent le bureau de Wyatt de Phoenix dans la pièce que nous prévoyons d'utiliser comme bureau.

Ma mère se sent beaucoup mieux depuis qu'elle a terminé ses antibiotiques. Elle a insisté pour venir nous aider aujourd'hui et je suis heureuse qu'elle se soit sentie en état de le faire.

Carmen et Maria m'aident à aménager la salle de bains principale et à ranger les serviettes de chez Wyatt et de mon appartement.

— C'est cool que tes serviettes soient assorties aux siennes, dit Maria en remarquant que le motif des miennes s'accorde avec le bleu marine des siennes.

— Est-ce normal d'être si heureuse qu'on a l'impression qu'on va éclater ? leur demandé-je.

— Tout à fait normal, répond Maria. C'est encore ce que je ressens avec Austin. Comme s'il y avait trop de choses pour qu'un seul cœur puisse les contenir.

Je suis soulagée qu'elle m'ait donné les mots pour exprimer cela.

— Oui, c'est exactement comme ça.

— Pour moi aussi, dit Carmen. Quand je suis avec Jason et même quand je ne le suis pas. C'est comme ça que j'ai su dès le début qu'il était spécial.

— Tu vas lire la lettre de Marcus ? demande Maria.

Je n'ai pas pu m'empêcher de leur en parler.

— À un moment donné. Je suis sûre que c'est encore pour s'excuser, ce qui est gentil, mais c'est du passé maintenant.

— J'ai entendu dire que Tara, l'amie de Bianca, est allée le voir plusieurs fois.

— Je me souviens d'elle ! C'est une fille bien.

— Je suppose qu'il mérite une fille bien après avoir été marié à la salope, dit Maria à contrecœur.

Nous rions ensemble et je suis étonnée qu'une conversation qui m'aurait fait si mal il n'y a pas si longtemps n'ait aucun impact sur moi. J'ai trouvé mon bonheur avec Wyatt et je veux que Marcus trouve le sien. Malgré la douleur qu'il m'a causée, je le soutiens, lui et sa sobriété.

C'est une longue journée, mais nous avons réussi à transformer notre maison en un véritable foyer.

À l'heure du dîner, Wyatt fait circuler son téléphone pour que nous passions une commande massive de plats à emporter pour tous ceux qui nous ont aidés. Nous mangeons du mexicain dehors près de la piscine, assis sur les meubles qu'il a assemblés hier soir après leur arrivée dans six cartons différents.

Je suis ravie de recevoir ma famille à dîner chez *moi*. Le fait qu'ils semblent aimer Wyatt autant que je l'aime fait de ce premier jour dans notre nouvelle maison l'un des meilleurs de ma vie.

— On devrait tous partir en week-end quelque part, dit Carmen en sirotant sa deuxième margarita.

Jason et elle ont apporté la préparation pour boisson et la tequila ainsi qu'un mixeur super sophistiqué comme cadeau de pendaison de crémaillère.

— Oh oui, on devrait, répond Maria. Avant que la saison d'Austin ne commence.

— Ma saison a déjà commencé, mon amour, dit Austin.

Ils ont laissé Everly à ses parents aujourd'hui pour pouvoir nous aider.

— Je sais, mais c'est la pré-saison. Tu auras au moins un week-end de libre entre maintenant et le début officiel, non ?

— Je vais voir ce que je peux faire.

— Où devrions-nous aller ? demande Jason.

— Key West, dit Carmen. Ou Islamorada. L'un ou l'autre serait génial.

— Je suis partant, dit Wyatt. On a besoin de vacances après le déménagement.

— Je veux venir, dit Milo.

— Moi aussi, ajoute Nico. J'amènerai Sofia et Mateo. Il adorerait jouer avec Everly.

Je n'arrive pas à croire que Nico lâche ça avec autant de désinvolture, comme si le fait d'emmener Sofia et Mateo en week-end n'était pas grand-chose.

— Juste quand on pensait l'avoir embauchée pour ne plus avoir à travailler tout le temps, elle est déjà en train de faire des projets de vacances, dit Vincent avec un sourire taquin.

— Mince alors, je n'ai même pas pensé au travail, lui dis-je.

— C'est si difficile de trouver du bon personnel de nos jours, dit Vivian et nous rions tous ensemble.

— Je promets de faire en sorte que tout soit entièrement organisé si je m'absente pour un week-end, dis-je à mes nouveaux « patrons ».

— Nous ne nous inquiétons pas pour ça, trésor, dit Vincent. Il nous faudra un peu de temps pour nous habituer à ne pas travailler tout le temps. Nous serons là.

— Vous allez faire le voyage en Italie cet automne, n'est-ce pas ? demande Carmen à son papa.

Ses parents et les miens ont réservé le voyage pour septembre, tout le monde espérant que les traitements de ma mère seront terminés d'ici là. Ils ont besoin de se projeter sur quelque chose d'excitant, en plus du mariage de Maria et Austin en novembre, et nous ne pourrions pas être plus enthousiastes pour eux.

— Oh oui. On y va. Deux semaines en Toscane, une semaine à Amalfi et une autre en Sicile.

— Je suis tellement jaloux, dit Wyatt. Ça va être génial.

Je décide immédiatement de commencer à économiser pour l'emmener en Italie dès que possible.

— J'ai une grande nouvelle, annonce Nonna.

Quand elle a l'attention de tout le monde, elle sourit comme je ne l'ai jamais vue sourire.

— Je commence mes cours de pilote demain après-midi.

— C'est formidable, Nonna, dit Carmen. Nous sommes si fiers de toi.

— Je ne suis pas convaincu, rouspète mon papa en jetant un coup d'œil à Vincent. Tu es sûre de vouloir faire ça, Maman ?

— J'en suis tout à fait sûre, dit Nonna. J'ai vraiment hâte.

— Laisse-la tranquille et sois heureux pour elle, Lorenzo, rétorque Abuela. Elle veut faire ça depuis que je la connais.

— Comment le sais-tu, alors que ses propres fils ne le savent pas ? demande Vincent.

— Parce qu'elle me l'a dit et elle ne vous l'a pas dit parce qu'elle ne voulait pas que vous vous inquiétiez de la voir faire quelque chose qui lui apportera de la joie.

— Tout ça est de ta faute, dit mon père à Vincent. Tu as décidé que tout le monde devait avoir une vie en dehors du travail et maintenant notre mère prend des leçons de vol.

Vincent rit de la plaisanterie bon enfant de son frère.

— Je vais en assumer la responsabilité si ça la rend heureuse.

— Merci, Vincent, dit Nonna. Ça fait des années que je n'ai pas été aussi excitée par quelque chose.

— C'est mignon, Nonna, dit Milo. J'ai hâte de te voir voler.

Elle lui sourit affectueusement. On plaisante en disant que c'est son préféré.

— Merci, mon chou.

— En parlant d'avoir une vie en dehors du travail, comment va Monsieur Muñoz, Abuela ? demande Carmen.

Abuela lui lance un regard méprisant.

— Occupe-toi de tes affaires.

— Depuis quand tes affaires ne sont pas mes affaires ? demande Carmen d'un air innocent.

— Depuis qu'elle a commencé à sortir avec Monsieur Muñoz, dis-je, ce qui me vaut un regard noir de la part d'Abuela.

— Où nous sommes-nous trompés avec ces enfants ? demande Abuela à nos parents. Ils sont si impertinents.

— C'est son mot de vocabulaire de la semaine, dit Nonna.

Depuis que les parents de Carmen ont ramené Abuela et sa sœur à Cuba pour une visite qui leur a brisé le cœur, Abuela est déterminée à ne parler que l'anglais. Elle a accepté le fait qu'elle ne rentrera plus jamais « chez elle ».

— C'est drôle comme c'est de l'impertinence quand on veut connaître ses affaires, mais ce n'est *pas* de l'impertinence quand elle veut connaître les nôtres, dit Maria, faisant rire tout le monde.

— Parlez de quelqu'un d'autre, ordonne Abuela en agitant la main. Circulez, il n'y a rien à voir ici.

— Il n'y a pas de fumée sans feu, dit Jason.

— Et moi qui croyais bien t'aimer, dit Abuela, nous faisant hurler de rire.

La famille part vers 20 h en promettant de revenir demain après le brunch pour nous aider à finir de déballer. Je me dirige vers la douche, tous les muscles de mon corps endoloris par le travail incessant de la journée.

Quand je sors de la douche, je trouve un sac cadeau sur le comptoir que Wyatt a dû mettre là. Je passe la tête dans la chambre, mais je ne le vois pas. Il y a une carte dans le sac que j'ouvre en premier. Elle dit : « Félicitations pour votre nouvelle maison ! Puissiez-vous ne connaître que l'amour et la joie en créant de nouveaux souvenirs. »

Nous sommes tellement, tellement, TELLEMENT heureuses pour Wyatt et toi et nous voulions vous aider à profiter de votre première nuit dans votre nouvelle maison. Nous vous aimons tellement et nous sommes ravies de vous avoir ici avec nous, car votre place est ici ! Nous vous aimons tous les deux ! Car et Mari

J'ai les larmes aux yeux lorsque je retire le papier de soie du sac cadeau pour découvrir une chemise de nuit sexy en soie, en un rose des plus pâles, une bougie parfumée et une bouteille de champagne.

Les filles sont géniales et je ne pourrais pas être plus heureuse de vivre à nouveau près d'elles. J'enfile la chemise de nuit et j'emporte la bougie et le champagne dans la chambre où je trouve un autre cadeau, cette fois une grande boîte blanche avec un ruban rouge.

— Wyatt ?

Il entre dans la chambre et s'arrête net en me voyant debout à côté du lit, ses yeux brûlants de désir.

— Mais qu'avons-nous là ? demande-t-il.

Je prends une pose.

— Ce truc de rien du tout ? Juste un cadeau de ma sœur et de ma cousine.

Il s'avance vers moi et me fait ce sourire chaleureux et sexy que j'aime tant.

— T'ai-je dit à quel point *j'adore* ta sœur et ta cousine ?

— Moi aussi, je les adore. Elles nous ont également donné cette bougie qui sent très bon et une bouteille de champagne.

Il m'embrasse.

— Ne bouge pas. Il faut que je prenne une douche, puis je trouverai un briquet et des verres.

— Qu'y a-t-il dans cette boîte ?

Par-dessus son épaule, il dit :

— Il va falloir l'ouvrir pour le savoir.

— Je ne t'ai rien acheté, moi.

Il s'arrête et se tourne vers moi, avec une intensité qui me donne les jambes en coton.

— Je t'en prie, Dee. Tu m'as *tout* donné.

— Toi aussi.

— Ne pars pas.

— Je ne voudrais être nulle part ailleurs qu'ici avec toi.

Lorsqu'il s'en va se doucher dans la salle de bains, je pousse le carton vers le centre du lit et je découvre qu'il est plus léger que prévu. Je me mets au lit, attendant que Wyatt revienne, et j'admire la belle et grande chambre que nous allons partager. Je n'arrive pas à croire que ce soit ma maison, que ce soit ma vie, qu'*il* soit ma vie.

Pendant que j'ai quelques minutes à moi, je décide de lire la lettre de Marcus. Non pas que ce qu'il a à dire ait de l'importance, mais puisqu'il a pris le temps de l'écrire, le moins que je puisse faire est de la lire. Son écriture familière me ramène directement à l'époque où je pensais que j'allais passer ma vie avec lui.

Dee,

Je suis désolé. Je pourrais le dire un million de fois, ce ne serait toujours pas suffisant. Je suis profondément désolé pour ce que je t'ai fait à toi et à nous avec mon comportement irréfléchi. Je suis sûr que tu as appris que je suis en cure de désintoxication, pour soigner ce qui est devenu vraiment de l'alcoolisme ces dernières années. Eh oui, je te l'ai caché. Je n'ai jamais voulu que tu saches à quel point j'étais mal en point. J'essaie de réparer cela maintenant et j'essaie aussi d'accepter que je ne pourrai jamais réparer le gâchis que j'ai fait avec toi, la personne la plus précieuse de ma vie.

Je suis désolé de ce que j'ai fait, de ce que tu aies dû l'apprendre de la bouche d'autres personnes et du fait que je ne t'ai jamais contactée. J'étais tellement consterné et honteux de moi que je n'ai pas pu me résoudre à te joindre. J'étais lâche, Dee. Je ne supportais pas de savoir combien j'avais dû te faire du mal.

J'ai entendu dire que tu as rencontré quelqu'un d'autre et que tu es heureuse. C'est tout ce que j'ai toujours voulu pour toi. J'espère que si on se revoit un jour, on pourra être amis ou au moins être courtois. C'est peut-être plus que je ne mérite, mais je l'espère malgré tout.

Je te prie d'accepter mes excuses et sache que je t'aime beaucoup. Pour toujours.

Marcus

Je suis profondément émue par ses mots sincères et soulagée d'entendre directement de sa bouche ce qu'il ressent à mon égard et ce qui s'est passé. Cela ne change rien, mais c'est agréable à entendre après tout ce temps. Je range la lettre dans le tiroir de mon chevet et me concentre à nouveau sur le présent, comme il se doit.

Dix minutes plus tard, Wyatt sort de la salle de bains avec une serviette enroulée autour de sa taille.

— Tiens-toi prête pour le feu et le verre.

— Je suis prête.

Il revient avec les verres et un allumeur de feu que nous avons acheté lors de notre passage à Home Depot pour des piles, des poubelles et d'autres articles ménagers. Pendant qu'il ouvre le champagne, j'allume la bougie « Home Sweet Home » qui remplit l'air d'un parfum doux et épicé.

Wyatt s'assied sur le bord du lit et me tend un verre.

— À la maison et au bonheur pour toujours.

Je trinque avec lui, tout à fait disposée à boire à cela.

Il me surprend en buvant une gorgée de champagne.

— Tu enfreins une autre règle ?

— Juste une gorgée, par politesse.

Il pose son verre sur la table et prend le mien pour le placer à côté du sien.

— Ouvre ton cadeau.

J'attrape la boîte et la tire vers moi.

— Quand as-tu fait ça ?

— L'autre soir, quand j'ai dû « travailler tard ».

— Ah, alors tu me mens déjà, hein ?

Son sourire est grand, niais et adorable.

— Ouais.

— Je l'autorise dès lors qu'il s'agit de cadeaux.

J'enlève le nœud de la boîte et l'ouvre pour ne trouver que du papier de soie que je retire jusqu'à ce que je découvre un autre paquet plus petit enveloppé dans du papier argenté scintillant. J'essaie maladroitement de venir à bout du papier et mon cœur s'arrête presque de battre quand je découvre une boîte en velours bleu marine.

— Wyatt...

Il saisit la boîte, se met à genoux près du lit et me prend la main.

Mon cœur bat si vite que je crains de faire de l'hyperventilation.

— Que-Qu'est ce que tu fais ?

Wyatt embrasse le dos de ma main.

— J'étais si excité quand Jason m'a demandé de participer à son mariage. C'est l'un des meilleurs amis que j'aie jamais eus et j'avais hâte de partager son grand jour avec lui. Mais je n'avais pas la moindre idée de comment ce week-end à Miami allait changer ma vie à jamais. J'ai passé un jour et une nuit avec toi et je ne savais qu'une chose : j'avais besoin de plus avec toi. Quand Jason m'a dit qu'il y avait un poste à pourvoir dans son hôpital, il plaisantait. Il a dit que c'était un vœu pieux. Il ne s'attendait pas à ce que je saute sur l'occasion et que je lui demande un entretien, car il ne savait pas encore que j'étais tombé amoureux de la cousine de sa femme.

— Wyatt.

J'utilise ma main libre pour essuyer les larmes sur mon visage.

— Tu ne peux pas imaginer ce que tu as fait pour moi, Dee, comment tu m'as donné des choses dont je n'aurais jamais osé rêver pour moi-même. Avant de te connaître, je vivais une demi-vie et maintenant...

Sa voix se brise et il prend une seconde pour gérer ses émotions.

— Maintenant, mon nouveau cœur n'est pas assez grand pour tout l'amour que j'ai pour toi et la vie que nous construisons ensemble. Quand je dis que tu m'as tout donné, je le pense vraiment. Tu m'as montré que les choses dont je me privais sont les meilleures, celles qui font que la vie vaut la peine d'être vécue. Je sais que tout s'est passé rapidement, mais comme tu le dis, nous n'avons pas de temps à perdre. Je sais déjà ce que je veux et c'est passer le reste de ma vie avec toi. Veux-tu m'épouser, Dee ?

— *Oui* ! Oh mon Dieu, Wyatt ! Oui, oui, oui, un million de fois oui.

En souriant, il se hisse sur le lit pour m'embrasser et me serrer si fort que je peux à peine respirer.

— Merci pour tout. J'ai tellement hâte de t'épouser.

Je m'éloigne pour pouvoir voir son magnifique visage.

— Tu dis que je t'ai tant donné, mais tu as fait la même chose pour moi. Quand je pense à l'état dans lequel je me trouvais ce vendredi soir quand tu es revenu à Miami, ça me semble être une autre vie après tout ce qui s'est passé depuis.

— Rien de tout cela ne serait arrivé si tu n'avais pas été la personne la plus forte et la plus courageuse que j'aie jamais rencontrée. Tu n'as jamais sourcillé quand je t'ai parlé de ma situation. Tu m'as juste pris par la main et exigé que je vive aussi pleinement que possible, aussi longtemps que je le pourrai.

— Et toi... Tu as restauré ma foi en l'humanité et m'as remise sur pied.

Il secoue la tête.

— Tu as fait ça toute seule. C'est pourquoi tu étais prête pour moi quand je suis arrivé.

— J'aime l'image que tu as de moi.

— *J'adore* la façon dont tu me regardes.

Affichant un sourire coquin, il fait glisser sa main dans mon dos jusqu'à mes fesses et me serre contre son érection.

— Attends ! On a oublié la bague !

J'éclate de rire. Il fut un temps où la bague aurait pu être la partie la plus importante de ce moment. Mais plus maintenant. Pas avec lui.

Il trouve la boîte en velours et l'ouvre pour révéler une magnifique bague en diamant qu'il glisse sur mon annulaire, levant ma main gauche en l'air pour admirer le bijou.

— Qu'est-ce que tu en penses ?

Je n'arrive pas à croire que nous soyons fiancés et que la bague soit si belle.

— Je l'adore, Wyatt. Presque autant que je t'aime.

— Carmen et Jason m'ont aidé à la choisir.

— *Elle était au courant et elle ne m'a rien dit ?*

— Je lui ai fait jurer de garder le secret. Je voulais qu'on se souvienne toujours de la première nuit passée dans notre nouvelle maison.

Je peux dire sans risque de me tromper que je ne l'oublierai jamais.

— Faisons ce qu'il faut pour en être sûrs, d'accord ?

Quand il m'embrasse, j'enroule mes bras et mes jambes autour de lui, le désirant, lui et notre vie ensemble, plus que je n'aie jamais désiré quoi que ce soit. Peu importe le temps que cela durera, être aimée par lui me donne l'impression d'être la femme la plus chanceuse qui ait jamais vécu.

Merci d'avoir lu *Combien je t'aime* ! J'espère que vous avez apprécié ce nouvel épisode de ma série Les nuits de Miami. Je m'amuse COMME UNE FOLLE avec cette famille et ces histoires. J'espère poursuivre cette série avec d'autres livres, alors pensez à vous inscrire sur ma liste de diffusion de ma newsletter à marieforce.com pour être informés des futurs livres. Gardez également un œil sur le groupe de lecteurs Les nuits de Miami à l'adresse facebook.com/groups/MiamiNightsSeries pour obtenir des informations sur les prochains livres et rejoignez le groupe de lecteurs de Combien je t'aime à l'adresse facebook.com/groups/howmuchilove/ pour discuter de l'histoire de Dee et Wyatt, les spoilers étant autorisés. Nous avons des articles amusants de la gamme Les nuits de Miami dans la boutique en ligne, notamment des coffrets de la série proposés avec et sans les livres. Découvrez la collection sur http://bit.ly/MiamiMerch.

J'ai adoré ce que ma lectrice bêta Dinorah m'a dit dans sa note sur le livre : « Merci pour cette série incroyable. Vous m'avez fait pleurer, rire et me sentir pleine d'espoir en l'espace de quelques heures. Je pense que c'est un excellent livre pour tous, surtout après ce que nous venons tous de vivre avec cette pandémie. Il faut se rappeler qu'il faut vivre pleinement chaque jour et ne pas trop s'inquiéter de ce qui pourrait arriver ou non. Il ne nous appartient pas de voir l'avenir. Que será, será. » Je suis si heureuse qu'elle ait retenu ce message de l'histoire de Dee et Wyatt, car c'est la vérité. Comme le dit Dee, nous n'avons que le moment présent. Si cette dernière année nous a appris quelque chose, c'est que nous devons profiter de chaque moment de notre mieux.

Il faut toute une équipe pour écrire et publier des livres et je suis extrêmement reconnaissante pour la mienne. Un grand merci à Dan, Emily et Jake pour avoir toujours défendu ma carrière d'auteur, ainsi qu'à l'équipe qui me soutient au quotidien : Julie Cupp, Lisa Cafferty, Tia Kelly, Jean Mello, Andrea Buschel, Ashley Lopez et Nikki Haley, tout comme mes merveilleuses éditrices, Linda Ingmanson et Joyce Lamb. Kristina Brinton, merci pour les superbes couvertures de la série Miami. Je les adore !

Je suis reconnaissante envers tant de personnes qui m'aident dans les coulisses. Mona Abramesco, résidente de longue date de Miami, m'a aidée à organiser une journée amusante pour Dee et Wyatt, qui a donné leur sortie de pêche à la marina de Black Point. Sarah Hewitt, infirmière diplômée, a été d'une aide précieuse pour s'assurer que je comprenais bien les particularités de la situation de Wyatt. J'ai fait des tonnes de recherches sur les expériences des patients ayant subi une transplantation cardiaque et j'ai lu tant d'histoires qui m'ont inspirée. Après avoir écrit ce livre, je ne considérerai probablement plus jamais un cœur sain et battant comme allant de soi. Un grand merci à mes bêta-lectrices de la première équipe, Anne Woodall, Kara Conrad et Tracey Suppo, ainsi qu'aux bêta-lectrices de la série Miami, Mona Abramesco, Dinorah Shoben, Miriam Ayala, Emma Melero Juarez, Carmen Morejon, Stephanie Behill et Angelica Maya.

Et aux lectrices et lecteurs qui me suivent partout où ma muse m'emmène, même dans le sud de la Floride, merci beaucoup de m'accompagner dans cette merveilleuse aventure. Vous rendez tout cela tellement amusant et j'en suis reconnaissante à chacun d'entre vous !

Bisous,
Marie

AUTRES LIVRES DE MARIE FORCE

Série Les nuits de Miami

Livre 1 : Combien je ressens

(Carmen & Jason)

Livre 2 : Combien tu comptes

(Maria & Austin)

Livre 3 : Combien je t'aime

(Dee & Wyatt)

La Série Quantum

Livre 1: Virtuous

(Flynn & Natalie)

Livre 2: Valorous

(Flynn & Natalie)

Livre 3: Victorious

(Flynn & Natalie)

Livre 4: Rapturous

(Addie & Hayden)

Livre 5: Ravenous

(Jasper & Ellie)

Livre 6: Delirious

(Kristian & Aileen)

Livre 7: Outrageous

(Emmett & Leah)

Livre 8: Famous

(Marlowe)

L'ile de Gansett

Livre 1: Quand on est fait pour l'amour

(Maddie & Mac)

Livre 2: Quand on est fou d'amour

(Joe & Janey)

Livre 3: Quand on est prêt pour l'amour

(Luke & Sydney)

Livre 4: Quand on rencontre l'amour

(Grant & Stephanie)

Livre 5: Quand on espère l'amour

(Evan & Grace)

Livre 6: Quand vient la saison de l'amour

(Owen & Laura)

Livre 7: Quand on aspire à l'amour

(Blaine & Tiffany)

Livre 8: Quand on attend l'amour

(Adam & Abby)

Livre 9: Quand Vient le Temps de l'Amour

(Daisy & David)

Livre 10: Quand on est Destiné à l'Amour

(Jenny & Alex)

Livre 10.5: Quand Surgit L'Amour

(Jared & Lizzie)

Livre 11: Gansett à la tombée de la nuit

(Owen & Laura)

La série Rester à Flot

Livre 1: Rester à Flot

Livre 2: Marquer le pas

Livre 3: Tout recommencer

Livre 4 : Le retour

Livre 5: L'amour pour toujours

A PROPOS DE L'AUTEUR

Marie Force est l'auteur de plus de 70 romances contemporaines parmi les meilleures ventes du New York Times, y compris la série Fatal publiée par les Éditions Harlequin et la série de l'Ile de Gansett. Elle est également l'auteur des séries Butler, Vermont, et La Montagne Verte ainsi que de la série de romance érotique Quantum. En tout, ses  livres se sont vendus à plus de 9 millions d'exemplaires dans le monde!

Ses buts dans la vie sont simples — finir d'élever deux jeunes adultes heureux, en bonne santé et productifs, continuer à écrire des livres aussi longtemps qu'elle le pourra et ne jamais prendre un vol qui fera la une des journaux.

Adhérez à la liste de diffusion de Marie pour recevoir des nouvelles sur ses nouveaux livres et sa venue prochaine dans votre région. Suivez-la sur Facebook *https://www.facebook.com/MarieForceAuthor* et sur Instagram *https://www.instagram.com/marie-forceauthor/*. Joignez un des nombreux groupes de lecteurs de Marie. Contactez Marie à l'adresse mail *marie@marieforce.com*.

NOTES

CHAPITRE 1

1. Frères en affaires, ou Property Brothers, est une émission de télé-réalité canadienne très populaire dans laquelle des frères s'affrontent dans la rénovation totale de maisons en mauvais état, les transformant en maisons de rêve.

CHAPITRE 3

1. Surnom donné au personnage du Dr Derek Shepherd dans Grey's Anatomy.

CHAPITRE 9

1. Type de navire de charge américain construit pendant la Deuxième Guerre mondiale.

CHAPITRE 10

1. Petit boîtier mis sous la peau et relié à un cathéter placé dans une veine.
2. "The lady doth protest too much, methinks" (Hamlet, Acte 3, scène 2).
3. En anglais, expression idiomatique métaphorique dont la traduction littérale est utilisée de plus en plus en français et qui désigne un sujet important et évident mais délicat et gênant que personne n'ose mentionner ou que l'on préfère éviter.

CHAPITRE 12

1. Miami International Airport.

CHAPITRE 15

1. Site d'annonces immobilières.

CHAPITRE 26

1. Héros de la série de films National Lampoon Vacation.